LAURENT DECAUX

Laurent Decaux, fils de l'historien Alain Decaux, naît en 1981 à Paris. Diplômé de l'Institut d'études politiques de Paris, il se lance à son tour dans l'écriture avec *Le Seigneur de Charny*, un roman historique paru en 2017 chez XO Éditions. Il poursuit sa carrière d'écrivain en publiant *Le Roi fol* en 2019 chez le même éditeur.

LE SEIGNEUR DE CHARNY

DU MEME AUTEUR
CHEZ POCKET

LE SEIGNEUR DE CHARNY

LE ROI FOL

LAURENT DECAUX

LE SEIGNEUR DE CHARNY

XO ÉDITIONS

ISBN : 978-2-266-28783-8
Dépôt légal : février 2019

Aux deux Jeanne

Avant-propos

1382.

La Peste noire a tué six millions de Français. La noblesse est saignée par trente années de guerre. Les villes et les campagnes, ruinées par les incursions anglaises et les grandes tailles du feu roi, refusent de payer l'impôt. Et quand le parlement de Paris décrète le rétablissement des aides et des fouages, le commun se révolte partout.

Rouen se donne comme prince un marchand de laine, qui propose l'abolition de toutes les formes de taxes.

Le Languedoc se soulève contre Jean de Berry.

La Flandre fait la guerre à son baron.

Paris, à son tour, s'empare des deux mille maillets de plomb de l'Arsenal, s'en va piller les Juifs et massacre les collecteurs d'impôt. Maintenant la capitale menace ses nobles et, parmi eux, les oncles du roi : Louis d'Anjou, l'aîné, qui prépare une campagne en Italie ; Jean de Berry, tyran du Languedoc et du Poitou ; Philippe de Bourgogne, dit le Hardi, que la régence a formidablement enrichi.

Quant au monarque, il a dû quitter Paris pour se protéger de l'émeute. Au reste, Charles, sixième du nom, est bien accueilli par ses vassaux. Dans les provinces, on aime ce jeune homme, autant qu'on déteste ses oncles. On dit qu'il a l'âme courtoise et flamboyante, et qu'il se rêve chevalier.

Chacun sait pourtant que la chevalerie française a vécu. Elle s'est abîmée aux Croisades, dans les revers des armées chrétiennes et les querelles des rois francs. Elle est menacée par l'éclosion de la classe bourgeoise et l'ingérence du roi dans les affaires de ses vassaux. Elle est ternie par la déroute de Crécy et la débâcle de Poitiers.

La chevalerie dépérit, mais la chrétienté n'est pas mieux.

À la mort du pape Grégoire en 1378, le Sacré Collège, réuni en Avignon, a offert la tiare à Urbain. Ce réformateur italien a décidé de quitter la Provence et, après soixante ans d'exil, réinstalle la curie au Vatican. Le roi de France, qui appuyait la candidature d'un Français, n'entend pas voir le Saint-Siège lui échapper : après le conclave, des cardinaux à sa solde entrent en dissidence et désignent un nouveau pontife, qui prend le nom de Clément et s'établit en Avignon. Ainsi, depuis quatre ans, un pape et un antipape s'affrontent pour régner sur le peuple de Dieu.

Le schisme, la peste, le lent déclin des chevaliers… C'est un de ces moments de l'Histoire où tout semble pouvoir basculer. Les prophètes pullulent et annoncent l'apocalypse. Chacun cherche le salut dans l'au-delà, à défaut de trouver la joie sur terre. Des barons nostalgiques entreprennent d'obscures croisades. Les prélats font vœu d'érémitisme quand d'autres monnayent la rémission des péchés. Les pèlerins affluent sur les routes. Le culte des reliques est plus florissant que jamais.

Ce phénomène, d'ailleurs, prend la tournure d'une industrie.

Dans la France d'alors, rien n'est impossible à qui possède la dépouille d'un martyr, le cheveu d'un saint, un fragment de la Vraie Croix ou, mieux encore, l'illustre suaire où fut recueilli le Christ après la Crucifixion.

I

RETOUR À LIREY

1.

Depuis toujours, les chevaliers ne revêtaient l'armure qu'en lice, afin d'honorer un défi courtois, ou sur le champ de bataille, quand les circonstances l'exigeaient. Pourtant, le jeune seigneur qui traversait la forêt d'Aumont ce matin-là était rutilant de cuivre et de laiton.

Quelques heures plus tôt, comme chaque jour depuis un mois, il avait trempé sa cotte de mailles dans un bain d'huile, frotté les plaques de sa cuirasse au vinaigre blanc, graissé ses genouillères et ses cuissots, puis, avec toutes les difficultés du monde, revêtu son bel habit de guerre, ce qui n'est jamais une mince affaire quand on ne dispose pas de serviteur attaché à sa personne.

Car en effet ce chevalier voyageait seul, depuis que son valet avait disparu entre le Milanais et la Savoie, alors qu'il revenait d'Italie. Il n'avait pas attaché grande importance à la désertion du Levantin qui l'accompagnait depuis Chypre ; le vol de sa bourse, en revanche, l'avait autrement déconfit.

— Par tous les diables ! jura-t-il, en faisant constater le larcin par l'aubergiste, un Turinois qui menaçait d'aller chercher l'officier du roi. Comment te paierai-je ? Tu vois bien que je suis ruiné… Mais j'y pense…

Il songea que, la veille, son serviteur et l'aubergiste trinquaient avec un air louche et malveillant, tandis qu'il montait se coucher.

— Tu t'es acoquiné avec ce maudit Levantin !

— Ma, signore, protesta l'Italien, alors que le jeune homme l'attrapait par le collet et le secouait comme une balle de blé, jé né lé même pas vou partir, cé Lévantin.

— Tu mens par la bouche !

— Jé né rien vou, jé né rien entendou.

— Jure-le, par Dieu notre père.

— Jé lé joure, par Dieu notre père et saint Joulien l'Hospitalier !

L'aubergiste montra la statue du saint patron qui les toisait, menaçant, dans sa niche de plâtre.

— Tu ferais mieux d'invoquer saint Fiacre, le patron des malandrins !

Mais, après une dernière bourrade, le jeune seigneur relâcha l'hôtelier et alla s'asseoir sur son lit. Et, tandis qu'il prenait sa tête à deux mains et maugréait dans sa barbe fournie :

— Donnez-moi ce coffre marqueté, proposa alors l'Italien dans un français sans accent, et je renonce à vos écots.

— Si je te donne mon coffre de voyage, comment transporterai-je mon armure ?

— Revêtez-la, *bel signore*.

— Et le caparaçon de mon cheval ?

— Harnachez-le…

— Ce caparaçon est gainé de fer, et il me reste vingt-huit jours de voyage… Mon cheval suffoquerait en chemin.

— Vous faites bien grand cas de cette bête.

— Ce n'est pas une bête, c'est un turcoman d'Anatolie qui vaut autant que ta maison !

— Réfléchissez bien, messire.

— C'est tout réfléchi !

Et une heure plus tard, alors que sa monture piaffait sous le poids de son cavalier et de sa propre armure de métal, le jeune seigneur quittait l'hôtellerie de campagne.

— Ah ! murmura-t-il avec un de ces sourires nostalgiques qui soulèvent le coin des lèvres mais voilent le regard, Gerson m'aurait épargné cette mésaventure…

Et, pendant le reste de la route, il songea au bon laquais picard, qui l'avait servi par tous les temps, sur toutes les routes, avait débrouillé bien des situations, et péri de la plus sotte des morts, emporté par une vague entre Rhodes et Corfou, alors que, enivré par un vin des Cyclades, il prenait l'air sur le bastingage.

Vers Lyon, après trois nuits à la belle étoile, il se résolut à vendre le caparaçon de son cheval afin de financer la suite du voyage.

Un armurier lui offrit quarante deniers pour le chanfrein, trente deniers pour le flançois et autant pour la barde de croupe.

— Cent deniers ! Es-tu bien fou ? J'en tirerais au moins dix écus chez un fondeur.

— Essayez toujours, messire.

Le chevalier essaya ; et huit heures plus tard, il retourna chez l'armurier avec la mine des mauvais jours.

— Voici vos cinquante deniers, dit le marchand.

— Tu m'en offrais cent ce matin !

— On ne dîne pas le matin, quand on est de noces le soir.

Après avoir délesté son petit cheval énergique et racé, et empoché le produit de sa négociation, il continua sa route. Il traversa Chalon, Autun et Saulieu sans incident notable, si ce n'est un temps pluvieux et quelques giboulées.

Dans la forêt d'Aumont, la pluie tourna à l'orage. Chaque fois que son coursier, pris au piège dans une ornière, s'extirpait de l'obstacle, il le félicitait d'une voix douce, terminant son compliment par « Arion, le Thelpusien » ; car il avait ainsi baptisé son petit cheval turc, d'après le pur-sang mythique qui eut pour maîtres Héraclès et Poséidon.

Après avoir franchi un ultime sous-bois où par chance il n'avait croisé ni routiers ni maraudeurs, il arrêta sa monture ; puis, donnant de l'éperon, il s'engagea dans une vigne, plantée à flanc de colline. La pente était rude, mais le petit cheval, courageux : il parvint sans peine au sommet pierreux.

Lirey lui apparut alors, à la faveur d'une éclaircie.

Dans son souvenir, le village n'était pas grand : quelques dizaines de familles, tout au plus, survivaient grâce aux travaux des champs.

Ce jour-là, pourtant, une foule immense semblait s'être donné rendez-vous dans la grand-plaine. Cette piétaille était dense, hétéroclite : des pauvres hères, pour la plupart, des familles entières habillées de guenilles, et, vers le centre de la plaine, autour d'une église de bois, des tentes luxueuses pour les plus riches, et des gens d'armes veillant à leur sécurité.

Le jeune seigneur distinguait aussi, sur la rive du plan d'eau qui protégeait le château des Charny, un vaste campement où s'affairaient des gens d'Église, d'ordres mendiants ou séculiers.

Alors qu'il descendait de sa colline, des indigents affluèrent en réclamant l'aumône ; le chevalier les écarta d'un juron, et fendit la foule jusqu'au château. Celui-ci se dressait, fier, étincelant, au centre d'un petit lac, alimenté par un affluent de la Seine. Cette douve naturelle était infranchissable autrement que par l'usage d'une passerelle à contrepoids.

Comme un flot de misérables l'entourait à nouveau, le chevalier battit du fouet pour tracer sa route, et traversa le pont-levis.

Derrière la herse, deux gardes lourdement armés s'étaient figés à sa vue. Ils avaient reconnu son blason.

— Ouvrez-moi ! dit le jeune homme.

L'un des deux sergents d'armes, le plus gradé d'après son uniforme, dit quelques mots à son compagnon. Celui-ci, d'un pas rapide, rejoignit la tourelle qui jouxtait la grille et s'y engouffra. Et, soudain, on entendit, venue du corps de garde, une voix forte qui résonnait dans l'enceinte :

— Sentinelles, aux flèches et aux chaînes, relevez la herse !

Quelques secondes suffirent, le mécanisme s'enclencha, la grille s'enroula sur elle-même, et c'est ainsi que Jacques de Charny, seigneur de Lirey, s'en revenant d'Orient après six années de croisade, entra dans la demeure de ses aïeux.

2.

S'appuyant sur six tours et un vaste corps de logis, rehaussée par une flèche et un donjon, taillée dans la craie la plus pure, la résidence des Charny semblait posséder des vertus d'éclat miraculeuses. Par beau temps, on l'apercevait de la cathédrale de Troyes, à quatre lieues. La pierre dont elle était bâtie, issue d'une veine de la forêt d'Othe, l'habillait d'un manteau d'ivoire, comme ces forteresses qu'on prête aux émirs et aux sultans.

Jacques lui-même, ébloui par un rayon de soleil s'immisçant entre deux nuages, crut apercevoir un de ces palais merveilleux. Il poussa son petit cheval sur la rampe d'accès, qui, partant de la basse-cour, serpentait jusqu'au logis. Le chemin pavé s'arrêtait au pied d'une muraille, devant un portail en chêne brun, lequel s'ouvrait sur une vaste terrasse. C'est là, au sommet d'une colline aplanie par l'érosion, que son père avait élevé son château.

Habituellement saturée de chariots et de boutiquiers ambulants, l'esplanade s'était vidée en même temps que la plaine s'était remplie. Tandis qu'il traversait la haute-cour, Jacques croisa un garçon d'aspect lourdaud, chargé de gros navets, qui sortait du donjon et trottinait vers les communs.

Il le héla et lui confia sa monture, en songeant que le jeune queux ne l'avait pas reconnu, et c'était tant mieux, car aussitôt qu'on apprendrait son retour au château sa vie d'homme libre prendrait fin.

Puis, comme il s'avançait devant une grande porte ouvragée, il s'arrêta soudain, pris d'un étrange sourire. Alors, s'éloignant d'un pas mesuré, car à chaque foulée ses éperons à pointe étoilée claquaient sur les dalles, il contourna le donjon, jusqu'à se trouver devant un pan de mur dépourvu de tout ornement. C'était un passage à bascule qu'on avait aménagé au temps des chevauchées de Robert Knowles.

Jacques appuya ses mains sur la paroi froide, et la cloison se déroba sous lui, laissant deviner un escalier à vis. Ce colimaçon montait jusqu'au deuxième étage de l'édifice. Redoublant de prudence, Jacques franchit une salle de jeu et deux antichambres en enfilade, et s'arrêta devant une porte entrouverte.

Puis, comme il passait sa tête dans l'embrasure :

— Un tiers d'heure, qu'est-ce, un tiers d'heure ? dit une voix assourdie, provenant d'un grand lit en porte-à-faux et ceint par des courtines.

Une ravissante jeune femme, que Jacques ne connaissait pas, marchait droit vers le lit ; elle tira sèchement les rideaux de velours ; alors une tête blonde, encore ébouriffée par la nuit, apparut parmi la courtepointe et les traversins.

— Un tiers d'heure, Florentine, je ne demande rien de mieux…

— Marie, gronda la demoiselle d'atour alors qu'elle allait à la fenêtre et qu'un air frais entrait dans la pièce, vous connaissez les consignes : neuf heures, et pas au-delà. Levez-vous pour la toilette, je vous prie.

— Je vous promets qu'au premier carillon de la collégiale je vous rejoins dans la salle d'étuve…

— Levez-vous !

— Non !

Marie tira les draps sur son visage et replongea au fond du lit.

— C'est assez maintenant, mademoiselle !

Florentine souleva les draps sans crier gare ; mais aussitôt qu'elle fut découverte, Marie passa sa main sur son front et retomba en arrière.

— Ne voyez-vous pas comme j'ai chaud ? J'ai certainement de la fièvre.

La jeune fille referma les yeux.

— Si madame votre mère apprend que vous avez manqué la messe pour la troisième fois, elle me fera jeter dehors.

Marie, qui feignait de s'être endormie, se tut ; alors, de guerre lasse, Florentine soupira :

— Va pour le carillon de tierce… Mais c'est la dernière fois…

Et la ravissante demoiselle d'atour sortit par l'autre côté de la chambre, qui donnait sur l'escalier de service.

À peine eut-elle quitté la pièce que Marie repoussa les couvertures et se redressa sur sa couche. C'était une jeune fille de quinze ans, non pas entrée dans l'âge adulte, mais déjà sortie de l'enfance : son visage était plein, ses yeux brillaient de malice, et deux petits seins pointaient, gonflés de jeunesse, à travers sa chemise de lin.

Aussi réveillée qu'un instant plus tôt elle avait semblé endormie, elle prit une lampe à l'huile de navette qu'elle posa délicatement sur son ventre et sortit, de sous les couvertures, un épais volume relié. Elle ouvrit le livre et commença sa lecture. Au fur et à mesure de l'exercice, elle souriait, frissonnait, essuyait une larme, éclatait de rire, ou levait les yeux vers le ciel.

Comme le délai fixé par sa demoiselle d'atour arrivait à terme échu, elle referma son livre, et Jacques aperçut, sur la reliure de vélin, une scène galante et un titre bien connu, en caractères historiés.

— *Il Decameron*, murmura Jacques, à la fois triste et enchanté de retrouver, à la place de la fillette rieuse qu'il avait connue, une jeune femme effrontée.

Alors, bondissant de sa cachette, il s'écria :

— Boccace ! Est-ce là une lecture de fille à marier ?

À la vue du jeune homme barbu, hâlé, chevelu, bardé de fer, Marie poussa un cri de frayeur, et, avant même de songer à s'enfuir, dissimula le bel ouvrage sous son oreiller.

Jacques s'approcha du lit, avec un bruit de cliquetis et de métal.

— Qui êtes-vous ? demanda Marie d'une voix craintive, mais entrecoupée de soupirs, car, devant ce beau jeune homme, elle ne pouvait s'empêcher de penser au duc d'Athènes, qui délivra la douce Alaciel des griffes de son méchant époux.

— Rassure-toi, dit le chevalier, je ne dirai rien à ta mère.

La voix était familière et bienveillante.

— Mon frère !

Et, rejetant une fois pour toutes les draps et la courtepointe, Marie se jeta dans ses bras.

3.

Ayant quitté son heaume, son écu et son plastron, Jacques descendit l'escalier d'honneur et s'engagea sous une arcade, dont les cintres imitaient la fleur d'aubépine et le houblon grimpant. Combien de fois dans ses rêves d'enfant avait-il vu ces plantes s'animer, jusqu'à former des forêts denses ? Le vestibule, largement éclairé par des fenêtres à claire-voie, s'ouvrait sur une vaste pièce, plus sombre, et pourvue d'énormes piliers.

C'était la grand-salle, où s'était déroulée une grande partie de sa vie d'avant.

Les musiciens, les financiers, les employés de maison, les serfs mécontents et ceux qu'il fallait châtier, les cousins, les chevaliers de passage : tant de monde avait défilé dans cette salle qu'elle semblait peuplée de fantômes.

Jacques hésita sur le seuil, mais entra finalement d'un pas décidé. Courbée sur son ouvrage, une silhouette se dessinait en contre-jour, devant le vaste foyer. D'instinct, il savait que sa mère l'attendait.

L'accueillerait-elle en fils indigne ? L'accablerait-elle de reproches ? Le prendrait-elle dans ses bras ?

Comme il s'approchait d'elle :

— Attends, dit Jeanne de Charny.

Il y avait un bout de chandelle sur son pupitre. Elle s'en saisit et parcourut le beau visage, la barbe fleurie, des mèches si brunes qu'elles possédaient des reflets bleus, et des membres puissants, virils, affleurant sous la cotte maillée.

Jeanne de Charny reposa la bougie et l'enlaça.

— Tu as la race de ton père, murmura-t-elle en lui caressant les cheveux. Sa tournure, sa force… En vérité tu lui ressembles bien…

Jacques se dégagea de l'étreinte :

— À mon âge, Geoffroy portait l'oriflamme du roi Jean… C'était un grand stratège, un tournoyeur aguerri, et la France entière connaissait son nom…

— Qu'importent ces vanités, fit Jeanne.

Et, tout en continuant à scruter son fils :

— C'est bien triste destin que celui du pauvre Gerson.

— Oui, ma mère… La perte de mon laquais picard m'a bien affligé. Gerson était dévoué, capable, et m'épargna bien des mésaventures.

— Ne l'as-tu point remplacé ?

— Si fait ; je recrutai un valet à Chypre, qui déroba ma bourse entre l'Italie et la Provence… Bougre de mahométan… J'en suis encore fâché, par la barbe de son faux prophète !

Jeanne de Charny leva un sourcil ; c'était assez pour signifier sa désapprobation.

— Donnez-moi plutôt des nouvelles de notre maison, reprit Jacques ; depuis six années que je suis parti, je me trouve bien ignorant ! D'abord cette foule, que j'ai croisée devant la collégiale : malgré le vœu de mon père, vous avez ostendu la relique, n'est-ce pas ?

— C'était mon dernier recours... Sans les droits de péage et de coucher ; sans les médailles, que je fais battre à Provins ; sans les dons, nombreux, reçus par notre collégiale... Sans ces nouvelles ressources, Jacques, nous étions ruinés.

— Les dernières moissons furent bien mauvaises, alors ?

— Non pas, mon fils ; les récoltes sont maigres depuis trois ans, mais d'honnête qualité ; les hivers sont rudes ; mais l'escourgeon de printemps compense les pertes sur le seigle et le froment.

— Les taxes vous étranglent, sans doute ?

— Les aides récemment votées frappent les marchands de sel et vendeurs de vin. Elles ne nous concernent pas... Et les fouages sont abolis depuis la mort de Charles V.

— Mais alors... d'où viennent vos difficultés ?

Jeanne soupira.

— Tes voyages ont coûté beaucoup d'argent, murmura-t-elle en détournant les yeux.

Jacques sentit son cœur se fendre ; il n'avait jamais imaginé que, seul, à l'autre bout du monde, il menaçait, par son train de vie de seigneur itinérant, l'équilibre financier de sa maison. Sa mère honorait sans poser de questions les demandes d'argent, par lesquelles il concluait ses courriers ; il n'avait jamais réfléchi aux conséquences, pour sa famille, de telle lettre de change, tirée à Florence, ou telle lettre de crédit, monnayée à Nicosie chez le correspondant d'un banquier brugeois.

Alors, d'une voix blanche :

— J'ai causé bien du tort à ma maison.

Jeanne baissa la tête, et se garda de répondre.

— Vous ostendez la sainte relique, reprit Jacques, gêné par cette pudeur, et soucieux d'écarter les sujets d'argent.

— Si fait, mon fils ; depuis l'Assomption de la Vierge de l'avant-dernière année ; c'est-à-dire depuis presque deux ans.

— Henri de Poitiers n'affirmait-il pas que le suaire était peint, et n'avait-il pas formulé l'interdiction ? Si j'ai bonne souvenance, mon père ne souhaitait pas fâcher l'Église et s'était incliné devant l'évêque de Troyes... Pierre d'Arcis n'a-t-il pas réitéré les décrets de son prédécesseur ?

— Capitulaires, ordonnances, rescrits... Je ne compte plus les menaces de Pierre d'Arcis... Chaque jour, je me réveille avec la peur que ses miliciens n'investissent notre collégiale ; et chaque soir, je m'endors avec l'angoisse qu'ils la brûlent.

Jacques se rengorgea.

— N'ayez pas d'inquiétude, ma mère, je défendrai notre fief.

— Il le faut. Car bientôt, grâce aux dons des pèlerins, une nouvelle église, aussi grande que belle, avec des rosaces, des grands vitraux, des ogives et des arcs-boutants, sera consacrée sur nos terres.

— Une nouvelle église ? répliqua Jacques, alerté.

Mais au même moment, Florentine, la servante de sa sœur, apparut en sautillant sous l'arcade. Elle rougit à la vue de Jacques et s'inclina maladroitement, ne sachant comment saluer ce jeune homme qu'elle ne connaissait pas.

— Madame, dit-elle en rougissant, Marie est prête pour l'office des Rameaux.

— Déjà ? fit Jeanne de Charny.

Puis, se tournant vers son fils, avec un geste d'invitation :

— Chaque jour de fête, pour tierce, nous ostendons le saint suaire.

Et, après un dernier moment de contemplation, pendant lequel elle sembla étudier Jacques comme on décrypte un parchemin, Jeanne saisit le chandelier, se leva, traversa la grand-salle et s'engouffra dans une galerie.

Jacques suivit cette lumière pâle et vacillante, qui s'enfonçait dans l'obscurité.

4.

Sur le parvis de la collégiale, les frères du chapitre avaient fait dresser une tribune de bois. Jacques siégeait parmi les moines, entre sa mère et Marie.

Les religieux vêtus de robes de laine se tournaient souvent vers lui, l'œil aux aguets, avant de relever leur capuce et de reprendre les psaumes à mi-voix.

Jacques avait prévu qu'en rentrant chez lui il éveillerait, sinon la méfiance, au moins la circonspection de ses sujets. Il avait dû en dépiter, des bonnes gens, en disparaissant six ans plus tôt, emportant avec son harnois, sa bourse et son valet les espoirs que tant de clercs et de *laboratores* avait fondés sur lui. Aussi en arrivant devant la vieille église de bois s'était-il composé un visage altier et souverain ; mais les incessantes questions de sa sœur l'empêchaient de conserver son sérieux.

— Combien en as-tu estourbis ? demandait Marie, avec l'espièglerie naïve qui ne l'avait jamais quittée.

— Je n'en ai point tué, répondit Jacques, puisque aucun ne m'a provoqué… Ceux que j'ai croisés dans mes voyages étaient marchands ou médicastres…

J'ai bien fait la guerre aux Turcs, mais ceux-là refusent d'être appelés mauresques, et en effet ils sont clairs de peau.

— Les mauresques n'ont-ils pas la peau sombre, comme on le prétend ?

— Certains arrivent des steppes d'Asie, et sont gris ; d'autres viennent d'Égypte et sont cuivrés ; j'en ai vu à Chypre d'aussi jaunes et luisants que l'huile de Gallipoli ; et on trouve des esclaves au marché de Constantinople, dont la peau est noire comme la suie. Ceux-là servent les Turcs, mais pratiquent d'autres formes d'hérésie.

— Ah ! s'écria Marie, sont-ils cannibales ? polygames ? sodomites ?

Alertés par ces propos, certains parmi les moines se tournèrent vers Jacques et sa sœur. Jeanne de Charny, marquant sa réprobation, intima le silence à ses enfants.

Aussitôt les cloches sonnèrent et le portail de la collégiale, une porte sévère et rehaussée d'un linteau, tourna sur ses gonds.

— Prenez vos chapelets, dit Jeanne, et prions.

Jacques observa sa mère ; ses beaux yeux clairs semblaient figés devant elle, et brillaient d'une force qu'il ne leur avait jamais connue.

Cinq moines, portant au milieu d'eux un panneau en bois peint, s'avançaient au milieu du parvis. L'objet, de bel ouvrage, avec des gravures et des ornements, se composait de trois volets, à la manière d'un retable.

Non sans difficulté, les moines le hissèrent sur un chevalet de grande taille afin qu'il fût présenté aux fidèles ; puis, s'accordant du regard, deux religieux saisirent, par une poignée d'or, chacun des contrevents latéraux. Et, lentement, calmement, avec la déférence que les gens d'Église emploient en toute chose, ils écartèrent les deux volets de bois.

Un long tissu blanc apparut. C'était un drap de lin mortuaire où figurait un corps meurtri.

L'homme représenté sur la toile semblait dormir, et ses mains étaient jointes en signe de repos.

Un grand murmure parcourut l'assemblée.

— Regarde, mon enfant, dit Jeanne en désignant une tache sombre au milieu du suaire, c'est là le visage du Christ !

Et, en même temps que six milliers de pèlerins, Jacques et sa mère tombèrent à genoux.

5.

Quelques heures plus tard, à Lirey, pendant qu'écuyers de cuisine, commis et sommeliers assaisonnaient les venaisons, accommodaient les viandes, carafaient les vins, dressaient les tables et les tréteaux dans la grand-salle, Placide Coutterets battait la campagne.

Le régisseur des seigneurs de Charny était un homme d'une quarantaine d'années, aux joues grasses, au nez tombant, au front bas, avec des membres courts et épais.

En sortant de l'ostension, Jacques lui avait demandé d'organiser un grand souper de retrouvailles. Sans évoquer la difficulté de rassembler vingt jeunes gens en quelques heures, Coutterets avait servilement répondu :

— Oui, monsieur.

Puis, après avoir prévenu le gros Jean, qui officiait en cuisine, le régisseur avait filé aux écuries, sorti le comtois disgracieux et docile qu'il prenait toujours pour les courses importantes, et galopé jusqu'à Plessis. Cette bourgade, dominée par un vieux château branlant, était la propriété des jumeaux Alceste et Tiburce de Maupertuis. Le premier, apprenant que le seigneur de Charny était rentré d'Orient, fit dire au régisseur qu'il viendrait, mais pour quelques heures seulement, car les célébrations de la semaine sainte commençaient le jour d'après. Son frère répondit que, bien sûr, il assisterait au banquet de Jacques, et que rien, pas même une hydre tombée du ciel, ne pourrait le dissuader de fêter le retour de son ami. On fit la même réponse enthousiaste à la sénéchaussée de Vertus, au comté de Bar, au diocèse d'Oisely et à la baronnie de Clairvaux. Ainsi, en trois heures, Coutterets avait parcouru quinze lieues, distance remarquable si l'on considère l'allure naturelle d'un comtois. Partout, on l'avait accueilli avec entrain. *Partout*, songeait tristement le régisseur, *sauf au château de Brienne et à la seigneurie de Jaucourt.* À la maison forte de Miles de La Roche, l'intendant n'avait même pas daigné le recevoir ; apparemment, on n'avait pas vu le comte de Brienne depuis trois jours. Et à Jaucourt, Hélène de Thouars l'avait congédié sans ménagement :

— Si vous retrouvez mon frère, s'écria-t-elle avant de lui claquer la porte au nez, dites-lui qu'il n'a qu'à demander le gîte à ses gueuses et ses putains plutôt que de rentrer chez moi ! Il découche depuis jeudi ! Voilà trois jours et trois nuits que je me ronge les sangs !

Et tandis que Coutterets quittait le charmant castelet, niché entre l'Aube et la forêt d'Orient : *Ah !* songea-t-il, *Miles de La Roche et Arnaut de Thouars ont disparu depuis trois jours... Il paraît qu'ils courent la gueuse ou la putain... Pour la gueuse, cela fait du monde... Mais pour la putain, je ne vois qu'une destination...*

Et, enfourchant son cheval :

— Allez, Pégase, au *Père tranquille* !

Le comtois, flatté qu'on lui octroie, plutôt qu'un coup de fouet, un surnom mythologique, fila comme le vent ; et en un éclair Coutterets fut à Bonneval, la bourgade voisine. Il s'arrêta devant une gargote à deux étages, surmontée d'une enseigne branlante. Un enfant de six ou sept ans jouait à la marelle devant la porte.

— Hé là ! garçonnet, c'est ouvert ?

— Un denier le pain et la soupe au lard ; deux deniers le pichet de vin ; trois deniers la nuit, fit le garçonnet, et il continua son jeu, sautant à cloche-pied d'une case à l'autre tout en évitant les cailloux.

Coutterets poussa la porte à double battant, entra dans l'auberge, et fut aussitôt pris d'une crise de toux si violente qu'il en ressentit de la douleur, à la jointure des côtes et des poumons. La taverne était enfumée et poisseuse. On n'avait pas dû ramoner la cheminée depuis quinze ans.

En outre c'était dimanche ; le dimanche, hier comme aujourd'hui, on s'ennuie ; quand on s'ennuie, on boit ; et l'auberge était pleine à craquer.

— Oh là ! Placide ! s'écria le taulier, qui ne dépareillait pas au milieu des clients, car il empestait le vin à deux sous. Je ne t'ai pas vu depuis trois mois.

Et, comme le régisseur, se glissant jusqu'au comptoir, était pris d'une nouvelle quinte de toux :

— Tu me sembles bien malade !

— Ce n'est rien, protesta Coutterets.

— Bah ! goûte-moi ce vin d'Argenteuil ; il te rendra la santé.

Le régisseur saisit la coupe, la porta à ses lèvres, et faillit s'étouffer, tant le vin était amer et bourru.

— Je ne suis pas au *Père tranquille* pour la boisson, dit-il en reposant le gobelet.

— Ah ! murmura le gargotier, je vois ce qu'il te faut.

Et, tout haut :

— Ursule ! Gersande !

Deux femmes qui devaient avoir l'âge du tenancier, c'est-à-dire au moins cinquante ans, mais décolletées comme des jouvencelles, et grimées de fard et de paillettes comme des courtisanes de Barbarie, s'approchèrent du régisseur et l'entourèrent de baisers.

— Oh ! les belles joues, dit Ursule en lui pinçant les fossettes.

— Oh ! les belles fesses, ajouta Gersande en lui palpant l'arrière-train.

Coutterets les repoussa sans conviction.

— Si tu ne recherches ni le réconfort de la boisson ni la compagnie des femmes, lança l'aubergiste, alors que viens-tu faire chez moi ?

— Mon maître m'envoie quérir deux amis qu'il n'a pas vus depuis longtemps…

— Leurs noms ?

— Arnaut de Thouars et Miles de La Roche, autrement dit le comte de Brienne.

Coutterets n'avait pas prononcé ces mots qu'une voix de stentor retentit, à l'autre bout de la pièce :

— Oh là ! coquin, tu me demandes ?

Derrière une table de jeu, un jeune homme au visage lourd mais plaisant, aux cheveux bruns tirés en arrière, et qui dégageait une impression générale de puissance, jouait aux osselets avec trois filles légèrement vêtues.

— Messire le comte de Brienne ? demanda le régisseur.

D'une seule main, le jeune homme repoussa la table et se leva.

Miles de La Roche, comte de Brienne, mesurait sept pieds de haut et possédait un cou d'aurochs, des cuisses de taureau et un buste aussi large qu'un tronc d'if. Personne n'ignorait, au-delà du comté de Brienne, et jusqu'à Troyes, Bar et Lirey, que son père, l'illustre Gérard de La Roche, s'était fait surnommer « le Rocher » par les lansqueniers de Jean le Bon, parce qu'il avait reçu une pluie de flèches galloises à la bataille d'Auray, et qu'il avait continué à combattre des heures durant, sans sembler s'apercevoir que ses cuisses, ses bras, son poitrail étaient recouverts d'une centaine de dards. Au siège de Vannes, essuyant l'huile et la poix, Gérard de La Roche avait guidé ses sapeurs et ses guisarmiers jusqu'au sommet de la grande muraille, qui fortifiait la ville depuis cent ans et que personne n'avait jamais franchie. Ses cheveux avaient brûlé pendant l'ascension, sa peau était cloquée et frémissait encore, mais Gérard avait terrassé trente archers gallois et vingt soldats bretons avant de s'entendre dire : « J'ai chaud. » Il avait fallu qu'un boulet de canon le décapite, trois mois plus tard, pour qu'enfin le Rocher ploie un genou. Mais la légende affirmait que le corps accourci s'était démené pendant des heures, une épée dans chaque main, et avait passé par le fil une légion d'Anglais, avant de choir dans la terre glaise de l'hiver breton.

Miles de La Roche, cinquième fils du Rocher, et le seul qui avait survécu à l'épidémie de 1360, était fait du même moule titanesque ; mais on racontait que, ayant vaincu la maladie du bubon, à laquelle personne n'échappe quand les premières pustules apparaissent, Miles était d'une nature plus imputrescible encore, et peut-être même immortelle.

— Que me veux-tu ? demanda-t-il, arrivant près du régisseur et le dominant de trois têtes.

— Je suis porteur d'un message, messire, répondit Coutterets d'une voix de fausset qui étonna le colosse.

— Es-tu fiévreux de la gorge, ou gangrené de la bouche ?

— Non pas, messire, répondit le régisseur en modulant sa voix.

Puis sur un ton rapide et monocorde, afin d'éviter toute inflexion de son organe :

— Votre ami Jacques de Charny est tantôt rentré de croisade et vous invite à souper.

Le visage de Miles de La Roche s'éclaira.

— Palsembleu ! s'exclama-t-il. Tu as bien de la chance d'être encore vif : je m'apprêtais à te rosser, par tous les diables... Je te prenais pour un envoyé du prévôt, avec qui j'ai maille à partir, car on braconne mes terres et le juge Bertrand s'ébaudit dans son palais de Bonneval... C'est à se demander où vont nos impôts !

Puis, après avoir jeté un écu d'or aux putains, Miles prit Coutterets par l'épaule et l'entraîna vers la sortie. Cette fois, nul besoin d'écarter les clients ; comme jadis la mer Rouge s'ouvrant devant les Hébreux, deux haies de courtoisie se formèrent devant le géant ; certains, même, parmi les ivrognes, ôtaient leur chapeau et s'inclinaient sur son passage. Mais Miles ne semblait pas les voir, et, alors qu'ils arrivaient devant la porte à double battant :

— Dis-tu bien vrai ? demanda-t-il en se tournant vers le régisseur. Ton seigneur est de retour à Lirey ?

— Si fait, monsieur ; et il vous attend, ainsi qu'une vingtaine de vos amis communs.

Miles renifla bien fort.

— Par sainte Berthe la pucelle et saint Gombert son mari puceau ! Je n'y crois ! Jacques est revenu !

Et le colosse murmura pour lui-même :

— Ventre de loup ! Cette tête dure m'a bien manqué…

Puis, gratifiant le régisseur d'une bourrade, il salua la foule d'un crachat tonitruant et sortit.

6.

La porte à double battant franchie, Miles et Coutterets trouvèrent le garçonnet qui avait gardé leurs chevaux, et qui s'empressa de réclamer son dû :

— Pour trois jours, noble seigneur, cela fera vingt deniers.

Et, désignant le régisseur :

— Et vingt deniers pour l'autre manant.

— Mais je ne suis resté que vingt minutes ! protesta Coutterets.

— Pour vingt minutes ou trois jours, répondit le garçonnet, c'est le même tarif.

— Ce n'est pas juste…

— La vie ne l'est pas.

Après avoir bougonné comme il se devait, le régisseur s'acquitta de sa dette et récupéra son coursier. Puis, avec une voix teintée d'affliction :

— Mon maître sera fort déçu.

— Pourquoi donc ? demanda Miles de La Roche.

— Je pensais trouver Arnaut de Thouars au *Père tranquille*…

— Qu'attendais-tu pour le dire, bougre d'idiot ? Voyons voir… Quel jour sommes-nous ?

— Dimanche, répondit Coutterets plein d'espoir.

— Alors Arnaut doit se trouver chez le prévôt.

Coutterets soupira avec autant d'amertume qu'un instant plus tôt il s'était laissé transporter.

— Chez le juge Bertrand, bougonna-t-il ; c'est bien ma veine… Le seigneur de Thouars est aux arrêts…

— Aux arrêts ? s'écria Miles. Mais par les attributs de saint Fulbert, que vas-tu m'inventer ?

— Il est entendu pour une affaire de braconnage, peut-être.

— Encore moins ! Il n'entend rien à la chasse ! Suis-moi ; tu verras par tes yeux ce qu'Arnaut trafique chez le juge Bertrand.

Bientôt, le régisseur et le colosse arrivèrent à la prévôté du village. Ce bâtiment possédait un corps central bas et trapu, et deux ailes de hauteur semblable, mais d'allure générale opposée. L'aile de gauche, entièrement murée de pierre, semblait prête à s'écrouler ; l'aile de droite, avec ses corniches ouvragées, ses murs pannelés de bois rares, sa toiture flambant neuve, paraissait tout droit sortie des compas de Bernard de Soissons.

— Voilà comment on administre notre argent dans ce pays, maugréa Miles.

Car en effet la partie délabrée de la vaste structure abritait la chambre des comptes et le cabinet d'enregistrement de l'impôt ; tandis que l'aile luxueusement rénovée servait depuis trois ans de résidence au prévôt.

— Tous pourris jusqu'à la moelle, continua le comte de Brienne, tandis que Coutterets cherchait un anneau sur la paroi du bâtiment.

Une trentaine de pas derrière eux, le garçonnet du *Père tranquille* les suivait en sifflotant ; ayant trouvé deux bons payeurs devant l'auberge, il espérait une obole de plus.

— Vous ne trouverez point d'anneau d'attache, fit-il remarquer.

— Pour quelle raison ? répondit Coutterets d'un air sévère.

— Pour la bonne raison qu'on les a volés ! Mais point d'inquiétude, messire ; je garde vos chevaux pour dix deniers. N'hésitez pas ; c'est une affaire.

— Voilà, dit Miles en piochant dans son escarcelle et en lui jetant trois sous, sous le regard consterné du régisseur.

Le garçon empocha la menue monnaie et prit les coursiers par les brides.

— Ne t'éloigne pas trop, fit Coutterets.

— Je reste là, dit l'enfant en indiquant l'angle formé par le bâtiment central et la maison du prévôt.

Pendant ce temps Miles gravissait déjà les six marches hautes qui séparaient la chaussée de la porte du logis. Comme chaque dimanche après la messe, le juge Bertrand était parti à la pêche avec le bedeau du village, et la porte à grande ferrure était close à triple tour. Alors que le géant prenait le marteau et s'apprêtait à le faire tinter sur sa charnière, des exclamations fusèrent, venant du deuxième et dernier étage. Tendant l'oreille, Miles entendit une voix de femme, bien distinctement :

— Bertrand ! Que fais-tu là ?

Un second cri suivit, répondant au premier ; c'était une voix d'homme :

— Femme indigne ! Tu me bafoues !

Et cette même voix furibonde ajouta, à destination d'une tierce personne, qui n'avait pas encore parlé :

— Hors de mon lit, scélérat ! Cette fois, tu n'en sortiras pas vivant !

Il y eut un bruit de piétinement sur le parquet, une porte claqua et, soudain, une claire-voie s'ouvrit au deuxième étage et un beau visage de jeune homme apparut à la fenêtre.

— Arnaut ! s'exclamèrent en chœur le comte de Brienne et le régisseur Coutterets.

— Salutations, messieurs, répondit le jeune homme en s'inclinant, tandis que d'une main gracile il attrapait la gouttière et, de l'autre, s'appuyait sur le parapet.

Prestement, Arnaut se glissa hors de l'encadrement puis, retenu par les deux mains, se laissa couler jusqu'à une hauteur qu'il jugeait raisonnable, et enfin sauta. Au même moment, une femme, enveloppée dans un drap blanc, avec un bon visage bourgeois, des tresses blondes, des lèvres gourmandes, et un sein généreux qui jaillissait de sa robe, arrivait à la fenêtre.

— Arnaut ! lança la femme du prévôt.

— Ma mie ! répondit le jeune homme.

— Je t'aime, beau chevalier ! cria l'appétissante bourgeoise en arrachant un coin de drap, avant de le rouler en boule et de le jeter par la fenêtre.

— Adieu, madame, dit Arnaut, en réceptionnant le bout d'étoffe et en le dissimulant dans sa chemise.

Puis, se tournant vers Miles et le régisseur :

— Filons ! s'écria le joli seigneur.

C'était fort à propos ; car aussitôt la porte du rez-de-chaussée s'ouvrit, et un homme long, à l'air aussi furieux qu'effaré, apparut sur le seuil de la maison. Le juge Bertrand brandissait un grand bâton vers eux.

— Thouars ! hurla-t-il. Peu m'importe que tu sois seigneur… Je vais te cogner jusqu'au sang !

Le prévôt se précipita vers Arnaut ; heureusement, le garçon rusé du *Père tranquille*, averti par les cris de l'épouse infidèle, amenait déjà les chevaux.

Miles enfourcha son destrier, et prit Arnaut en croupe ; Coutterets sauta sur son cheval ; et tous trois s'engagèrent sur la route pavée qui menait au sud, vers la collégiale et le château de Lirey.

— Lâche ! lança le juge Bertrand après une course de cent toises, voyant qu'il ne les rattraperait pas.

— Lâche peut-être, mais satisfait, dit Arnaut, alors que Miles jurait comme un beau diable pour écarter les pèlerins qui se dispersaient après l'ostension.

— Lâche sûrement, ajouta Miles en donnant de la botte et du fouet, mais pas cocu !

Et les deux hommes, essoufflés et riant, galopèrent vers la grande demeure fortifiée qui tenait lieu de résidence à la famille de Charny.

7.

— Qu'on tue six volailles et un bœuf, qu'on achète du vin de Bouzy, qu'on fasse une chère mémorable ! avait ordonné Jacques dans l'après-midi, lorsqu'il avait fait mander son maître queux.

— Mais, monsieur, c'est carême !

— Nous ferons une exception.

— Trois heures pour un festin, avait protesté le gros Jean ; c'est un miracle qu'on me demande !

Le gros Jean (ainsi l'appelait-on chez les Charny) était queux depuis trente ans. Son père l'avait été avant lui, et Raoul, son fils, venait d'entrer dans la maison, comme écuyer de cuisine.

À peine l'entretien terminé, Jean avait réuni les commis, le boulanger, et les meilleurs serviteurs de la maison :

— Clotaire, il me faut un quintal de beurre et deux livres de sucre… Maurin, tu me feras cuire dix pains et quarante brioches… Raoul, tu m'écorcheras six poules et trois oiseaux, avant de les monter sur broche… Florentine, voici quarante deniers pour les poissons fumés, les navets, les fromages, et n'oublie pas ces épices à la mode, dont raffolent nos seigneurs…

En quelques heures seulement le miracle s'était accompli. Le gros Jean soupirait d'aise devant les plans de travail ; de belles tranches d'onglet grillaient sur ses poêlons ; les moules au poivre étaient sur le point d'être servies ; et dans la grand-salle on savourait déjà les grues, les alouettes, et ce ragoût de cygne dont le maître queux gardait jalousement le secret.

Le gros Jean était sûr que son jeune seigneur serait satisfait. En pourléchant les contours ventrus de sa bouche, il songeait qu'enfin il allait pouvoir mettre à profit ses talents ; car si, à Paris, Guillaume Taillevent éclipsait les queux les plus doués de la capitale, en Champagne il n'y avait pas meilleur que lui pour fortifier les crèmes, adoucir les viandes et persiller les poissons. Avec le retour de Jacques de Charny, plus personne ne pourrait ignorer que sa cuisine fût un art, comparable par bien des manières à l'alchimie – à la seule différence que l'ail de Mantoue, le chou d'Artois et l'oignon de Picardie remplaçaient le plomb, l'étain et le vif-argent. Et il s'imaginait déjà préparer un agneau farci à l'ail et au gras de rognon, des anguilles en galantine, et des vandoises roulées dans la sauce verjus pour le dîner de Pâques, quand il aperçut Raoul, furetant derrière une grande soupière.

— Au travail, fainéant !

D'un coup de pique, le gros Jean éperonna son fils ; l'écuyer tranchant avait délaissé la soupe aux lardons ; des grumeaux caillaient sous sa cuillère en bois, et un fumet s'élevait, noir et puant.

Raoul n'en avait cure, perdu dans sa contemplation ; Florentine, devant lui, s'inclinait sur un chaudron, si bien qu'en mettant toute la bonne volonté du monde, et toute la pudeur dont l'apprenti était capable, il était impossible d'ignorer la beauté de ses formes.

— Au travail, mauvais fils, répéta Jean, ou je t'envoie chez Robin, aux écuries ! L'hippiatre cherche un assistant pour soigner ses chevaux !

C'était tout ce que redoutait Raoul, être éloigné des cuisines et de la belle Florentine. Sans demander son reste, il prit deux bouteilles de vin du Gâtinais, qu'on réclamait parmi les convives, et s'engouffra dans l'étroit corridor qui menait à la grand-salle.

Vingt jeunes chevaliers étaient attablés autour de Jacques ; lui-même était assis entre Miles de La Roche et Arnaut de Thouars.

Chacun s'était tu et écoutait le seigneur de Charny :

— … C'est ainsi que nous faisions voile vers Acre, avec mon cousin Henri de Lusignan. N'ayant pas été malheureux à Andrinople, où j'avais combattu l'armée turque au nom de Byzance, je m'étais vu confier la conduite de la flotte croisée. Nous étions partis de Chypre par temps clair, mais une violente tempête s'abattit sur nous… Sur dix navires, seul le nôtre en réchappa… Alors nous rebroussâmes chemin jusqu'à Nicosie… Henri n'en menait pas large… Le roi son père nous avait avertis de nuages incertains, et nous avait demandé d'attendre les vents favorables, qui arrivent avec le printemps… Il nous avait donné quatre nefs, un cogge ainsi qu'une galère, et perdit dans la tempête, outre ces six navires, trois cents hommes et cinquante canons… Henri avait insisté, arguant de l'alignement de Jupiter et Saturne, et de l'absence du bey d'Ascalon. Vous connaissez la suite… L'armée sombra avant même d'avoir entrevu Saint-Jean-d'Acre… Jacques de Chypre nous congédia à peine débarqués…

— Qu'est-il advenu de ton cousin ? demanda Miles de La Roche.

— Étant fâché avec son père, Henri s'est mis au service du roi d'Angleterre. Il y a fort à faire là-bas, paraît-il, avec ces hordes de paysans qui ont déclaré la guerre à leur noblesse…

— C'est bien sombre nouvelle, fit tristement Miles ; je me voyais déjà chancelier d'Henri, à Ascalon.

— Chancelier ? Tu as plutôt ta place à la cave, comme bouteiller ! dit, en bas bout de table, l'un des jumeaux de Maupertuis.

— Ou à l'épicerie, ajouta Arnaut de Thouars ; mais après ton premier inventaire, il ne restera plus rien dans le garde-manger… Ni jambonneaux, ni viandes salées, ni ces infâmes poissons à la saumure, qu'on garde pour les temps de disette !

Des rires fusèrent autour de la table. Miles n'en prit pas ombrage : bien au contraire, sa belle humeur semblait s'accroître à proportion qu'on riait de lui.

— Eh là ! charogne, dit-il en s'adressant à l'insolent qui l'avait interpellé, toi, en tout cas, au royaume de Jérusalem, tu as ta place désignée, celle de fournisseur en putains !

Et, se tournant vers Jacques :

— Sa Majesté peut-elle accorder au seigneur Arnaut de Thouars la charge d'officier maquereau ? Il possède en cette matière de grandes compétences.

Les rires redoublèrent, et, après un instant de silence, les conversations particulières, interrompues par le récit de Jacques, reprirent d'un bout à l'autre de la table.

— Eh bien, messieurs, quelles nouvelles de vos châtellenies ? demanda Jacques à ses deux amis.

— J'ai acheté une vigne à Montgueux, dit Miles. Elle produit un joli vin de chardonnay mais ne rapporte pas un sou. Ce sont des ceps anciens, qui appartenaient aux abbés de Saint-François ; ces bougres m'avaient promis dix tonneaux l'arpent, j'en tire deux muids les bonnes années… J'ai mis en fermage mes champs de Radonvilliers… Ce mauvais laboureur de Jean Fiot feint de récolter moitié moins que moi, et me vole depuis une paire d'années… Et bien sûr on continue à braconner mes terres, et le juge Bertrand ne fait rien… Maudit prévôt ! Je le ferai rôtir sur un brasier de la Saint-Jean, lui et tous les officiers du roi !

— Alors rien n'a vraiment changé, s'écria Jacques, qui savait que, comme tout Briennois de naissance, Miles se méfiait par instinct de tous ceux qui gèrent, de près comme de loin, l'administration de l'État.

— Non, mon ami, répondit le colosse en soupirant ; mes journées s'égrènent, paisibles… Ce n'est ni pour m'exalter, ni pour me déplaire… Je me lève à neuf heures ; je déjeune avec mon gestionnaire, qui me parle d'impôts, d'intérêts, de rendements, choses de finance, que je feins de comprendre ; je dîne après mes ablutions, vers dix heures et demie ; je chasse jusqu'à midi ; je dîne une deuxième fois, car l'exercice et l'air me donnent faim ; et je retrouve Arnaut au *Père tranquille*, pour le reste de la journée… En vérité, non, rien n'a vraiment changé. Ah ! si… j'oubliais…

— Quoi donc ?

— Ma mère est morte en janvier.

Jacques bondit devant la triste nouvelle et l'air indifférent de Miles.

— J'en suis désolé…

— Oublie tes condoléances, mon Jacques ; la vieille était mauvaise comme la gale, et doit brûler en enfer !

Le seigneur de Charny rit de bon cœur et se tourna vers Arnaut :

— Et toi, mon ami, dit-il avec un sourire gourmand, point d'amourettes ou de mariage en vue ?

— Je n'ai rien à t'apprendre, répondit Arnaut avec un haussement de sourcil, à ce sujet comme à d'autres, si ce n'est deux ou trois faits d'armes, qui n'ont rien de glorieux.

— Deux ou trois faits d'armes ? s'exclama Miles. Faux modeste, et vrai prétentieux ! Je t'ai compté quarante femmes, rien que l'an dernier !

— Tu enjolives, fit Arnaut, avec un sourire pincé, car il s'efforçait de masquer son contentement de séducteur, qui vit pour deux raisons : séduire, et susciter l'envie des autres hommes.

— Quarante femmes, ajouta Miles, et sans compter les catins de Bonneval, Bar et Saint-Pouange !

— Les putains, ça ne compte pas, répondit Arnaut.

— Les putains, moi, je m'en contente ; car Dieu me préserve des femmes mariées, et de leurs maris cocus ! Pour deux sous, une putain ferme sa bouche et ouvre ses cuisses ; une régulière, c'est l'inverse, et pour mille deniers par mois !

Comme Raoul venait d'apporter les desserts, et que Miles, tout en parlant, avait englouti les choux à la crème et les nougats qui étaient destinés à ses voisins, Jacques commanda une autre fournée de sucreries.

Le gros Jean, qui avait tout prévu, renvoya son fils avec une énorme plâtrée de gaufres.

Chacun sait qu'en fin de repas les langues se délient ; voyant que ses invités étaient mûrs, Jacques choisit ce moment pour prendre des nouvelles du royaume :

— Qu'en est-il d'Avignon, mes amis, du pape et de l'antipape ?

— Ce schisme est une mauvaise affaire pour les chrétiens, dit Arnaut, qui, outre ses goûts courtois, avait une assez bonne appréciation de la chose publique. Un pape en Avignon ; un usurpateur à Rome… La Castille, Naples, l'Écosse et la France ont pris le parti du premier ; l'Angleterre est affiliée au second ; et le Portugal et l'Empire ont changé d'obédience pour se rallier au Vatican. L'Église apostolique est divisée en deux et, en conséquence, s'est appauvrie de moitié. La corruption s'étend parmi les prélats. Et la rémission des péchés, qui s'assurait jadis par une prière ou une confession, s'achète désormais en indulgences. Comment s'étonner, dans ces conditions, que des idées de réforme traversent l'Occident ?

— Et notre jeune roi Charles, qu'en dis-tu ?

Arnaut haussa les épaules.

— Que dire d'un roi qui règne, mais ne gouverne pas ? Depuis la mort de Charles V, les oncles de Charles exercent le pouvoir à sa place, lui taillent des croupières, et font fortune aux frais du roi…

— Je crois bien, pourtant, que le peuple s'est entiché de lui. Ne l'appelle-t-on pas « le Bien-Aimé » ?

— Il en ira pour Charles VI comme il advint de son père. D'aucuns le baptisaient « le Sage » aux débuts de son règne, avant qu'il ne mène le royaume à la banqueroute.

— Je te trouve bien dur avec le feu roi…, protesta Jacques. Il reconquit à l'Anglais bien des provinces que ses ancêtres avaient perdues…

— La reconquête doit moins à Charles V qu'au connétable du Guesclin. Et chacun sait que ce roi-philosophe préférait les livres à la guerre. La musique et l'astrologie lui seyaient mieux que les champs de bataille et les défis courtois.

En politique et dans la vie, Jacques se rangeait du côté des optimistes ; et, bien qu'entamée par les désillusions de la croisade, sa foi dans l'homme demeurait vive et entière.

— Si fait, opina-t-il, mais après trente ans de guerre et de sacrifices, la France est sûre et en paix.

— En paix, certes, mais à quel prix ? La noblesse est si bien saignée qu'il faudra cent ans pour la repeupler. Le service du roi contre l'Anglais a coûté des fortunes aux gentilshommes. Nos fiefs sont tant criblés de dettes qu'on dit que les Lombards ne prêtent plus aux seigneurs français.

— Peut-être, hasarda Jacques, mais le peuple est moins pauvre qu'il fut.

Arnaut contempla sévèrement son ami.

— Qu'en sais-tu, toi qui es parti depuis six ans ?

Voyant Jacques hébété par cette attaque impromptue, Arnaut se radoucit :

— Pardonne-moi, mon ami ; mais tu dois savoir que ton peuple gronde, depuis que les États ont restauré l'impôt.

Au mot d'« impôt », Miles marmonna quelque rengaine contre l'infamie fiscale et préleva dans l'assiette de son voisin une tartelette copieuse et dégoulinante, qui sembla le consoler.

Pendant ce temps Arnaut continuait à l'intention de Jacques :

— Sais-tu que les drapiers flamands s'insurgent contre leur comte ? qu'en Normandie les gens de métier se soulèvent ? qu'en Languedoc les Tuchins massacrent les nobles et les curés ? que les Parisiens ont pillé les maillets de plomb de l'Arsenal et menacent le Parlement ? Comment blâmer ces tristes sires ? Les tailles étaient motivées par la guerre, mais n'ont plus d'autre justification qu'engraisser les oncles du roi… Pendant que Louis d'Anjou fait fondre la vaisselle royale afin de financer sa stupide campagne d'Italie, Jean de Berry tyrannise et spolie le commun dans ses apanages d'Auvergne et du Poitou. Philippe de Bourgogne n'est pas meilleur, qui se fait passer pour le plus généreux des hommes mais détourne à son profit la moitié du budget de la Couronne… Et ces oncles, plus riches que leur neveu, veulent restaurer les aides et les fouages… Si rien n'est fait, bientôt, toute la gueuserie de France se révoltera contre sa noblesse ! Et tantôt c'est nous que les manants pendront !

Autour de la table, un lourd silence s'établit, seulement interrompu par les grognements de Miles. Le colosse avait retrouvé sa bonne humeur habituelle quand une vieille soubrette avait servi, en complément de repas, une hure entière de sanglier. Concentré sur ce festin, il ne s'était pas aperçu qu'on se taisait autour de lui.

— Eh bien, mes amis, s'exclama-t-il, levant tout à coup les yeux, c'est ainsi qu'on honore le retour de notre preux croisé, le chevalier Jacques de Charny ? Avec ces complaintes de femmes éplorées ?

Et, levant son pot de bière :

— Je vais vous montrer, moi, comment un Champenois doit célébrer le retour d'un fils, fût-il prodigue ! Avec du vin, de la bière et de la cuisse, pardieu !

Et comme la vieille servante attendait sagement derrière lui avec les oreilles et la queue du sanglier, Miles de La Roche l'attrapa par le tablier, la retourna comme un fétu de paille, et lui administra une claque sur la fesse, aussi sonore qu'un coup de fouet sur un parquet de bois.

— Voilà pour toi, la gueuse, s'écria Miles.

Et la tablée, de belle humeur, reprit ses agapes en riant.

8.

Parmi les logis que Jacques avait fréquentés, peu approchaient, même de loin, le souvenir douillet de sa chambre d'enfant. Les monastères d'Avignon et Venise, les casernes de Gênes, Messine et Limassol, les auberges de Nevers ou Valence offraient, au mieux, des cellules sommaires, au pis, des paillasses de foin.

Dans la galère qui l'avait conduit à Nicosie, au départ de Constantinople, il avait dormi à fond de cale, au milieu d'une garnison de soldats appelés en renfort par le roi de Chypre, et d'une dizaine de cochons, qui n'avaient pas survécu au voyage, c'est-à-dire à l'appétit des mercenaires. Et sur le navire génois qui l'avait ramené en France, en guise de couchage, il n'avait rien trouvé de mieux qu'une écoute et un sac de serge, dont il s'était emmitouflé.

Ainsi, lorsqu'il avait retrouvé le matelas moelleux et les draps frais de son lit d'enfant, et malgré la tête qui lui tournait après le festin qu'on avait donné en son honneur, Jacques s'était endormi aussi promptement que Zeus quand Hypnos lui présenta ses pavots.

Le lendemain, à cinq heures, un rêve dont il ne gardait pas de souvenir l'avait tiré du sommeil. Jacques s'était frotté les yeux, encore enflés par le vin, et était resté étendu un long moment afin de profiter de la chaleur du duvet d'oie.

Puis il s'était lentement assis dans son lit, et s'était exclamé, d'une voix enrouée par les causeries de la veille :

— Coutterets !

Il enfilait déjà ses braies et sa pelisse quand le régisseur entra dans sa chambre.

Coutterets dressa le couvert sur un guéridon, et y disposa le gruau d'avoine, le pain, le lait cru, et un restant de soupe au lard. C'étaient les instructions de la mère ; elle connaissait les goûts de son fils.

Après avoir congédié son régisseur, Jacques se rinça le visage à l'eau claire, et prit un ciseau et un coupe-chou. Tandis que les poils drus et bouclés tombaient en mèches éparses sur le sol, il avait l'impression qu'en même temps que cette barbe de plusieurs mois c'était la souffrance de cette croisade avortée qui se détachait de lui-même. La routine faisait son œuvre ; des ambitions douces et raisonnables remplaceraient bientôt les folles illusions, qui l'avaient naguère perdu. Préserver sa terre et ses biens terrestres ; aimer ses gens et se faire aimer d'eux ; chérir la justice et la vertu ; chasser, dîner, boire ; prier, parfois, pour que tombe la pluie ; fallait-il braver l'hérétique, emporter des bastions, mener des armées, faire tournoyer l'oriflamme pour jouir du bonheur d'exister ? Non, songea-t-il ; et tandis qu'il scrutait son reflet dans le carreau d'une fenêtre, qui renvoyait la lumière du dedans, car au-dehors il faisait encore nuit, la vérité lui apparut : sa place était ici, parmi les siens, sur ce territoire infime à l'échelle du monde, mais dont il connaissait chaque pierre, chaque détour, chaque chemin. Si petit fût-il, ce fief était son empire ; on l'avait négligé, méprisé, honni peut-être, parce qu'un coup de sang l'avait conduit à quitter son pays ; mais la plus belle des reconquêtes l'attendait.

C'était l'aube, déjà. Après s'être soigneusement rasé, Jacques prit son feutre, sortit, emprunta le couloir qui menait au grand escalier, et passa, à pas feutrés, devant la chambre de sa sœur.

La porte était entrouverte, comme d'habitude.

— Jacques ? fit une voix dans la pénombre.

Le jeune homme hésita un instant, puis entra. Il s'approcha du lit en se guidant d'après les souvenirs de la veille, buta sur un chevet, et, à tâtons, chercha le visage de sa sœur. Enfin, quand il l'eut trouvé, il l'embrassa sur le front. Et comme il se relevait doucement, Marie lui saisit la main et l'attira près d'elle.

— Je t'ai réveillée ? demanda Jacques.

— Oui, je crois... Enfin je ne sais plus.

— Rendors-toi, alors ; il est fort tôt.

Et, tandis qu'il se relevait et s'apprêtait à quitter la pièce :

— Où vas-tu ? demanda Marie d'une voix vive et dégagée.

— Je vais visiter la collégiale, répondit Jacques à voix basse ; on me dit que l'église a changé, et je voulais m'en rendre compte.

— Oh ! je t'en prie, s'écria Marie, emmène-moi !

Au même moment, un premier rayon de soleil éclairait la pièce.

Jacques se tourna vers le lit ; sa sœur avait repoussé les draps et s'étirait comme un chat. Sa chemise en lin blanc, largement décolletée, laissait entrevoir deux seins fraîchement éclos. En voyant cela, et relativement aux baisers qu'il lui avait prodigués quelques instants plus tôt, Jacques ressentit de l'embarras.

Marie n'était que sœur à moitié, mais il la considérait comme sœur à pleine mesure.

Geoffroy, le père de Jacques, était mort deux mois après la naissance de son fils, à la bataille de Poitiers. Sa mère s'était remariée dix ans plus tard à un gentilhomme breton, ami de son époux, qui la courtisait depuis toujours. Ce mariage avait donné un enfant, et s'était interrompu presque aussitôt, quand, à l'issue d'une partie de chasse, son nouvel époux avait contracté un mal de poitrine et était mort dans la nuit.

— Donne-moi mon mantelet, dit Marie.

— Tu ne vas pas sortir par ce froid !

— S'il te plaît ! dit la jeune fille avec une moue boudeuse et en dodelinant de la tête.

Jacques sourit, et oublia aussitôt que cette fillette devenait femme. Il prit Marie dans ses bras, comme s'il s'agissait d'une très jeune enfant, et la déposa sur le sol. Puis il saisit un surcot de velours sur un chevalet, et un chaperon de laine qu'il trouva dans un coffre, où étaient rangés les vêtements de sa sœur.

— Allez ! dit Jacques.

Marie sauta à pieds joints sur le sol, s'enveloppa dans son manteau, et suivit son frère dans l'escalier.

Le château était encore endormi.

Coutterets les attendait devant la porte du logis, avec un petit cheval brun. C'était l'étalon sec et musculeux que Jacques avait ramené de Turquie.

— Voici Arion, le Thelpusien, dit Jacques.

— Bonjour Arion, fit Marie avec un bon sourire, en caressant le turcoman.

N'ayant pas l'habitude du froid, Arion était nerveux et fumant. Aidée par un montoir, Marie enfourcha l'animal, s'installa sur le devant de la selle, et s'appuya sur l'encolure, sans que le cheval bronchât.

Jacques monta à son tour, s'assura que sa sœur était bien affermie et, d'un coup sec, éperonna.

Arion gratta le sol et s'élança au galop ; Marie s'agrippa à la crinière ; Jacques, avec un mouvement de bassin, s'avança contre sa sœur ; et, collés l'un à l'autre comme des enfants que rien ne pourrait séparer, ils franchirent le pont-levis.

Jacques emprunta un chemin de traverse et mit son cheval au trot. Le vent cinglait son visage. Quand des larmes coulaient, il passait sa langue sur ses lèvres, en essayant d'attraper les gouttes d'eau ; c'était une sensation délicieuse et salée, qu'il répétait depuis l'enfance.

Bientôt, ils eurent dépassé les dernières maisons du village.

Le soleil émergea derrière les arbres, en face d'eux. Jacques mit la main sur son front, afin de distinguer le paysage.

La nature était triomphante. La plaine s'étendait, vaste et ondoyante, jusqu'à la côte venteuse, à Aubeterre, où s'élevait un moulin. C'était un océan de champs et de vignes, séparés par des chemins. Selon l'inclinaison du sol ou la nature de la terre, on cultivait la céréale ou le pineau. Le soleil rasant donnait aux bourgeons l'éclat du verre fraîchement soufflé, et des teintes d'or aux feuillages naissants.

Après avoir traversé un hamelet de trois maisons, le chemin s'élargit. Le cheval, libéré, reprit de l'allure.

Une dizaine d'hommes, qui partaient pour une longue journée de labeur, s'écartèrent pour laisser passer l'animal. Certains s'inclinèrent, adossés aux murets qui entouraient la route, d'autres se découvrirent, mais la plupart, ployés sous leur fardeau, n'accordèrent pas un regard au cavalier et à sa sœur. Les visages étaient marqués. L'hiver avait été rude, et la récolte plus faible qu'à l'accoutumée. Ces paysans allaient semer le millet pour compenser la perte attendue sur l'avoine et le froment.

Après les avoir salués, Jacques et Marie parvinrent à une palissade. Celle-ci était couchée depuis toujours. Ils l'enjambèrent, et arrivèrent devant le pré où se dressait la collégiale.

C'était un terrain presque aussi large que le château et le village réunis, et au centre duquel étaient établis une petite église et un prieuré de bois. Les deux bâtiments formaient un ensemble assez rustre, qui abritait un chapitre de vingt moines.

— Où sont les ânes, les étalons, les pouliches ? murmura Jacques en arrêtant sa monture dans le vaste champ.

Cette prairie, qui naguère, du temps de son adolescence, était un bel herbage où paissaient génisses, vaches laitières, brebis et toutes sortes d'animaux domestiques, n'était plus qu'une terre infertile à l'herbe rare, et jonchée de détritus.

Alignés sur toute la largeur du pré, comme une colonne de soldats, une cinquantaine d'ouvriers des champs avançaient lentement, bêche à la main et hotte sur le dos, afin de retourner la terre et d'en ôter les souillures.

En une nuit, le champ s'était vidé.

Les pèlerins étaient partis la veille, se hâtant après l'ostension ; en quelques heures, avant le crépuscule, il avait fallu rouler le paillot, échanger les objets inutiles contre quelques provisions, dîner frugalement, et, pour les plus riches, démâter les tentes et charger les mulets. Il ne restait de leur passage que le charbon des brasiers, les toiles déchirées, et le sillon des chariots.

Jacques mit pied à terre, et prit Marie dans ses bras, afin qu'elle descende à son tour. Puis, regardant à l'entour, il demanda d'une voix émue :

— Et nos chèvres du Poitou, qui produisaient la plus belle laine de la région ?

— Mère les a vendues à un métayer de Bouilly…

Jacques se tut un instant, puis :

— Que veux-tu dire ? Que les pèlerins ont remplacé nos bêtes ?

Ses espoirs du matin étaient soudain douchés ; le bonheur d'entrevoir son domaine avait fait place à un sentiment de vide et d'incompréhension devant l'ampleur de ces bouleversements.

— Nous courions à la ruine, dit sourdement Marie.

— Eh bien, que nous rapportent-ils, ces pèlerins ?

— D'après mère ils nous sauvent de la faillite.

— Comment cela ? repartit Jacques ; peut-on les tondre ? Peut-on leur passer un collier d'épaule pour le labour ? Peut-on les traire ou les louer pour la saillie ?

La jeune fille, brusquée par cette ironie dont elle n'avait pas l'habitude, baissa la tête. Elle frissonnait de tout son corps, et ses yeux étaient embués de tristesse. Jacques s'approcha d'elle et l'enlaça.

— Pardon, ma sœur chérie.

Jacques la serra de plus belle.

— Ce n'est rien, dit Marie.

Les enfants sont versatiles, mais bien disposés, à condition qu'on leur offre douceur et caresses ; déjà Marie séchait ses larmes, et tirait son frère par la manche.

— Où va-t-on ? demanda Jacques.

— À la nouvelle église ! répondit Marie.

Elle l'emmena vers le haut bâtiment, bardé d'échafaudages, qu'on construisait en amont, à une cinquantaine de toises à peu près. Les manœuvres, en nombre, venaient embaucher devant l'édifice.

— Pourquoi remplacer l'ancienne église ? demanda Jacques, soudain repris par cette révolte intérieure qu'on appelle parfois nostalgie. C'est l'orgueil de notre maison !

Car, en effet, si l'église à pans de bois semblait modeste, sa crypte accueillait le tombeau de Geoffroy de Charny. Le gisant avait été taillé d'un bloc, dans la carrière de Javernant, et il avait fallu trois cents bêtes, et autant d'hommes, pour convoyer l'énorme pierre de craie.

Comme Jacques s'animait, en évoquant la vieille collégiale, Marie le toisa gravement :

— De toute la France, des aspirants nous écrivent pour rejoindre notre chapitre… Des milliers de pénitents viennent se prosterner et communier chez nous… Crois-tu que l'église de ton père suffise à les accueillir ? Deux cent mille pèlerins sont venus l'an dernier, Jacques !

Puis, embrassant la plaine d'un geste de la main :

— Ce chantier a redonné vie à ce pays, après trente ans de guerre et de fléaux… As-tu oublié nos souffrances ? Ou es-tu parti depuis trop longtemps pour en garder le souvenir ?

Et voilà qu'elle aussi, pensa Jacques, l'accusait d'être fuyard et mécréant… Lui qui six ans plus tôt se croyait magnifique et courtois, d'avoir choisi l'errance plutôt que la vie de château ! Il rentrait chez lui comme le plus oublieux des maîtres et le plus ingrat des parents. Alors, tandis qu'il contemplait le vaste chantier et les ouvriers de la scie, de la pierre et du bois qui arrivaient en rangs serrés des bourgs mitoyens :

— Dieu que ma terre a changé ! soupira-t-il.

Marie le regarda tendrement ; et le frère et la sœur s'en allèrent, à pas rapides, sur le chemin de gravier.

9.

— Qui me fait déranger ? Nous avions débusqué un cerf, encore une heure et c'était l'hallali !

Le pape Clément descendit de cheval et, furieux, lança à son jeune écuyer le drap fourré de zibeline qu'il jetait sur ses épaules quand il partait, tôt le matin, pour le domaine des Cabrières. Dans cette forêt prêtée par le comte d'Orange, il s'adonnait une fois par mois à son passe-temps favori, pour oublier les tourments de sa charge.

De haute taille, le menton fin, le front large, Clément VII, qui s'était naguère appelé Robert de Genève, était né pour l'exercice de l'autorité. Il aurait pu être seigneur, baron ou général, mais le destin en avait voulu autrement : il était pape, et, dans cette fonction comme dans la vie, il était fier et irascible.

— Vous êtes attendu au Tribunal, dit un clerc, s'avançant devant le pontife.

— Le Tribunal, de si bon matin ?

Sans attendre de réponse, Clément, d'un pas rapide, monta les trois marches et entra dans la tour d'angle, qui venait d'être achevée.

Cette tour à six niveaux, à vocation défensive, donnait directement sur la place de la Mirande, c'est-à-dire qu'en un tournemain – et en toute discrétion – le pape pouvait quitter ses appartements et rejoindre l'hôtel d'un légat *a latere*, la vice-gérance ou l'une de ses résidences à Avignon. En outre, en empruntant la tour Saint-Laurent, Clément s'épargnait un long détour, *via* la cour d'honneur, la garde-robe et les couloirs froids de la chancellerie.

Car les papes bâtisseurs, qui avaient quitté la Ville éternelle pour Avignon, avaient omis, dans leur ambition d'élever un palais rivalisant de luxe et de grandeur avec ceux qu'ils avaient laissés derrière eux, le plus élémentaire des agréments : le chauffage.

Le palais vieux, le cloître et le consistoire, dessinés par des artisans français, comportaient des cheminées, des fenêtres à double banquette, et des voûtes en bois sombre, qui conservaient la chaleur, mais les salles d'honneur et les appartements avaient été confiés à des maîtres d'ouvrage italiens. On avait même pensé au grand Giotto pour peindre la chambre de parement.

Les *architetti* avaient construit la demeure du pape comme si elle s'était trouvée à Rome, à Naples ou à Vérone, oubliant qu'Avignon est une ville de France. Les étés y sont chauds, mais les hivers frais et parfois coriaces.

Ainsi, l'appartement du pape était une glacière ; les vitraux des logis de la curie romaine laissaient passer un air si froid qu'à partir du mois d'octobre il fallait les draper de velours.

Et tout l'hiver, jusqu'au début du mois de mai, parmi les hommes d'Église, les scribes, les cardinaux, les administrateurs et les laïcs, plus de mille personnes vivant à l'année dans ce palais, c'était un concours d'expectorations et de crachats sonores, qui exaspéraient Clément.

Si bien que ce pape ombrageux avait fait aménager, près de la salle du Tribunal, un petit *studium* doté d'une cheminée, d'un lit et d'un bureau.

À l'écart de la foule et de la curie, Clément y passait le plus clair de son temps ; dans cette pièce minuscule, il dormait, méditait, dictait des codicilles, lisait sa correspondance et recevait parfois des princes et des ambassadeurs.

Clément ne soupçonnait pas qu'on l'attendait dans cette chambre ; par conséquent il emprunta un petit pont couvert, à l'abri des courants d'air, et ouvrit une porte, qui semblait se confondre avec la grande fresque du jugement dernier, peinte par Matteo Giovannetti.

La porte était un trompe-l'œil *a reverso* : elle semblait dessinée dans le tronc d'un olivier, comme les portes des contes encastrées dans des troncs centenaires, et qui donnent accès à des souterrains merveilleux ; mais cette porte n'avait rien de magique ; elle s'ouvrait par le jeu d'une clé, et donnait sur la salle du Tribunal.

Le pape aimait surgir ainsi, pour surprendre ses invités, et oindre sa personne d'un voile de mystère, ce qui, d'après lui, seyait à son rang.

Mais la salle du Tribunal était vide, alors Clément traversa la pièce en s'interrogeant à vive voix :

— Diable, c'est donc un roi ou un puissant ministre, pour qu'on le fasse attendre dans mes appartements ?

Il franchit une antichambre surveillée par deux gardes en faction ; sur une banquette, il attrapa le camail et la mitre ainsi qu'une ceinture brodée de soie rouge qu'il avait laissés sur une table en partant pour la chasse, et s'en couvrit, afin de revêtir les habits propres à sa fonction.

La porte de sa chambre était entrouverte.

Il la poussa.

Un homme, accroupi devant la cheminée, semblait transi de froid. Il portait un habit de marchand, une chemise de laine et des bottes de cuir, souillées jusqu'au genou. Ses vêtements dégoulinaient, formant un petit ruisseau sur le parquet. Il se releva à l'entrée du pape, dépliant une longue carcasse, et tendant vers son hôte un visage anguleux, maigre, avec, en guise d'yeux, deux billes noires et sévères.

— D'Arcis !

Car ce n'était ni le roi ni l'ambassadeur d'un grand royaume qui attendait le pape dans son appartement privé, mais l'évêque de Troyes. Pierre d'Arcis, en effet, avait officié deux ans aux finances de la curie, avant de se voir confier l'un des plus grands diocèses de France. Cet homme de rigueur, docte, austère et attaché au prestige des institutions s'était un temps fait voir comme le meilleur espoir au cardinalat, parmi la garde rapprochée de Clément.

— Mon cher ami, reprit le pape, qui semblait adouci par la visite de l'ancien canoniste, je ne vous espérais pas si tôt…

— On n'attend pas un mois pour répondre à l'avocat de Dieu sur terre, répondit obligeamment d'Arcis.

Et, comme Clément VII examinait l'évêque, qui était souillé jusqu'aux genoux :

— Pardonnez ma tenue, Très Saint-Père, mais par commodité et par prudence, je voyage en habit de vilain. J'ai couru sans repos depuis la Champagne : six jours entiers, six nuits de bivouac et autant de montures.

— C'est vite…, dit simplement le vicaire du Christ ; et cela ne m'étonne point de vous.

Puis, sobrement :

— Je ferai court, d'Arcis ; car vous avez besoin d'une couche et d'un bon repas. Après quoi vous repartirez chez vous.

L'évêque acquiesça, avec un infime tressaillement de joie, car il avait imaginé, en recevant la convocation du souverain pontife, qu'on le privait de sa croix pastorale, qu'on le déportait dans une forteresse, et qu'il terminerait sa vie comme Pietro de Morrone, dans les oubliettes d'un château du Comtat Venaissin.

Clément VII remarqua le soulagement du prélat :

— Ainsi vous étiez inquiet, fit le pape en levant un sourcil.

— Certes oui, reconnut d'Arcis.

— Eh bien, vous aviez raison. D'ici à la fin de l'année, vous rendrez votre crosse et votre anneau.

L'évêque pâlit, autant qu'il est possible pour un homme qui n'a pas connu le repos depuis six jours.

— Ne faites pas l'étonné, d'Arcis ! gronda Clément. Voilà douze mois que je vous avertis. Vous m'aviez fait valoir qu'en remplaçant François de Conzié, vous apporteriez à la papauté les subsides dont elle a besoin. Un an plus tard, ma chambre apostolique n'a jamais collecté si peu d'argent ! Mon camérier me disait hier que, de trois mille florins il y a deux ans, votre diocèse n'a versé que vingt livres tournois l'an dernier… C'est une contribution bien maigre, pour un évêque qui connaît mieux que personne la disette pécuniaire de la papauté !

Pierre d'Arcis serra les dents pour contenir son dépit. Mais le pape connaissait son homme, qui l'avait naguère si bien servi :

— Ne soyez pas triste, d'Arcis. Vous m'appelez l'avocat de Dieu, mais le schisme a fait de moi son comptable. J'ai envoyé une légation en Flandre, qui m'a coûté vingt mille florins… L'aventure de Louis d'Anjou en Italie termine d'épuiser mon trésor… Mais qui comprendrait que je ne soutienne pas cette campagne, alors que le royaume de Naples menace de basculer dans la dépendance d'Urbain ? Je dois soustraire d'innombrables provinces à l'obédience de Rome, alors même que mes contribuables invoquent le schisme pour se soustraire aux obligations fiscales qui pèsent légalement sur eux… Vous-même, qui me promettiez hier de somptueux subsides, ne m'envoyez plus un sol d'argent…

L'évêque de Troyes ouvrit ses bras immenses :

— Qu'y puis-je, Très Saint-Père, si l'hérésie s'est abattue sur le voisinage de Troyes ? Les pèlerins, qui venaient hier nombreux pour prier saint Syre et saint Nizié, ont déserté ma cathédrale pour aller prier la relique forgée de Lirey… Mes riches fidèles, naguère avides d'indulgences, préfèrent financer la collégiale de Troyes, nantie de tant d'argent qu'elle achève de construire une luxueuse église…

— J'ai pourtant mis en garde les seigneurs de Charny, fit le pape ; n'ai-je pas été entendu ?

Un éclat de colère passa dans le regard de Pierre d'Arcis.

— Les avertissements sont vains devant la folie qui s'est emparée de ces hommes ! Malgré les décrets de mon prédécesseur, malgré vos courriers, Très Saint-Père, les seigneurs de Lirey continuent d'abuser les foules. Et pourtant tous nos savants l'affirment : c'est là forgerie et représentation trompeuse du Christ, Notre-Seigneur ! Cette provocation est l'illustration même de la grande défiance qui guette notre Église ; et j'ai peur que, bientôt, à l'image des paroissiens de Lirey, des communautés entières ne se jettent à corps perdu dans le culte des idoles, la sorcellerie, les superstitions, ou ne se rallient à l'usurpateur Urbain, sans craindre d'être châtiées.

Cette dernière évocation fit tressaillir le pape Clément.

— Je ferai appel au roi de France, dit-il, pour infléchir la position des seigneurs de Lirey.

— Il y avait un temps, répondit tristement l'évêque de Troyes, où l'héritier de saint Pierre n'avait pas besoin du roi de France pour faire respecter ses édits…

Clément VII se rembrunit.

— Voulez-vous dire que j'exerce médiocrement ma mission ?

Pierre d'Arcis, conscient qu'il s'exposait et assez fin politicien pour deviner qu'il avait fait mouche, décida de baisser les yeux.

— Cela n'est point ce que je dis…

— Dois-je vous rappeler que le Sacré Collège, inquiété par un pape qui faisait pendre ses meilleurs prélats, s'est retourné contre Urbain VI et m'a élu ? Aurais-je dû refuser la plus noble des tâches, parce que l'Empereur et Richard d'Angleterre restaient fidèles à l'antipape, tandis que les rois de France et de Castille appuyaient mon vicariat ?

Puis, pivotant vers la cheminée, où crépitait une flamme bleue :

— Que proposez-vous, d'Arcis, pour remettre ces seigneurs à l'endroit ?

— Je ne vois qu'un chemin, Très Saint-Père…

— Lequel ?

Pierre d'Arcis s'avança jusqu'au foyer, et, d'une voix puissante, qui résonna jusqu'à la salle du Tribunal, car les portes n'étaient pas fermées :

— L'excommunication, Votre Sainteté, et la promesse de l'enfer pour tous ces traîtres à Dieu !

10.

Au moment même où l'évêque de Troyes visitait le pape en Avignon, un très jeune homme et un vieillard d'une soixantaine d'années poussaient leurs montures jusqu'au sommet du promontoire planté de vignes qui surplombait la grand-plaine de Lirey.

Le jeune seigneur, qui devait avoir treize ou quatorze ans, trottait sur un genet d'Espagne. Ses grands yeux vifs, sa chevelure noire et mal coupée, une longue jaquette d'écarlate étroitement ajustée, son nez prononcé, des traits sans beauté particulière, une taille assez grande pour son âge, lui donnaient l'aspect de ces adolescents mal dégrossis que le corps, par une croissance brusque, sort de l'enfance à marche forcée.

Le vieillard, fringant malgré ses longues mèches blanches et les nombreuses rides et cicatrices anciennes qui parcouraient son visage, ne quittait jamais du regard l'adolescent.

— C'est cela, Lirey ? dit le jeune seigneur, arrivant sur le tertre pierreux.

— En effet, monsieur, répondit le vieil homme.

Bordé par les eaux détournées de la Mogne, le château des Charny semblait flotter sur un nuage, et ses parois, étincelantes dans le soleil, lui faisaient comme un habit de dentelle.

— C'est donc ici qu'on brave l'autorité de l'évêque de Troyes – et, incidemment, celle du pape Clément ?

— À vous d'apprécier, monseigneur, répondit le vieillard, avec la tempérance des serviteurs expérimentés.

— Qui sont les seigneurs de ce domaine ?

— Lirey est la propriété des seigneurs de Charny, depuis que Jeanne de Vergy l'a apporté en dot au chevalier Geoffroy.

L'adolescent fronça les sourcils et, sèchement :

— L'homme était riche, si j'en juge à la splendeur de son château.

— N'y voyez pas de mauvais profits, répondit le vieil homme, mais la récompense d'un grand talent. Notre jeunesse a oublié ce vénérable chevalier, qui fut l'un des plus brillants de son temps. Sa vaillance à la guerre et en champ clos le faisait passer pour l'un des plus francs bretteurs du royaume. Il manqua d'être tué dix fois, vingt fois peut-être, et fut mis à rançon par l'Anglais. De surcroît l'homme était fin lettré, et rédigea plusieurs traités, qui lui valurent l'admiration des plus grands. Philippe VI le portait aux nues, et Jean II le fit chevalier de l'Étoile, avant de l'élever au rang de porte-oriflamme…

Le vieillard soupira à l'évocation d'un homme qu'une génération entière avait admiré, et d'une époque révolue.

— Mais ces tours galbées, reprit l'adolescent, qui n'avait pas abandonné le fil de ses idées, et s'étonnait de voir tant de richesses accumulées dans cette contrée qu'il visitait pour la première fois ; ce donjon luxueux, ces murailles si blanches qu'elles semblent sorties de l'imagination de Chrétien de Troyes ?

Le vieillard regarda sévèrement son jeune compagnon.

— Est-ce un crime d'être large et généreux ? Chacun sait que le titre de porte-oriflamme est l'un des mieux dotés du royaume ; une rente de trois mille deux cents deniers d'or, que Geoffroy employa pour ses pauvres et la terre de ses aïeux. Ses ancêtres disposaient d'une motte de terre, bien maigrement défendue contre les incursions des Anglais. Il renforça sa demeure, dota son fief d'une collégiale et fit construire un dispensaire à destination des déshérités.

L'adolescent acquiesça silencieusement.

— S'il n'était pas mort à Poitiers, continua le vieil homme, Geoffroy de Charny occuperait les plus hautes fonctions. Mais il s'interposa devant la lance du Prince noir, qui était destinée à Jean le Bon…

Le jeune seigneur, sensible aux morts glorieuses, oublia ses critiques et se redressa sur son coursier :

— Bonne mort, pour quiconque sauve son roi au prix de sa vie !

Et, poursuivant d'une voix pensive :

— Mais pesant héritage, pour le fils d'un si preux chevalier… Comment s'appelle, au fait, le présent seigneur de Charny ?

— Jacques, monseigneur ; il était de l'armée que Lusignan, le roi de Chypre, leva l'an dernier pour reconquérir son royaume perdu de Jérusalem. Les Charny et les Lusignan sont cousins, par la mère de Jacques.

— Ce fut un échec, j'ai ouï dire, que cette croisade avortée.

— Jacques de Charny n'est pour rien dans ce désastre ; la faute en revient à son cousin, Henri de Lusignan, qui abîma sa flotte dans une tempête, à quelques encablures de Saint-Jean-d'Acre.

L'adolescent, songeur, fit pivoter sa monture et rebroussa chemin, bientôt rejoint par son vieux compagnon. Une dizaine de soldats montés, vêtus d'un feutre noir et d'un uniforme à plastron, les attendaient au pied du monticule. Le jeune seigneur leur fit signe de les suivre jusqu'à l'affluent de la Seine, où se dressait le donjon des Charny. Une demi-lieue, à peu près, les séparait du cours d'eau.

Comme cette maigre compagnie s'avançait sur le vaste terrain de la collégiale, un petit homme d'une quarantaine d'années, gêné par un fort embonpoint et monté sur un comtois, apparut par-devers eux. Ne voyant, en tête du maigre cortège, qu'un adolescent et un homme d'âge respectable, il ignora le plus jeune et s'adressa au plus vieux :

— Bonjour et bienvenue, monseigneur !

Le vieillard salua de la tête.

— Je suis Coutterets, le régisseur des seigneurs de Lirey. Anselme, le maître de notre collégiale, m'envoie auprès de vous. Il vous croit seigneurs de Castille ou d'Aragon, et fait demander vos noms et qualités… J'ai parié pour ma part que vous êtes d'Anjou !

Le régisseur, passablement essoufflé par sa course, prit une grande inspiration. Et, de cette voix de fausset, qui le rendait parfois bouffon :

— Souhaitez-vous camper dans la plaine, comme il est d'usage chez nos pèlerins ? Nous demandons deux sous à ceux qui dorment à la belle étoile, monture comprise ; mais si vous en avez l'envie – et la bourse – vous pouvez loger aux communs, pour quarante deniers ; et nous mettons nos écuries à votre disposition, pour l'excellent prix de six sous par monture.

— C'est diablement cher, s'exclama le vieil homme.

— Nous offrons la nuitée aux religieux et aux indigents ; si vous prouvez l'une ou l'autre de ces qualités, vous pouvez vous installer où bon vous semble ; si vous êtes gentilhomme, il faut payer.

— Nous sommes gentilshommes, intervint le jeune seigneur, avec une légère contraction de la mâchoire.

Puis, d'un ton dégagé :

— Tu ne t'es pas trompé, vilain, je suis Charles de Mestréal, seigneur de Longueville en Anjou ; et voici Bureau, mon fidèle précepteur, qui m'accompagne partout.

Le vieil homme salua, avec un sourire pincé.

— Si c'est le souhait de ton maître, continua l'adolescent, nous dormirons aux communs.

— Soyez les bienvenus à Lirey, messeigneurs ! dit Coutterets.

Le régisseur tira sur sa bride et repartit au galop.

— Alors nous sommes bien d'accord, Bureau ? reprit le jeune seigneur d'Anjou.

— Si fait, monseigneur, répondit le précepteur avec un imperceptible haussement d'épaules. Je fais passer le mot dans les rangs.

Et, sans zèle excessif, le vieillard alla se mêler à la dizaine de soldats montés, qui attendaient un peu plus loin.

11.

Pendant ce temps, à la collégiale, c'était l'animation des grands jours ; les trois cloches de la nouvelle église devaient arriver de Bonneval, la bourgade voisine.

Depuis un an, une compagnie de fondeurs itinérants, venue de Villedieu, en Normandie, y avait installé une forge afin d'honorer la commande des seigneurs de Charny.

Ce matin-là, une foule d'ouvriers et d'artisans se pressait devant le prieuré et l'ancienne collégiale de bois.

Anselme de La Salle, officier supérieur du chapitre et maître d'œuvre de la nouvelle église, recrutait à tour de bras les journaliers qui, bientôt, monteraient les trois cloches au sommet du beffroi. Il fallait voir ce petit homme, encore jeune, s'agiter devant le bâtiment rustre et dépourvu d'ornements. Haut de cinq pieds, si grêle et si chétif qu'on pouvait se demander, à le voir, comment il tenait debout, le nez étroit, busqué et volontaire, l'œil droit, avec ses cheveux roux et rebelles qui semblaient couronner sa tonsure comme des flammes folles, Anselme avait l'allure frêle, mais le verbe haut.

— Il me faut trente cordistes à dix deniers le jour, qui savent manier le faix, la manivelle, et le filin ! s'écria-t-il, d'une voix qui portait loin.

Aussitôt une cinquantaine de volontaires s'avancèrent, et le prieur choisit, parmi cette foule d'hommes de tous âges, ceux qui semblaient non les plus jeunes, mais les plus résistants.

— Et trente auxiliaires en renfort, de tous les corps de métier, charpentiers, maçons, cimentiers, qui se tiendront prêts à intervenir !

Car, en effet, il fallait s'assurer qu'au dernier moment la voûte de l'église supporterait le poids des trois cloches, et qu'en cas d'incident une main-d'œuvre qualifiée puisse opérer les joints et les soudures, monter un échafaudage, ou assembler le mortier à l'aide de chaux, de vinaigre et de sable pour consolider la structure.

— Quel est le salaire ? demanda un vieux tâcheron assis sur l'herbe grasse.

— Trois deniers, répondit Anselme.

C'était peu, même pour un emploi d'auxiliaire ; alors le prieur ajouta :

— Avec une collation offerte à midi…

Cela ne semblait pas satisfaire les journaliers, qui restaient assis dans le pré ; mais Anselme savait parler aux hommes :

— Et, si le travail est bien fait, une pinte de bière pour chacun !

Alors une trentaine d'ouvriers se levèrent, et ramassèrent les louves et les marteaux à double face qu'on avait mis à leur disposition.

Non loin de là, entre l'ancienne et la nouvelle église, arrivant de la grand-plaine où il venait d'accueillir le jeune seigneur d'Anjou, le régisseur Coutterets se frayait un chemin à travers la foule :

— Oh là ! prieur, gouailla-t-il, alors qu'Anselme passait dans les rangs avec un gros moine chauve, qui tenait une grande escarcelle et un parchemin (c'était le cellérier du chapitre, qui, outre ses fonctions d'intendant, tenait le registre comptable). Oh là ! maître Anselme, reprit Coutterets, n'avez-vous point vu le seigneur de Charny ? je pensais le trouver par ici…

— Ah ! monsieur le régisseur, dit le prieur, non, je ne l'ai pas vu depuis qu'il est rentré…

Et Anselme ajouta, avec un sourire embarrassé :

— Vous tombez bien, au fait, car il me faudrait dix sous pour payer l'avance des journaliers…

Il était d'usage, en effet, qu'on rémunérât les ouvriers dès l'embauche, au tiers de la solde du jour. Tout en maugréant, Coutterets ouvrit la bourse de laine attachée à sa ceinture.

— Voilà, dit-il en tendant les pièces d'argent.

— Merci, Placide, dit Anselme ; Dieu vous le rendra.

Sans répondre, le régisseur repartit vers le château. Et, tandis qu'il jurait tout haut contre le maudit prieur :

— Eh bien, Coutterets, que t'arrive-t-il ? dit une voix à côté du chemin. Tu es bien rougeaud et pestant !

Jacques, en tenue ordinaire, se tenait appuyé contre un muret. Il avait renvoyé Marie et son cheval turc au château et observait, depuis laudes, l'effervescence du matin.

— C'est que, monseigneur, dit Coutterets, pris de vives rougeurs sur le bas du cou, on me fait de grandes misères ! Avez-vous vu cette pagaille, de la collégiale au donjon ? Les pèlerins encrassent les champs, si bien qu'à chaque ostension il faut quinze heures de travail à mes vilains pour décrotter vos terres ! Et ce chapelain, depuis qu'il est là, veut chaque jour des nouveautés pour sa collégiale. À ce rythme, messire, vous serez ruiné dans un an !

— Dans un an, dis-tu ? Mais un an, Coutterets, c'est un siècle ! D'ici là, mon pauvre ami, tu seras peut-être infirme de la bouche, paralytique, aveugle, ou même dix pieds sous terre dans une fosse à pesteux ! Et moi j'aurai vaincu le bey de Jérusalem et rapporté en triomphe, sur une litière brodée d'argent, son sceptre et sa couronne, qu'on dit sertie de pierres inconnues de ce côté du monde !

Et Jacques ajouta, sérieux :

— Alors ne me parle pas de ce qu'il adviendra dans un an et dis-moi plutôt ce qui t'amène ici.

Du bout de son doigt court, Coutterets pointa le hameau, qui commençait de l'autre côté du pré, et s'étendait jusqu'à l'affluent de la Seine.

— Des pèlerins viennent prier devant la relique, monsieur ; je les ai logés aux communs, en attendant l'ostension de Pâques.

— Eh bien ?

— L'un des pèlerins se prétend d'Anjou…

— C'est un beau pays et un grand duché, fit Jacques, qui n'avait pas oublié qu'il se plaisait autrefois à moquer gentiment son régisseur.

— Ce pèlerin se dit chevalier, objecta Coutterets.

Jacques se rembrunit.

— Et tu loges un seigneur aux communs ?

— Point de privilège entre les gentils et les gueux, s'ils peuvent payer : qu'ils soient princes ou tanneurs, notaires ou comtes, ils dorment à l'écurie. C'est toujours mieux que la plaine !

Jacques se prit la tête entre les mains. Puis, toisant le régisseur, vivement :

— Tu te ris de moi ?

— Je ne fais qu'appliquer les ordres, messire, repartit le régisseur, avec cette voix de tête qui semblait soudain l'étreindre, dès qu'il se trouvait en position de défense.

— Les ordres du prieur Anselme ?

— Non pas, messire… Ceux de madame votre mère.

— Ces consignes sont niaises et je les désavoue.

— Pardon, monseigneur ; mais j'ai fait installer ces gentilshommes. Référez-en à votre mère, s'il doit en être autrement.

Jacques leva les yeux au ciel pour masquer sa frustration, car Coutterets venait d'énoncer une évidence, qui le frappait en plein cœur : il n'y avait qu'un maître dans cette maison, et ça n'était pas lui.

— Eh bien, présente-moi ce seigneur d'Anjou, reprit-il d'une voix faussement gaie ; je verrai s'il vaut mieux qu'un autre et mérite ma résidence, plutôt qu'un logement de vilain.

12.

Marie entra sans frapper et courut au lit de sa suivante. Il y avait un jour entre les persiennes, qui diffusait un rayon de lumière et laissait deviner la chambre du premier étage où, par commodité, on avait installé Florentine. Une antichambre, seule, la séparait du logis de sa maîtresse.

Sur les murs, les encoignures et les crédences, la demoiselle d'atour avait reconstitué le logis qu'elle occupait naguère avec sa mère et sa sœur, dans la belle châtellenie du seigneur de Buire-en-Bois. Des bouquets de fleurs odorantes, qu'elle cueillait chaque jour dans le jardin, un livre de psaumes, qui avait appartenu à sa mère et qu'elle avait miraculeusement conservé, des poudres délicates et des boules à parfum qu'elle s'était procurées au marché de Troyes, et un miroir d'étain prêté par Marie, rien ne manquait à l'appel dans cette chambre modeste, mais aménagée soigneusement.

Marie s'approcha du petit lit de fer forgé, où Florentine était alanguie. C'était la matinée de repos de la jeune femme, et elle devait reprendre le service dans l'après-midi. En attendant, elle dormait, à demi nue sur sa couche. Ses draps de lin blanc avaient coulé jusqu'à sa taille ; ses seins ronds, de couleur brune, s'offraient comme deux pêches d'été ; ses hanches ondulaient à chacun de ses soupirs ; son menton était délicatement posé sur un coussin d'étoupe ; et sa bouche, entrouverte, semblait réclamer quelque chose.

Marie admira ce corps de femme, et ressentit soudain l'envie de le toucher. Elle hésita un instant, puis s'approcha, et caressa du bout des doigts l'épaule de Florentine. La peau était douce, charnue, de cette teinte brun clair qu'elle avait héritée de ses aïeux italiens.

Comme la demoiselle d'atour, encore endormie, semblait lui sourire, Marie devina une forme d'encouragement. Elle effleura, de l'index, ce bourrelet délicieux qui sépare l'épaule du sein, au-dessus de l'aisselle.

Florentine soupira.

C'était un encouragement de plus, pensa Marie, peut-être même une exhortation. Alors, délicatement, elle empoigna le sein de sa suivante. Au comble de sa curiosité d'adolescente, elle ressentait une grande chaleur, partant du ventre, remontant jusqu'à la gorge, et lui donnant le souffle chaud. L'envie lui prit soudain d'ôter ses vêtements et de grimper sur le lit. Elle craignait la réaction de Florentine, mais l'excitation était la plus forte. Exaltée par cette folle appétence, elle quitta ses petites chausses à bout pointu et sa robe de coton. Elle était glabre, avec un duvet blond à l'entrejambe, et personne, dans la maison, n'imaginait qu'elle saignait depuis trois mois ; personne, hormis sa demoiselle d'atour. Alors qu'elle soulevait les draps blancs, Florentine poussa un cri :

— Qu'est-ce, madame ? s'écria la jeune femme en se dressant sur sa couche.

Marie sauta aussitôt au pied du lit.

— Je prenais du repos, dit-elle avec aplomb ; je me suis levée tôt pour accompagner Jacques à la collégiale, et j'avais besoin de sommeil. Des seigneurs sont arrivés tantôt pour l'ostension de Pâques. Je me dois d'avoir l'air fraîche pour paraître devant eux.

Florentine s'aperçut soudain qu'elle-même était nue, et tira la couverture jusqu'à son cou.

— Mais… cette tenue ? reprit-elle, bouleversée.

— J'avais chaud, affirma Marie, tandis qu'elle se rhabillait.

Et, l'air de rien, elle s'installa derrière une coiffeuse en bois de chêne, prit une pomme d'ambre et se parfuma ; tâche qu'elle abandonna, aussitôt qu'elle devina, dépassant d'un tiroir, un boîtier d'argent. C'était un onguent à la cire d'abeille et au calendula, une plante rare, huileuse et parfumée. L'adolescente s'en barbouilla les mains.

Pendant qu'elle s'affairait ainsi, Florentine s'habillait derrière un paravent et l'interrogeait ; si fait, répondait Marie, des pèlerins s'étaient présentés au château ; si fait, ils arrivaient de loin pour prier la sainte relique, et avaient demandé le gîte et le couvert jusqu'à l'ostension.

D'après Coutterets, ils étaient gentilshommes et venaient d'Anjou. Pour l'heure, on cherchait Jacques, et un jeune seigneur, le plus important de ce cortège, l'attendait devant le grand office.

— Es-tu prête ? demanda Marie.

Elle avait délaissé les baumes et parfums de sa suivante, et se penchait à la fenêtre, observant les nouveaux visiteurs.

Outre l'habit noir des pèlerins, elle remarqua un étrange manège : une dizaine d'hommes, lourdement armés, contrôlaient les allées et venues à l'entrée du donjon. Ces chevaliers, qui ressemblaient davantage à des gens d'armes qu'à des pénitents, fouillaient les commis et les queux, et, parfois, vidaient leur barda sur le sol, sous les ordres d'un seigneur de grande taille, armé d'une longue épée et d'un plastron de cuir noir et blasonné. La chevelure de ce soldat était si claire qu'elle semblait teinte ou poudrée.

— Qu'est-ce que cela ? fit Marie, regardant du côté de l'officier aux cheveux blancs.

Celui-ci s'en prenait à un garçon d'une quinzaine d'années.

— Raoul ! s'écria Florentine.

C'était le jeune écuyer de cuisine, en effet, qui venait de paraître dans la cour, empoigné par un soldat. Quand, deux ans plus tôt, Raoul avait rejoint les fourneaux en tant qu'apprenti, son père lui avait offert un bon couteau. Voyant cette lame, qui ne mesurait pas plus de trois pouces, et dont l'usage, au fil des ans, s'était borné à trancher les croûtons rassis et le gras des viandes, un des miliciens avait poussé le zèle jusqu'à conduire Raoul devant son capitaine.

— N'as-tu pas entendu, garçon ? criait celui-ci. Pourquoi conserves-tu ce poignard ? Tu veux attenter à la vie de mon seigneur, n'est-ce pas ?

N'obtenant pas de réponse, l'albinos secoua Raoul en disant :

— Réponds, ou je te fais battre !

Puis, criant à la cantonade qu'il avait besoin d'un fouet, il ordonna au jeune queux d'ôter sa chemise, car il allait le châtier.

— C'est un bon garçon, monseigneur, intervint une vieille cuisinière, qui avait moins à perdre que ses compagnons.

Aussitôt le chevalier aux cheveux pâles se rua sur elle, et hurla qu'une autre forme de correction l'attendait, si elle ne disparaissait pas de sa vue. La vieille femme parut impressionnée, et battit en retraite sous le porche du logis. Pendant ce temps, Raoul, tétanisé par la peur, essayait vainement de se déshabiller, et l'albinos réclamait de plus belle un fouet « à grandes lanières, et pourvu de clous ».

Quinze pieds au-dessus d'eux, Marie s'efforçait de retenir ses cris.

— C'est donc cela, Florentine, qu'on appelle un coup de force ? Qui est cet homme aux cheveux pâles, qui maltraite nos servants ? C'est un officier d'outre-Manche, n'est-ce pas ? Et ces pèlerins, qu'on m'a présentés comme des commensaux, mais qui se comportent comme des maîtres ? Dieu ! ces hommes vont nous piller et nous forcer sans doute ; puis ils brûleront notre château !

Florentine, qui n'ignorait rien de la guerre, conservait un souvenir aigu des chevauchées anglaises, qui avaient tant meurtri la Bourgogne et le Vermandois deux ans plus tôt. Acculées dans le château de Buire-en-Bois par les soldats de Robert Knowles, ses deux sœurs avaient été violées à tour de rôle, avant d'être égorgées sous ses yeux. L'orpheline de guerre n'avait pas oublié le regard de l'archer gallois qui, après avoir outragé ses sœurs, s'était tranquillement rhabillé, et, sans doute harassé par deux jouissances consécutives, s'était contenté de repartir en souriant.

— N'ayez pas d'inquiétude, dit la suivante après un instant de silence, en observant les allées et venues ; j'ai vu les bannières des Anglais flotter sur le château de Buire-en-Bois. Leurs étendards et leurs blasons sont armoriés de gueules d'or et de lions d'argent. N'ayez peur, madame, ces pèlerins, ou quiconque soient-ils, sont indéniablement français. Voyez, Raoul s'en sort à bon compte : le soldat aux cheveux blancs l'a relâché.

Sur ces entrefaites, alors que Marie, nullement rassurée par les propos de Florentine, refermait les croisées de sa fenêtre et courait s'enfermer dans ses appartements, son frère apparut dans la cour. Visiblement ému, Jacques emboîtait le pas à Jean, qui parlait avec agitation et désignait son jeune fils. Raoul était assis sur une bande d'herbe, près de la muraille du château, et pleurait à chaudes larmes. Bien qu'épargné par l'albinos, il n'était pas près d'oublier sa mésaventure.

— Je vous prierai de décliner vos titres, dit Jacques, furieux qu'on vienne ainsi violer ses droits souverains, résolu à reprendre en main sa maison, et soucieux de montrer qu'il ne tolérait pas l'infamie. Je présume que vos quartiers vous dispensent de quitter vos armes, continua-t-il, et vous autorisent à user de la force dans la cour de mon donjon.

L'albinos toisa Jacques et répondit :

— Voici mes armes, monsieur.

Il prit dans sa poche la dague minuscule qu'il avait confisquée à Raoul, et la tendit à Jacques, en inclinant la tête dans une posture de soumission.

— Monsieur, dit Jacques, d'une voix qu'il avait peine à contenir, vous m'insultez devant mes gens, sur le pas de ma porte… J'insiste : votre nom, vos qualités.

— Quelle importance ? Je ne suis qu'un vulgaire soldat de Picardie.

Jacques, tremblant de rage, prit une grande inspiration. Puis, en serrant les dents :

— Vous vous obstinez à garder le silence. Eh bien, monsieur, pour la première fois de ma vie, je demande raison à un homme dont j'ignore le nom.

Et, sur ces mots, Jacques sortit le glaive turc qu'il avait rapporté de croisade, et provoqua l'insulteur.

L'officier cuirassé de noir engageait sa grande épée de Bordeaux quand apparut, sortant du logis où il était rentré prendre l'ombre, et ignorant tout de la scène qui se jouait, Charles de Mestréal, le jeune seigneur d'Anjou.

Voyant son maître, l'albinos s'écarta.

— Qu'est-ce donc, encore, monsieur de Vilaines ? demanda l'adolescent. Que faites-vous l'épée à la main ? Est-ce une manière de rendre hommage à ce bon seigneur, qui nous accueille en sa maison ?

Charles de Mestréal avait parlé d'une voix haute, légèrement tremblante, celle d'un garçon qui veut se donner la contenance d'un homme ; mais, derrière l'autorité, on percevait la posture.

L'albinos céda finalement, et recula de quelques pas pour rejoindre ses hommes, sans toutefois tourner le dos à son adversaire, comme s'il voulait dire : « Je ne me défile nullement devant vous, et, tôt ou tard, nous réglerons cette affaire. »

Jacques s'avança jusqu'au nouveau venu, et, encore sous le coup de l'excitation :

— J'ai été insulté par un chevalier qui vous appartient, et j'entends obtenir réparation.

— Vous obtiendrez mieux que cela, monsieur, dit Charles de Mestréal. Je vous prie de recevoir mes excuses, et cette bourse en signe de considération.

L'adolescent mit la main à sa ceinture, près de la garde de son épée. Instinctivement, Jacques, qui n'avait pas rangé la sienne, allongea le bras.

— N'ayez crainte, monsieur, s'écria le jeune seigneur d'Anjou. Cette aumônière est gage d'apaisement.

Et, dénouant sa ceinture, Charles de Mestréal saisit une escarcelle de soie, tressée de longs fils d'or et d'argent. Jacques, ébloui par la beauté du travail, recula d'un pas.

— Cette aumônière appartenait à mon parrain, Charles de Montmorency, continua le jeune seigneur d'Anjou. Mon père l'a servi comme échanson, quand ce grand seigneur était capitaine général du roi.

— Charles de Montmorency ?

Jacques regarda autour de lui : les visages des soldats qui entouraient l'adolescent étaient fermés, inexpressifs.

— Le baron Charles est mon parrain, répondit l'adolescent, et comme il est d'usage, je porte le même prénom.

— Alors, messire, repartit Jacques d'un ton courtois mais toujours méfiant, pardonnez mon insolence ; et comprenez que je ne puisse accepter ce présent, qui fait bien trop d'honneur à ma maison.

Charles de Mestréal sourit gaiement.

— Non seulement je vous pardonne, monsieur, mais de surcroît j'honore votre audace... Car ce n'est pas du courage, mais de la témérité qu'il faut pour défier le chevalier de Vilaines, qui a passé par sa lame, dit-on, trois milliers de coquins !

Jean de Vilaines, flatté par le compliment, essaya de sourire, mais son visage prit un tour grotesque ; l'homme, visiblement, était plus habitué à déployer sur sa face toutes les tournures de la cruauté.

— M. de Vilaines est capitaine de la garde que m'a octroyée mon père pour voyager.

Puis, avec un air de connivence, à l'intention de Jacques :

— Vous comprendrez qu'en ces temps de périls on ne soit jamais trop prudent, dit le jeune seigneur d'Anjou.

À ce moment-là, son vieux compagnon remontait des communs et arrivait par la rampe pavée, qui conduisait à la haute-cour du château. Bien que s'aidant d'une canne, le vieil homme marchait droit vers son maître. Il chassait, fulminant, les mèches blanches qui coulaient sur ses yeux, et dévoilait au passage un regard gris comme l'étain.

— Voici Bureau de La Rivière, mon précepteur, reprit Charles de Mestréal en souriant. Grâce à lui, Démocrite, Aristote et Galien n'ont plus de secrets pour moi ; je sais par cœur Pizan, Mézières et d'Orgemont ; en revanche Thalès et Pythagore me semblent toujours bien mystérieux !

Le vieillard acquiesça, sévère, et salua Jacques d'un geste de la main.

— Vous voilà peut-être mieux disposé, monsieur de Charny, poursuivit l'adolescent ; et maintenant que je vous ai donné gage et présenté mes amis, sans doute accepterez-vous de rengainer votre épée…

En effet, dans le tourbillon des faits, Jacques n'avait pas eu la présence d'esprit de remettre le glaive au fourreau, et semblait menacer l'adolescent. Le sabre turc, au reste, était de belle facture : la lame provenait d'un four de Constantinople, sa pointe était conçue comme un poinçon, et sa garde était sertie d'un diamant taillé en poire et d'un saphir étoilé.

— Nous avons là un chevalier de l'ancien temps, murmura le jeune seigneur d'Anjou ; intrépide, brave, orgueilleux… De par mon sang ! voilà comment il faut être !

Puis, tout haut :

— Rangez ce sabre, prenez mon aumônière et acceptez mon amitié, monsieur de Charny ; je vous l'offre très humblement.

13.

La grand-salle du château de Lirey était assez vaste pour recevoir un banquet de cent personnes, mais une imposante cheminée, une voûte en bois peint, des lambris de palissandre, des roues à livres, et toutes sortes d'étagères, de coffres et de buffets lui donnaient l'aspect confortable d'un appartement.

Le sol était dallé de marbre, et des recoins tranquilles, isolés par des tapisseries suspendues, étaient aménagés dans les angles de la pièce.

On avait soupé légèrement, car c'était carême. Miles et Arnaut, les amis d'enfance, étaient venus pour dîner ; et, à l'invitation de Jacques, Charles de Mestréal s'était joint à eux. Le gros Jean avait servi une poularde, une soupe à la crème et des brioches au fromage ; du reste, vers la fin du repas, Miles avait demandé du pain et du lait d'amandes, car il n'était pas rassasié.

— Vous pouvez rester pour la nuit, lança Jacques, comme Raoul, à peu près remis des émotions du matin, apportait le gingembre et les vins clarets.

Le maître de maison appela son régisseur pour qu'il prépare les chambres à coucher.

— Et n'oublie pas de leur faire livrer un repas copieux, dès qu'ils seront réveillés, ajouta-t-il, avec un regard attendri pour Miles.

Il n'en fallait guère plus pour convaincre le comte de Brienne ; le colosse aimait tant cette famille qu'il aurait campé dans la cour plutôt que de rentrer chez lui.

Après qu'il eut scellé ces questions d'intendance, Jacques prit congé de ses amis, et s'isola avec sa mère dans l'un de ces coins éclairés, où l'on pouvait étudier confortablement les requêtes et les comptes de la seigneurie.

À l'autre bout de la pièce, Charles de Mestréal, Miles et Arnaut s'installaient au coin du foyer, pendant que Marie jetait les dés par-devers eux. On jouait pour l'honneur, car il n'était pas question de parier de l'argent dans la pieuse maison des Charny. Après quelques tours, voyant que la partie lui échappait, Miles usa de manigances pour décourager ses adversaires. Déconcerté par les grognements du colosse, qui poussait maintenant des cris d'animaux, le jeune seigneur d'Anjou perdait.

— C'est à mon tour, dit Arnaut.

— Ouaf ! aboya Miles.

Arnaut souffla dans le creux de ses mains, et les dés glissèrent sur le damier. Marie approcha son visage, afin de mieux distinguer les faces, habilement gravées dans l'ivoire.

— Triple six ! s'exclama-t-elle en battant des mains.

— Triple six, répéta Arnaut en se levant.

Buste saillant, les mains sur les hanches, le beau seigneur de Thouars avait pris la posture d'Apollon, après qu'il eut terrassé Python.

— Victoire ! dit-il encore, alors qu'il entraînait Marie par les mains et la faisait tournoyer.

— Ouaf ! ouaf ! glapit Miles, avec un cri qui s'apparentait plus au geignement d'un caniche qu'à l'aboi d'un lévrier.

Charles de Mestréal s'étouffait de rire ; il ne s'était pas autant amusé depuis longtemps.

À l'autre extrémité de la pièce, Jacques, absorbé par sa lecture, semblait indifférent aux bouffonneries de ses amis. Il tournait délicatement les pages d'un manuscrit, enchâssé dans une reliure de bois, et s'aidait parfois d'une loupe ou d'un boulier. C'est à peine s'il esquissa un sourire quand Miles imita le grognement d'un cochon. Bientôt il leva la tête vers sa mère ; ses yeux brillaient d'une étrange lueur.

— Ainsi nous sommes riches, murmura-t-il.

— Ne te fie pas à ces livres de comptes, répondit Jeanne de Charny ; cet argent est une illusion.

— Mais si j'en crois ce registre, rien que l'an dernier, deux cent trente mille pèlerins sont venus prier chez nous… À quinze deniers le droit de péage sur la voie romaine et en forêt de Jeugny ; à deux sous la taxe de séjour pendant les nuitées d'ostension ; si j'ajoute les profits réalisés sur les ampoules miraculeuses et les enseignes à l'effigie du Christ… Cela fait, l'un dans l'autre, six mille livres tournois. Autant que les revenus de l'évêché de Sens ou du comté d'Alençon…

— Les médaillons ne rapportent guère plus de six cents livres d'argent…

— Et les droits d'occupation de la plaine ?

— Nous ne faisons pas payer les indigents, et ils sont nombreux.

— Mais j'ai vu sur la plaine des bourgeois, des religieux, des seigneurs… Ceux-là viennent en très grand nombre !

— Le prieur Anselme délivre des certificats pour les moines de Saint-François et les ordres hospitaliers.

— Sang-Dieu ! s'écria Jacques. Mais ceux-là, qui se disent pauvres et errants, sont parfois issus de belle noblesse… Ils pourraient payer la patente !

— Pondère-toi ! dit Jeanne de Charny. Je ne souffre ni l'énervement ni le blasphème !

La mère toisa sévèrement son fils. Celui-ci baissa les yeux, et reprit d'une voix contenue :

— Eh bien, dites-moi, mère, je vous prie : quels sont nos revenus, précisément ?

— Tu demanderas au prieur Anselme ; il gère les revenus de la sainte relique.

— Ce ne sont pas les revenus de la sainte relique, mère, ce sont les revenus de notre maison !

— La sainte relique n'appartient pas à notre maison, dit rudement Jeanne ; elle est la propriété du peuple de Dieu.

Et elle ajouta, radoucie :

— Anselme est un homme sage. Il fait bon usage de notre argent.

Jacques passa sa langue sur l'extrémité de ses doigts, car, à force de manier la bride et l'épée pendant ses années de voyage, ses paumes et ses phalanges étaient aussi tannées que la selle d'Arion, le turcoman ; puis il tourna une page de parchemin.

— Bah ! dit-il. Voilà !

Il pointa le bas d'une colonne, emplie de chiffres et d'annotations ; et, manipulant la plume et le boulier :

— Sur l'année, nous avons encaissé mille neuf cents livres. C'est une belle somme, qu'envieraient tous les seigneurs que je connais.

— Nous en avons dépensé le double pour la collégiale, répondit sa mère. J'ai dû emprunter cinq cents livres aux Lombards et autant à un banquier du Rhin.

Jacques secoua la tête et prit son front entre ses mains.

— C'est bien ce que je pensais, dit-il. Ce nouvel édifice nous mène à la ruine.

— Ce chantier fait vivre deux cents ouvriers, et autant de familles ; il a régénéré nos terres et nos villages, jusqu'à Bonneval, Machy et Javernant ; nos gueux ont tant souffert de la Grande Peste et de la guerre de Trente Ans ; veux-tu qu'ils meurent tous de faim ? Pense à ton père, qui œuvra si bien pour les pauvres gens.

Mon père..., songea Jacques. *Quand cessera-t-elle de me comparer à lui ?*

Puis, tout haut :

— Nous possédons déjà une belle collégiale ; pourquoi en faire bâtir une autre ?

— C'est un ouvrage de bois, qui ne résistera pas à l'épreuve du temps. Et le saint suaire mérite un reliquaire inviolable, qui le protège des convoitises et des incendies.

— Rien ne nous protégera, quand Pierre d'Arcis obtiendra du pape son décret d'hérésie, et que le roi, arguant d'une croisade contre l'impiété, enverra ses sapeurs et ses canons…

— Cela ne sera pas.

— Croyez-vous ? dit Jacques avec un air suffisant. Les évêques de Troyes n'ont jamais pu démontrer la forgerie du linceul, mais personne n'a jamais prouvé son authenticité.

Jeanne de Charny s'emporta :

— Comment oses-tu mettre en cause la relique sacrée, que ton ancêtre Othon rapporta de Constantinople ? Ce suaire est un miracle, et l'insigne linge dans lequel fut lié Notre-Seigneur à la descente de la Croix ! Grâce à lui, nos gens sont heureux, et notre nom a recouvré une grandeur qu'il n'avait plus connue depuis le temps de ton père.

— Vous parlez de ce tissu comme s'il était maître en cette maison, dit sourdement Jacques ; mais rappelez-vous, ma mère, que je suis le seul héritier de Geoffroy de Charny.

— Étais-tu bien son digne héritier, repartit Jeanne, en abandonnant ton feu pendant six ans ?

Ces trois derniers mots sortirent comme des cris. Et comme à l'autre bout de la pièce Marie et les trois jeunes gens s'étaient arrêtés de jouer et les regardaient abasourdis :

— Que faisais-tu, ajouta Jeanne d'une voix plus basse mais sifflante d'animosité, quand nos créanciers emportaient les soieries de ma mère et déchaussaient les pierres de mes bijoux ? Où étais-tu, quand un marchand de Provins racontait partout qu'il avait acheté notre donjon pour deux cents livres, et qu'il allait bientôt le démembrer ? Où dormais-tu, quand je ne dormais pas, parce que le gros Jean n'avait plus rien à mettre dans nos fourneaux, et que nos gens crevaient de faim ? Oui, vraiment, mon fils, es-tu fier et bienheureux d'avoir entrepris tes beaux voyages ?

C'en était trop pour Jacques ; son crâne était embrumé par des émotions qu'il ne maîtrisait pas ; il préférait ravaler sa colère, plutôt qu'en être le jouet ; alors, il se leva et quitta la pièce, sans même saluer ses amis.

*
* *

C'était une tablée de vingt-cinq ou trente convives, dans un sous-sol des communs.

Les hommes étaient assis d'un côté ; les femmes de l'autre.

Près de la cuisine, il y avait Coutterets, le régisseur ; Robin, le hongreur, qui appliquait parfois la chirurgie vétérinaire aux maladies des hommes ; Maurin, le boulanger ; Clotaire, l'économe, qui tenait le registre des grains, des fruits secs et des porcs tués en novembre et mis au saloir au reste de l'an ; un bouteiller, qui venait d'arriver dans la maison ; puis, sur une chaire, semblant régenter sa brigade, Jean, le maître queux, et, à côté de lui, son fils Raoul.

Les femmes étaient plus nombreuses.

Elles étaient vêtues de robes longues et d'un tablier rouge, comme c'était l'usage dans cette maison ; elles étaient jeunes pour la plupart, et roses et potelées, car, à Lirey, les servants mangeaient aussi bien que les maîtres.

Certaines portaient une coiffe blanche, nouée autour de la tête ; d'autres l'avaient ôtée, car il faisait chaud. En effet, entre le four à coupole où cuisait le pain, le vin de soif, le tournebroche où braisait un cochon entier, et les épices, que le bon Jean jetait sans modération dans les gaufriers, cela faisait longtemps qu'à cette table l'air était brûlant.

Comme c'était carême, le maître queux avait présenté des lamproies et des coqs à chair pauvre, mais il avait mis tant de sauce et de crème, dispersé tant de moutarde et de poivre long, que ce n'était plus un repas de diète qu'on donnait ce soir-là dans les communs, mais une orgie de Romains.

On riait et on parlait fort, on plongeait ses mains dans les plats de viande afin d'en tirer les meilleurs morceaux, on chantait à tue-tête, on buvait dans les carafons de vin.

Bref on était saoul.

— Eh bien, dit le gros Jean, parlant au-dessus des conversations, qu'as-tu, mon Raoul ? Tu as oublié Florentine ?

À quinze ans, Raoul était aussi grand que son père, et presque aussi volumineux.

Sur un défi de Robin le hongreur, le jeune queux s'était levé de table, avait couru autour de la table et pris par la manche une jeune fille épaisse, d'aspect rustique, avec des joues basses et des seins volumineux.

Il tentait de l'entraîner dehors.

La robuste servante, qui s'appelait Berthe, gloussait comme une oie.

— Prends garde, Berthe, qu'il ne te déflore ! s'écria soudain Robin.

— Comme ils vont bien ensemble ! ajouta la vieille cuisinière qui avait eu maille à partir avec Jean de Vilaines dans la matinée. Pour sûr il va l'épousailler !

— Ou lui baiser le cul ! dit le gros Jean.

Et bientôt les jeunes gens s'enfuirent par un escalier.

— Ah ! l'amour…, soupira la vieille servante.

Les discussions grivoises reprirent de plus belle.

À l'écart des polémiques et des clameurs, Florentine, bienheureuse d'être épargnée par les obscénités de Raoul, avait refusé le repas luxueux du gros Jean et demandé des harengs. Sa mère, une pieuse Italienne qui l'avait baptisée d'après sa ville de naissance, lui avait appris à respecter les enseignements de l'Église. Alors, malgré les moqueries de Coutterets et les regards inquisiteurs des autres servants, elle se contentait, chaque soir, depuis le début du carême, d'un poisson froid et d'un bouillon.

Tandis qu'elle terminait ce repas maigre, un valet parut dans l'encadrement de la porte.

— Reste-t-il des brioches au fromage ? demanda-t-il à souffle court, car il avait couru depuis le donjon. C'est pour messire de La Roche ; il en réclame.

Coutterets pointa un doigt méprisant sur Florentine.

— Puisque tu ne sembles pas avoir faim, petite, tu peux monter au logis. Jean, fais-lui donner un plateau de crépines, quelques beignets au fromage, et un pot de miel au surplus.

Florentine se leva, prit le plateau des mains du maître queux et suivit le jeune valet.

Les domestiques étaient logés dans un grand commun à l'entrée du village, et à l'écart du château ; après avoir passé le pont-levis, la herse, et la basse-cour, Florentine et le jeune valet empruntèrent la rampe d'accès qui débouchait sur le portail brun qu'on fermait quand l'Anglais menaçait la région ; mais voilà quinze ans qu'en Champagne on n'avait pas vu un soldat d'outre-Manche ; enfin ils arrivèrent à la grande cour surélevée sur laquelle était planté le donjon. Le valet poussa l'huis à ferrures, et l'entraîna jusqu'à la grand-salle.

Dans un coin de la pièce, derrière une table d'angle, Jeanne de Charny consultait un parchemin. De l'autre côté, près du vaste foyer, Florentine reconnut le jeune seigneur d'Anjou qu'elle avait aperçu le matin même, Marie, et deux gentilshommes qu'elle ne connaissait pas. L'un de ces deux seigneurs possédait un visage délicat, ironique, et souriait gracieusement. L'autre, affaissé sur un fauteuil ployant, était corpulent plutôt que gras. Les traits de son visage, bien qu'épais, semblaient harmonieux. Sa chemise, relevée au-dessus des coudes, révélait des avant-bras enveloppés de muscles et de bonne chair.

— Les darioles au chaource de maître Jean ! annonça le valet.

Comme Florentine s'avançait dans la lumière, Miles et Arnaut tressaillirent :

— Pardieu ! murmura le plus fin.

— Ventre-saint-gris ! s'écria le plus gros.

Florentine, dans sa robe de tulle, avec ses yeux bleus aux reflets gris, sa peau brune, ses cheveux noirs, sa hanche fine, possédait la grâce candide des femmes qui ne savent pas qu'elles sont belles ; et nos deux amis n'avaient jamais vu d'aussi ravissante créature.

Comme elle disparaissait sous l'arcade, après avoir déposé son plateau d'argent, les jeux reprirent, drôles et animés. Miles, saisissant tantôt les dés, tantôt les brioches au fromage, oublia bientôt la beauté passagère ; Arnaut, quant à lui, feignait l'indifférence, mais perdit trois parties consécutives au profit du jeune seigneur d'Anjou. Et, peu avant minuit, voyant qu'il ne gagnerait plus, Arnaut prétexta une grande fatigue, et monta prestement se coucher.

— Qu'a-t-il ? demanda Charles de Mestréal, avisant la pâleur d'Arnaut. Est-il souffrant ?

— Certes, répondit Miles ; d'une maladie que les meilleurs physiciens ne savent pas soigner.

— Ce mal est-il contagieux ? repartit l'adolescent.

— Si fait, jeune homme ; et fulgurant.

Charles de Mestréal se rembrunit ; comme tout un chacun, le petit gentilhomme d'Anjou craignait pardessus tout la maladie, à commencer par la peste, le feu de Saint-Antoine et le mal des ardents, qui privent d'une bonne mort et frappent sans distinction.

— Rassurez-vous, monsieur, corrigea Miles. Même si, parfois, on y perd l'honneur et le discernement, on ne meurt pas de l'amour…

Voyant qu'il s'était laissé duper, Charles rit de bon cœur ; et un instant plus tard Marie relança les dés.

14.

Le lendemain, comme ses amis avaient veillé bien tard, Jacques attendit la fin de matinée. Peu avant midi, il frappa trois coups secs à la porte.

— Entrez !

Arnaut était assis devant la fenêtre. Attablé à une desserte ployante, qu'on avait dressée pour l'occasion, le beau seigneur de Thouars était perdu dans l'étude d'un mince volume, s'émiettant en bas de page. Le parchemin, à force d'être enroulé sur lui-même, avait adopté la forme d'un cylindre.

— Qu'on déjeune bien chez toi ! dit-il sans se retourner.

En vérité, Arnaut n'avait ni goûté l'omelette au lard, ni touché la tourte à la moelle et aux oignons qu'avait concoctées le gros Jean. En revanche, il avait déjà vidé deux pichets de vin de grenache.

— *De Eucharistia* de John Wyclif, dit-il en pressentant la question de Jacques.

— Je croyais ce traité proscrit depuis qu'on a mis son auteur à l'Index.

— Quelques centaines de copies circulent encore en Zélande et aux Pays-Bas, répondit Arnaut ; je l'ai acheté dix livres à un Flamand.

— Ces lectures sont dangereuses, opina Jacques, et pourraient te valoir un procès.

— De quoi pourrait-on m'accuser ? Je n'ai rien d'un flagellant ou d'un briseur d'images… L'amour d'une pucelle ou la cambrure d'une chute de reins m'émeuvent davantage que les mystères de la rédemption.

Jacques sourit aimablement.

— Je n'ignore pas les thèses de Wyclif, dit-il, mais l'idée qu'il faut supprimer toute entremise entre Dieu et les croyants est aussi vulgaire qu'erronée ; sans l'Église l'homme serait l'ennemi de l'homme et tout s'effondrerait.

Arnaut sourit à son tour.

— Il est pourtant des questions que le commun se pose, et qu'il est fâcheux d'ignorer. Pourquoi l'Esprit s'incarne-t-il dans l'hostie, plutôt que dans la roue d'une charrue ou la queue d'un chat ? Qui a la meilleure chance d'accéder aux cieux : le père qui manque la messe pour veiller son fils ou le sacristain qui monnaye son indulgence contre les baisers d'une mignonne ? Pourquoi l'Évangile est-il dit en latin et proscrit en langue vulgaire ? Tôt ou tard, l'Église devra dépasser ces contradictions, qui inquiètent le populaire et le font jeter dans l'incroyance ou la superstition.

— Nous sommes bien d'accord ; laissons ces sujets d'étude à l'Église, et occupons-nous de défendre nos gueux.

Arnaut haussa les épaules en se resservant un verre de vin.

— La science aux clercs, fit-il en portant le calice à ses lèvres ; la terre aux gueux ; la guerre aux féodaux… J'aime mieux croire que ce monde est poreux. Et j'aime m'instruire, n'en déplaise à l'ordre institué. L'école m'a manqué… Si la maladie de la bosse avait épargné mes parents, j'aurais usé mes chausses sur les bancs de l'université. Au lieu de lire Guillaume d'Ockham et Albert le Grand dans ces copies grossières qu'on me vend à Provins, j'aurais débattu à la Sorbonne avec les immaculistes et les meilleurs rhétoriciens. Ah ! *Disputatio*... Abélard… Buridan… Le Zohar et la Gnose… J'aurais écouté les plus grands alchimistes à Montpellier, les kabbalistes à Salamanque, et les maîtres du droit à Padoue… Le Grand Œuvre, l'hydraulique et l'algèbre n'auraient plus de secrets pour moi… Il m'aurait fallu une vie, sans doute, pour décider qui a raison, des adeptes ou des contempteurs des Universaux… Ah ! Dieu ! Jacques ! J'aime la science comme j'aime le vin !

Comme Arnaut portait la main vers le cruchon, Jacques fit mine de l'en empêcher ; de toute évidence, son ami avait assez bu. Le geste eut pour effet d'assombrir Arnaut, qui continua sa tirade en disant :

— Mais la charge d'une maison n'est pas conciliable avec la vie d'écolier. Et, depuis la récidive de peste, qui a déserté tant de campagnes et de châtellenies, je suis le seul héritier de mon nom…

— Tu oublies Hélène, dit Jacques avec un infime trouble dans la voix.

— Ma sœur, répondit Arnaut avec un sourire mélancolique ; j'attendais que tu l'évoques…

Jacques s'approcha ; et tout d'un coup il marchait d'un pas gauche, et semblait maladroit et empesé.

— Parle-moi d'elle, dit-il en s'appuyant sur la table comme s'il voulait retrouver son souffle.

Puis, la gorge serrée :

— J'ai besoin de tout savoir.

Arnaut posa son verre de vin claret, prit un carré de tissu, et s'essuya la bouche avec la gracieuseté d'une jeune vierge. Puis il posa ses mains sur la table, bascula sur son dossier, et, avec cette attitude nonchalante et décalée qu'il affectait si bien :

— Tout savoir…, murmura-t-il en levant ses yeux vers la voûte de bois ; n'est-ce pas trop ?

— J'insiste, dit Jacques.

Arnaut se tourna vers son ami et le regarda droit dans les yeux.

— Elle s'est mariée, dit-il d'une voix qui ne laissait pas de place à l'hésitation.

Jacques blêmit.

— Assieds-toi, poursuivit Arnaut en montrant son lit.

Comme Jacques restait debout, indifférent, Arnaut se leva et poussa son faudesteuil.

— Assieds-toi, te dis-je, répéta-t-il avec une fermeté inattendue.

Jacques s'écroula sur la chaise à dossier.

— Que croyais-tu ? reprit Arnaut. Que ma sœur allait renoncer à ce mariage ? Ta présence, seule, retardait sa noce ; mais sa décision était pleine et mûrie. Après ton départ, plus rien ne pouvait l'empêcher.

— Cependant, murmura Jacques d'une voix morte, est-ce possible ?

— Quoi donc ?

— M'éconduire pour un barbon…

— Rabier n'est pas si vieux ; d'après les registres de la paroisse il est né dans la dernière année du roi Long… Cela doit faire soixante ans.

— C'est trop pour cette belle ! rugit Jacques. Et Rabier est manant par-dessus le marché.

— Mais non, mon ami, répondit Arnaut avec un sourire pincé ; il s'est offert le bourg de Saint-Witz, et l'a payé cinq mille livres au sénéchal de Picardie… Autant qu'il m'offrit pour la dot d'Hélène.

La gaieté forcée d'Arnaut n'atteignit pas Jacques, et sembla plutôt l'irriter.

— Rabier pourrait se prétendre roi ; chacun sait qu'il est né vilain ! Comment as-tu pu accepter son chantage ?

Et il ajouta, de manière à trouver une prise à sa colère :

— Pour ta famille, ce n'est pas un avancement, mais une reculade !

Arnaut n'était pas le genre d'homme à se laisser truquer par ce genre de piège ; alors, insensible au mépris de Jacques, il prit le temps de répondre de cette voix argentine et douce qui charmait si bien les femmes :

— Pendant que tu courais croisade, le roi convoquait l'arrière-ban. Je fus au Gévaudan pour combattre les Grandes Compagnies… Il fallait m'armer, m'habiller, me fournir une lance, trois cavaliers, six piétons… Crois-tu que ma terre eût payé tout ça ?

La guerre est chère ; s'y adonner, c'est risquer la ruine, mais l'éviter, c'est s'assurer le déshonneur. Jacques était bien conscient de ce dilemme : en dépensant des milliers de livres au siège de Florence et sur les marches de Constantinople, il avait compromis l'avenir de sa maison.

— En outre, reprit Arnaut d'une voix triste, je devais sauver Jaucourt, qui fut naguère un joli castelet, mais n'est plus qu'un château branlant. L'année de ton départ, le toit des dépendances prit feu, si bien qu'il fallut cohabiter avec nos gens…

— Miles aurait pu t'avancer l'argent, dit Jacques.

— Las… Notre ami combattait le duc de Bretagne dans l'armée du connétable… Heureusement, Rabier paya dès que le mariage fut conclu…

Arnaut s'appuya sur la fenêtre et, regardant la plaine vallonnée :

— Chevaliers d'infortune ! La peste a saigné nos familles, et la guerre a consumé notre déclin. Nos labours sont en friche. Les bêtes ont fui nos pâtures. L'argent gouvernant le monde, les bourgeois s'achètent aujourd'hui des droits qu'autrefois les rois nous réservaient. Richard d'Angleterre conscrit des manants pour fortifier son armée, et fait du laboureur et du marchand l'équivalent du chevalier… Oui, Jacques, vraiment… Que reste-t-il de notre race, hormis les dettes et le mépris des gueux ?

Puis, alors que le beau seigneur se servait un énième verre de vin :

— Est-elle heureuse ? demanda Jacques, coupant court à ses spéculations.

— Tu connais ma sœur… C'est une femme résolue… Elle ne se plaint jamais, gouverne sa maison et vaque à son jardin…

— Est-elle aussi belle qu'avant ?

— Comment pourrais-je en juger ? Je suis son frère… Pour ce que j'en vois, elle est rousse, ses yeux sont toujours bruns et sa gorge est aussi blanche qu'avant…

— Et son corps, murmura Jacques, n'a-t-il pas été maltraité par l'enfantement ?

Arnaut éclata de rire.

— Tête rude ! s'écria-t-il. Rabier est aussi vaillant qu'un chat castré ; il n'a jamais touché ma sœur, et ne la touchera jamais. Il se fait déplacer sur une litière depuis un an… C'est une affaire de quelques mois avant qu'il ne trépasse.

Le seigneur de Thouars s'écarta de la fenêtre et appuya ses deux mains sur la table.

— Rassure-toi, reprit Arnaut… Chaque jour, je constate qu'Hélène se porte bien.

Jacques, enfin, réagit vigoureusement :

— Elle habite chez toi ?

— Si fait, soupira Arnaut d'un air brumeux. Rabier s'est installé chez moi. C'était une clause du contrat de mariage. À ce qu'il paraît, l'air y est meilleur qu'au marais du Géraudot…

— Hélène est donc à Jaucourt ? reprit Jacques, alors que le dépit de sa voix laissait place à une douce mélopée.

— Oui.

Jacques n'eut pas besoin de mots pour se faire comprendre : son sourire parlait pour lui.

— Veux-tu la voir ? dit Arnaut.

— Ardemment ! répondit Jacques.

À l'instant même, un craquement se fit entendre derrière eux, et la porte s'ouvrit brusquement sur un grand fracas de fer, de cuir et de ceinturon. Miles de La Roche tourneboula jusqu'au milieu de la pièce, et se releva en s'époussiérant.

— Oui, messieurs, admit aussitôt le colosse, j'écoutais à votre porte.

Car, en effet, vexé d'être laissé pour compte par ses amis, Miles épiait la conversation depuis quelques instants, et la porte n'avait pas résisté à son poids. Comme Arnaut et Jacques le dévisageaient :

— Qu'avez-vous à me toiser comme un bouc à six cornes ou un lutin cornu ? Vous n'aviez qu'à m'inviter !

Et aussitôt le colosse ajouta :

— Il s'agit d'aller à Jaucourt, n'est-ce pas ? Eh bien, chevaliers ! Qu'attendez-vous ? Allons !

15.

Lirey formait, avec Brienne et Jaucourt, un triangle presque parfait, dont les sommets étaient les demeures de Jacques, Miles et Arnaut. Au centre de ce triangle, le bourg de Bonneval, avec ses trois notaires, un prévôt, un barbier, des dizaines d'échoppes, était un haut lieu du commerce. Il s'y tenait, à Pâques et à la Toussaint, une foire aux viandes courue dans toute la région.

Trois semaines par an, la population passait de six cents âmes à dix mille badauds.

Sur la grand-place, c'était alors une empoigne digne des halles parisiennes. Les porchers, charcutiers, agneliers avaient parfois marché cent lieues afin de céder bêtes entières, viandes à la découpe, salaisons, civets, pâtés de lièvre ou de bécasse.

Alors qu'ils longeaient la ville, nos trois amis furent arrêtés par un attroupement.

Un chariot de viandes fraîches était renversé sur le bord du chemin. La roue était prise dans une ornière, le moyeu avait volé en éclats, et la cargaison gisait dans un fossé. L'atmosphère était lourde, et les insultes fusaient en direction des deux bouchers qui s'efforçaient de remettre leur voiture d'aplomb :

— Charretier de malheur ! disait un chevillard, visiblement éméché.

— Fils du diable ! lançait son apprenti, trouvant là une occasion de se faire bien voir par son maître.

— Voleur ! Boucanier ! s'écriait un autre.

— Maudit sois-tu ! entendait-on un peu plus loin.

Rien d'atypique ou d'étonnant dans ces échauffements : la foire aux viandes allait commencer, et, pour la plupart de ces marchands, il fallait avant la fin du jour soudoyer le placier afin d'obtenir un meilleur emplacement, disposer ses marchandises sur les étals, et négocier la nuitée d'auberge, sans payer dix fois le prix.

Tandis qu'Arnaut, incommodé par les odeurs de carcasses et de viandes avariées, empruntait un chemin de traverse et priait ses amis de le retrouver à la sortie du bourg, Jacques, soucieux de mettre un peu d'ordre dans la confusion, et Miles, curieux d'une rixe ou d'une empoignade, se faufilèrent entre les carrioles et arrivèrent devant le fossé où la cargaison s'était déversée. Une forte odeur de soufre s'élevait dans l'air, et une nuée de mouches voletaient autour du chariot.

— Ta viande pue si bien que j'étouffe ! s'exclama Miles.

— Elle est faisandée de trois semaines, comme il se doit, répondit l'un des deux bouchers, qui suait à grosses gouttes, alors que son compagnon s'affairait entre le moyeu brisé, le chariot, la paille, et les chairs éparpillées.

Plongeant le bras dans le foin, le boucher attrapa une entrecôte et l'exhiba comme un trophée.

— Regardez ce bœuf de Chalosse, messire, comme il est appétissant !

— Tu truques ta viande au charbon pour l'attendrir, repartit Miles, et tu la mêles à la betterave pour lui donner cette couleur de sang. Tu m'as vendu deux livres de poire à la Toussaint, qui ont failli me tuer ; je jurerais que c'est la même marchandise !

Le colosse approcha son destrier.

— Tu mérites que je descende de cheval, pour te donner la correction !

Et, tandis que Miles sautait à terre et empoignait l'artisan, à la grande joie des maseliers :

— Miles, lança Jacques, est-ce ainsi que nous dégagerons le chemin ?

Puis, aux marchands qui invectivaient le pauvre boucher :

— Et vous, plutôt que de vociférer, donnez-moi le coup de main !

Les hommes des chariots les plus proches marmonnèrent entre eux puis, après quelques instants de palabres, voyant la détermination du jeune seigneur, se mirent à sa disposition.

Jacques, qui avait commandé des garnisons et n'était guère impressionné par ces vilains, dirigea la manœuvre.

Les uns prirent appui dans le fossé, les autres sur le chemin. Et, alors que Miles, finalement heureux de jouer de sa force plutôt que du poing, maintenait le timon à la seule force de l'épaule :

— Allez ! dit Jacques.

En un instant, le brancard fut soulevé, et le boucher put placer le vérin sous l'essieu.

— C'est à la croisade qu'on t'a appris le métier de charron ? dit Miles, rigolard, à l'intention de son ami.

— À la guerre comme à la guerre, répondit Jacques.

Et bientôt la roue était changée, le chemin libre et tout le petit peuple des viandards heureux.

Pendant ce temps, à Lirey, le jeune seigneur d'Anjou était de visite aux communs. La veille au soir, Jacques avait fait dormir Charles de Mestréal au donjon ; mais ses gens d'armes avaient dû se contenter d'une sorte d'étable, non loin du logis des domestiques. Quand les hivers étaient trop froids, les animaux quittaient les pâturages et regagnaient cet abri. Une mule, d'ailleurs, habitait toujours dans un recoin sec ; elle était vieille, impotente, et nourrie par les enfants du village.

Bureau, le précepteur, avait dû interdire aux soldats de maltraiter l'animal. L'un des reîtres, pris de boisson, prétendait en effet que la mule et lui étaient mariés ; et, après trois heures à courtiser la bête, l'homme avait voulu la contraindre. Surprenant la tentative d'accouplement, Bureau s'était mis dans une grande colère, et avait dû intervenir pour séparer l'ânesse et le soldat. Depuis, la vieille carne ne trouvait plus le sommeil, et jetait des regards inquiets aux soldats.

— Voyez où on nous loge, messire Charles, dit Bureau en faisant entrer le jeune seigneur dans l'étable ; avec les bêtes !

L'adolescent ne put réprimer un sourire, tandis que la vieille mule le regardait craintivement.

— Voici l'escalier d'honneur, ajouta le précepteur en invitant Charles à emprunter une échelle de bois. Et mes appartements, poursuivit-il alors que le jeune seigneur prenait pied sur un plancher instable et poussiéreux, avec des trous laissant apercevoir le rez-de-chaussée.

« Et je suis chanceux, grinça le vieillard, car le régisseur des Charny a mis un bien joli mobilier à ma disposition.

En effet, Coutterets avait fait monter une paillasse et une chaise en rotin.

— Je ne vous savais pas si délicat, Bureau, fit le jeune seigneur d'Anjou.

— Il ne s'agit point de confort, mais d'orgueil ! Que pensera-t-on si l'on sait que je loge aux communs, que dis-je ? à la grange ! Et sur vos ordres, par saint Eustache le bienveillant !

— Ce n'est pas mon ordre, protesta mollement Charles ; mais celui des seigneurs de Charny…

— C'est *idem*… Je suis ici par votre plaisir et votre ébattement ! Pensez bien, monsieur, aux moqueries que j'essuierai en rentrant. Car, ne doutez pas, monsieur, que cette équipée fera jaser !

Charles fronça les sourcils, et, voulant apaiser le bon vieillard, qu'il n'avait pas l'habitude de voir irrité :

— Pardonnez-moi, si j'escamote votre réputation…

— Qu'importe ma réputation, dit le vieil homme avec un regard adouci et le geste d'un ami qui dissipe un malentendu ; seul votre intérêt me chaut…

L'adolescent acquiesça ; Bureau avait servi son père avant lui, et aurait donné sa vie pour préserver la sienne.

— Ce n'est pas tout, monsieur, reprit bientôt le vieillard en montrant sa malle de voyage, sur laquelle étaient rassemblés des parchemins, un porte-plume et des encres de couleurs variées, il faudrait me faire donner une table ; cela m'irait mieux que ce coffre...

— Autre chose ?

— Si la collégiale peut mettre un clerc à ma disposition ; des lettres doivent partir après-demain ; et messire sait bien qu'avec l'âge mes mains sont fatiguées...

— Cela sera fait, Bureau, lança Charles en marchant vers le trou béant du plancher, où s'appuyait l'échelle de bois.

Puis, tandis qu'il s'élançait sur le premier barreau :

— Et n'oubliez pas que je vous aime !

L'adolescent avait déjà disparu quand Bureau répondit :

— Moi aussi, je l'aime, cet enfant.

Et tandis que Charles dévalait les derniers barreaux de l'échelle, le vieil homme souriait, car, pour la première fois depuis longtemps, son jeune maître avait l'air gai.

Jacques retrouva Arnaut à la sortie de Bonneval. Miles, ayant à faire à Brienne, s'était esquivé à la fourche du Mesnil-Saint-Père, non loin du marais du Géraudot, qui remontait jusqu'à chez lui. Le chemin pavé de Jaucourt s'arrêtait après l'embranchement, à l'orée d'un bois, prolongé par un étroit sentier de terre, lui-même interrompu par un méandre de l'Aube.

Sur la rive, des femmes plongeaient des tissus dans l'eau. En contrebas, un jeune paysan, âgé de douze ans tout au plus, pêchait à la ligne. Au bruit des fers résonnant sur les pavés, le garçonnet se retourna. Voyant les deux cavaliers, il lâcha sa canne et se précipita sur le chemin.

— Monseigneur ! héla-t-il.

— Eh bien, Pierrot, dit Arnaut, que t'arrive-t-il ?

L'enfant était passablement ému.

— C'est que, monsieur, vous n'avez pas paru depuis jeudi ; madame votre sœur se rongeait les sangs, et Rabiot avait envoyé ses manants pour vous retrouver !

— Ne t'ai-je pas dit d'éviter ce surnom ?

Rabiot, c'est-à-dire, en langue d'oïl, le « rebut de la pêche » ; c'est ainsi qu'à Jaucourt on surnommait Anton Rabier, depuis qu'il séjournait chez Arnaut et se baignait tous les après-midi dans l'étang afin de soigner ses rhumatismes.

— Pardonnez-moi, monseigneur ! Rabier, disais-je…

— Non pas ! fit Arnaut sur un ton de réprimande, que son œil amusé semblait contredire.

— Monsieur le vicomte de Saint-Witz voulait battre la campagne, afin de vérifier à tout hasard que vous n'aviez pas chuté de cheval, ou, pis, que vous n'aviez pas été dépouillé et laissé pour mort sur le bord de la route…

— Eh bien, nous allons le rassurer de ce pas.

Arnaut descendit de cheval, imité par son ami, et remit sa monture à Pierrot. Ce dernier s'avança jusqu'à la rive, et noua les deux brides autour d'un arbrisseau.

— Tu reviendras les chercher plus tard, dit Arnaut ; pour l'instant, conduis-nous jusqu'au château.

Pierrot écarta les hautes herbes, et tira une espèce de radeau, dissimulé parmi les roseaux.

— Cela nous épargne bien des visites inopportunes, fit observer Arnaut.

Les deux amis sautèrent sur le bac, mais Jacques manqua de tomber à l'eau, tant l'embarcation était instable. Pierrot les suivit, avec la facilité qu'ont les enfants quand il s'agit d'embarquer sur un rafiot. Puis, prenant une perche plantée dans la vase, il poussa le traversier dans la rivière.

L'eau était calme et limpide ; les deux hommes et le garçonnet franchirent le cours d'eau sans encombre et arrivèrent sur une berge moussue.

Une galerie de verdure était aménagée dans le sous-bois qui commençait à la rivière et se terminait devant les jardins du château. Des rosiers fleuris grimpaient sur les arceaux de buis ; une vigne vierge servait de toit, avec, de part en part, des trouées de lumière.

Pierrot était déjà loin ; Jacques, à la suite d'Arnaut, s'élança dans le taillis ; la glycine, suspendue en touffes épaisses, effleurait son visage. Pour se défaire de la sécheresse qui étirait sa bouche, car il espérait mais redoutait ces retrouvailles, il saisit un brin de glycine, le roula entre ses doigts, et en détacha quelques granules. Puis il mordilla ces fragments minuscules, et une sensation mentholée coula dans sa gorge.

Quelques instants plus tard, alors qu'Arnaut et Jacques quittaient la pergola :

— Votre sœur est fort en colère, dit Pierrot en revenant vers eux avec un air désolé ; elle refuse de vous voir, et s'est enfermée dans l'orangerie.

— C'est une colère de circonstance, qui s'évanouira aussitôt qu'elle me verra, répondit Arnaut en faisant signe à Jacques de le suivre dans le vaste parc arboré.

Les ancêtres d'Arnaut n'avaient jamais éprouvé le besoin de fortifier leur château ; on n'y trouvait ni renforts, ni douves profondes, ni tours crénelées. Au contraire, le petit manoir était entouré de jardins, d'enclos, d'arbres centenaires, et de grandes plates-bandes d'œillets, de tulipes, d'absinthes, isolées les unes des autres par des fascines de saule.

Une sorte de serre, qu'on montait l'hiver, et défaisait l'été, servait à la culture des arbres fruitiers. La petite structure en bois contenait autant d'orangers, de sorbiers, de poiriers et de merisiers qu'il y avait de fruits sur l'arbre d'Adam.

Dans l'enchevêtrement des troncs, des plessis, des feuilles translucides, une femme, vaporeuse sous la lumière pâle, était agenouillée près d'un pot.

Les deux seigneurs s'approchèrent, en prenant garde à ne pas faire de bruit.

Hélène portait une robe claire et un fichu de toile blanche, qui la faisait ressembler à une paysanne attelée aux travaux des champs ; elle griffait la terre afin d'y planter un arbuste ; un figuier, reconnut Jacques, d'après l'écorce de ses fruits.

Alors que, d'un pas de chevreuil, Arnaut s'approchait de sa sœur, celle-ci, voyant soudain l'ombre projetée sur l'arbre à fruits, dit d'une voix sourde et sans se retourner :

— Hors de ma vue, mauvais frère !

— Mais de quoi suis-je coupable ? demanda Arnaut alors que sa sœur sarclait et plantait sa bêche avec tant de fureur qu'elle semblait poignarder le terreau.

— Je n'ai pas dormi depuis jeudi tant j'étais inquiète !

— Mais j'étais chez Jacques ! Est-ce un crime d'aller célébrer le retour d'un ami ?

— Tu m'en diras tant ! Tu disparais pendant six jours ! Et pour fêter cet ami de malheur, ce maudit…

— Ne parlez pas trop vite, madame. Nous pourrions le regretter tous les deux.

On n'oublie pas la voix de son premier amour, fût-elle l'écho d'un premier chagrin. La jeune femme fit volte-face, et chancela :

— Jacques !

Elle se rattrapa sur l'arbuste, et contempla le jeune homme, qui, sans être le même, n'avait pas vraiment changé ; Jacques prit sa main, s'inclina, et mit un genou à terre, car il avait tous les péchés du monde à se faire pardonner.

Pendant ce temps, à Lirey, Charles de Mestréal se faisait montrer le domaine des seigneurs de Charny.

Jeanne étant occupée à la collégiale, Marie travaillant son latin avec le prieur Anselme, on avait dépêché Raoul pour l'accompagner.

L'écuyer de cuisine lui avait raconté l'histoire de Bonneval, et comment la peste avait dépeuplé le gros bourg, ainsi que les villages à l'entour, dont Lirey ; il l'avait emmené devant la vieille église de bois, qu'avait fait construire Geoffroy de Charny, amorçant le retour à la prospérité dans la région ; puis, passant devant le prieuré, Raoul n'avait pas manqué d'évoquer Darius, ancien recteur de l'école des chanoines d'Amiens, auprès de qui Jacques, Arnaut et Miles avaient reçu les rudiments du *trivium* et du *quadrivium*.

Jacques avait été un élève fort studieux, quand il s'agissait d'écouter les récits de l'*Histoire d'Outremer*, par Guillaume de Tyr, ou les *Vies parallèles*, par Plutarque. Pour les autres matières, il avait appris à endurer la férule ou le fouet.

Miles, quant à lui, avait fugué un jour de jeûne, et, plutôt qu'essuyer les coups du chanoine, il avait retourné le bâton contre lui. Il n'avait jamais reparu à l'étude.

Arnaut était le meilleur espoir du trio. Dès l'âge de douze ans, il traduisait Virgile, Pline et Scipion. Il citait Épicure, à la grande fureur du chanoine, car cet auteur niait l'éternité de l'âme. Il s'amusait à contredire les cinq preuves de l'existence de Dieu, qu'avait si parfaitement formulées saint Thomas d'Aquin, et préférait Abélard à saint Bernard de Clairvaux. Darius espérait que les professeurs de l'université feraient passer au turbulent élève ce goût de la provocation ; peut-être même qu'avec un peu de plomb dans les méninges il intégrerait la Sorbonne. En général, on y entrait entre douze et treize ans ; on était bachelier à seize et licencié à vingt ; bref, tout était encore possible pour Arnaut... Mais là s'arrêtèrent les aspirations du chanoine, car la peste l'emporta pendant la récidive de 1362.

— Voulez-vous voir le château de Montfort ? demanda Raoul, tandis qu'ils quittaient la collégiale et se dirigeaient vers la forêt de Savoisy. C'est une ruine, continua l'apprenti, mais jadis y résidaient les comtes de Champagne.

Voyant que le jeune seigneur traînait des pieds, le queux se planta devant lui, et, s'adressant à lui comme à un adolescent de son âge, plutôt qu'à un gentilhomme de bonne lignée :

— Si vous n'avancez pas, nous en avons jusqu'à la nuit.

— Qu'ai-je à faire de ce tas de pierres ? répliqua Charles de Mestréal.

— C'est l'ordre que j'ai reçu : qu'on vous montre sa terre et ses dépendances.

— Montre-moi plutôt l'armurerie, les écuries, la salle d'armes ; ce monde m'est familier, plutôt que celui des caillasses.

Raoul siffla :

— Eh bien, si cela peut me permettre de terminer ma journée à trois heures, plutôt qu'à huit, topez là !

Le jeune seigneur et l'écuyer de cuisine s'accordèrent de la main et repartirent au château.

L'armurerie et la salle d'armes étaient sises sous le donjon ; on y accédait par un escalier de la haute-cour. Les deux pièces étaient fortifiées par d'épaisses cloisons, prenant appui sur les fondations du château. Aux murs, et sur des socles métalliques, rutilaient toutes sortes d'armes.

Charles caressa les lames effilées et soupesa les masses et les fléaux.

— Ces armes sont de bonne facture, dit-il. Et en bon état.

— Depuis son retour d'Orient, le seigneur Jacques s'entraîne tous les jours ici.

Charles s'approcha des armures, entreposées dans un coin de la pièce. Elles étaient, pour la plupart, vieilles et poussiéreuses.

— La guerre est loin, dit Raoul ; l'Anglais n'est pas venu depuis quinze ans. Ces armures n'ont pas servi depuis messire Geoffroy de Charny, celui-là même qui fut porte-oriflamme de Jean le Bon.

— Il paraît, murmura Charles.

Après qu'il eut longuement contemplé les heaumes, les poulaines et les gantelets, Raoul emmena Charles à l'écurie, afin qu'il vît les palefrois que Robin, le hongreur, soignait comme ses propres enfants.

Comme l'adolescent s'approchait d'un cheval sec et musculeux :

— C'est un frison, dit Robin, que messire Jacques a ramené de croisade. Il est de sang arabe, mais de tempérament français !

Le cheval était dessellé, et piaffait comme un beau diable.

— Comment s'appelle-t-il ?

— Arion.

— Donne-moi ton bâton.

Robin lui tendit le bâton d'osier, et Charles s'approcha du destrier ; aussitôt le cheval se cabra, et menaça l'impétrant.

— Oh là ! murmura Charles, tout doux, Arion…

Le jeune seigneur ficha son bâton dans l'ars, entre le poitrail et le ventre. Le cheval retomba incontinent. Alors Charles saisit le mors, et appuya son front contre la tête de l'animal ; il sentait l'haleine chaude et carnée lui balayer le visage. Sans ôter son front du chanfrein, il caressa l'encolure, et murmura quelques mots apaisants. Puis, alors que le cheval semblait s'être calmé et respirait tranquillement :

— Ce n'est pas un frison, dit Charles, mais un turcoman, qui vient des steppes d'Arménie. Ces chevaux sont rares... J'ai vu l'empereur Wenceslas monter de tels destriers... Cette race est dure à dompter, mais prompte en lice et à la guerre... Elle ne craint ni le feu des canons ni le sifflement des flèches. On dit qu'à la bataille un turcoman n'abandonne jamais son cavalier, fût-il mort et désarçonné...

Robin regarda l'adolescent, stupéfait.

— J'avais remarqué que ce petit cheval était vaillant, souffla le hongreur ; mais j'ignorais ses qualités guerrières...

Et, après un instant de silence :

— Qui êtes-vous au juste, messire, reprit Robin, pour acconnaître si bien les armes et les palefrois ?

— Je ne suis qu'un modeste chevalier d'Anjou, répondit Charles.

Et l'adolescent répéta, comme s'il parlait pour lui-même :

— Rien qu'un modeste chevalier d'Anjou...

Six années d'absence n'effacent pas vingt années d'habitudes.

— Donne-moi ton bras, avait dit Hélène.

Puis, tandis qu'Arnaut, prétextant une affaire urgente, était parti pour Bonneval, Jacques avait entraîné Hélène dans la campagne.

Ils avaient emprunté le chemin de traverse qui s'éloignait de Jaucourt et s'enfonçait dans la forêt d'Orient. Ils étaient montés à l'arbre mort qui, naguère, leur semblait aussi grand qu'un donjon. Ils avaient couru jusqu'au bras de rivière où affleuraient des pierres rondes et presque invisibles, mais qui formaient un passage à travers l'eau, conduisant à un îlet.

Enfin, après s'être jetés dans les herbes grasses et moelleuses où tant de fois, bien des années plus tôt, ils avaient refait le monde en s'empiffrant de nougats, ils s'étaient laissé gagner par le silence.

Leurs corps timides se tenaient à distance, mais parfois leurs vêtements se frôlaient, et Jacques sentait sur sa main les frémissements d'un jupon.

Alors que le soleil commençait à mordre leur peau, Jacques, soudain, brisa le silence :

— Tu ne m'en veux pas ?

— Le mal est fait, répondit Hélène. La colère est passée depuis longtemps.

Et elle ajouta, de cette voix douce et particulière, celle des femmes éplorées, des veuves, et de toutes celles qui font le deuil d'un amour :

— Il n'y a plus que la tristesse.

Le soleil leur frappait les yeux et avait quelque chose d'étourdissant.

— Je t'aime, dit Jacques, alors que son regard semblait se perdre dans l'infinité bleue du ciel.

Les yeux d'Hélène s'emplirent de larmes et bientôt des perles d'eau coulèrent sur ses joues.

— Je sais, dit-elle en s'abritant du soleil avec sa main droite.

Mais Jacques avait déjà compris qu'elle cachait ses pleurs.

Il l'embrassa chastement sur le front.

— Mon amour, dit-il.

Et, après avoir pris sa main, et l'avoir baisée tendrement :

— Pourquoi lui ? ajouta-t-il d'une voix feutrée, comme s'il redoutait, à l'instant même où il les prononçait, les mots qui sortaient de sa bouche.

Hélène retira sa main.

— C'est donc cela ! Que je sois mariée, peu t'importe, mais que je l'aie épousé, lui, tu ne le supportes pas ! Un bourgeois ennobli, un marchand… Tout ce que tu méprises, en somme.

— Peu me chaut qu'il soit du tiers ordre ou bien marquis ! Il a le triple de ton âge !

— Préférerais-tu qu'il ait trente ans, qu'il soit beau, qu'il soit chevalier ?

— Il est mauvais comme une teigne !

— Il est dur en affaires, mais, en ma compagnie, d'une extrême bonté… Et j'estime cet homme…

Jacques baissa les yeux, et, d'une voix courte, à mi-chemin entre la plainte et la supplication :

— Alors tu aimes ce vieux barbon, dit-il.

— Je m'y suis attachée, fit Hélène ; comme on se lie à une personne familière, avec qui l'on passe ses journées.

— Et moi, tu ne m'aimes plus.

Hélène, qui s'était dégagée de l'étreinte, se rapprocha de Jacques, et passa sa main dans ses cheveux.

— Mais si, Jacques, tu sais bien que si…

Jacques se redressa dans l'herbe.

— Eh bien, répudie-le et épouse-moi ! L'homme est bien trop vieux pour te donner des enfants ; c'est une raison de nullité.

— Tu sais bien que c'est impossible. Le pauvre homme est malade, un démariage le tuerait.

— C'est une idée ! fit Jacques avec un mauvais sourire.

Hélène le regarda sans méchanceté, avec une sorte de froide indifférence ; elle connaissait assez bien les hommes pour savoir qu'un long silence valait mieux qu'une litanie de reproches. Légèrement honteux, Jacques rougit.

— Alors qu'allons-nous faire ? reprit-il, comme pour conjurer le silence.

Hélène prit une jonquille, et l'écrasa entre ses doigts, si bien que le pistil jaune se répandit sur sa paume.

— Je t'en prie, dit Jacques, parle-moi.

— Les mots sont inutiles. Je t'ai vu. C'est bien. J'en suis heureuse.

Ses yeux, tournés vers le ciel, étaient aussi fixes que ceux d'une peinture.

— Il serait sage qu'à présent tu me quittes.

16.

Deux jours plus tard, au matin, un petit bataillon d'hommes chassait en forêt d'Othe.

À l'avant de la troupe, Miles de La Roche tenait dans sa main un arc de grande taille et de belle facture : la branche était taillée dans l'if, la corde, tissée de soie, la poignée, tressée de cuir, et les deux extrémités, élaguées dans un bois de cerf.

Il avait plu tout le jour, et les sous-bois étaient détrempés ; à chaque pas, ses bottes s'enfonçaient dans la boue, et parfois, alors qu'il guettait un lièvre ou un perdreau, il marchait en regardant au loin, et se prenait la cheville dans une fondrière ; alors l'un de ses compagnons l'agrippait par les flancs et, comme Arthur tirant l'épée du roc, descellait le corps d'airain du collet de vase.

Deux chiens énormes précédaient Miles : c'étaient des dogues d'Aquitaine, au poil court et fauve, qui semblaient peser plus de trois cents livres.

Mâchoire large, babines tombantes, vaste ventre, visage harmonieux ; les chiens ressemblaient à leur maître ; en outre, ils étaient d'excellente compagnie.

Tandis qu'un des deux dogues furetait dans le sous-bois, l'autre, soudain nerveux, s'arrêta devant un ruisseau et mit la truffe au vent.

— Vise-moi ce faisan, Jacques !

Sur l'autre rive, un oiseau voletait dans les roseaux. C'était un mâle, d'après ses barbes rouges, son bec fin et sa queue brune et tachetée d'or. Il battait des ailes frénétiquement, car, non loin, dans un bosquet, deux poules attendaient la saillie.

— Le mâle est à portée…, ajouta Miles.

— Il est trop loin, dit Jacques d'une voix lasse. Et les poules, n'y pense même pas…

— Je suis sûr qu'en t'appliquant…

— Et pourquoi donc m'appliquerais-je ? fit Jacques, d'une voix désabusée.

Miles regarda son ami en secouant la tête.

— Pourquoi maugrées-tu ainsi ? Tu es fin limier depuis toujours !

— Eh bien, pas aujourd'hui, répondit Jacques. Tu n'as qu'à tirer toi-même.

Miles soupira ; il était aussi puissant au pugilat que limité pour l'archerie. Il prit finalement une flèche dans son carquois, et la positionna entre le tranchefil et la poignée. Puis de toutes ses forces il banda. La flèche, taillée dans un bois d'osier, jaillit de l'arc, et partit vers la cime d'un arbre, à cent pieds de haut.

— Encore raté, fit Jacques.

— Pouah ! fulmina Miles. Si tu m'aidais, au lieu de geindre ! Depuis deux jours, tu charries ta peine comme un boulet ! Et tu me bats froid, comme si je t'avais contrarié…

— Ce n'est pas de ton fait.

— Qu'est-ce donc, alors ?

— C'est un chagrin de cœur.

— C'est une femme, s'étonna Miles, qui te rend si misérable ?

— Misérable..., répondit Jacques ; oui, c'est le mot. Je suis le plus misérable des hommes, depuis que je suis rentré chez moi... On m'en veut d'être rentré, autant qu'on me déteste d'être parti. Chacun me donne l'impression que je n'ai rien à faire ici. J'étais mieux traité chez les pâtres grecs et les derviches du Levant ! Vraiment, Miles, je me demande à chaque instant pourquoi je suis revenu...

— Et la sœur d'Arnaut ? hasarda Miles.

— Hélène est comme les autres : elle me préférerait mort en Orient, plutôt que vivant chez moi.

— Tête d'âne ! dit Miles. Tu crois me faire pleurer ?

Miles assena à son ami un si formidable coup d'épaule que Jacques en fut étourdi.

— Et puis te marier, poursuivit le colosse, tu n'y penses pas ! Il faudrait m'y mettre à mon tour ; et crois-moi, l'ami, ça n'est pas près d'arriver !

— Ah bon ? demanda Jacques, avec un début de sourire. Tu n'avais pas une petite, à Bonneval ?

— Tu parles ! La veuve Beaupré ? Je l'ai quittée depuis longtemps ! Et que veux-tu que je fasse d'une gueuse ? L'épouser ?

— Vilain, bourgeois ou gentilhomme... Hélène ne s'est pas posé la question...

— Que dis-tu ? s'étonna Miles. Le vieux Rabiot n'est point vicomte ?

— Tu m'en diras tant ! répliqua Jacques. C'est une imposture ; il est aussi vrai chevalier que tu es bon chasseur !

Et tandis que le colosse essuyait la repartie de Jacques, un héron passa au-dessus d'eux. L'animal avait déployé ses ailes et traversait le ciel.

Le coup de Miles partit à la vitesse d'un trait d'arbalète, mais manqua le héron de vingt bons pieds.

Jacques faillit s'étrangler, et, en contenant son rire :

— Encore une flèche, et son compte est bon.

Miles banda de nouveau son arc, mais sans jauger sa force, si bien que la corde céda.

— Je ne parlais pas de l'arc, s'écria Jacques, mais de l'oiseau !

— C'est toi, l'oiseau, répondit Miles.

Et Jacques, enfin, se dérida et éclata d'un rire franc.

17.

Pendant que Jacques et Miles échangeaient ces railleries aimables, le prieur Anselme disait la messe du jeudi saint. Nous avons croisé, un peu plus tôt, cet homme énergique et résolu.

Né comte de La Marche, dans le Nivernais, apparenté aux sires de La Salle, Anselme avait quitté son titre et sa famille à l'âge de quinze ans pour entrer à l'abbaye de Cîteaux. Bien qu'en déclin, l'ordre de saint Bernard de Clairvaux lui semblait le seul capable d'étancher sa soif d'ascétisme et de sainteté. Le monde au-dehors l'impressionnait, et la solitude et la prière lui donnaient le sentiment d'avoir enfin trouvé une raison d'exister.

À l'issue d'un brillant noviciat, l'abbé l'envoya chez les moines anachorètes de l'abbaye de Fontdouce, apparentée à Cîteaux, et en manque de nouvelles recrues. Pendant une dizaine d'années, dans la communion des chants, dans l'épuisant labeur agricole, dans l'étude et la copie des enluminures, Anselme entrevit le paradis. Mais, alors qu'il coulait des jours heureux et paisiblement scandés par les heures de la liturgie, les vicissitudes de l'Église avaient rattrapé son couvent.

Le Grand Schisme et la guerre divisaient le monde ; il en fut ainsi de sa communauté.

Une bande de soudards, arrivant d'Angleterre, et débarquée à Cancale, demanda le gîte à Fontdouce. Le prieur, soutenu par ses doyens, refusa.

Le prétexte était trop beau : les soldats fracassèrent la porte, et prirent position dans le cloître.

— À boire ! exigea leur chef.

Les moines, stupéfaits, dressèrent la table et portèrent les tonneaux de vins du Poitou, ordinairement réservés aux officiers du chapitre. Les Anglais se saoulèrent, violèrent à tour de rôle les trois villageoises qui servaient en cuisine et n'avaient pas eu le temps de s'enfuir, et pillèrent tout ce qu'ils purent. Comme le sacristain les suppliait d'épargner les objets liturgiques, ils lui mirent une corde autour du cou, et le pendirent. Puis ils campèrent dans le réfectoire pendant trois jours ; enfin, repus et satisfaits, ils s'en allèrent.

Un an plus tard, alors qu'on se remettait péniblement de ce tragique épisode, une dispute éclata entre le prieur, soutien d'Avignon, et le chantre, attaché à Rome.

Après deux semaines de controverses, il y eut un éclat ; les voix montèrent, on en vint aux mains, et le chantre, suivi par dix frères lais et six moines de chœur, claqua la porte et prit la route de Guyenne, où les religieux de son ordre étaient restés fidèles au Vatican.

C'en était trop pour Anselme : il quitta la Saintonge et regagna la forêt de Cîteaux.

Il retrouva dans l'antique abbaye, qui avait choisi la plus stricte neutralité entre Rome et Avignon, la joie parfois égoïste de la solitude ; cependant, après quelques mois de méditation, il fut assailli par un questionnement, dont il ne parvenait pas à se départir : comment vivre de prière et de silence, alors qu'au-dehors la violence étreignait le monde ?

Pris d'un doute ontologique, il demanda qu'on le défroque, afin de rejoindre un des ordres mendiants, alors en pleine expansion ; mais l'ordre de Cîteaux connaissait sa valeur, et lui proposa une charge d'abbé aux confins de l'Écosse, sur les îles Hébrides, un territoire perdu, où sévissaient les mages et les nécromanciens. Il y avait fort à faire, lui fit-on valoir, pour la propagation de la foi. Sur l'île d'Iona, en effet, les cultes tribaux concurrençaient la vraie foi. Dans certains monastères, la règle de saint Colomban tendait à supplanter la règle de saint Benoît. Anselme dut apprendre à composer avec les traditions locales et les croyances héritées des rois pictes. Lui qui n'avait jamais été marialiste, il théorisa devant les fidèles la conception virginale et la sainteté perpétuelle de Marie, car ces chrétiens des confins du monde aimaient passionnément la mère de Jésus, au point de l'idolâtrer. Pour susciter les vocations, Anselme avait recours à saint Serf ou saint Drostan, plutôt qu'à Bernard de Clairvaux. Et chaque dimanche, à l'église de Mull, devant des assemblées de moins en moins clairsemées, il convoquait les bestiaires et les fabliaux pour complaire aux dévotions animalières, largement répandues dans cette contrée. Après quatre années de ministère, au prix d'un pragmatisme dont il ne se serait jamais cru capable, et de larges renoncements à la stricte observance, Anselme avait repeuplé les couvents d'Uist, Jura et Mingulay et chassé l'hérésie de l'île d'Iona. C'est là qu'il fut rappelé à Cîteaux.

Alors qu'il espérait retrouver en val de Saône le bonheur d'une retraite méritée, à peine fut-il arrivé dans l'antique abbaye qu'un capitulant lui apprit qu'il était attendu à Lirey. L'ancien prieur de la collégiale venait de passer de vie à trépas ; les seigneurs de Lirey prétendaient posséder le saint suaire et en faisaient l'ostension ; l'évêque de Troyes criait à l'imposture et réclamait l'intervention d'Avignon.

En un mot, la place était à sa mesure.

Il la prit.

C'était jeudi saint, donc, et jour chômé.

Dès six heures, les serfs à l'entour, les métayers, les marchands de viande, les notaires, les écrivains publics, les serruriers, les forgerons et les ouvriers du chantier, qu'ils soient maçons, tuiliers, équarrisseurs, tout le petit peuple de Lirey, en somme, s'était pressé devant la vieille église de bois.

Peu après l'aube, Anselme avait célébré les matines.

Puis, pour l'office des laudes, les vingt-cinq frères de la collégiale avaient entonné le cantique de Jérémie ; en effet, il n'y avait pas de moines convers dans ce chapitre, et tous travaillaient conjointement à la gloire de Dieu.

Pour tierce, trois heures après le levant, le prieur avait lu un psaume ; pour sexte, à midi, il avait dit un capitule, tandis que les moines répondaient en chantant ; à none, les lectures bibliques avaient commencé.

Tandis que la nef s'emplissait, Jacques, de retour de la chasse, s'était installé sur un maître-dois ; Jeanne et Marie avaient pris place devant les frères, dans les stalles profondes et richement ornées, comme il seyait aux seigneurs dont dépendait la collégiale ; Florentine, la jolie demoiselle d'atour, était assise devant sa maîtresse, sur un petit fauteuil ployant.

À son tour, le jeune seigneur d'Anjou, vêtu pour l'occasion d'une tunicelle bleue, entra dans l'église. Comme il allait s'asseoir dans la multitude, Jacques se tourna vers Florentine.

— Allez chercher le chevalier de Mestréal ; il a sa place parmi nous.

Retenant sa robe par les replis de soie, pour ne pas abîmer la riche étoffe, Florentine s'engagea dans l'allée centrale. Alors qu'elle passait, vers le milieu de la nef, devant les cuisiniers, les chambrières, les gens d'écurie, et l'ensemble des corps constitués qui travaillaient au château :

— Réveille-toi, malchrétien, dit le gros Jean en donnant un coup de genou à Robin, dont les paupières étaient closes ; regarde Florentine, comme elle fait la belle !

Jean le maître queux, son fils Raoul, Robin le hongreur, ils formaient à eux trois une sorte de sainte Trinité, la sainteté en moins, mais avec l'esprit d'à-propos.

— Laisse-moi en paix, tu vois bien que je prie, dit Robin.

Et il referma les yeux.

— Par les reliques de saint Médard, dit Raoul, qu'elle est jolie, la puterelle ! Si ce n'était pas la messe…

— Si tu n'étais pas si laid…, dit Robin, sans ouvrir les yeux, et dans la même position de prière.

— Et qu'elle ne minaudât pas devant d'autres coquins, qui sont mieux-disants que toi, fit le gros Jean ; il paraît qu'Arnaut de Thouars lui jetait des drôles de regards, l'autre soir, quand elle apporta mes brioches !

Florentine, faisant fi des regards qui s'élevaient sur son passage, alla jusqu'au dernier rang, où s'était assis le jeune seigneur d'Anjou.

— Monsieur, voulez-vous me suivre ? Votre place est avec nous.

Au passage de Florentine et de l'adolescent, de nouveaux murmures s'élevèrent parmi nos trois amis des cuisines.

— Et j'oubliais ce petit seigneur d'Anjou, murmura le gros Jean ; il a déjà dû l'enfoncer !

Quelques instants plus tard, alors que Charles de Mestréal prenait place entre Jacques et Marie, le grand office commença. Comme tout un chacun dans l'église, le jeune seigneur d'Anjou connaissait parfaitement la messe de jeudi saint.

Après le Kyrie, le Gloria, la liturgie, et le Credo, tandis que les moines chantaient, le prieur Anselme marcha jusqu'au fond du chœur. *Ce doit être l'Eucharistie*, pensa le jeune seigneur d'Anjou. Cependant, au lieu de saisir la poignée de la vaste armoire forgée où se trouvaient le ciboire et les hosties, Anselme ouvrit une porte encastrée dans le mur du fond.

Alors, émergeant de l'obscurité, reconnaissables à leur tonsure d'abord, puis à leur visage empesé, enfin à leur coule surmontée d'un scapulaire, les officiers du chapitre apparurent. Le cellérier, l'hôtelier, le camérier et le sacristain avaient emprunté l'escalier qui conduisait de la crypte au chœur de l'église ; ils portaient un vaste panneau de bois.

— La sainte relique, murmura Charles de Mestréal.

Et tandis que les quatre moines disposaient le grand panneau réticulé sur un chevalet d'argent, Anselme s'avança au-devant du chœur et descendit les marches qui le séparaient des fidèles, souhaitant ainsi marquer qu'entre lui et ses ouailles il n'y avait point de distinction.

— J'ai reçu une lettre ce matin, dit-il.

Le prieur sortit un parchemin de sa chasuble, et, comme le dieu des dieux défiant l'humanité de sa foudre, il le brandit.

— Une fois de plus, l'évêque de Troyes nous menace… Écoutez cela, mes frères.

Anselme déroula le parchemin.

« Pour le sire de La Salle, et maître prieur du collège de Lirey, dépendant des seigneurs de Charny et de l'ordre de Cîteaux ;

De Pierre d'Arcis, évêque de Troyes ;

“Si ton frère a péché, va et reprends-le. S'il t'écoute, tu as gagné un frère. S'il refuse de t'écouter, dis-le à l'Église ; et s'il refuse d'écouter l'Église, qu'il soit pour toi comme un païen.”

Ainsi parlent les Écritures.

Je vous ai mis en garde, Anselme de La Salle ; vous ne m'avez pas entendu. L'Église a parlé ; et vous n'avez pas voulu l'écouter.

Ainsi donc, vous faites fi de ma tutelle ; vous méprisez la sainte loi de l'Église et la sainte autorité de la curie pontificale.

C'est pourquoi, Anselme de La Salle, au nom du pape Clément, au nom du Sacré Collège, au nom de la curie et du consistoire d'Avignon, je vous excommunie. »

Un murmure s'éleva sous la nef.

— Ce n'est pas tout, reprit Anselme.

Et il poursuivit la lecture du parchemin :

« En vertu des pouvoirs dont je suis investi, j'excommunie tous ceux qui vous assistent, tous ceux qui participent à l'exhibition de cette forgerie, et tous ceux qui en tirent profit. »

Tandis que les moines du chœur baissaient la tête, que les enfants, voyant les gémissements de leur mère, commençaient à pleurer, que les vieilles femmes se signaient, et que les hommes s'efforçaient de rester dignes, malgré l'angoisse mortelle qui les étreignait :

« Si jamais doit se perpétuer cette machinerie du démon, cette exploitation maléfique et contrefaite des souffrances de Notre-Seigneur, alors je viendrai sur vos terres, et j'en chasserai le Malin. Car le ver est dans le fruit, et mon devoir est de l'en extirper. »

Anselme se tut, et observa les visages.

Après un instant d'égarement, on s'était repris.

Les femmes avaient retrouvé leur sang-froid, les petits séchaient leurs larmes, et les hommes s'étaient redressés sur leur banc, la nuque haute et l'œil aux aguets. C'était la réaction qu'attendait le prieur de ces villageois frustes et orgueilleux.

— Entendez-vous, mes frères ? dit-il d'une voix forte. Nous sommes donc impies et sacrilèges !

C'était un constat, autant qu'une question. Certains, dans l'assistance, répondirent :

— Non !

— Nous spéculons sur les souffrances du Christ !

Des voix plus claires se firent entendre :

— Non !

— Nous méritons la damnation éternelle !

Et, d'une seule voix, à laquelle se mêlait celle du jeune seigneur d'Anjou, entraîné par le cri du peuple :

— Non !

Alors Anselme ouvrit les mains, comme Jésus lorsqu'il prononça le Sermon sur la montagne.

— Priez le Christ ! s'écria le prieur. Contemplez-Le ; voyez comme Il est beau ; voyez comme Il vous aime ! Comparez l'œuvre de l'homme (il brandit la lettre de Pierre d'Arcis) et Sa nature de Dieu vivant ; et jugez !

D'un signe, il intima aux officiers d'ôter les joints et de tirer les volets latéraux. Au même instant, un rayon de soleil transperça la nef de bois et projeta une lumière d'or sur le linceul. C'était un corps d'homme qu'on voyait sur ce drap de lin. Sa côte était meurtrie ; son dos, flagellé ; son front, couronné d'échardes ; et les tourments de son visage, infinis.

18.

Le lendemain, au chantier de la nouvelle église, on montait la dernière cloche. C'était la plus imposante : celle qui donnait le *sol*. Depuis deux ans qu'avaient commencé les travaux, les ouvriers avaient réalisé des progrès considérables. Comment imaginer qu'avec leurs burettes et leurs pinceaux, leurs broches et leurs marteaux taillants ces travailleurs infatigables aient élevé des croisées d'ogives et des arcs-boutants, sculpté des chapiteaux, mis les verres au plomb, bariolé les plafonds dans des teintes qu'aurait enviées Suger de Saint-Denis ? Certains moines, au sein de la communauté, s'étonnaient de la munificence du nouvel ouvrage ; peu importait au prieur Anselme ; les théoriciens de l'ordre de Cîteaux avaient beau recommander l'austérité dans l'édification des églises et des prieurés, quoi de mieux que la couleur et la lumière pour combattre l'obscurité, en ces temps de peine et d'affliction ?

Ce chantier faisait vivre des couvreurs, des mortelliers, des charrons, des maîtres verriers dont la science ne trouvait plus d'emploi depuis que la guerre et la peste avaient frappé le pays : sauver ses créatures de la soif et de la faim, songeait Anselme, n'était-ce pas tout ce qui importait à Dieu ?

— Nous y voilà, commanda le prieur, comme les compagnons arrimaient la cloche… Un pas de plus… Tirez plus fort… Lâchez tout !

D'un seul coup, les ouvriers, alignés dans la nef, relâchèrent les cordages.

— Diable d'enfer ! hurla quelqu'un, au premier rang des travailleurs.

— Dieu du ciel ! dit un autre.

— Préserve-nous du malheur, seigneur Jésus, murmura le prieur.

Car en effet la cloche s'était affaissée d'un demi-pied ; la force générée avait entraîné l'une des cordes, qui remontait le long de la charpente en claquant contre les murs, mais se noua finalement dans un palan.

Tandis que les compagnons rassurés se dirigeaient vers la sortie, un grand bruit sourd retentit sous le beffroi. Entraînant avec lui une pierre d'échafaudage, un boulin tomba sur la cloche habituellement réservée au glas. Celle-ci vibra sur son joug. Et comme toute la structure, de fait, avait été ébranlée quelques instants plus tôt, son balancement s'accentua.

Alors, distinctement, on entendit la sonnerie des morts, d'un rythme lent qui semblait convoquer les défunts et menacer les vivants.

Au centre du chœur, le visage fermé, les yeux emplis de larmes, Anselme s'était mis en prière. Autour de lui, les ouvriers, pris de panique, couraient vers le parvis et se pressaient aux portes de la collégiale. Plusieurs hommes, parmi les plus vieux, trébuchèrent et furent piétinés.

De peu, le prieur avait évité la pierre d'échafaudage, qui tomba à six pieds de lui. Mais d'autres pierres s'étaient détachées du beffroi et tombaient comme une grêle de printemps.

Agenouillé, immobile, Anselme tournait ses mains implorantes vers Dieu.

Les cris d'effroi redoublaient parmi les blessés, qui se traînaient péniblement vers la sortie.

Mais un instant plus tard, alors que le prieur s'adressait aux anges, à tous les saints, à la Vierge Marie, dans un flot ininterrompu de psaumes et de litanies, tout s'arrêta. La cloche s'immobilisa, et le glas se tut. Alors Anselme leva les yeux vers la voûte et murmura d'une voix tremblante :

— Merci, mon Dieu, d'avoir entendu mes prières…

Car le beffroi, au-dessus de lui, avait tenu bon, et, par endroits, les interstices dans sa charpente formaient des puits de lumière.

19.

Au moment même où se déroulait ce drame, Jacques et sa mère arrivaient à la collégiale. Charles de Mestréal avait demandé à son hôte de lui expliquer les travaux de la nouvelle église, car il n'avait jamais vu d'aussi grand chantier.

Pour l'heure, une multitude d'ouvriers entraient ou sortaient du prieuré, dont une dizaine de cellules inoccupées servaient de loges à outils.

La plupart des travailleurs, trop occupés par leur besogne, n'avaient pas un regard pour leurs maîtres et le jeune seigneur d'Anjou.

— Qu'est-ce donc, monsieur de Charny ? dit Charles de Mestréal en s'arrêtant sous un avant-toit.

Sous cet auvent acculé au fronton de l'ancienne église, on avait disposé un plateau courbe et bosselé sur deux tréteaux.

Le panneau, vu de loin, ressemblait à ces planches de bois ou de tôle qu'on laisse un hiver sous la pluie et qui, sous l'effet de l'humidité, prennent des formes ondulées ; mais en s'approchant de la table, on découvrait, taillés à la surface du bois, un millier de détails.

— Bel ouvrage, murmura Charles de Mestréal, devinant l'usage du panneau.

La maquette, faite de bois, de tissus et de papier mâché, avait été ciselée par un artiste de renom, venu des Flandres orientales. L'homme, assisté de deux apprentis, logeait chez les moines et, chaque jour, après un entretien matinal avec le prieur, remaniait son ouvrage selon les instructions du maître d'œuvre.

L'artisan avait restitué la plaine de Lirey, ses crêtes, ses monticules, les corps de bâtiment, et, accolée à l'ancienne collégiale, plantée au milieu du panneau, une grande église, surmontée d'un clocher et d'une flèche.

Le menuisier était si habile qu'il avait habillé la planche d'un tissu laineux, dont les fibres jaunâtres figuraient les vignes et les champs de blé qui doraient sous le soleil, autour du château des Charny.

L'adolescent s'appuya sur la planche, et caressa le tissu fibreux ; puis il effleura d'un doigt prudent le taquet de bois sculpté qui émergeait de la plaine.

— Est-ce la nouvelle église ?

Il leva la tête et porta son regard au midi, vers le centre de la plaine, que gagnaient, en rangs serrés et continus, une multitude d'ouvriers.

— Oui, monsieur de Mestréal, dit Jeanne de Charny, si nous continuons à ce rythme, j'ai bel espoir que nous la terminions dans un an.

— Qu'allez-vous faire de l'ancienne église ? Bien qu'il soit de bois, c'est un superbe édifice…

— Nous l'aménagerons afin d'y installer les pèlerins de passage.

— Et la sainte relique ?

— Nous la déplacerons, ainsi que le chevet, dans le chœur de la nouvelle église. Le suaire sera claustré dans un boîtier d'argent, qu'affine un orfèvre de Bâle.

— Des artisans venus de toute l'Europe, un chantier de cathédrale, des travailleurs par centaines… On dirait qu'à Lirey on se porte mieux qu'à Paris…

— Rien n'est assez grand pour contenter Dieu !

— Certes… Mais d'où provient l'argent ?

— Les pèlerins se montrent généreux.

Charles ne répondit pas, mais Jacques aperçut, au-dessus de son regard, un imperceptible froncement de sourcils.

— N'allez pas croire, monsieur, intervint-il, que nous soyons prospères… Nos ouvriers sont payés au tiers du salaire de leur corporation ; les voyez-vous geindre ou paresser ? Ce sont de bonnes gens, vaillants et pieux, qui savent que leurs appointements sont soumis aux dons des pèlerins. Deux cents familles vivent de ce chantier ; et le pays entier dépend de la sainte relique.

Le visage de l'adolescent s'adoucit.

— Vous prêchez un convaincu, monsieur de Charny, dit-il. Je crois votre suaire authentique, autant que la Vraie Croix, que j'ai priée l'an dernier à Paris.

Jacques allait répondre quand Coutterets, encore plus haletant et rougeaud qu'à l'habitude, apparut devant eux.

— Pardonnez-moi, messeigneurs, dit le régisseur de cette voix fluette, qui contredisait son aspect ventru : une commission de la plus haute urgence…

— Qu'est-ce ? demanda vivement Jacques.

— Un bien triste incident, messire…

— Parle ! ordonna Jacques.

Coutterets baissa la tête et dit d'un seul tenant :

— Un accident à la nouvelle église…

— Que s'est-il passé ?

— C'est ce maudit abbé, et ses idées de grandeur…

— Est-ce grave ?

— Une poutre est tombée du beffroi, alors qu'on montait la dernière cloche…

— Des morts ?

— Oui, monsieur, trois compagnons… Et dix journaliers sont blessés.

— Par tous les diables ! murmura Jacques entre ses dents.

Et, s'efforçant de rester digne :

— Qu'a-t-on fait des blessés ?

— Les moines les ont transportés à l'hospice.

Il s'agissait du dispensaire que Geoffroy de Charny avait fait bâtir à Bonneval, au sein de la prévôté, à l'époque de la Grande Peste. Jacques n'ignorait pas que l'âme charitable de son père avait largement œuvré à la réputation des Charny. N'avait-il pas porté secours aux déshérités de la région, quand la Grande Peste avait sévi, laissant des milliers d'orphelins sur les routes ? N'avait-il pas ouvert les portes du château aux sœurs de l'ordre hospitalier du Saint-Esprit afin qu'elles soignent les pestiférés ? N'avait-il pas accueilli, pendant la dernière incursion anglaise, ces damnés de la terre, qui fuyaient la Picardie, l'Artois, le Vendômois, et trouvaient refuge en Champagne ?

Il s'agissait pour l'instant de marcher dans ses pas, pensa Jacques, si l'on voulait se faire un prénom, et recouvrer le rang qu'il avait le sentiment d'avoir perdu depuis qu'il était rentré chez lui.

— Qu'on les soigne bien, dit-il, et qu'on paye le service des morts. Naturellement, j'indemniserai les veuves et les orphelins.

Puis, comme Coutterets acquiesçait servilement :

— Et le chantier ? reprit Jacques.

— Il est retardé d'un mois...

Jacques, qui semblait calme, explosa pourtant :

— Un mois ? Mais un mois, en cette saison, vaut trois mois d'hiver ! Le sort s'acharne sur nous ! Qu'ai-je bien fait à Dieu pour trouver ma maison dans cet état ?

Il était maintenant étreint par ce genre de colère qui ne demande qu'à s'attiser.

— Contiens-toi, commanda Jeanne de Charny. Nos gens nous regardent.

— Je ne me tairai point, madame ! répondit Jacques. Que nos gens me prennent à témoin ! Je vous l'avais bien dit : cette nouvelle église est la source de tous nos tourments. Et bientôt de notre ruine !

— Eh bien ? Que comptes-tu faire, Jacques ? Interrompre ce chantier ?

— Oui, ma mère : tout arrêter en attendant des jours meilleurs !

Jeanne pâlit.

— Je ne l'accepterai pas, dit-elle. Et ton père ne l'aurait pas permis non plus.

— Je suis l'héritier de mon père et le seul maître chez moi ! hurla Jacques, se laissant enfin aller à la rage qui l'habitait depuis longtemps. Je le vois bien depuis que je suis rentré : vous me considérez comme un intrus, et ne supportez pas l'autorité qui m'est due.

Mais n'en doutez pas, madame, je reprendrai ma souveraineté en cette maison, quoi qu'il en coûte !

— Tu es pris de folie, dit Jeanne, glaciale, avant d'ajouter : et d'où te vient ce mauvais orgueil, dont ton père était dépourvu ?

Jacques ne pouvait pas laisser passer l'insulte :

— Pas un mot de plus, ou bien…

— Ou bien quoi ?

Jeanne le toisait narquoisement, mais Jacques, bien que rongé par l'envie d'être brutal, n'était pas dupe de son manège.

— Je ne vous ferai pas le plaisir de vous donner raison par une violence que vous avez vous-même exercée. Pour le chantier comme pour la relique, faites comme vous l'entendez ! L'histoire de notre famille retiendra que vous avez précipité son déclin.

Et, alors qu'il pivotait sur ses talons :

— Le déclin…, lança Jeanne de cette voix courte et vipérine dont seule est capable une mère quand l'un de ses enfants la menace ; le déclin, mais c'est toi qui l'as hâté, justement, quand tu nous as abandonnés voilà six ans !

C'était un tourbillon dans le cœur et l'esprit de Jacques ; que lui reprochait sa mère, au juste ? D'avoir aimé une femme qui n'avait pas voulu de lui ? D'avoir voulu s'illustrer à la guerre, comme son père avant lui ? D'être le fils de son père, et d'être moins glorieux que lui ? Il se retourna, et, n'y tenant plus, s'avança vers elle le poing serré.

— Assez ! intervint le jeune seigneur d'Anjou, qui avait jusqu'alors observé la terrible dispute, et se tenait quelques pas en retrait.

— De par quel droit parlez-vous ? s'écria Jacques.

— De par mon droit de suzerain, répondit crânement Charles, en s'interposant devant lui.

— Votre droit de suzerain ? répliqua Jacques.

— Oui, monsieur de Charny ; car je suis Charles, fils aîné de l'Église, roi de France et des Français, et je vous ordonne de faire cesser ces éclats.

Jacques, interdit, regarda autour de lui ; sa mère le regardait méchamment ; les compagnons, qui s'étaient arrêtés en voyant Coutterets accourir vers le prieuré, semblaient contempler leur maître et seigneur avec dédain ; le ciel, même, était triste et menaçant.

Alors Jacques fut pris d'un grand frisson.

Il tomba à genoux devant cet adolescent au regard vif qui prétendait être roi, et prit sa tête entre ses mains. Puis, secoué par un flot d'amertume, il éclata en sanglots.

II

DEUX CENT TRENTE
ÉCUS D'ARGENT

1.

Quelques semaines avant le début de ce récit, le peuple de France, furieux du rétablissement des aides et des fouages, s'était révolté en Flandre, en Languedoc et à Paris.

Les Parisiens, plus furieux que les autres, avaient pendu les Juifs et les fermiers d'impôt, pillé les abbayes et les maisons des morts, libéré les prisons, enfoncé les portes du Châtelet, et saisi les deux mille maillets de plomb conservés en dépôt à l'Arsenal. Avant qu'ils n'investissent le palais Saint-Paul, une trêve avait été trouvée entre les meneurs et les oncles du roi, moyennant la suspension du nouvel impôt et quelques exécutions.

Louis d'Anjou avait déjà quitté Paris pour son expédition d'Italie, mais Philippe de Bourgogne et Jean de Berry, inquiets pour la sécurité de leur neveu, l'avaient envoyé prendre l'air en province, en compagnie de son chambellan.

Le dimanche de la Passion, le jeune roi avait quitté Auxerre, et devait rejoindre Troyes ; mais, étonné de croiser des milliers de pèlerins sur les chemins de

Champagne, et piqué de curiosité par l'évocation d'une très sainte relique dont on faisait l'ostension, il avait convaincu Bureau de La Rivière de quitter l'antique voie romaine, et de faire étape à Lirey.

Soucieux de s'amuser, le jeune roi avait supplié son chambellan d'accepter la comédie qu'il avait imaginée ; le vieil homme, de bonne composition, s'y était soumis ; et ainsi, du lundi des Rameaux au vendredi saint, le roi de France s'était fait passer pour un modeste seigneur d'Anjou.

Charles était coutumier de ce genre de fable. N'avait-il pas, trois mois plus tôt, parcouru Paris à dos de mule, en habit de clerc, semant au passage escorte et sénéchaux pour se mêler aux processions de l'Épiphanie ? N'avait-il pas faussé plusieurs fois compagnie à ses maîtres pour aller rejoindre pages et écuyers, et s'étourdir pendant des heures à la paume ou au ballon ?

On excusait bien des choses à ce jeune roi, né sous le double signe de la guerre et de la maladie. Sa mère, la reine Jeanne, avait longuement souffert d'une manie qui perturbait ses sens ; elle passait incontinent du rire le plus gai au plus triste des chagrins. Elle demeurait calme et joyeuse à la cour, puis s'effarouchait soudain d'un bruit ou d'une chanson ; alors elle allait s'enfermer dans son appartement, et sombrait dans l'atonie des mois durant. La naissance d'un héritier mâle sembla l'apaiser ; mais personne ne guérit du mal d'humeur, autrefois décrit par Arétée. Après qu'elle eut accouché d'un second fils, ce ne fut plus qu'un long calvaire jusqu'à sa fin.

Nul doute que Charles fut affecté par la maladie de sa mère ; d'autant qu'on sait, depuis les Grecs, que ce genre de trouble se transmet de la mère à l'enfant. Même s'il paraît que son père était le plus vertueux des hommes, rien ne laisse présumer que ce roi savant, incarnation de la puissance éclairée, ait consacré le temps nécessaire à consoler Charles. Le roi sage, comme on l'appelait alors, ne quittait jamais son bureau. Cet homme de santé fragile avait compris depuis longtemps qu'il était plus utile à Paris qu'en rase plaine, et s'intéressait moins à son fils qu'aux bréviaires de diplomatie. Bien lui en prit d'ailleurs, car, usant mieux de la ruse que de l'épée, Charles V reconquit une large partie de la France à l'Anglais. Pendant ce temps, on donnait au Dauphin les meilleurs docteurs en scolastique, afin qu'à la manière du roi son père, il excellât dans les choses de l'esprit. Mais Charles, sixième du nom, délaissait les traités de rhétorique au profit de la chasse et d'autres frivolités, et préférait les tournées estivales dans les possessions familiales à la vie de château ennuyeuse et courtoise que son père avait décidée pour lui.

Compiègne, Beauté, Montargis, Saint-Germain : toutes ces places fortes, tombées par legs ou apanage dans le giron des Valois, étaient devenues ses terrains de jeu. Avec son frère Louis, ils erraient, des jours entiers, dans les salles vides de ces palais immenses que les hommes de la cour avaient désertés pour les besoins d'une chevauchée ou parce qu'ils étaient mis à rançon. Ils croisaient dans leurs jeux des femmes et des gens de maison au visage empesé ; car il était fort indélicat de rire ou de s'amuser en ces temps de conflit. D'aucuns, parmi les chroniqueurs, disent que cette vie morne et silencieuse eut pour conséquence le goût sans borne du jeune roi pour le loisir, la fête et l'ébattement, dès lors qu'il n'eut plus de comptes à rendre à ses parents. La reine Jeanne, en effet, mourut au mois de février de l'an 1378. Charles V, affecté par la perte soudaine de son épouse, fut emporté deux ans plus tard.

Charles VI, aussitôt, fut couronné.

Ses oncles, les régents, se prosternèrent devant lui. On le fit voyager dans les provinces et paraître au milieu des foules ; les barons du royaume, l'archevêque de Sens, le légat du pape, et l'empereur Wenceslas lui-même se présentèrent à la cour afin de prononcer l'hommage lige.

Mais l'enfant-roi percevait derrière ces démonstrations d'affection l'hypocrisie des postures, et ne perdit jamais le sentiment d'isolement diffus qui l'habitait depuis toujours. Il avait résulté de l'affection de sa mère un tempérament tantôt anxieux, tantôt exalté. L'exercice du pouvoir ne change pas les hommes ; et, sous l'apparence affable, sympathique et parfois fantasque se tenait, impressionnable et débile, l'adolescent tourmenté.

⋆

⋆ ⋆

Le samedi 6 avril 1382, veille de Pâques, cinq hommes s'enfonçaient dans les souterrains de l'antique collégiale de Lirey ; le premier était vêtu d'une robe blanche, surmontée d'un scapulaire, le second, d'un bel habit de velours, et les trois derniers, de la coule monastique des cisterciens.

Après être entré dans la crypte par la porte du chœur, ils avaient traversé la salle carrelée et sombre, où reposait, dans un tombeau taillé d'une seule pierre, le cercueil de Geoffroy de Charny. Par un soupirail, on entendait les chants des frères de la collégiale. Le jeûne de carême, rompu chaque soir par un souper frugal, avait rendu les corps frêles, et les moines passaient les heures du jour dans la chapelle, agglutinés aux premiers rangs, à dire l'angélus ou entonner le plain-chant. Les frères attendaient fiévreusement le lendemain ; c'était le dimanche de la Résurrection ; et, outre que ces pieux frères accueillaient avec joie l'annonce du Christ vivant, ils espéraient avec non moins d'impatience le beau repas que le gros Jean avait promis.

Dix pieds sous eux, donc, cinq hommes franchissaient une grille de fer, puis, après une descente qui leur sembla interminable, foulaient à tâtons une terre molle et discontinue.

Ils s'engagèrent alors dans un long couloir. L'air commençait à manquer, et le cinquième homme du cortège distinguait à peine le premier, tant la flamme de la torche s'était amenuisée.

Après une ultime coursive, ils s'arrêtèrent devant une porte ferraillée. Anselme sortit une clé, l'actionna, poussa la porte, et invita le roi à entrer.

— Voici, messire.

Le flambeau s'étant ranimé sous l'effet d'un courant d'air tiède, le prieur balaya la pièce. Les murs suintaient d'humidité, et la flamme, en se projetant sur les parois, leur donnait l'aspect d'une mine d'argent. Le plafond dépassait la hauteur d'un homme de quelques pouces ; c'était une voûte irrégulière, en pierre brute, raffermie par des ajouts de plâtre.

— C'est une grotte naturelle, dit Anselme, que maître Barbe, le premier abbé de la collégiale, mit au jour en creusant sous les fondations de l'église.

Le prieur gravit trois marches, et monta sur une sorte d'autel, au fond de la pièce ; puis, à l'aide de sa torche, il alluma une quinzaine de grosses bougies, régulièrement disposées sur le sol, sur les trois côtés du surplomb.

Ainsi on y voyait plus clair.

La pièce n'était pas grande : une vingtaine de pieds de long, à peine davantage de large. On l'avait arrangée comme une chapelle. Les murs étaient percés de niches, où des statues d'argile représentaient le Christ dans toutes les postures de la Passion. Des prie-Dieu, alignés sur les parois, commençaient à flétrir. Au centre de l'autel, un coffre en métal brun rutilait dans la lumière de la torche.

— Approchez-vous, sire, invita le prieur.

Charles monta les marches à son tour. La gravité qu'il mettait dans ses pas n'était pas convenue. En ce temps, le merveilleux s'incarnait partout. C'était un monde qu'on ne peut pas se figurer aujourd'hui. Les monstres marins peuplaient les flots. Les licornes et les salamandres étaient moins rares que certaines races de chevaux. Les images des saints réparaient les plaies, mieux que les meilleurs pansements.

Charles, autant qu'un autre, se plaisait à voir des mystères autour de lui. Un an plus tôt, en forêt de Senlis, alors que ses chiens avaient levé un cerf, le bel animal s'était arrêté au milieu du chemin, et avait présenté son cou au jeune roi. Le grand daguet portait un collier d'or, sur lequel on pouvait lire : « *Caesar hoc mihi donavit* », ce qui signifiait à peu près : « César m'a donné ce collier. » Depuis lors, le souverain racontait partout qu'il avait croisé un cerf qui vivait depuis mille ans.

Cette conscience ouverte remontait à loin, peut-être même au fait d'être roi. À peine son père enterré, alors qu'il n'avait pas douze ans, on l'avait conduit à la cathédrale de Reims. Précédé par une procession de moines, suivi par un cortège de chevaliers, il s'était avancé jusqu'au maître-autel, dans un épais brouillard d'encens. Une main sur l'Évangile, il s'était alors engagé à défendre l'Église, la Justice et la Croix. Enfin, selon l'antique liturgie, il avait reçu sur le front l'huile miraculeuse contenue dans la sainte ampoule, qu'on disait descendue du ciel, dans le bec d'une colombe, le jour du baptême de Clovis.

Charles retrouvait, ce matin-là, en entrant dans ce caveau saturé d'odeurs humides et pénétrantes, l'impression d'abîme et de grandeur qu'il avait ressentie en traversant l'immense nef. Et, comme le prieur Anselme, après avoir convoqué d'un geste les deux novices qui l'accompagnaient, s'apprêtait à tirer le couvercle du coffre, afin d'en révéler le contenu, le roi dit d'une voix forte :

— Arrêtez !

Car il voulait, seul, ouvrir le coffre orné de fer et d'argent, et entrevoir le corps supplicié.

Le couvercle était lourd : Charles dut s'y prendre à deux fois. Finalement, la chape bascula, et chut au sol dans un grand fracas de plomb. Le jeune roi vit d'abord un voile blanc et vaporeux. C'était un tissu protecteur, d'une rare délicatesse. Charles le saisit prudemment et le tendit au prieur. Plus bas, au fond du coffre, reposait une grande toile, moins claire que la première, et repliée avec soin.

Charles demanda un flambeau. Anselme tendit sa flamme à l'adolescent. Le roi l'approcha de la toile avec une infinie lenteur, car il ne voulait pas qu'une braise se détachât et enflammât le drap de lin. Puis, tandis que d'une main il agrippait fermement le coffre, et que de l'autre il maintenait la torche, il s'enfonça dans le grand écrin plombé.

Alors qu'on ne voyait plus de lui qu'un bas de chemise, ses poulaines moulantes, alors à la mode à Paris, et ses chausses à bout pointu, sa main gauche se contracta sur le rebord ouvragé. Et alors on entendit, semblant jaillir d'un sépulcre, et résonnant dans la grotte :

— Dieu !

Car, en manipulant le drap de lin, avant même d'apercevoir le corps martyrisé, Charles avait distingué un visage. Et comme saint Jean voyant les linges dispersés dans la chambre mortuaire, il vit, et il crut.

2.

Le soir même, assis derrière une vaste table, dont le bois en chêne gris semblait s'enraciner dans le marbre du sol, entouré par une multitude de servants, protégé par une dizaine de gens d'armes dressés devant lui comme une armée immobile, recevant patiemment l'hommage des hobereaux et des bourgeois venus s'incliner devant lui, le jeune roi dînait.

Jacques et sa mère étaient assis autour de Charles, face à l'assemblée. On avait installé Bureau de La Rivière et le prieur Anselme en bout de table, de part et d'autre des maîtres de Lirey.

Pendant que Jacques, d'humeur maussade, s'efforçait de répondre poliment aux questions du roi, Jeanne de Charny conversait avec le grand chambellan.

— Éclairez-moi, madame, demandait Bureau de La Rivière, ce tissu qui fait l'honneur de la maison de Charny… Est-ce bien là le suaire des Écritures ?

— Ce linceul est saint, dit Jeanne de Charny ; je l'ai reçu en héritage d'Othon de La Roche, mon aïeul, qui le rapporta de Constantinople, après la quatrième croisade.

— Et cet évêque de Troyes, qui prétend que cette relique est l'œuvre d'un habile artisan ?

— Pierre d'Arcis convoite une place auprès du pape Clément, et, pour se faire valoir, que n'irait-il pas inventer ? Ce suaire est celui de Notre-Seigneur, qui fut acheté par Joseph d'Arimathie, avant que Nicodème en couvre le seigneur Jésus.

— S'il est bien saint, dit le vieil homme en fronçant les yeux, pourquoi l'avoir enferré si longtemps ? Je sais que votre époux, de son vivant, ne l'a jamais ostendu, et qu'il est resté caché aux yeux des hommes pendant vingt ans, avant d'être de nouveau exposé.

Jeanne de Charny prit le temps de répondre, et, choisissant chacun de ses mots :

— Geoffroy jugeait que l'ostension nous apporterait davantage d'ennuis que de bienfaits.

— Eh bien, si même votre époux s'opposait à l'ostension, comment s'étonner que certains, au sein de l'Église, déclarent que cette relique est forgée ?

Jeanne de Charny se pinça les lèvres, et répondit d'une voix sourde :

— L'avez-vous vue, monsieur de La Rivière ?

À côté d'elle, Charles de France n'avait rien perdu de la conversation.

— Moi, je l'ai vue ce matin ; et j'en suis encore tout étourdi. Je crois cette relique authentique, et miraculeusement conçue. Vous écrirez au pape, Bureau, afin de faire lever la méchante excommunication qui pèse sur les seigneurs de Charny.

Bureau de La Rivière hocha gravement la tête, alors que Jeanne de Charny remerciait le jeune roi.

Au même moment, dans la file des courtisans qui patientaient derrière la haie de gardes, et détonnant dans la foule des notables et des petits seigneurs compassés, deux gentilshommes se poussaient du coude.

Le plus grand des deux, inconscient de sa force, bouscula un bourgeois à la mine sévère, qui trébucha et s'affala sur les dalles avec un grand bruit. Le notaire, qui était coiffé du calot noir de son office, se releva avec peine, et commença à sermonner les deux hommes.

Le jeune roi remarqua l'esclandre, et appela Jean de Vilaines, qui se tenait deux pieds derrière lui et ne s'éloignait jamais plus :

— Capitaine, faites venir Arnaut de Thouars et Miles de La Roche à notre table ; puisque ce sont les amis de mon hôte, ce seront aussi les miens.

L'officier aux cheveux blancs fendit la foule des courtisans et apostropha les deux hommes.

— Suivez-moi, messieurs, ordonna-t-il d'une voix qui ne laissait pas de place à la controverse.

Puis, alors qu'Arnaut et Miles sortaient du rang, le roi ouvrit les mains, en signe d'invitation.

— Approchez-vous, messieurs.

Vaguement inquiets, car quelques jours plus tôt ils traitaient cet adolescent de pain égal, les deux seigneurs s'arrêtèrent quelques pas devant le roi. Cependant, un signe discret de Jacques leur donna un regain d'assurance ; et ils s'avancèrent, tête baissée.

— Eh bien, dit Charles, venez auprès de moi, messieurs, et apportez un peu de gaieté à cette table.

Car, entre son vieux chambellan, qui était le meilleur des conseillers mais un bien piètre divertisseur, le prieur Anselme, aussi impénétrable que les voies de son maître, Jacques, sombre depuis les incidents qui avaient émaillé son retour, et Jeanne de Charny, désemparée par les secousses survenues dans sa vie depuis que son fils était rentré, la tablée du roi n'avait rien de joyeux.

Arnaut, obéissant à l'injonction, s'installa sur le siège à deux places que Coutterets venait d'installer.

Miles s'assit à son tour ; mais le colosse était si lourd que le banc s'affaissa, avec un craquement sourd ; heureusement, l'assise était faite d'un bois souple et résista.

Charles sourit gaiement, et invita Miles à se servir.

La table grouillait de victuailles, qu'avait préparées le gros Jean ; les œufs confits au thym et au safran, les darioles de crème, les pavés de brochet, les jambons fumant sur leur lit de chou, les brioches fourrées au miel, les dardes de lard, tout s'enchevêtrait sur des surtouts d'argent.

Miles prit une assiette creuse, et y mit du pain d'épices et des jaunes d'œuf, qu'il arrosa avec une crème de volaille puisée au fond d'une soupière. Puis il plongea ses mains dans la mixture et commença à s'empiffrer. Pendant ce temps, Arnaut avait demandé qu'on lui serve un pineau sucré de l'Aube et buvait sans faire grand cas des omelettes et des chapons.

— Eh bien, monsieur de La Roche, dit Charles, depuis combien de jours n'avez-vous point dîné ?

— C'est que, messire, fit Miles en croquant un biscuit aux amandes suintant de beurre fondu, c'est carême, et depuis un mois, à une ou deux exceptions près, je jeûne.

En effet la table était dressée comme au jour de Pâques, avec profusion de volailles, de charcuteries et de tartes sucrées ; cependant, c'était carême pour un jour encore, et à la table royale, malgré la dérogation que Charles avait donnée aux seigneurs de Charny, on mangeait peu.

— C'est bien, dit le roi en voyant Miles faire peu de cas de l'austérité générale ; j'aime qu'on prenne du plaisir à ma table.

Et, comme Raoul, l'écuyer de cuisine, apportait un canard confit dans une croûte de sel, et le présentait au jeune monarque :

— Dites-moi, messieurs, s'enquit Charles, d'humeur soudain joviale ; que chasse-t-on dans vos provinces ?

— Je chasse le lièvre et le chevreuil, dit Miles.

— Et moi, la bécasse et le perdreau, poursuivit Arnaut.

— Ne pratique-t-on pas, en Champagne, la courre ou le gerfaut ?

— Les fauconneries sont un luxe de roi, messire, rétorqua Arnaut ; et pour ma part, je ne courre qu'une ou deux fois l'an.

— Une ou deux fois l'an ? Si peu ? Ça n'est pas raisonnable…

— Je l'admets volontiers, sire… Mais depuis le décret du Parlement, les aides frappent lourdement l'orge et le blé ; ces grandes tailles, que le peuple acceptait en temps de guerre, sont devenues insupportables ; le pain est devenu cher, et nos gueux sont obligés de braconner nos bois s'ils veulent manger. Les bêtes sont devenues rares ou ont fui le pays. La conséquence est simple, messire : je ne chasse plus.

— Que n'interviennent mes officiers, mes juges, mes sergents ?

— Oh ! ceux-là, sire ! s'écria Miles. Ils nous volent tant qu'ils peuvent, mais ne font rien !

Et Arnaut s'empressa d'ajouter :

— Comme vos oncles, messire, qui se gavent au détriment des Français…

Devant tant d'insolence, Jacques baissa les yeux, sa mère blêmit, et le prieur Anselme joignit ses mains en une espèce de prière. Quant à Miles, il avala de travers ; un filet de beurre coula sur son menton ; son visage prit un tour cramoisi, avant qu'un coup de poing de Jacques, assené entre ses deux omoplates, ne libérât sa trachée.

Le roi, qui s'était figé à l'énoncé des reproches d'Arnaut, ne put s'empêcher de sourire. Mais il se corrigea bientôt, et, s'efforçant de se donner un visage impassible qui, croyait-il, impressionnait ses contemporains :

— Qu'ont-ils tous à se plaindre ?

Et, montrant Miles et Arnaut :

— Ces deux gentilshommes semblaient joyeux, et voilà qu'à ma table ils se fâchent.

— Venez dans nos États, messire, répondit Jacques ; le peuple gronde, depuis que le parlement de Paris a annoncé le rétablissement des impôts, sous la férule des régents vos oncles…

— Voilà que vous aussi, vous parlez hardiment, mon hôte, dit Charles en regardant fixement Jacques. Moi qui vous croyais courtois…

Les mots semblaient badins ; le ton l'était moins.

— Et sachez que je donne raison à mes oncles ; ils furent illustres en temps de guerre ; ils ne seront pas moins glorieux en temps de paix.

Puis, avec un air de grande concentration, les yeux légèrement plissés, de l'air de réciter une leçon :

— Le domaine royal, mes cultures, mes bêtes, mes vignes, et le bois de mes forêts rapportent, bon an mal an, deux cent mille livres ; l'État m'en coûte deux fois plus. Or il faut reconstruire les villes, abîmées par trente années de guerre, remplacer les édiles et les fonctionnaires qui sont morts pendant la Grande Peste, renforcer les frontières… Comment subviendrais-je à de si grands besoins, autrement que par l'impôt ? Mon père avait aboli les fouages ; les états ont supprimé les aides ; voyez ce qu'il en est résulté : une dette de huit cent mille livres auprès des Juifs et des Italiens, dont je paye aujourd'hui l'intérêt !

Au moins en apparence, l'argument sembla porter. Voyant que les convives restaient cois, Charles, ravi de cette victoire, demanda qu'on lui servît un vin de Champagne.

Pendant le temps de cette conversation, les courtisans s'étaient succédé devant la table royale, et s'inclinaient à tour de rôle, sous l'œil distrait des convives. Mais, alors que Jean de Vilaines venait de congédier d'un geste brusque un gros bourgeois rougeaud qui s'attardait en révérences et autres simagrées, s'avancèrent, à leur tour, deux jeunes filles aussi dissemblables par les manières que belles d'aspect.

Marie, qui s'était bouclé les cheveux à la manière d'une mignonnette, souriait malicieusement au roi ;

Florentine baissait la tête, comme pour dissimuler ses yeux tristes et désabusés.

— Je reconnais votre fille, fit le roi en s'adressant à Jeanne de Charny ; mais qui est l'autre jeune femme, que j'ai déjà croisée, mais dont vous ne m'avez rien dit ?

— C'est une orpheline de guerre, messire, qui se dit bâtarde d'une lingère et du seigneur de Buire-en-Bois. Nous l'avons recueillie il y a trois mois ; elle errait depuis les chevauchées anglaises, qui firent tant de mal à la Bourgogne et au Vermandois, mais épargnèrent heureusement notre belle région ; tous ses parents sont morts, et elle sert Marie comme chambrière.

— Florentine n'est pas chambrière, protesta aussitôt Marie, mais demoiselle d'atour !

— Approchez-vous donc, damoiselles de Charny et de Buire-en-Bois.

À ces mots, Marie courut jusqu'au fauteuil du roi et s'arrêta si près de lui qu'elle lui effleura les genoux ; puis elle donna sa plus belle révérence. À son tour, Florentine, qui avait gardé ses distances, s'inclina, par souci du protocole plutôt que par complaisance.

Charles, admiratif de ces deux tempéraments bien affirmés et si contraires, ne put s'empêcher de murmurer :

— Si elles montrent au lit autant de caractère, heureux l'homme qui prendra l'une pour épouse et l'autre pour maîtresse.

Et le jeune roi, homme déjà par bien des aspects, d'imaginer les rires de Marie se déployant à pleine gorge dans le plaisir que donne l'amour, et la mélancolique Florentine se changeant en feu follet.

— Vous traite-t-on bien ici, Florentine de Buire-en-Bois ? demanda-t-il.

— Mieux que cela, messire ; on me gâte. Et ce que la Providence m'a soustrait, cette famille me l'a rendu.

Cette jeune femme est belle, songea Charles, *et elle ne manque pas d'esprit.*

Mais, ne voulant pas montrer qu'il accordait trop d'importance à Florentine, il s'en détourna et dit à l'intention de Marie :

— Et vous, mademoiselle, connaissez-vous quelque ballade ou virelai, qui pourraient nous divertir ?

La sœur de Jacques s'inclina, déposa ses mains sur les hanches, et se cambra très légèrement ; on aurait dit qu'elle allait danser. Mais ses lèvres ourlées de rouge s'entrouvrirent :

Plus j'ai d'amour plus j'ai de fâcherie,
Car je n'en vois nulle autre réciproque ;
Plus je me tais et plus je suis marri,
Car ma mémoire, en pensant, me révoque
Tous mes ennuis, dont souvent je me moque
Devant chacun, pour montrer mon bon sens ;
À mon malheur moi-même me consens,
En le célant, par quoi donc je conclus
Que, pour ôter la douleur que je sens,
Je parlerai mais je n'aimerai plus.

— C'est charmant ! s'exclama le roi.

Et il applaudit, suivi par la salle tout entière.

— De qui sont ces vers ?

— Du poète italien Pétrarque, répondit Marie.

Charles se tourna vers Jeanne de Charny, et changeant de ton :

— Voilà de bien curieuses lectures…

— Oh ! messire, croyez bien que jamais, ô grand Dieu jamais, je n'ai enseigné à ma fille de pareilles sottises… Elle a dû entendre ces vers dans la bouche d'une servante ou de sa demoiselle d'atour.

— Je ne la blâme pas, au contraire, madame, je loue cette fraîcheur. Les vers de Pétrarque sont galants sans être licencieux, et je les apprécie.

— J'avais cru, messire…

— Ne croyez pas, madame… aux oripeaux pourpres ou flamboyants dont on me revêt, aux postures qu'on me fait prendre sur mon trône ou mon destrier, à mon titre de majesté. On s'adresse à moi avec distance et circonspection… On me craint même, parfois… Et pourtant, en toutes choses, je m'efforce d'être amical et bienveillant. C'est le drame de ma vie : une âme d'homme, dans un corps de roi…

Et, de dépit, Charles rit ; mais ce rire était embarrassé, nerveux, et semblait dissimuler des sanglots.

Car, bien qu'il fût ambitieux, volontaire, intelligent, autant de qualités qu'on attendait d'un fils de France, Charles se rêvait chevalier parmi les autres chevaliers, n'aspirait qu'à s'illustrer par sa personne, plutôt que par son titre ou sa lignée ; il s'imaginait mieux à la guerre ou la croisade, au milieu des autres hommes, qu'au Grand Conseil ou en représentation ; et, sans le savoir, ce roi souffrait d'être roi.

Jeanne de Charny, qui était mère avant d'être sujet, reconnut des soupirs de tristesse derrière la gaieté feinte du jeune monarque ; alors elle mit dans son regard toute l'affection dont elle était capable, et lui répondit par un sourire empreint de compassion.

3.

Quinze ans plus tôt, à Troyes, une tornade avait renversé le clocher de la cathédrale, lequel avait basculé sur l'hôtel du Suffragant. Henri de Poitiers, l'ancien évêque, avait fait combler les trous de la façade avec des briques d'argile. Mais l'ensemble était inégal et sinistre, et prenait, le soir venu, la tournure inquiétante d'une masure abandonnée.

Naturellement, dès son investiture, Pierre d'Arcis avait exigé qu'on restaurât les pièces du premier étage, et notamment la chambre haute, condamnée depuis l'ouragan.

Son économe avait observé que les finances du diocèse ne lui permettraient pas d'engager ces travaux ; l'évêque avait répondu que l'honneur de l'Église était en jeu ; le comptable avait demandé un sursis d'un an, jusqu'au prochain budget ; Pierre d'Arcis ne s'en était pas laissé dire, et avait demandé qu'on apporte les livres de comptes dans l'écritoire, où il passait le plus clair de ses journées.

Le prélat avait pris l'habitude de redresser les faiseurs de tort, quand il officiait à la curie. Il s'était montré impitoyable avec un notaire de la chancellerie, qui avait détourné des fonds destinés aux écoliers de Carpentras. Après l'avoir fait arrêter par le maréchal de la cour, il avait obtenu une peine de cinquante ans de prison et une amende de six mille florins. *Idem* pour un familier du cardinal de Nevers, n'ayant rien trouvé de mieux qu'affecter les sommes allouées à la restauration d'un monastère à l'embellissement de son palais d'Avignon.

Le pointilleux évêque s'attendait à trouver dans son nouveau diocèse les mêmes causes, entraînant les mêmes effets. Quelques semaines devaient suffire à corriger les excès qui avaient conduit son diocèse à diviser par vingt les collectes d'impôt.

— Las, avait murmuré Pierre d'Arcis en refermant les registres de l'économe.

Il n'y avait pas davantage d'abus à Troyes qu'à Sens, Mantes, ou Soissons.

Le diocèse de Pierre d'Arcis était ruiné, voilà tout, et il n'y avait pas de remède immédiat.

À l'époque où elle appartenait aux comtes de Champagne, Troyes était l'une des plus riches villes de France. Mais depuis qu'elle avait rejoint le domaine royal, l'ancienne capitale d'Henri le Libéral avait perdu deux foires : l'une, au bénéfice de Bonneval, qui recevait désormais un marché aux viandes, et l'autre, au profit de la cité royale de Provins, pourtant bien pourvue, déjà, avec une montre à la Saint-Quiriace.

Les pèlerinages de saint Syre et saint Malachie, dont les dates coïncidaient avec les deux foires disparues, n'attiraient plus personne à Troyes. Seul le culte de saint Nizié apportait encore quelques subsides à l'évêché, pendant la dernière foire restante, à la Saint-Jean. Mais l'ostension du suaire de Lirey menaçait cette ultime recette.

— Voilà ma situation, dit l'évêque d'une voix lasse, alors qu'Anselme, assis au centre de la pièce, écoutait patiemment le prélat.

Plein d'espoir, le prieur avait accouru à l'hôtel épiscopal de Troyes quand Pierre d'Arcis avait proposé qu'ils se rencontrent, pour la première fois en deux ans.

— Tu pourrais bénéficier de l'afflux des pèlerins qui nous visitent à chaque ostension. Troyes est sur la route du Nord, et pourrait accueillir les pénitents qui viennent de l'Empire et des Pays-Bas.

— C'est impossible, Anselme, et tu le sais, répondit Pierre d'Arcis ; l'ostension du suaire contredit les décrets de mon prédécesseur.

— Tu n'es pas Henri de Poitiers, que je sache, opina le petit moine roux.

— Je dois veiller à la continuité de l'Église, et faire respecter les choix du pape Clément.

— Clément est l'antipape d'Urbain, et Urbain est l'antipape de Clément ; pourquoi accorder du crédit à l'un plutôt qu'à l'autre, alors que chacun voue l'autre aux gémonies ? Pour ma part, je me fie à mon instinct, plutôt qu'à ces tristes pantins ! Si je m'en remettais au pape, je n'aurais jamais encouragé l'ostension, qui a sorti deux cents familles de la misère et de la faim.

Pierre d'Arcis s'agita sur sa cathèdre, et ses longs bras d'échalas s'étendirent vers le prieur de Lirey.

— J'ai mes pauvres moi aussi ! Sais-tu que ma fabrique a fermé ? Comment s'en étonner ? Qu'achèterais-tu, à la place des pèlerins ? Une ampoule à l'effigie du crâne de saint Syre, ou ces enseignes de plomb, qui représentent la prétendue relique où Notre-Seigneur consuma sa Passion ? Les artisans du Bourg-Neuf, qui n'étaient pas riches, errent dans nos rues depuis que leur production a cessé.

Le prieur quitta sa modeste chaise en rotin, et s'avança vers la tribune.

— Que proposes-tu, Pierre, qui puisse raccommoder le diocèse de Troyes et les seigneurs de Charny ?

— C'est bien simple, mon vieil ami… Conforme-toi au droit pontifical ; remets-moi le faux suaire ; et Avignon oubliera que tu l'as bravé.

Anselme baissa la tête ; Pierre d'Arcis était le même homme qu'il avait connu quinze ans plus tôt, de ce genre qui dissimule le vide de son existence derrière les grands principes et la loi.

— Mettre fin à l'ostension, murmura-t-il ; ce serait signer l'arrêt de mort des villageois de Bonneval et Lirey.

L'évêque se redressa sur sa chaire :

— Tu devrais voir plus loin que ces deux cents familles dont le sort est amélioré par l'ostension, et considérer les millions de chrétiens qui sont sidérés par la guerre et la maladie, et ont tant besoin d'être réconfortés ! Avec tes dévotions interdites, tu participes au grand discrédit qui accable la papauté et désespère les croyants.

Le prieur lança un regard foudroyant à Pierre d'Arcis.

— Voir plus loin, dit-il, n'est-ce pas ton obsession, depuis que je te connais ?

L'échange prenait la tournure des débats aigres-doux qui avaient opposé les deux hommes à Cîteaux, quand ils étaient les deux plus fins orateurs de l'abbaye. Aristote ; Platon ; l'Idée comme flux de mots ou réalité transcendant l'esprit ; le dénuement des moines ; l'Immaculée Conception ; tout les opposait, en matière de sciences, de dogmes et d'ambitions. Et tandis qu'à l'issue de son noviciat Pierre d'Arcis avait quitté l'antique abbaye pour se faire une place à la curie d'Avignon, Anselme avait rejoint Fontdouce, pour vivre pleinement sa foi.

— À Cîteaux, reprit Anselme, piquant, tu voyais loin, déjà, jusqu'à la barrette de cardinal, et peut-être même jusqu'à l'anneau *piscatoris*…

L'évêque s'indigna :

— Si je convoitais la crosse ou la tiare, crois-tu que je serais venu m'enfermer dans ce galetas ?

Et, montrant les tentures rongées par la moisissure, les meubles recouverts de draps gris, et la muraille rafistolée, il déplora :

— Tu devrais savoir, Anselme, que je n'ambitionne rien d'autre que le bien de l'Église…

— Le bien de l'Église n'est point le bien de Dieu.

— Que veux-tu dire ?

— Laisse-moi te répondre par une question, dit le prieur. Où étaient le noble et le prêtre, quand Adam bêchait dans le jardin de Dieu ? L'Église est une invention d'hommes, au même titre que la servitude et l'aristocratie.

— N'es-tu pas de cette Église et de cette aristocratie ?

— Je ne prétends pas que ces institutions soient mauvaises, répliqua le prieur, je dis qu'elles sont imparfaites, car elles émanent des hommes et non de Dieu.

Et, avec le même élan rhétorique qui l'avait rendu célèbre à Cîteaux :

— Notre-Seigneur n'a jamais voulu qu'on plonge les plus humbles de ses croyants dans la terreur de l'enfer et la honte de l'excommunication.

L'allusion n'eut pas l'air de troubler d'Arcis.

— Saint Bernard de Clairvaux n'a-t-il pas fait condamner les Cathares, et prêché la croisade contre l'hérésie ?

— Il faut être bien fou pour croire qu'un homme, fût-il saint, ne se trompe jamais. J'aime mieux chez saint Bernard le goût de la prière que ses violentes exhortations !

Constatant qu'il était vain d'essayer de maîtriser un tel incendie, l'évêque soupira, et, ouvrant les mains en signe d'apaisement :

— Comprends-moi, Anselme… Je n'avais d'autre choix que jeter l'anathème sur les seigneurs de Lirey, pour préserver l'ordre établi.

— La loi, le dogme, l'ordre établi, tu n'avais que ces mots à la bouche à Cîteaux, Pierre, et refusais déjà aux hommes toute faculté d'émancipation !

— Je crois qu'en effet Dieu est prescient et qu'Il a un plan pour chacun d'entre nous.

— C'est tout le contraire ; Dieu est si magnanime et si bon qu'Il donne à chacun d'entre nous la possibilité de ne pas s'inscrire dans ses plans. Il nous attribue la grâce ; à nous d'en disposer, pour mériter la gloire dans l'au-delà. Chaque homme est le parfait arbitre de ses choix, s'il souhaite accéder à Lui.

L'évêque de Troyes leva les bras vers le ciel.

— Le libre arbitre… Ô Dieu ! Il ne me sera rien épargné ! Toi non plus, mon vieux camarade, tu n'as pas changé depuis le noviciat !

— Je n'ai pas varié sur un point : l'Église devrait se soucier du bien-être des peuples, plutôt que s'enfermer dans des dogmes, qui ne pourront jamais être démontrés par l'expérience ou la raison.

Pierre d'Arcis bondit sur sa cathèdre.

— Saint Thomas d'Aquin a démontré que la foi est soluble dans la raison !

Puis, après un instant de silence :

— Vraiment, nous sommes irréconciliables, Anselme.

Et, voyant le prieur quitter la pièce, l'évêque appela son huissier :

— Faites entrer le solliciteur qui attend dans la salle de la Plaidoirie.

Quelques instants plus tard, un homme encapuchonné apparut, et s'avança devant le gradin.

— Je ne suis pas partisan de la violence, *a priori*, dit Pierre d'Arcis d'une voix sourde, comme s'il méditait pour lui-même, en même temps qu'il parlait à l'impétrant. Dieu m'en est témoin : je n'ai jamais voulu en arriver là… Mais quand toutes les méthodes d'entente sont épuisées…

Puis, d'une voix plus basse encore :

— N'est-ce pas bien la preuve que nous sommes les rouages contingents de Dieu ? Tant pis pour Anselme ; j'avais pourtant de l'estime pour ce philosophe roué…

Et, s'adressant au visiteur :

— Fais ton œuvre, larron ; tu as mon blanc-seing.

— Merci, monseigneur, répondit l'homme encapuchonné.

Et il sortit.

4.

Le lendemain, à l'aube, un convoi s'ébranlait sur la côte venteuse qui montait en pente douce jusqu'à Villery.

À l'avant, il y avait les crieurs, qui pleuraient pour quelques sous, et les pauvres, qui étaient venus en nombre, car on leur avait promis l'aumône. Ils portaient un bâton de résineux, surmonté d'un linge blanc. Quelqu'un fit passer un tison ; et peu à peu les torches s'embrasèrent.

Après les pauvres s'avançaient le prieur et les officiers de la collégiale.

Enfin les trois litières traditionnelles, avec le compartiment aveugle pour les cercueils, et la claie inclinée, sur laquelle reposaient les corps des ouvriers. C'était le souhait de la famille de Charny : qu'on offre à ce hottier, ce ferrant et ce souffleur de verre un deuil solennel, digne des plus grands féodaux.

À l'arrière, séparé du cortège par une escorte de gens d'armes, Charles de France chevauchait entre Jacques, vêtu d'une livrée sombre, et Miles de La Roche.

Jean de Vilaines, l'officier aux cheveux pâles et poudreux, ne quittait plus le roi depuis qu'il s'était déclaré, et trottait quelques pas derrière eux.

Alors qu'ils passaient au milieu de la foule, accourue pour la pompe funèbre autant que pour le jeune souverain, tous, petits et grands, bourgeois et miséreux, dévisageaient Charles avec cet air avide qui l'avait toujours effrayé. Et, se tournant tantôt vers Jacques tantôt vers Miles, l'adolescent se prenait à rêver qu'un jour on le regarderait comme un simple chevalier, qui n'avait rien d'autre à faire valoir que son honneur, sa droiture et sa valeur à la chasse ou au tournoi. Comme cette idée tournait dans sa tête, il apostropha le comte de Brienne :

— Donne-t-on parfois des joutes, dans vos contrées ?

— Une passe d'armes, répondit Miles, voilà bien quinze ans que personne n'en a donné dans le pays de Troyes.

Charles acquiesça silencieusement, et tout à sa réflexion, il ne remarqua même pas la femme qui s'était approchée de son cheval. C'était ce genre de bonne paysanne de trente à quarante ans, pieuse, résignée, et plutôt habituée aux malheurs qu'aux joies.

— Pitié, messire, pitié ! dit-elle soudain en se jetant devant le destrier du roi.

Les chevaux de Miles et Jacques firent une embardée ; celui du jeune souverain s'arrêta sur-le-champ, sans ruer, comme s'il attendait l'obstacle.

— Mon roi ! dit la paysanne, et elle se jeta à genoux.

Accourant au-devant du roi, Jean de Vilaines prit son fouet, et le fit tournoyer dans les airs :

— Ouste, vilaine !

Le cuir claqua sur les graviers. Et, comme la paysanne sanglotait, agenouillée devant le jeune roi :

— Pardonnez-lui, messire, dit Jacques, cette femme a perdu son époux, son aîné et son benjamin dans l'accident de la collégiale, et son puîné est à l'agonie.

Faisant peu de cas des propos de Jacques, Vilaines se mit à battre la paysanne, qui se recroquevilla face contre terre et resta prostrée au milieu du chemin.

— Écarte-toi, pauvresse !

L'officier du roi maniait furieusement le fouet.

— Laissez, Vilaines, ordonna Charles.

Et, s'adressant à la veuve éplorée :

— Eh bien, femme, qu'as-tu à dire à ton roi ?

La paysanne se redressa humblement.

— Mon troisième et dernier fils se meurt, messire ; visitez-le, je vous prie, pour l'oindre du toucher miraculeux.

— Qu'a ton fils, exactement ?

— Une pierre a écrasé son pied ; et, partant de la jambe, la gangrène est remontée jusqu'au tronc. Si rien n'est fait, il passera dans la nuit.

— J'ai le don de soigner les écrouelles, précisa Charles, mais point celui de guérir ce fléau.

Depuis Clovis, en effet, on accordait aux rois de France la faculté de soigner les ganglions, par simple imposition des mains.

— Beau sire, reprit la pauvre femme, je vous en supplie, autant que je prie Dieu qui s'incarne en vous.

— N'as-tu pas compris, gueuse ? intervint Vilaines. Va-t'en !

Charles se tourna vers Jacques, et l'interrogea du regard.

— Le seul fait de vous apercevoir réjouira cet enfant, dit Jacques.

Le jeune souverain leva un sourcil ; et, alors que le cortège funèbre s'en allait vers la clairière de la forêt d'Othe, où l'on avait prévu d'enterrer l'époux et les premiers enfants de la pauvre femme :

— Conduisez-moi, fit le roi.

Et, en ignorant Jean de Vilaines, qui éructait sur son cheval, Charles fit pivoter sa monture, puis, empruntant un chemin de traverse, rebroussa chemin jusqu'à Lirey.

Le dispensaire n'était guère éloigné : l'édifice à pan de bois, dont le grand toit de chaume descendait en basse-goutte jusqu'à l'herbe du pré, s'élevait à quelques toises seulement du chantier de la collégiale. Une vingtaine de journaliers, réquisitionnés par le prieur, continuaient à déblayer les travées de la nouvelle église. Ils allaient et venaient entre l'entrée de la collégiale et l'atelier des tailleurs, où d'habiles compagnons plâtraient ou raccommodaient les pierres qui avaient chu pendant l'accident. Les débris non récupérables étaient entreposés dans des charrettes, qui partaient tantôt à la briqueterie de Javernant, tantôt à la tuilerie d'Aix-en-Othe, tantôt à l'atelier d'enseigne, à Machy.

La bonne femme ouvrit la porte, faisant entrer dans le lieu clos le bourdonnement viril et laborieux du chantier, mais lorsqu'elle la referma s'éteignirent aussitôt les cris des artisans et l'écho percutant des enclumes.

La salle était longue, étroite et dallée. Une dizaine de lits étaient alignés de part et d'autre, isolés les uns des autres par des courtines de velours. Deux moines s'affairaient entre les couches. Au centre de la pièce, un novice brûlait de l'encens pour couvrir l'odeur de la chair abîmée. Dans un coin, une servante faisait bouillir de l'eau salée sur un réchaud, et préparait les drains et les cautères.

Les ouvriers alités regardèrent la paysanne et les trois gentilshommes passer, sans autre réaction qu'une morne indifférence. Au fond, une lueur claire jaillissait d'une alcôve, nichée dans la paroi comme une chapelle dans le bas-côté d'une église. On avait couché le plus jeune fils de la paysanne à l'écart, sur un lit blanc et immaculé, car les moines isolaient les moribonds, pour ne pas donner d'idées noires aux survivants.

L'enfant, âgé d'une huitaine d'années, avait repoussé ses draps et transpirait abondamment. Son corps n'était plus qu'une grande flétrissure. Depuis le pied jusqu'au sein, la gangrène l'avait corrompu.

— Il a eu un instant de clarté ce matin, dit la bonne femme, mais je crains qu'il ne soit repris par la fluxion.

De l'autre côté du lit, Jacques baissait la tête, car la pitié qu'il éprouvait pour cet enfant se mêlait à la culpabilité de n'avoir pas su prévenir l'accident. S'il n'était pas parti, il aurait pris en charge la destinée de sa châtellenie, et aurait peut-être trouvé le moyen d'éviter l'ostension, le chantier, et les autres expédients que sa mère avait trouvés pour sauver sa maison. Ce terrible accident achevait de le convaincre qu'il n'aurait jamais dû quitter Lirey. Le destin s'acharnait contre lui, et ses tempes bourdonnaient du fait qu'il ne voyait pas de fin à ses tourments.

À côté de lui, Miles se mordait les lèvres, car le colosse était un cœur tendre, mais craignait de montrer ses sentiments.

— Pauvre enfant, s'efforça de dire le roi.

À la vérité, Charles aurait aimé être ému comme ses deux compagnons, mais cet adolescent impressionnable, qui se rêvait brave et courageux, ne pouvait s'empêcher d'être effrayé devant la carcasse noircie.

La paysanne s'assit auprès de son fils, et lui passa la main dans les cheveux, afin de dégager son front. Alors qu'elle peignait le garçonnet avec le revers de sa main, celui-ci ouvrit les yeux.

— Voyez, sire, dit la bonne femme ; rien qu'à vous voir il se sent mieux.

Puis, se tournant vers son fils :

— Voici ton roi, reprit-elle de cette voix apaisante dont seules sont capables les mères quand il s'agit de rassurer leur enfant.

Hagard, le garçonnet regarda au-dessus de lui. Il ne vit que Jacques de Charny, Miles de La Roche et un adolescent, à peine plus âgé que lui.

— Mon roi ?

— Oui, dit la paysanne ; ce seigneur est ton roi.

L'enfant se redressa sur ses coudes, et contempla le jeune homme qu'on lui désignait comme le suzerain de tous les Français.

— Je vais mourir, sire.

— Oui, sans doute, dit Charles, étonné de répondre sans dissimulation ni fioriture, et peut-être aidé par la dignité du mourant.

— Je n'ai pas peur, reprit l'enfant, je crois qu'une meilleure vie m'attend.

Le jeune roi, enfin, était ému ; et, face à lui, Jacques fermait les yeux, tandis que Miles laissait aller ses larmes sans les retenir plus longtemps.

— Bénissez-moi, messire, dit le garçonnet, et je partirai en paix.

Charles l'exauça ; et à peine eut-il déposé un baiser sur le front de l'enfant, que celui-ci sourit doucement, et s'affaissa. Quelques instants plus tard, il était mort.

— Pauvre enfant, dit encore le roi, mais cette fois son émotion n'avait plus rien de feint.

La paysanne, digne, raccompagna le roi et les deux gentilshommes à la porte du dispensaire. Et, tandis qu'ils rejoignaient au galop le cortège funèbre, Charles se tourna vers Miles, dont les pleurs étaient maintenant intarissables :

— Consolez-vous, messire de La Roche, dit le jeune roi ; j'ai une idée, qui redonnera de la joie à ces gens.

Et l'adolescent poussa son cheval sur le chemin qui conduisait au bois du Mont-Savoir en forêt d'Othe, et croisait la voie romaine à Villery.

5.

Un mois s'écoula.

Comme le vent chasse les nuages, comme la cicatrice réduit la plaie, le temps guérissait les cœurs à Lirey.

La présence de Charles n'était pas étrangère à ce rétablissement : car, en effet, le jeune roi était resté ; ses oncles Bourgogne et Berry, voyant le peuple s'agiter, avaient préféré que leur neveu demeure éloigné du tumulte parisien.

Charles, toutefois, s'enquérait chaque jour de la situation du pays ; par l'une des dernières volontés de son père, annexées en codicille à son testament, il était majeur depuis ses treize ans ; il ordonnait les impôts et contresignait la loi ; il convoquait l'ost pour la guerre et les états pour la paix.

En outre, il n'y avait nul besoin, en ces temps d'incertitude pour la royauté, d'être à l'hôtel Saint-Paul ou au palais de la Cité pour administrer les affaires courantes. La chancellerie, ainsi que le personnel d'État, était déplaçable à loisir.

Bureau de La Rivière avait emporté assez de travail pour un voyage d'un an ; il avait transporté les poinçons, les projets d'actes et de nominations, les courriers importants qu'on avait négligés jusqu'alors, et une vingtaine de scribes et de notaires.

Il fallait voir se presser depuis plusieurs jours, sous un pavillon bleu d'azur dressé dans la cour du château, ces gens de plume et de sceau, les fonctionnaires de la chambre des comptes, les trésoriers de guerre, les maîtres des requêtes de l'hôtel du roi, les officiers des Eaux et Forêts, et le personnel complet du Trésor…

C'était une ruche, qui ne relâchait que deux heures par nuit.

Voyant que le roi s'attardait en Champagne, son chancelier Jean de Montaigu avait rejoint Lirey.

Ce bourgeois taiseux et récemment anobli avait étudié le droit à Toulouse avant d'entrer au service de Charles le cinquième et, à la mort de celui-ci, d'être appelé par le jeune monarque, contre l'avis de ses oncles.

Ce matin-là, une odeur entêtante de cire flottait dans l'air, et Bureau de La Rivière, Jean de Montaigu et Jean de Vilaines s'affairaient autour du roi.

— Voici des nouvelles de Flandre, dit Jean de Montaigu, sortant soudain du silence qui lui était habituel, et dépliant un long parchemin.

— Sont-elles bonnes ? demanda le roi.

— Cela dépend.

— C'est-à-dire ?

— Bonnes d'un certain point de vue, repartit le chancelier du roi, mauvaises de l'autre.

— Tu dois bien avoir un avis ; sincèrement, qu'en penses-tu ?

— On ne me paye pas pour penser, sire.

— Oh ! l'animal à sang froid ! Il ne pense donc pas !

— Je ne pense pas, sire, répondit froidement Montaigu, j'exécute.

— Eh bien, dit le roi, amusé par son austère conseiller, cette affaire de Flandre ?

— Votre oncle Bourgogne vous écrit, messire ; son beau-père, Louis de Male, est assiégé dans son palais de Bruges. La guilde des tisserands gantois a pris les armes contre lui, et menace de faire brûler la ville…

Sans répondre, le jeune roi se tourna vers le capitaine de sa garde ; Vilaines avait couvert sa chevelure par un feutre noir, et, n'eût été sa largeur d'épaules, on aurait pu le prendre pour un clerc ou un copiste.

— Qu'en dites-vous, Vilaines ?

L'albinos parlait comme il traitait les hommes, avec impatience et brutalité :

— J'en dis qu'il faut brûler tous ces gueux ! Partout le commun menace… Richard d'Angleterre s'est vu défier par des hordes de paysans révoltés ; en Languedoc, les cloches se taisent, depuis que les tuchins rançonnent et assassinent les prélats ; à Rouen, les compagnons de la Harelle ont fait roi un marchand d'étoupe ; Paris s'est provisoirement calmé, à force d'exécutions ; et voilà qu'en Flandre un vilain du nom d'Artevelde prétend au trône de son comte… Je crains vraiment, messire, qu'avant bientôt, si rien n'est fait pour châtier ces manants, toute gentillesse périsse !

Le roi se saisit du manuscrit et le parcourut.

— Et vous, Bureau, dit-il, en se tournant vers son chambellan, que pensez-vous de cette vilaine affaire ?

Le vieillard prit une longue inspiration.

— Pendant trente ans, messire, j'ai servi votre père. Je crois m'être montré loyal, et n'avoir pas démérité... À la guerre comme au Conseil, pour les affaires de justice et de diplomatie, j'ai toujours prêché mesure en toute chose. Et ce n'est pas aujourd'hui que j'entends me dédire ! Je vous le dis, messire, cette jacquerie est l'affaire du comte de Flandre, et de votre oncle de Bourgogne. Louis de Male, qui est pourtant votre vassal, louvoie depuis des années, et s'allie au gré du vent, avec l'Anglais ou avec nous. Et votre oncle Bourgogne...

Rivière écarta la mèche blanche qui lui barrait le front.

— Parlez, dit le roi.

— Philippe de Bourgogne, reprit le vieux chambellan, est gendre de Louis de Male, et l'héritier de son domaine... Il a tout intérêt à écraser cette rébellion... Ne soyez pas dupe, messire... Le Hardi vous sollicite afin de s'épargner les frais d'une campagne, et de les faire peser sur vos finances...

— Ah ! soupira Charles, je me doutais bien qu'à un moment de ce débat l'un ou l'autre de mes conseillers finirait par critiquer mes oncles...

Le vieux chambellan se redressa.

— Je n'ai pas peur de dire qu'en effet, messire, vos oncles Bourgogne et Berry abusent de la confiance que vous leur accordez...

Charles avait suffisamment entendu ce discours pour ne pas réagir autrement que par un simple hochement de la tête, qui signifiait à peu près : « Vos insinuations glissent sur moi. » Puis, levant les yeux au ciel :

— Entre un chancelier aussi bavard qu'un mur, un conseiller d'armée va-t-en-guerre, et un chambellan borné, me voilà bien !

— Ne voyez pas de faiblesse dans mes propos, répliqua Rivière, mais de la mesure.

L'œil du roi s'assombrit soudain.

— De la mesure… De la mesure… Vous n'avez que ce mot à la bouche ! Mais de la mesure, Bureau, je n'en veux pas ! Je veux des triomphes, de l'éclat, de la gloire ! C'est tout cela qu'il me faut, pour m'affermir en tant que roi !

Et il ajouta, fermement :

— Si ces marchands de province prennent les armes contre leur comte, ils les prendront à Paris contre moi. Si Dieu le veut, j'irai chercher l'oriflamme à Saint-Denis, et je guiderai l'ost jusqu'à Gand, Bruges et Courtrai.

Sur ces entrefaites, alors que chacun reprenait le travail dans un silence inhabituel, un courant d'air entra sous le pavillon ; on venait de soulever l'un des rideaux.

Jeanne de Charny entra, suivie par deux valets, encombrés d'estaches et de tréteaux, et Coutterets, qui tenait dans ses mains un plateau recouvert par une étoffe.

Tandis qu'on jetait une nappe sur la table improvisée, qu'on disposait des aiguières, des saucières, et une belle nef de vin, Coutterets souleva l'étoffe et découvrit le repas. C'était un cygne rôti, et encore fumant.

— Sire, dit Jeanne, j'ai fait monter ce plat chez vous ce matin ; mon régisseur a trouvé votre chambre vide, et votre lit froid.

Et, d'une voix douce, teintée de reproche :

— Vous ne vous êtes point couché.

— Je dors mal et peu, madame, dit le roi.

En effet, depuis l'enfance, Charles trouvait le sommeil difficilement ; et, du moment où il décidait de regagner son lit, il ne trouvait que l'angoisse et la rumination. Il sortait de ces nuits terribles abasourdi. Au petit matin, comme il avait froissé ses draps à force d'y tourner, ses oreilles bourdonnaient comme le chant de mille grillons ; le sang lui montait en flux épais jusqu'au sommet du crâne ; les pensées ruisselaient, cognaient, tournoyaient, et rien ne semblait pouvoir endiguer ce flot.

Jeanne de Charny regarda son roi, comme elle eût regardé son fils.

— Restez un mois de plus, et vous retrouverez ce sommeil qui vous manque tant.

— J'aimerais, madame, mais ne puis.

— Pourquoi donc ?

— On me pardonnerait de faire pendre des innocents, brûler des églises, mais on n'accepte pas d'un roi…

Il s'interrompit.

— Quoi donc, sire ?

Charles soupira.

— Qu'il se reposât, conclut-il avec résignation.

Sur ces mots voilés de tristesse, le seigneur de Charny entra. À la vue de sa mère, Jacques se figea, et, sans lui adresser la parole, s'avança vers le jeune roi.

— Sommes-nous prêt, monsieur ? demanda Charles, après avoir salué son hôte.

— Oui, sire.

— A-t-on fait crier les hérauts ?

— Depuis trois jours révolus.

— Les lices ? Les chevaux ? Les armes ?

— Les lices sont dressées ; les chevaux sont en grand équipage ; les armes sont fourbies et mouchetées ; et tout mon village est en fête, sire.

— Ce sera belle joute, alors ?

— Je crois bien, messire, je crois bien.

6.

Barbotant dans l'étuve de bois, au milieu des pétales de fleurs et des bulles de savon, Marie, la tête rejetée en arrière, se faisait peigner par Florentine.

Dans cette nudité, la fillette semblait femme. Était-ce la présence du roi ? Était-ce le nouveau printemps ? Ses seins semblaient plus gironds ; ses hanches avaient épaissi ; la lèvre s'était attendrie ; un duvet charmant ornait l'ourlet de sa bouche ; son nez paraissait plus fin ; son front s'était allongé ; et son corps tout entier s'était affermi.

— Tu imagines, Florentine ?

— Quoi donc ?

— Mais la joute pardieu ! Un tournoi !... des paladins... un champs clos... des palefrois... et pour nous : des robes de princesses !

— Ah ! oui, fit Florentine... Une joute...

— C'est tout l'effet que cela te procure ?

— J'en suis tout émue, madame.

— Ne joue pas l'hypocrite, Florentine ; je commence à te connaître.

Et, sans crier gare, Marie se retourna soudain dans le bain et tenta d'attraper sa demoiselle d'atour, laquelle, assise sur un banc près de l'étuve, esquiva sa maîtresse avec un rire cristallin. Chaque fois qu'elle riait de la sorte, son visage semblait se défaire d'un voile de tristesse.

— Allez, viens avec moi ! cria Marie.

Elle battit l'air de plus belle, mais Florentine évita l'assaut.

Voyant que sa stratégie n'avait pas d'effet, Marie fit claquer sa main sur l'eau parfumée, et éclaboussa la robe de sa jeune amie.

Cette fois, Florentine n'eut pas le temps de s'écarter ; elle cessa de rire et toisa sévèrement Marie.

— Les servantes ne partagent pas le bain de leur maîtresse.

— Tu n'es pas ma servante, et je ne suis pas ta maîtresse ! Tu es ma dame d'atour !

— Je suis votre servante, puisque votre mère me désigne ainsi.

— Elle dit que tu mens, quand tu prétends être la fille du seigneur de Buire-en-Bois…

Florentine sourit tristement.

— Comment prouverais-je quoi que ce soit, alors que les archives de mon père ont brûlé pendant le siège de son château ? Et qui, parmi les survivants de la famille de mon père, irait reconnaître le fruit des amours défendues d'un marquis et d'une lingère venue d'Italie ? Voyez, madame ; les faits parlent contre moi, et votre mère a raison.

Marie reprit de l'eau dans le creux de ses mains, et, mutine :

— Moi, je te crois, ma chère amie ! Et je t'ordonne, damoiselle de Buire-en-Bois, de te joindre à moi dans ce bain, sans quoi tu seras châtiée !

— Châtiée par quoi ?

— Par le châtiment de l'eau !

De nouveau Marie aspergea Florentine.

Celle-ci, de guerre lasse, libéra sa robe légère, passa une jambe par-dessus le rebord et, de la pointe du pied, toucha l'eau. Elle soupira d'aise et, avec la volupté d'une sirène, se laissa glisser dans le bain.

Au moment même où elle entrait dans l'eau brûlante, on se présenta à la porte.

— Qui vient ? demanda Marie.

— Vos servantes Inès et Gertrude, dirent deux voix étouffées derrière la cloison.

Et, sans attendre de réponse, deux femmes entrèrent.

La première tenait dans ses mains un pot de lait ; elle était vêtue d'un ample tablier de lin, qui ne laissait rien voir de sa taille et de sa gorge, et d'un voile couvrant, qui cachait son front et ses oreilles.

L'autre, rustre, énorme, avait revêtu la même tunique blanche, qui l'enserrait comme un corset. Elle portait un plateau de bois et, au-dessus, disposées en pyramide, des perles de savon.

— Où sont Antoinette et Adélaïde ? demanda Florentine, se couvrant instinctivement les seins, qui émergeaient de l'eau comme deux fruits défendus, avec leurs mamelons bruns et sucrés.

— Elles sont souffrantes et nous envoient, dit Inès, la plus fine, avec une voix étrangement stridente.

— Je ne vous ai jamais vues pourtant.

— Nous sommes dans cette maison depuis ce matin.

— Qui vous a recrutées ?

— Maître Placide Coutterets.

— Le régisseur ?

— Lui-même.

— Sur quelles références ?

— Je servais la comtesse de Brienne, dit Inès, mais elle est morte.

— Et vous, mademoiselle ?

— J'étais nourrice à Provins.

Comme la réponse ne semblait pas satisfaire la jeune femme, qui la scrutait d'un œil méfiant, Gertrude ajouta :

— Auprès d'un marchand de vin.

— Son nom ?

— Foulques Bourdon, et fils.

Ce nom était connu dans la région ; Marie rassura sa suivante d'un regard.

— Soit…, dit Florentine, sans pour autant se découvrir.

Comme tout semblait en ordre, Marie, qui avait conservé la spontanéité de l'enfance, et ne se méfiait nullement, se dressa soudain hors de l'eau.

— Lavez-moi, mesdemoiselles, dit-elle, offrant son corps tendu et récemment formé aux deux chambrières.

Gertrude, à cette vue, laissa échapper son plateau. Les billes multicolores roulèrent sur le sol, et s'échappèrent sous les tapisseries disposées contre les murs et les pots de fleurs qui exhalaient des parfums délicats.

Bredouillant quelques excuses, la grosse chambrière tomba sur ses genoux, faisant craquer au passage les jointures du parquet, et commença à ramasser les perles de savon.

Afin d'attraper les globes minuscules, elle découvrit ses mains, qui étaient prises dans un manchon, et fit apparaître deux avant-bras poilus, et des doigts gros comme des gourdins.

— Mais…, balbutia Florentine.

— Mais rien du tout, dit la plus fine des deux chambrières, tandis qu'elle s'approchait de la jeune femme et déversait sur ses épaules brunes et menues le lait parfumé qu'elle avait toujours à la main.

— Mais…, insista Florentine, stupéfaite, et qui semblait manquer de mots.

— Mais levez-vous, madame, reprit Inès, si vous voulez que je vous lave.

Sa voix n'était plus faussement stridente, mais virile et insolente.

La grosse Gertrude, abandonnant ses savons, se releva et éclata d'un rire si fort, qu'il en fit trembler les cloisons.

Ce rire n'avait rien de féminin.

— Mais vous êtes des hommes ! dit enfin Florentine, recouvrant l'usage de sa langue.

En riant, Gertrude avait perdu son voile et son tablier, et découvert un front bombé et un poitrail de gladiateur.

— Miles de La Roche ! s'exclama Marie, ruisselante, et aussi nue qu'Ève au jardin des tentations.

À son tour, elle éclata d'un rire aussi franc que clair.

Et, remarquant à son tour quelque chose de familier dans le visage d'Inès :

— Arnaut de Thouars ! s'écria Florentine.

— Lui-même, madame, dit-il.

— Sortez ! cria Florentine.

— Oui, sortez ! ajouta Marie, essayant, par la voix, d’imiter l’autorité de sa compagne, mais trahie par un tressaillement de gaieté.

Et, ravis d’avoir joué un si mauvais tour, Arnaut et Miles s’enfuirent par l’escalier du donjon.

7.

Une heure plus tard, au milieu de la matinée, une longue suite de chariots, de litières, d'hommes à cheval et à pied, de serfs et de bourgeois quittait la seigneurie de Lirey.

Un oiseau de haut vol, passant au-dessus de la plaine, aurait pu dire :

— Tiens, voilà le même convoi de deuil que j'ai vu le mois dernier.

Mais, piquant à deux toises, car il avait aperçu un héron dans les hautes herbes ; voyant que les pleureuses étaient remplacées par des acrobates, les crieurs par des cracheurs de feu, que les pauvres n'étaient pas vêtus de noir mais de blanc, et qu'au lieu des trois défunts et des dais sous lesquels on les avait couchés les écuyers portaient des brocarts de soie, rehaussés d'or et d'argent :

Ah, aurait songé le même oiseau, *ce n'est pas un cortège funèbre, mais une compagnie de gens de cour, qui se rend à un tournoi.*

En effet, on s'était donné rendez-vous au château de Lirey, qui était connu dans toute la région, pour aller au château de Brienne, qui l'était moins.

Miles de La Roche, seigneur de ce domaine, guidait le convoi.

Le géant semblait pensif. Il n'avait pas dit un mot depuis Lirey, et cela inquiétait Arnaut, qui chevauchait auprès de lui.

— Tu es bien songeur depuis ce matin, dit Arnaut.

— J'ai peur de l'avoir dégoûtée de moi, dit Miles, avec le même air effaré que le chevalier de la Charrette, lorsqu'il aperçut Guenièvre, de l'autre côté du pont.

— Mais non ! Que vas-tu imaginer ?

— Alors pourquoi nous a-t-elle chassés ?

— Que croyais-tu ? Qu'elle allait nous demander d'ôter nos vêtements et de les rejoindre au bain ? Nous parlons de dames ; et non de putains !

— Elle avait l'air furieuse…

— Mais par tous les saints, dit Arnaut, l'amour t'aveugle ! Sa colère était feinte : intérieurement elle riait !

Et il ajouta, aussi songeur que son ami quelques instants plus tôt :

— Au contraire de Florentine… Celle-ci a un tempérament de glace…

— Ou de feu, corrigea Miles ; c'est selon…

— Pour ma part, je l'aime bien.

— Toi, s'exclama Miles, retrouvant soudain son ton volubile et sonore, l'Adonis de Bonneval, l'Apollon de Jaucourt, la tendre épaule des bourgeoises endeuillées, le réconfort des filles de Reims, Épernay et Provins ; toi, mon ami, aimer !

— Je n'ai pas dit *j'aime*, fit remarquer Arnaut, j'ai dit *j'aime bien*.

— Je ne vois pas de différence.

— Ah ! il te faut donc un exemple ?

— Oui.

— Imagine un jambonneau.

— J'imagine.

— Avec une farce et une compotée de poireau ; tu te le représentes ?

— Quoi donc ?

— Mais le jambonneau, pardieu !

— Comment me le représenter, sans l'odeur, la vue, le toucher ?….

— Imagine !

Et, après un instant d'intense concentration, qui déformait son visage :

— Ça y est, je le vois ! dit Miles. Et je crois même… que je le sens !

— Cette viande est tendre et cuite à ta façon, c'est-à-dire légèrement rosée.

Miles ferma les yeux, et sourit.

— Que tout cela m'a l'air bon !

— Imagine la même viande, cuite en croûte, et servie avec un jus de truffe, des pois, des féveroles, des noisettes, des mûres noires, et des navets d'hiver.

— J'y suis…, lança Miles en se pourléchant les babines. C'est tout ce que j'aime !

— Eh bien, tu l'as ta différence entre aimer et aimer bien.

À quelques pieds derrière, Jeanne de Charny, Marie et Florentine voyageaient dans une voiture, tirée par trois étalons.

Jeanne de Charny, depuis Lirey, n'avait pas quitté son tricot ; Florentine se taisait ; Marie devisait gaiement avec Mahaut de Bar, une cousine éloignée de la maison de Maupertuis.

Mahaut était une femme de trente à trente-cinq ans, blonde, d'aspect frivole et malicieux, qui avait connu la cour de Louis d'Anjou pendant ses années de jeunesse, avant qu'on la marie au seigneur de Chalon.

Elle avait conservé de la cour de l'oncle du roi des manières galantes et l'amour du badinage.

— Qu'avez-vous promis à votre prétendant ? s'enquit-elle auprès de sa voisine. Une rose ? un baiser ? un voile de jupon ?

Marie, à l'occasion de la joute, s'était fait confectionner une robe de soie rouge, agrémentée de jupons, de pièces d'orfèvrerie, de larges orfrois, et de boutons de corail. En outre elle était coiffée ce matin-là d'une couronne de roses, quadrillée de rangs de perles, et bordée de pierres précieuses, qui cachait entièrement ses cheveux. Florentine, à côté d'elle, était vêtue plus simplement, d'une robe claire, qui seyait à son teint, et portait en guise de coiffe un chapelet de marguerites.

— Ma fille n'a pas l'âge d'avoir un prétendant, déclara sévèrement Jeanne de Charny, sans lever la tête de sa trame et sa navette.

— Quel âge a-t-elle ?

— Quinze ans.

— C'est pourtant l'âge d'être courtisée… Surtout quand on est si belle… Marie aura tout le temps d'être vieille…

Et d'ajouter avec coquetterie :

— Comme moi…

— Vous sous-estimez votre beauté, et surestimez la mienne, dit Marie.

— C'est joliment dit, répliqua Mahaut, mais à la fois modeste à votre égard, et inexact pour moi… J'eus quelques succès naguère, mais regardez autour de nous, ma cousine : les gentilshommes de cet équipage n'ont d'yeux que pour vous et votre ravissante amie…

Puis, après un court silence, accompagné d'un imperceptible pincement des lèvres et de plusieurs battements de cils, elle minauda :

— Pardonnez-moi, mademoiselle, j'ai oublié votre nom…

C'était une coquetterie de plus, et non dépourvue de cruauté, car, depuis l'arrivée des équipages, les prénoms de Marie et Florentine étaient sur toutes les lèvres, et avec le même écho.

— Je suis Florentine, de la maison de Buire-en-Bois.

À ces mots, Jeanne de Charny leva les yeux, et jeta un regard méprisant à la suivante de Marie. Puis elle retourna à sa couture.

— Jolie comme vous êtes, reprit Mahaut de Bar, vous devez avoir un champion ?

— Pas que je sache, répondit froidement Florentine.

Il y a chez les femmes du monde un trait de caractère, assez largement répandu : la séduction, ou, plus précisément, l'envie de séduire. Voyant qu'elle ne suscitait pas de sentiment d'amitié, Mahaut changea de stratégie. Elle posa sa main sur le genou de Florentine.

— Vous pouvez parler, murmura-t-elle sur le ton d'une confidente ; je saurai tenir ma langue.

Mais Florentine n'avait nulle envie de se confier.

— Pourquoi parlerais-je, si je n'ai rien à dire ? Je n'ai ni prétendant, ni champion. Voilà tout.

Mahaut allait sournoisement répondre qu'avec un tel caractère il n'était guère étonnant qu'elle ne soit pas encore mariée, quand deux chevaliers au visage lisse et vigoureux, à la même chevelure blonde, à la même mâchoire virile et volontaire, à la même allure de Francs sortie du fond des âges et indiquant la puissance de la lignée les rejoignirent et ajustèrent le pas de leur monture sur le trot de l'attelage.

— Eh bien, vous manquiez de champions, s'écria joyeusement Mahaut, en voilà deux que je recommande !

C'étaient Alceste et Tiburce, ses frères jumeaux, et grands seigneurs de la vieille maison de Maupertuis.

— Ma sœur, saluèrent d'une même voix les jumeaux.

« Mesdemoiselles, ajoutèrent-ils, avec le même sourire courtois, à l'intention de Florentine et Marie.

— Justement, dit Mahaut, je disais à ma cousine et sa suivante qu'elles étaient l'attraction du tournoi.

— Plus que des attractions, dit Alceste… Des aimants !

— C'est vrai, dit son frère ; il suffit de voir les regards de comploteurs qu'échangent depuis ce matin les chevaliers du convoi !

Tandis que Florentine baissait obstinément les yeux, Marie souriait d'aise.

— Si vous avez surpris ces regards, dit-elle avec cette audace qu'elle avait depuis l'enfance, mais avec un surcroît d'assurance qui la rendait tout à fait femme, c'est que vous guettiez notre voiture !

Alceste, l'aîné, s'empressa de répondre :

— Ce serait mentir que prétendre le contraire ; or un Maupertuis ne ment pas.

— Nous vous suivons depuis ce matin, ajouta Tiburce.

— Et pour quelle honnête raison, je vous prie ?

— Vous ne devinez pas ?

— Je vous le demande, musarda Marie.

Alceste et Tiburce arrêtèrent soudain leur monture ; laissèrent le chariot dix pieds devant ; s'écartèrent l'un de l'autre, éperonnèrent, remirent leurs genets au pas et se retrouvèrent, l'un à droite, du côté de Florentine, et l'autre à gauche, du côté de Marie.

— M'accepterez-vous comme champion ? déclama Tiburce en tendant sa main à Florentine.

— M'accorderez-vous l'honneur de combattre pour vous ? s'enquit Alceste en tendant sa main à Marie.

Marie toisa longuement le chevalier servant, puis, alors que l'effroi d'être éconduit s'emparait du gentilhomme :

— J'accepte, dit-elle en riant et tirant de sa couronne de fleurs une rose, qu'elle posa dans la paume qu'on lui tendait.

Malgré son air distant, Florentine n'était pas fâchée par ces assauts de galanterie.

— Cela ne vous engage à rien, lui dit Mahaut d'une voix douce en se penchant vers elle.

Mais le visage de Florentine restait aussi fermé que celui d'un gisant de marbre.

— Eh bien, qu'attends-tu ? chuchota Marie en lançant à sa suivante un regard foudroyant d'autorité.

— J'hésite, madame.

— Il n'y a rien à balancer.

Marie attrapa la mante de soie qui couvrait les épaules de sa suivante, et préleva un morceau de tissu.

— Voilà, dit-elle, en roulant la soie en boule, et en la glissant dans la main de Florentine.

— Soit, dit la demoiselle d'atour.

Et elle tendit sa main à Tiburce, lequel saisit l'étoffe et s'éloigna en plastronnant.

Non loin de là, séparé des gens de cour et des badauds par une haie de gardes, le roi chevauchait aux côtés de Jacques.

— Parlez-moi de la croisade, demanda soudain Charles, alors que les deux hommes se taisaient depuis le matin.

Jacques réfléchit un instant, ne sachant s'il devait répondre par la franchise (c'était s'exposer au mépris) ou par l'embellissement (c'était proférer un mensonge). Il choisit la première solution, c'est-à-dire celle qui lui ressemblait le plus.

— Je ne peux vous parler de croisade, sire, quand il s'agit, au mieux, d'un fiasco.

— Peu importe le revers, s'enflamma le roi, quand il y a l'ambition ! Saint Louis échoua devant Tunis, et n'en fut pas moins sanctifié.

— Je n'avais pas d'autre ambition qu'aller chercher l'aventure dans un pays lointain.

— Parlez-moi d'aventure, justement ! insista Charles, qui aimait les récits de voyages, car ils lui permettaient de s'extraire, pour un moment, de sa condition de roi.

— Eh bien, sire… Je ne sais par où commencer…

— Combien de temps avons-nous jusqu'à Brienne ?

— Deux heures à peu près.

— Alors commencez par le début, et n'omettez aucun détail.

Puis, après un instant de réflexion :

— Je suis parti le jour de mes vingt ans, dit Jacques.

Et, pendant de longues minutes, il fit défiler devant le roi six années de sa vie.

Au fur et à mesure du récit, les yeux du roi s'enflammaient de désir, de curiosité, de surprise, et se fermaient parfois, afin d'imaginer une rue pittoresque, un désert de sable, un souk, une montagne infranchissable ou une tempête.

— Vous aviez un compagnon de route, n'est-ce pas ?

— Oui, sire ; mon cousin Henri de Lusignan, fils puîné du roi de Chypre, et qui descend en ligne pure et directe de Guy de Lusignan, dernier roi franc de Jérusalem.

— On m'a parlé de ce seigneur… Après avoir échoué devant Saint-Jean-d'Acre, il dut s'enfuir de Chypre, tant était grande la colère de son père, et, après maintes tribulations, s'est engagé pour le roi d'Angleterre…

— Cela ne m'étonne guère… Quand j'ai connu Henri à Athènes, où il avait établi sa garnison…

— Athènes ? s'exclama Charles. Vous avez vu cette ville ?

— C'est une ruine, qui ne vaut que pour l'Acropole, et n'est rien à côté de Constantinople et Venise.

— Vous fûtes à Constantinople ?

— J'y suis allé sous les ordres d'Henri.

— Est-ce beau ?

— Oui, sire, superbe ; la Magnifique est ceinte par un mur de six lieues de long ; son marché est grand comme une ville, et enfumé de myrrhe et d'aloès ; ses basiliques se reflètent dans le détroit du Bosphore, et scintillent de mille feux.

— Et le basileus ? Est-il aussi puissant qu'on le dit ?

— Il s'est fait construire un palais couvert de mosaïques et de médaillons, et fait donner des jeux dans un cirque aussi grand que le colisée de Titus.

— Et Sainte-Sophie ?

— Cette église est haute comme Notre-Dame, et large comme Saint-Denis.

Le jeune roi semblait s'enivrer de détails ; et Jacques, par effet de contagion, s'exaltait.

— Et Venise, dit Charles, parlez-moi de Venise !

— C'est une ville aussi grande que Londres ou Paris, sauf qu'elle est édifiée sur l'eau.

— C'est donc vrai ? Cette ville flotte ?

— À peu près, sire ; les rues de Venise sont des canaux, et ses voitures, de longues barques qu'on appelle gondoles. Ses palais sont bâtis sur des piliers de bois plantés dans la vase, et sont faits de briques, car ils peuvent à tout moment s'écrouler.

— Vraiment ?

— En un an, sire, j'ai vu trois palais s'effondrer. Mais on est si riche dans ce pays qu'à chaque fois on en reconstruit des plus beaux…

— Et les Vénitiens ? demanda le roi, conquis par le récit de Jacques.

— Ils s'habillent de satin, de taffetas, de fourrure, répondit Jacques ; les trafiquants ressemblent à des ducs, et les armateurs à des rois.

— Et les Vénitiennes ? Sont-elles aussi belles qu'on le dit ?

— Je n'ai jamais rien vu de plus beau, sire ; elles ont la grâce des madones, et la sensualité des hamadryades…

— Avez-vous connu l'une de ces femmes ?

— J'ai connu la femme d'un marchand de soie de Chine… Elle s'appelait Rose, et m'a tout appris de l'autre sexe.

— Vous l'aimiez, alors…

— Je ne l'ai pas oubliée, mais d'amour il n'était point question.

Et, comme le roi l'interrogeait :

— Mon cœur est pris, sire, dit Jacques.

Au même moment, à quelques pas devant eux, les jumeaux de Maupertuis entouraient la voiture des dames, et faisaient la cour à Florentine et Marie.

Le roi prit des accents badins :

— Vous avez choisi votre belle, comme ces deux courtois ?

— Ma belle, sire, n'est pas ici.

— Pourtant, dit le roi, alors que son regard s'attardait sur la voiture qui les précédait, vous ne manquez pas de jolies femmes, à Lirey.

— Si vous parlez de ces trois dames, sire ; l'une est ma cousine ; la deuxième est ma sœur ; et la troisième est chambrière dans ma maison…

— Parlez-moi de votre belle, alors, puisque je dois me contenter d'imaginer… Est-elle mariée ?

— Oui, sire, hélas…

— Mariée ne signifie pas fidèle…

— Hélène est mariée et fidèle. Mais je l'aime, et crois être aimé en retour.

En quelques mots, à la fois tendres et pudiques, Jacques raconta son idylle adolescente, ses fiançailles rompues, et le mariage d'Hélène avec le vieux Rabier.

— C'est tragique, dit Charles, et merveilleux à la fois.

— Comment cela ?

— Tragique, reprit le jeune roi, car cet amour est impossible ; et merveilleux, car les sentiments que vous évoquez sont purs, exaltants…

Il laissa passer un instant, puis :

— Et me sont inaccessibles, finit-il par prononcer…

— Vous aurez l'amour, sire ! protesta Jacques.

— Croyez-vous, vraiment, qu'un roi puisse être aimé ?

Puis, comme il sentait que sa voix se brisait, et qu'il ne voulait pas révéler son émoi :

— J'ai la gorge sèche, dit Charles ; faites-moi donner du vin, monsieur.

— Vite ! cria Jacques au gros Jean, qui trottait non loin derrière eux. Fais appeler Placide Coutterets.

Le maître queux revint quelques instants plus tard, portant un cruchon.

— Je n'ai pas trouvé le régisseur, dit Jean, mais j'ai acheté ce pot de vin dans une gargote à l'entrée de Bonneval.

— Au *Père tranquille* ? demanda Jacques.

— Exactement.

— Son vin est infect !

— Cela conviendra, dit le roi en s'emparant du potelet, et en faisant sauter le bouchon.

Et tandis qu'ils arrivaient à destination, devant le château fortifié de Brienne, Charles quitta son cheval, pendant que Jacques confiait Arion à un servant, et murmurait pour lui-même :

— Par tous les diables ! Où est passé mon régisseur ? Ce coquin a tout intérêt à reparaître avant le tournoi !

8.

C'était une maison d'un seul tenant, en bordure de la forêt d'Othe, surmontée par un toit de tuiles plates, et qui ne recevait en guise d'éclairage que le jour d'un volet, sur la partie supérieure de la porte.

Mais ce jour-là, le volet, qu'on laissait ordinairement ouvert, était clos. Les dernières braises d'un poêlon laissaient à deviner un misérable mobilier : deux cruches à porter le lait, une petite vaissellerie d'étain, composée de hanaps et de gobelets, une huche à pain, une meule à affûter, un gril, une lanterne qui n'avait rien éclairé depuis longtemps faute de combustible, et trois couches de crin pour les époux et leurs six enfants.

Ces derniers, ainsi que leur mère, étaient partis pour le carnaval qu'on donnait à Brienne en même temps que la joute organisée pour le roi.

Ne restaient dans cet intérieur rustique et confortable qu'un petit paysan joufflu, à la voix de fausset, et un homme de très grande taille, voûté car il craignait de heurter les poutres du plafond.

Cet homme était vêtu d'un habit noir, informe et anonyme, qui le couvrait des pieds à la tête. Dans le clair-obscur des chandelles, on ne voyait rien de son visage, si ce n'est un nez fort et crochu, une bouche dépourvue de lèvres, des joues creuses, et des petits yeux immobiles.

Les doigts, qui, seuls, dépassaient des manchons, étaient longs et maigres ; les phalanges, s'ouvrant comme des tentacules, pointaient souvent l'hôte joufflu qui déjeunait derrière une guérite en bois.

— Notre affaire n'avance pas ! s'exclama Pierre d'Arcis.

Car cet homme de grande taille, sec et anguleux, n'était autre que l'évêque de Troyes.

— Est-ce ma faute si le roi de France a pris ses quartiers chez mon maître ? repartit l'hôte.

— Quand doit-il partir ?

— Tout prétexte est bon pour décaler son départ ; d'abord l'ostension de la sainte relique ; ensuite la mort de ces trois ouvriers ; et maintenant, ce tournoi que donne Miles de La Roche, l'ami de mon maître.

— Je dois rendre des comptes au pape Clément, maugréa Pierre d'Arcis ; il faut agir, et vite ! Si le seigneur de Brienne donne un tournoi, il n'y a plus personne à Lirey, n'est-ce pas ?

— En effet, monseigneur... Les seigneurs de Charny ont pris la route ce matin, et les moines ont déserté la collégiale afin de soigner les blessés, qui ne manqueront pas d'être nombreux dans le champ clos.

— Et Anselme ?

— Le maudit prieur est à Brienne, également ; il reçoit la confession, car on trouve autant de pécheurs que de filles de joie dans cette assemblée de noceurs.

— Et le roi ?

— Il chevauche avec Jacques de Charny.

— Alors ce soir notre affaire est faite.

— C'est possible, monseigneur, dit l'hôte en mastiquant un bout de lard qu'il avait détaché de la broche ; mais risqué, ajouta-t-il.

— Combien veux-tu ? dit l'évêque en posant ses mains décharnées sur la table.

— Je demande cent livres.

Pierre d'Arcis fit un rapide calcul, et vit que cela représentait un quart de ce qu'il percevrait après avoir fait cesser l'ostension et rétabli les pèlerinages de saint Syre et saint Malachie.

— Je t'offre vingt livres tournois.

— Vingt livres, monseigneur, s'étouffa l'hôte, pour le risque encouru ?

— Trente livres.

— Pensez que j'y perdrai ma charge, qui me rapporte chaque année dix livres, et le gîte et le couvert, que je reçois gratuitement.

— Cinquante livres ; et c'est mon dernier mot.

— Mais, monseigneur, je risque dans cette affaire la damnation éternelle !

— Que dis-tu ?

— Imaginez un instant que cette forgerie soit vraie.

— L'imagination, c'est bon pour les poètes ou les philosophes ; moi je suis homme de Dieu ! Et puis, une forgerie est, par définition, fausse.

— J'insiste monseigneur : si Dieu est vraiment dans ce drap… si le seigneur Jésus habite ce linceul, ne croyez-vous pas… ?

— Eh bien ?

— Ne croyez-vous pas que nous… ?

L'hôte hésitait.

— Parle donc !

— Ne croyez-vous pas que nous irons cuire en enfer ?

— L'enfer ! dit l'évêque, grandiloquent, et soudain dressé de tout son haut de façon à impressionner son hôte, car de toute évidence, Pierre d'Arcis savait impressionner les faibles, autant que les puissants l'impressionnaient. Que sais-tu de l'enfer, misérable ? Regarde cette croix (et il sortit de sa chemise une croix pectorale, incrustée d'or et de cristal de roche, et qui semblait rayonner de son propre éclat), ne crois-tu pas que je sois mieux qualifié que toi pour parler de l'enfer ?

L'hôte se signa devant l'attribut de l'évêque, et grommela :

— Cinquante livres, alors, soit deux cent trente écus d'argent ; et la rémission de tous mes péchés.

Il tendit sa main rose au prélat.

— Tu auras tes deux cent trente écus d'argent et mon indulgence, dit Pierre d'Arcis.

Et, après avoir topé, l'évêque ajusta son grand manteau de laine et sortit.

9.

Paysans, boutiquiers, bouchers de la foire aux viandes de Bonneval, drapiers de la foire aux tissus de Troyes, gens de maison, mendiants, baillis, échevins, grands seigneurs, hobereaux : de toute la province, on avait accouru à Brienne.

Le défi qu'on donnait à midi, en guise de commençailles, n'opposait pas deux chevaliers, montés sur des destriers, mais deux cavaliers vêtus de capuchons de laine grise, imitant le heaume, et de gilets de cuir découpé dans des toiles ordinaires, imitant le plastron.

Ces deux cavaliers étaient montés sur des mules et ne portaient pas de lance, mais des bâtons.

Tout, chez le premier cavalier, était gras : les joues, les doigts, les chevilles ; le menton, qui se confondait avec le cou ; son énorme séant, qui faisait disparaître sous lui la selle de sa mule. Il s'appelait Jean, dit le gros, et était maître queux à Lirey.

Le second, un nain, bouffon de son état, avait été recruté par Miles de La Roche pour l'occasion.

À la différence de la joute, l'épinette, car c'est ainsi qu'on appelait ce combat singulier à dos de mule, mettait aux prises des gens du commun et se disputait sous forme de coupe.

Avant d'arriver à l'ultime passe d'armes, le gros Jean et le nain, qui s'appelait Fabiolo, s'étaient l'un et l'autre défaits de douze assaillants : l'un avait vaincu ses adversaires par la force ; l'autre, par la ruse, ou quelque autre diablerie.

C'est ainsi qu'après vingt combats, et sous les vivats de la foule, les deux derniers jouteurs s'apprêtaient à lancer leurs montures, caparaçonnées non de beaux orfrois de métal, mais de grosses étoffes de laine, dont les mailles avaient été trempées dans le bitume, ce qui donnait l'aspect du laiton et puait affreusement.

Après que les maréchaux du tournoi eurent crié « Courage ! Dieu ! Vaillantise ! » et que les cors eurent sonné quatre fois, nos deux chevaliers éperonnèrent, aux cris de « Brienne ! », car le nain combattait pour Miles de La Roche, et « Lirey ! », car le gros Jean défendait la bannière des Charny.

Tandis que Fabiolo lançait furieusement sa mule, à toutes brides abattues, et que l'animal jetait ses dernières forces dans un trot vigoureux, la monture de Jean, qui avait pourtant triomphé le matin même d'une vieille bourriche, chevauchée par un enfant, d'une jument boiteuse, montée par un moine ivrogne, et de dix autres destriers, refusa d'avancer, hennit et, après un dernier coup de sabot, s'effondra.

Jean mit un pied à terre et tira tant qu'il put sur les rênes, afin de relever la bête.

En même temps, il assenait des coups de savate, pour lui redonner un souffle de vie.

Voyant l'animal toujours inanimé, Jean se pencha sur la mule, lui prit le pouls, et constata que toute insistance était superflue.

Sous le poids du maître queux, la mule avait succombé.

Et c'est ainsi que, sous l'acclamation des badauds, et l'ovation des trompettes, le nain-bouffon Fabiolo fut proclamé vainqueur de l'épinette, qui s'était tenue à Brienne par un matin du mois de mai, dans la deuxième année du règne de Charles de Valois, que les chroniques désignent comme sixième du nom, et que l'Histoire a retenu sous le surnom de Bien-Aimé.

Pendant que le gros Jean était défait par le nain Fabiolo, Raoul, son fils et apprenti aux fourneaux, était resté à Lirey, afin de veiller aux cuissons des tourtes, des galettes et des venaisons qu'on devait donner le lendemain, après la belle joute, pour le retour au château.

À l'instant précis où la mule expirait sous la charge du maître queux, Raoul avait abandonné ses chaudrons et ses ustensiles et, en regardant derrière lui, devant lui, par la droite et par la gauche, et en s'assurant que le champ qui séparait le château de la collégiale était vide, il courut vers le prieuré.

Là, devant une maisonnette mitoyenne au cloître, il attendit quelques instants, avant qu'un comtois, monté par un homme joufflu et qui semblait manquer de souffle, vienne se poster devant lui.

— Pouah ! fit l'homme joufflu en descendant de cheval, j'ai tant et si bien chevauché de Bonneval que j'en suis tout étourdi.

Et le régisseur Coutterets, car nul autre homme dans la région de Champagne n'avait la même allure courtaude et la même voix éraillée, cracha sur le sol un mélange noirâtre et gluant de salive et de poussière.

En même temps, il sortait de son justaucorps gris, qui lui moulait le sein de façon grotesque, une bourse de peau.

— Voici vingt deniers pour ta peine.

— Alors j'ouvre la porte, dit Raoul ; et c'est tout ?

— Si fait, comme nous en étions convenus, répondit Coutterets.

— Et si nous sommes pris ?

— Aucun risque là-dessus : il n'y a plus âme qui vive à la collégiale, ni au château. Les moines sont à la joute, et tiennent l'infirmerie ; les seigneurs sont dans la lice, pendant que les serfs admirent leurs maîtres se donner l'estoc… et se faire tuer.

Coutterets gloussa, d'un rire qui n'avait rien de drôle.

— Mais si on m'attrape, dit Raoul d'une voix sombre, et dont il ne pouvait maîtriser un léger tremblement, je serai puni…

— Vingt coups de bâton contre vingt deniers… Le jeu n'en vaut-il pas la chandelle ?

Et, sans attendre de réponse, le régisseur jeta sa bourse à Raoul, qui l'attrapa par réflexe et, après une dernière hésitation, la fit disparaître dans son manteau.

— Voici la clé, dit le jeune apprenti.

Et il donna la clé au régisseur, cette clé même que lui avait donnée Anselme, afin qu'il lui apportât chaque nuit le bouillon et le pain noir, deux heures avant que les autres frères soient levés ; en effet le prieur consacrait trois heures de ses jours au sommeil, et tout le reste à Dieu.

En un tournemain, Coutterets ouvrit la porte, et entra dans la cellule.

C'était une pauvre chambre, simplement pourvue d'un bureau grossier, d'une étagère débordant de traités d'architecture, et d'un matelas de bourre, à même le sol, recouvert d'un drap de chanvre et d'une couverture en peau de chèvre.

À peine fut-il entré que Placide Coutterets s'agenouilla devant le pauvre lit et, sortant un couteau, enfonça la lame dans le revêtement du matelas.

Il trancha le tissu sur toute la longueur, qui était un peu plus courte qu'un homme, car, à cette époque, on ne dormait ni assis ni allongé, mais entre ces deux positions, le buste relevé par d'épais coussins, et enfonça ses doigts courts à l'emplacement ordinaire des oreillers, qui avaient laissé une marque claire sur la toile du matelas.

Enfin il enleva le crin, l'étoupe, et la balle de blé.

— Que cherchez-vous, au juste ? demanda Raoul d'une voix sourde.

— Ceci.

Et le régisseur montra une clé, qui n'était pas la simple bénarde à tige pleine qui leur avait permis d'ouvrir la cellule, mais une clé de dimension extraordinaire, longue comme un avant-bras, montée d'émail, de bronze et d'argent, et dont l'anneau était calligraphié de lettres en filigrane.

— Qu'est-ce ? demanda le jeune homme.

— La clé de la crypte, dit le régisseur.

Raoul faillit s'étouffer.

— Vous m'aviez parlé d'un bijou !

— C'est le plus beau des bijoux, puisqu'il donne accès au plus beau des trésors.

— Mais vous êtes fou ! Nous serons tués pour cela !

En même temps qu'il parlait, Raoul reculait vers la porte, qu'il avait franchie malgré lui en suivant le régisseur.

— Tués ? fit Coutterets.

Et il ajouta, d'une voix étrangement calme :

— Moi, peut-être, un jour, si on me prend ; toi, certainement, et tout de suite.

Fort de la stupéfaction du jeune homme, Coutterets s'était approché de lui.

Il fit un pas en avant, et d'un mouvement de coude aussi rapide que précis, enfonça son couteau dans le bas-ventre de l'apprenti.

Aussitôt Raoul s'écroula, évanoui. Coutterets, qui avait mis un genou à terre, nettoya sa lame avec un pan de chemise, et l'appuya sur le cou du jeune homme ; puis, avec la précision d'un abatteur, il l'égorgea.

Pour la passe d'armes qui commençait en début d'après-midi, ce n'était pas le comte de Brienne qui affrontait le seigneur de Charny mais la Champagne qui combattait le reste du monde.

Dix chevaliers s'étaient mis sous la bannière de Jacques, qui consistait en trois écussons blancs peints sur une peau de parchemin, laquelle était tendue sur un drap de satin cramoisi.

Derrière cette bannière, dans un recès, le prieur Anselme passait devant les palefrois, et bénissait à tour de rôle les montures et les cavaliers, dont la plupart avaient demandé l'extrême-onction. En effet, Anselme n'avait pas la pudibonderie de certains prélats qui prétendent à la vertu, et ne voyait dans ces joutes viriles qu'un divertissement de bonne facture. Il distribuait les hosties par dizaines, et ne faisait guère mention de la bulle de Clément V qui prohibait les tournois.

— Soyez preux, et que Dieu vous garde, dit le prieur en s'arrêtant devant Jacques.

Le seigneur de Lirey chevauchait Arion, le turcoman.

— N'ayez crainte, dit Jacques ; et aussitôt il abaissa sa visière.

Au même moment, de l'autre côté de la lice, un groupe aussi nombreux de chevaliers, guidés par Alceste de Maupertuis, s'apprêtait de la même manière à caracoler dans l'arène.

C'est alors qu'un maréchal entra dans l'enclos.

— Mon beau seigneur, dit-il, s'adressant au roi d'armes, c'est-à-dire au seigneur le plus titré ; hélas, mon beau seigneur, nous ne pouvons donner le tournoi.

— Et pourquoi donc ? s'écria Alceste de Maupertuis, si impatient d'en découdre que sa lance était déjà coincée dans l'arrêt de son palefroi.

— Il manque un participant dans ce groupe, et c'est motif d'inqualification.

Les règles étaient strictes et claires : il était tout à fait proscrit que dix chevaliers en affrontassent un de moins.

— Renault de Trie ne viendra pas, murmura Tiburce de Maupertuis en s'approchant de son frère. Il a été retardé en chemin par une fièvre de poumon.

— Eh bien, dites-moi, mon frère, que fait-on ?

— Si je puis parler, monseigneur..., intervint le juge.

— Parlez, maréchal.

— Nous trouverons bien, hasarda le juge, quelque seigneur pour combattre avec vous… Si un gentilhomme se désigne, il suffira de lui donner monture, et de l'armer prestement…

— Est-ce possible, quant à la loi de ce tournoi ?

— Rien ne l'exclut, monsieur…

— Faites donc.

Le héraut courut au centre de la lice, où l'attendaient les autres maréchaux, et, au terme d'une brève concertation :

— Or oyez, or oyez, or oyez, dit le juge diseur ; princes, seigneurs, et braves chevaliers des marches d'Île-de-France, du Ponthieu, du Vendômois, d'Artois, et à tous autres qui soient de ce royaume, ou de tout autre royaume chrétien, s'ils ne sont bannis ou ennemis du roi notre sire, à qui Dieu donne vie ; et qui n'appartiennent pas au comté de Champagne, car ceux qui combattent aujourd'hui sous cette bannière sont réputés complets… Que celui qui souhaite remplacer en ce tournoi le seigneur du Plessis, absent de cette joute… Que celui qui veuille se joindre à la bannière de Maupertuis, dont les écussons sont écartelés ci-devant… Que quiconque ait cette prétention descende, et s'avance au milieu de nous.

Alors, sur la grande estrade à dix rangs, que les charpentiers de la collégiale avaient taillés en une nuit, sans demander de salaire, et contre la simple faveur d'être dispensés de travail pendant la durée du tournoi, il y eut un grand murmure.

Charles VI s'était soudain levé dans la tribune.

Et, avec une voix forte, qui stupéfia l'assemblée, l'adolescent s'exclama :

— J'en suis !

10.

Une heure de temps passa avant qu'on ait armé le jeune roi, car on avait dû changer la bannière des assaillants, et remplacer celle des Maupertuis, qui était faite d'un drap d'azur orné de quintefeuilles brodées d'argent, par celle de la maison de France, surmontée de fleurs de lys.

Après qu'on eut monté Charles sur un destrier, le cartel put annoncer les conditions du combat, et les lois qui le prescrivaient.

Ce n'était pas une mince affaire, car toutes sortes d'édits frappaient les tournois.

Les armes, notamment, se devaient d'être courtoises.

Les tranchants n'étaient pas effilés ; les lances étaient terminées par des pointes émoussées ; les dagues, les haches et les masses d'armes, qu'on avait suspendues aux flancs des palefrois, dans l'hypothèse où le combat de lances resterait indécis, étaient dépourvues de poinçons, d'alènes et de crochets.

Après qu'il eut proclamé le droit :

— Laissez aller ! s'écria le juge diseur.

Les pages et les écuyers tirèrent les portes coulissantes, et vingt chevaux s'élancèrent.

Ce n'était pas un combat singulier, mais une mêlée, qu'on avait décrétée ce jour-là. On ne combattait pas de part et d'autre d'une barrière, mais en ligne, et dix chevaliers d'un étendard faisaient face, toutes lances dehors, aux dix chevaliers de l'autre.

D'un côté, les Champenois, sous les armes de Jacques de Charny ; et de l'autre, la France à l'exception de la Champagne, emmenée par le roi.

Comme les chevaux se ruaient les uns vers les autres, comme cent tonneaux de métal, de chair et de plomb s'élançaient sur le terrain, un nuage de sable et de poussière s'éleva.

L'atmosphère se feutra soudain, le champ de bataille s'obscurcit : on n'y voyait guère à deux pas. Dans la tribune d'herbe, formée par un champ de betteraves en pente douce, et qui surplombait le terrain de joute, on commença à prendre les paris.

— Un denier que mon seigneur est le dernier en selle, dit le gros Jean, assis sur une motte de foin.

— Tenu ! dit le nain Fabiolo.

Et les deux ennemis du matin, qui avaient copieusement déjeuné, et somptueusement bu, et se tenaient maintenant côte à côte, bras dessus, bras dessous, lançaient à tout va : « Brienne ! Lirey ! La Roche ! Charny ! » et la foule reprenait en chœur le nom de ses plus fameux champions.

Quelques voix s'exclamaient : « Valois ! Montjoie ! Saint-Denis ! » mais elles étaient moins nombreuses.

Vis-à-vis la tribune d'herbe, dans le gradin de bois, Florentine et Marie se tenaient la main, et attendaient que la poussière fût dispersée.

— Y vois-tu ? demanda Marie.

— Rien, soupira Florentine. Attendez… Voilà… Seigneur !

Et, sur ce mot divin, le nuage se dissipa tout à fait, et on vit que, dans l'arène, six chevaliers restaient en croupe.

Dans le heurt, quatorze chevaliers avaient été désarçonnés. L'un était toujours suspendu à son destrier, et celui-ci tournoyait dans la lice. Un autre avait été touché par une lance ; celle-ci s'était brisée sur son plastron, avait glissé sous son casque, et l'avait tué sur le coup. Et les douze autres étaient à terre, et essayaient de se remettre debout.

Considérant la lourdeur des cuirasses, c'était peine perdue ; alors, l'un après l'autre, ils levaient leur main gantée de fer, et appelaient les écuyers et les pages afin qu'on les enlevât, car, à tout moment, ils risquaient de se faire piétiner par les six derniers combattants.

Ceux-ci s'étaient réformés en deux fronts, et, comme naguère les Horace et les Curiace, dans chaque ligue, on était au nombre de trois.

— Tiburce ? demanda Marie.

— Là-bas, répondit Blanche, désignant quatre pages, qui portaient une litière.

On venait d'enlever le champion : il était grièvement blessé.

— Et Miles ? ajouta Marie.

Car Miles, même s'il n'avait pas le rang et l'esprit d'un Maupertuis, avait la force, la rudesse, la virilité, et cela valait aux yeux de la jeune fille autant que l'intelligence ou le nom ; et même s'il n'arborait pas la rose, comme Tiburce, entre l'épaulière et le heaume, il jetait régulièrement des regards éperdus à la jeune fille ; Miles, en un mot, était le champion de son cœur.

— Là-bas, dit Florentine en pointant le colosse.

Miles était indemne.

Pendant ce temps, on continuait à scander : « Brienne ! Lirey ! France ! Maupertuis ! »

En effet les six cavaliers qui n'avaient pas été désarçonnés étaient les champions de la foule :

Miles, gigantesque, sur un non moins grand palefroi, tel saint Georges chevauchant le dragon ;

Arnaut, dont le heaume avait sauté, et qui regardait narquoisement l'autre ligne ;

Jacques, enveloppé dans sa bannière ;

le jeune roi ;

Alceste, l'aîné des Maupertuis ;

et un chevalier vêtu de noir, du timbre aux gantelets, du bassinet aux poulaines, qui ne s'était pas démasqué depuis le début de la joute, si bien qu'on l'avait surnommé « le chevalier inconnu ».

Les six hommes avaient jeté leur lance, dont il ne restait plus que des moignons de bois, et sortaient à propos leur masse d'armes ou leur épée.

Et comme le roi s'exclamait d'un côté : « Dieu me conduise ! » et que Jacques répondait : « Par l'honneur ! », les deux lignes régulières, mais nettement amoindries, s'élancèrent une nouvelle fois.

Jacques tenait un javelot court, et le brandissait comme jadis les soldats athéniens à Marathon ; il ne faisait qu'un avec sa monture ; il serrait puissamment les genoux sur ses flancs, et s'arc-boutait de toutes ses forces pour ne pas être désarçonné ou perdre l'étrier, ce qui valait faute.

— Vole, Arion, le Thelpusien, murmura Jacques en flattant son brave cheval.

Arnaut et Miles serraient leur ami, comme Maupertuis et le chevalier sans nom serraient le jeune roi ; si bien que dans le choc tout se mélangea : les écus et les plaques rivetées ; les tissus, blancs et noirs, les housses d'or et d'incarnat, les capes et les blasons ; et les armes, qui se heurtèrent dans un grand fracas.

Bientôt, il y eut les premiers vainqueurs, et les premiers vaincus.

Arnaut se défit d'Alceste de Maupertuis, au terme d'un combat d'épées ; et Miles, abattant sa masse sur le roi, qu'il dominait de trois têtes, le fit tomber de cheval.

Au même instant, Jacques pointa son javelot vers le chevalier inconnu.

Dans la violence du choc, il fallait bien que quelque chose cédât ; ce fut l'épieu, qui se brisa contre le plastron brun de son assaillant.

Alors on apporta les masses d'armes.

Jacques engagea, et, bientôt, ce fut un tel orage d'acier qu'à chaque percussion les armures, sous le feu des étincelles, semblaient flamboyer.

C'était Héphaïstos forgeant la foudre sur l'enclume, et Thor écrasant son marteau contre le géant.

Après un échange de coups aussi puissant que sonore, Jacques prit le dessus.

Soudain, il assena un coup si terrible que, dans le même assaut, il fit voler l'arme du défenseur, fendit son bassinet et le fit basculer de cheval.

L'homme, à terre, gesticula, trouva finalement un appui, et parvint à se mettre debout sans l'intervention des écuyers. Puis, furieux, il arracha son heaume, car celui-ci était fendu et gênait sa vue.

— Vilaines, murmura Jacques, enfin capable de mettre un nom sur le visage démasqué.

C'était Jean de Vilaines, en effet, l'officier de la garde royale avec qui il avait eu maille à partir quelques jours plus tôt.

L'albinos, en pleine lumière, avait quelque chose de terrifiant ; ses yeux, d'un bleu pâle et laiteux, semblaient dépourvus de vie.

Bien qu'il fût disqualifié, il n'avait pas renoncé au combat, et s'avançait à pied dans l'arène avec un sourire menaçant.

— Vous êtes vaincu, Vilaines, dit Jacques. Et si vous êtes chevalier d'honneur…

Mais il n'eut pas le temps de conclure, car Vilaines, ramassant le javelot de Jacques, qui s'était perdu dans le sable, se planta devant le turcoman, leva la hampe qui était brisée en son milieu – et, par conséquent, dangereuse – et l'abattit sans crier gare entre les deux oreilles dressées.

L'arme déchira les mailles du harnais et transperça le cheval, ressortant au niveau du cou, dans une profusion de sang.

Arion se renversa sur le flanc, haleta brièvement, et mourut.

Jacques, la cuissarde prise sous son cheval, hurla de douleur ; cette douleur n'était pas physique, mais morale.

Vilaines s'avançait sur lui :

— Lâche ! cria Jacques.

Et, comme Vilaines levait sa masse, et s'apprêtait à l'abattre sur notre héros désarmé, le jeune roi, jaillissant de l'encoignure où il se tenait, s'interposa devant son aide de camp, et jeta à terre son bâton de commandement, ce qui signifiait la fin du tournoi.

— Celui-là est doublement vainqueur, murmura Charles VI en s'approchant de Jacques, et en le prenant par l'épaule ; celui-là est doublement vainqueur, reprit-il, qui ignore les provocations du vaincu.

Aussitôt le roi congédia Vilaines ; et, le soir même, on donna un grand souper au château de Brienne ; on dansa jusqu'au matin ; on prononça de belles oraisons ; Florentine et Marie offrirent leurs chapelets de fleurs ; et Jacques de Charny, Arnaut de Thouars et Miles de La Roche furent proclamés champions.

11.

Quelques jours plus tard, la capitale des rois de France ayant retrouvé son calme, Charles et sa chancellerie de campagne rentrèrent finalement à Paris.

À Lirey, on ne s'était guère inquiété de la disparition du jeune Raoul ; chacun connaissait son joli cœur ; on le croyait en fugue avec la fille d'un boucher qui n'avait pas reparu depuis le jour du tournoi ; d'ailleurs, le gros Jean, sûr de son fait, jurait d'infliger à son fils la plus belle correction de sa vie, « si jamais au grand jamais cet odieux ribaud osait revenir chez lui ».

Hormis ce vague motif d'appréhension, on n'avait guère de raisons de se faire du mauvais sang. Depuis le tournoi de Brienne, les serfs et leurs seigneurs semblaient oublieux des anathèmes de Pierre d'Arcis. Alors que la foire de Bonneval touchait à sa fin, on se préparait à recevoir huit mille pèlerins pour l'Ascension. Le chantier de la collégiale avançait à grands pas. Et chacun, à Bonneval, à Brienne, à Jaucourt et à Lirey, profitait du mieux qu'il pouvait des plus jolis mois de l'année ; car, en effet, depuis la dernière semaine d'avril, les jours s'allongeaient sans fin, les nuits étaient douces et humides, des boutons ne cessaient d'éclore, les arbres semblaient se pavaner de gloire, et la nature, tendre, diffusait un parfum joyeux.

Par l'un de ces longs et traînants après-midi de printemps, Arnaut, légèrement enivré, paressait sous la treille de son jardin ; il prenait, selon l'envie, une tablette de cire et dessinait les arbrisseaux, les fleurs, les nuages, les moutons à poil frisé qui paissaient, non loin, dans l'enclos ; il feuilletait un livre enluminé, qu'il avait sorti de la collection de son père ; ou il composait sans conviction un petit couplet, à destination d'une servante ou d'une bergère. Cependant, depuis quelques semaines, il sentait qu'il n'avait plus la même passion pour les jeunes femmes ; il n'avait plus ce besoin de conquête et de possession qui l'avait tenaillé depuis l'adolescence ; le calme, la verdure, le dessin, l'écriture et les satisfactions de la vie rurale suffisaient à son contentement. Il était prêt pour le mariage, pensait-il avec une agréable sensation d'ennui, semblable à la dégustation euphorisante et pâteuse d'un gâteau.

Alors il prenait sa plume, et écrivait à l'élue de son cœur.

— Par saint Siméon le fou, dit Miles, arrivant dans le jardin, et trouvant son ami dans cet état d'hébètement contemplatif, je ne t'ai pas vu depuis trois jours au *Père tranquille*, et crois-moi l'ami, trois jours de débauches solitaires, c'est trois jours de trop !

— Que t'arrive-t-il, Arnaut ? ajouta Jacques, apparaissant derrière le géant. Tu vis en célibataire, tu t'isoles de nous, tu ne fréquentes plus ma maison… J'ai deux explications : tu es malade et tu te caches, comme les pestiférés de la vallée de Jaffa… Ou bien tu as résolu d'abandonner la débauche pour une vie d'ermite et de mortification.

— Il n'a pas l'air bien malade…, fit Miles en considérant Arnaut, dont le visage avait pris une teinte bistre, sous le double effet du soleil et du vin de soif ; et, ajouta-t-il en effleurant du pied les plumes humides et les rouleaux dispersés dans l'herbe sèche, je connais trop ce garçon pour croire à une intervention du Saint-Esprit.

— Qu'en sais-tu ? dit Arnaut d'une voix douce-reuse ; saint Paul entendit la voix de Dieu, alors qu'il était le plus misérable des avortons.

Jacques s'accroupit et s'empara d'un des brouillons, où Arnaut avait commencé un poème :

« Devant toi, mignonne, lut-il, en affectant la voix d'un tragédien,
Les arbres frissonnent,
Le cygne s'envole,
La grive s'étonne,
Et le rossignol
Module son chant. »

— Des arbres, lança Miles ; un rossignol ; une mignonne ! Ce n'est pas la grâce qui t'émotionne, Arnaut ; c'est une femme !

— En l'espèce, fit remarquer Arnaut, les deux se confondent.

— Beau parleur !

— Et quelle est la divine créature, s'enquit Jacques, qui t'inspire ces beaux vers, dignes de Frescobaldi ?

— Une jolie personne, répondit tranquillement Arnaut, que l'honneur m'interdit de nommer.

— La connaissons-nous ?

— Certainement.

— Nous connaît-elle ?

— Précisément.

— Est-elle belle, intelligente, courtoise ?

— Évidemment.

— Mais c'est la reine Guenièvre en personne, dont tu t'es amouraché !

— Mieux que cela, mon ami, dit Arnaut, d'un air légèrement halluciné ; elle est le vice et la vertu ; le ciel et l'enfer ; le péché et l'incarnation ; l'eau et le vin ; la foudre et les nuées…

— Pour ma part, fit Miles, interrompant la litanie d'Arnaut, je préfère le vin à l'eau, les putains du *Père tranquille* aux incarnations, et le vice à la vertu !

Puis le géant se tourna vers Jacques, et, le prenant à part, à voix basse :

— Vois-tu comme il s'égare ? Allons chez Firmin, tout de suite, avant qu'Arnaut ne soit tout à fait dérangé ; j'ai l'espoir qu'une pinte d'élixir et une caresse bien sentie d'Ursule lui redonneront la raison.

— Tu dis vrai, murmura Jacques.

Et, s'adressant à Arnaut, toujours alangui dans l'herbe jaune :

— Allons, mon ami, *surge et ambula* !

Arnaut se leva péniblement et suivit ses amis dans la galerie de verdure qui conduisait à la rivière.

Jacques et Miles avaient laissé leur monture à l'enfant Pierrot, et emprunté le bac, qui était le moyen le plus rapide de rejoindre Jaucourt depuis le chemin de

Bonneval. Comme ils émergeaient du taillis, et approchaient du cours d'eau, Pierrot accourut vers eux :

— Messire Arnaut ! s'écria le gamin, bouleversé.

— Qu'y a-t-il ?

— C'est le vicomte !

— Eh bien, qu'a-t-il, ce bon Rabier ?

— Il se noie dans l'étang, messire !

— Ah !

Sans se presser, Arnaut emboîta le pas au garçonnet ; Miles et Jacques les suivirent ; et, après quelques centaines de pas, ils se trouvèrent en amont de la rivière, face à une pièce d'eau boueuse, alimentée par un bras de l'Aube.

Hélène se tenait sur la berge, où le vieux Rabier avait fait aménager une rampe de bois, en forme de cale inclinée. La rampe plongeait dans l'étang, et s'enfonçait sous la surface.

Chaque après-midi, en s'aidant d'un garde-corps, Anton Rabier descendait dans la mare, et soignait ses douleurs de vieillard. Le barbon marchait avec les plus grandes peines, et se faisait transporter en litière jusqu'à l'étang, où il barbotait jusqu'au soir. Parfois, même, il nageait ; à chaque brasse, son laquais, un brave Troyen nommé Fernand, l'applaudissait, poussait des « Oh ! » et des « Ah ! » et ne manquait pas d'ajouter : « Bravo, monseigneur » quand le vieillard s'extrayait de l'étang, recouvert d'une fine couche de boue. Ces compliments, au reste, étaient inutiles, et ne valaient à Fernand rien d'autre qu'un misérable salaire. Car, avant d'être vicomte, Anton Rabier était commerçant, c'est-à-dire qu'il convoitait les recettes, et redoutait les dépenses. Il s'était enrichi durant la grande épidémie de peste, en diversifiant le commerce de cercueils qu'il avait hérité de son père. Une trentaine d'années avant ce récit, alors qu'on célébrait la vingtième année de règne du roi Philippe, celui-là même qu'on avait surnommé « le roi trouvé », les fossoyeurs de Lagny, Brienne, Troyes et Provins étaient morts, emportés par le grand fléau. Ne restait plus que la maison Rabier, à Bonneval. L'offre de bières, d'embaumement et de mise en terre s'étant tarie, alors que la demande explosait, Anton Rabier avait rogné sur l'épaisseur des bois et des coffrages, multiplié ses prix par dix, et divisé ses coûts par quatre. Après trois mois de peste, le jeune croque-mort était l'homme le plus riche de Bonneval, et le notable le plus en vue, après le notaire et le prévôt.

— Par sainte Aldegonde ! s'écria Miles, arrivant devant l'étang. C'est vrai ; Rabiot se noie !

Le barbon gesticulait dans la mare avec l'énergie du désespoir ; sa tête et ses cheveux filasse émergeaient à peine de l'eau ; et son petit museau ridé de chèvre intelligente happait l'air, avant de s'enfoncer dans la boue.

Sur la berge, Fernand et les deux porteurs de litière encourageaient le vieillard, alors qu'Hélène hurlait et pleurait d'effroi.

— Voyons, fit Arnaut, en considérant le vieil homme, avant de se joindre aux exhortations : faites un effort, beau-frère, vous faites pleurer ma sœur !

— Pauvre bougre, dit Miles à côté de lui.

— À l'aide ! hurla Rabier, après un dernier sursaut. Et soudain il cessa de s'ébattre, et, à l'endroit même où il disparut, quelques bulles se formèrent à la surface.

— Faites quelque chose, messieurs, supplia Hélène, je vous en conjure !

Sans se faire prier, Jacques quitta sa houppelande et ses chausses, et, vêtu de son seul pourpoint, et de collants retenus au gilet par des aiguillettes, il bondit au milieu des nénuphars et des sillons de vase. En un instant il avait saisi le vieillard, et l'amenait à la rampe de bois. Puis, avec l'aide de Miles, il le tira hors de l'eau, et le confia aux porteurs, qui l'installèrent sous le dais de sa litière.

— Mon pauvre ami, dit Hélène en s'approchant et caressant le front du barbon.

Celui-ci, inconscient, semblait mal-en-point ; ses paupières étaient gonflées, et un filet d'eau s'écoulait de sa bouche. Soudain il ouvrit les yeux, se pencha sur le côté du brancard, et vomit.

— Qu'est-il arrivé ? dit-il, hagard, en cherchant Hélène des yeux.

— Ce n'est rien, monsieur mon époux, vous avez perdu l'équilibre en descendant à l'étang. Vous étiez submergé par les flots, quand M. de Charny vous a sauvé.

Jacques ruisselait d'eau et de vase ; il se sentait vaguement ridicule ; cependant l'élan de reconnaissance et de sympathie qu'il perçut dans la voix d'Hélène lui fit oublier son accoutrement.

— Je vous reconnais, articula Rabier.

Et, tournant son visage cramoisi vers le jeune seigneur :

— Vous êtes l'ancien promis de ma femme.

Jacques acquiesça de la tête, pendant qu'Hélène baissait les yeux.

— Vous m'avez sauvé la vie, monsieur, continua le vieillard, et je vous en sais gré.

Et, lançant un regard glacial à ses servants :

— D'autres, à votre place, m'auraient laissé mourir dans cet étang.

Rabier frissonna, avant d'ajouter d'une voix sourde :

— Vous serez un bon époux pour Hélène, quand j'aurai disparu ; et croyez-moi, cela arrivera bientôt.

— Ne parlez pas de malheur, protesta Hélène en tirant une couverture sur le corps maigre et flapi.

— J'ai très froid, pourtant ; la tête me tourne, et je ne sens plus mes pieds.

Et il ajouta, avec un regard terrifié, et terriblement conscient :

— Je crois que je vais mourir.

Aussitôt il se contorsionna de douleur et gémit si fort qu'il semblait que son âme allait sortir par sa bouche.

— Comment va-t-on l'enterrer ? murmura Miles à l'oreille d'Arnaut. C'est le dernier croque-mort de la région.

— Ne parle pas trop vite, fit Arnaut ; le vieux Rabier nous annonce sa mort chaque jour, et chaque fois il se remet des crises, des noyades et des apoplexies. Regarde-le : il est bien vif.

Au même instant, semblant confirmer les propos du jeune homme, l'accès de fièvre s'atténua, et Rabier respira plus librement. Hélène appela les deux porteurs, et ceux-ci soulevèrent le brancard.

— Merci, messieurs, dit la jeune femme en s'engageant sur le chemin de gravier ; maintenant, si vous le permettez, je m'en vais soigner mon pauvre époux.

Et, avec un sourire discret et une tournure de voix qui semblaient s'adresser à Jacques :

— Mais revenez à l'occasion, quand Anton sera rétabli.

— Vois-tu ? dit Arnaut, observant le petit convoi formé par Hélène, Fernand, les deux porteurs et le barbon, qui toussotait sur sa civière brodée. Ce genre de vieil animal s'altère, mais ne meurt pas.

— Ma soif, elle, ne s'altère qu'au *Père tranquille*, dit Miles ; et il se trouve que j'y ai réservé la meilleure table.

— Vraiment, Rabier ne craint pas la mort, poursuivit Arnaut, sans tenir compte de l'intervention de Miles, et les yeux toujours braqués sur le palanquin ; à force d'en faire commerce, il semble qu'il l'ait vaincue.

Jacques, non loin, s'ébrouait comme un jeune chien, et grattait la boue qui séchait sur son vêtement.

— Allons, mes amis, allons, dit-il, après qu'il eut rajusté son pourpoint ; soyons oublieux de la mort, et profitons de la vie.

Aussitôt, s'accordant par un silence convenu, les trois amis marchèrent jusqu'à l'Aube, empruntèrent le bac, sous l'agile conduite de Pierrot, rejoignirent leurs montures et, à bride abattue, partirent se saouler au *Père tranquille*.

12.

La nuit fut courte pour Arnaut ; il rentra du *Père tranquille* vers quatre heures du matin, se fit réveiller au lever du jour, et, vers six heures et demie, quitta Jaucourt pour Éclance. Là, perdu au cœur du bois de Savoisy, qu'on défrichait pour les besoins de l'abbaye de Fontenay et des seigneuries voisines, il possédait une fermette, dont il tirait ses faibles revenus. Il y logeait des tailleurs de pierre, des carriers, employés à la carrière, et des bûcherons, débiteurs ou scieurs de long.

Les gens de pierre et de bois ne vivaient pas en bonne intelligence ; les premiers étaient respectés du peuple, les seconds craints et parfois honnis. C'étaient des hommes libres, qui méprisaient les serfs, et si, parfois, à l'occasion d'un défrichement ou d'une coupe, ils servaient un seigneur, ils s'affranchissaient généralement du droit commun.

Chaque matin, avant sept heures, Arnaut passait à la ferme, partageait un bouillon de vin et un gruau d'avoine avec les contremaîtres, s'assurait de leur loyauté, faisait parfois châtier un braconnier ou un voleur, et repartait à Jaucourt pour la messe, à laquelle il se devait d'assister.

Mais, depuis quelques semaines, Arnaut modifiait insensiblement son trajet ; et, sur le retour, au lieu de prendre le chemin de son fief, il s'arrêtait à Longemort.

Longemort ; c'est ainsi qu'on nommait le long terrain nu où l'on enterrait, depuis dix générations, les seigneurs de Buire-en-Bois. Deux ans plus tôt, cette châtellenie de Bourgogne, frontalière de la Champagne humide, avait été ravagée par les routiers de Robert Knowles. Tandis que ses gens étaient sauvagement assassinés, Jean de Buire-en-Bois, homme sage et discret, était mort dans l'incendie de son donjon.

Son dernier parent connu, clerc à l'université de Dijon, avait fait inhumer son cousin dans la combe ombragée où reposaient ses aïeux, au milieu des frênes et des ormeaux.

Ce matin-là, donc, en bord de clairière, Arnaut attendait, derrière un chêne fendu.

Enfin, au bout d'un long moment, l'œil droit, qui, seul, affleurait de la fente, cligna deux fois et s'ouvrit bien grand.

Au centre de la combe, une femme venait d'apparaître. Elle s'était signée, et mise à genoux.

Aussi immobile que l'homme qui l'observait, Florentine priait devant la tombe du seigneur de Buire-en-Bois. C'était un séraphin, descendu du ciel en robe de dentelle, et les épaules couvertes par un mantelet blanc.

Chaque matin, depuis qu'il l'avait suivie jusque-là, Arnaut la regardait sans qu'elle le voie. Il restait ainsi des heures durant, simplement troublé par une ondée passagère, ou par une tache de lumière verte traversant les arbres, et qui, parfois, l'aveuglait.

Florentine ne savait rien de ce manège, et Arnaut aurait tué plutôt qu'elle ne sache.

Le soleil était pesant ce matin-là, et la jeune femme ployait sous ses aiguillons. Elle tenait un chapelet entre ses doigts et faisait défiler les perles de bois.

Depuis quelques jours, Arnaut avait remarqué qu'elle ne pleurait plus. Elle fermait simplement les yeux et roulait son menton dans son sein.

Soudain, alors qu'elle se levait et secouait son jupon pour en ôter les brins d'herbe, il y eut un bruissement dans le feuillage. Florentine ne remarqua rien, mais Arnaut sursauta derrière l'arbre fendu.

À l'autre extrémité de la clairière, deux hommes à l'aspect misérable, va-nu-pieds, et roux de barbe et de cheveux, marchaient à pas mesurés dans l'herbe fraîche.

Quand ils furent à quelques pas de Florentine, Arnaut les vit plus distinctement. C'étaient des bûcherons normands, qu'il avait recrutés la semaine d'avant, et qu'il logeait dans sa fermette d'Éclance ; ils étaient frères ou apparentés, et, à leurs dires, venaient d'arriver en Champagne, après avoir parcouru le Beauvaisis et l'Amiénois.

Le premier était aussi édenté qu'un vieillard, bien qu'il n'eût pas plus de seize ans ; et le second, plus court et moins jeune, était amputé d'un bras.

Tandis qu'il s'approchait de Florentine, le visage du plus jeune s'éclaircit. Même dans ses rêves, il n'aurait pas osé convoiter pareille créature. Devant un geste obscène qu'avait mimé son comparse, il ne put retenir un grognement.

Florentine se retourna. Dans ses yeux, il y eut d'abord la surprise, puis, pendant un instant encore plus court, un mélange de terreur et de fatalité.

— Le destin, maudit soit-il, murmura-t-elle en songeant qu'elle avait échappé deux ans plus tôt aux routiers de Robert Knowles, pour être maintenant violée dans ce bois.

Alors la colère l'emporta sur la résignation :

— Ne voyez-vous pas que ce sol est sacré ? dit-elle d'une voix forte.

— Si ce sol est sacré, il faut te mettre à genoux ! dit le plus jeune des deux Normands.

Le plus vieux sourit, d'une grimace qui n'avait rien d'humain.

— Ce sera plus confortable, ajouta-t-il, pour toi comme pour nous !

Les deux hommes rirent, puis le premier dégrafa son camelot, laissant entrevoir son sexe rouge et proéminent.

Il s'approcha vivement de Florentine et la saisit par les cheveux.

Comme la jeune femme résistait, l'autre homme saisit une branche morte, et la frappa aux mollets.

Florentine tomba à genoux, et hurla si fort qu'un instant les deux hommes hésitèrent. On n'était guère loin du chemin qui menait à la carrière, et chaque jour, des dizaines de carriers et d'équarrisseurs empruntaient cette route.

Mais chez ce genre d'hommes l'instinct domine la raison.

Le plus jeune des deux assaillants, et, d'après ses regards concupiscents, le plus vicieux, l'attrapa par les hanches et arracha son jupon, pendant que son complice approchait son sexe puant de sa bouche.

Mais alors que la jeune femme fermait les yeux, que sa tête tournait, qu'un haut-le-cœur remuait sa poitrine, soudain tout s'arrêta ; les mains qui enserraient sa nuque et ses mèches blondes s'évanouirent ; et la pression exercée sur ses hanches disparut.

Une giclée chaude frappa son front et ruissela sur son visage. Et, tandis qu'elle tressaillait de tout son corps :

— Ouvrez les yeux, madame, vous êtes saine et sauve.

Presque à contrecœur, Florentine ouvrit les yeux.

Un chevalier ganté de soie lui tendait la main.

Les deux violeurs gisaient au sol. Le plus jeune était transpercé à la poitrine. L'autre avait la gorge tranchée ; et le sang qui avait souillé Florentine au visage continuait de jaillir de son cou, en flots saccadés et gluants.

*

* *

À trois lieues de là, dans les rues de Bonneval, après un mois de belle agitation, la foire aux viandes touchait à sa fin.

On remballait les invendus, on soldait les comptes, on rangeait l'épargne accumulée dans le bas de laine ou la cassette.

Si la recette était maigre, on liquidait au plus offrant, et on reprenait du service un mois plus tard, à la foire chaude de Provins, en vendant des épices ou des fruits ; si la recette était convenable, on rentrait au pays le sourire aux lèvres, car, pendant trois mois, on pourrait survivre en engraissant les bêtes et en flânant sur les berges des étangs ; enfin, si la recette était bonne, on sortait une pièce d'or, on l'échangeait au Juif de la grand-place contre vingt deniers, et on allait s'encanailler dans les estaminets du voisinage.

— Eh bien, dit Miles en s'arrêtant devant un éventaire où rutilaient des pains de viande, a-t-on des nouvelles de ton petit commis ?

— Raoul ? fit Jacques.

— Si fait.

— Oh, ce coquin n'a pas paru depuis six jours… Je ne suis pas inquiet… Il a dû s'amouracher d'une fille de foire ou de la femme d'un charcutier…

Miles opina de la tête ; puis, comme Jacques passait devant un viandier de sa connaissance, un Picard dénommé Ithier :

— Goûtez ce cervelet, mon bon seigneur !

Jacques prit une lamelle d'abat dans l'écuelle qu'on lui présentait.

— C'est un succès, dit le seigneur de Charny avec un sourire de réplétion.

— Ce succès est familial, dit le marchand ; je prépare le cervelet, Foulques l'assaisonne, et Alliette le vend.

Une femme, derrière l'éventaire, emballait les foies et les andouilles dans des toiles de jute. Non loin, un grand gaillard de quinze ans démontait les tables et les plateaux.

— Tu as été à bonne école, garçon, dit Jacques en s'adressant à l'apprenti. Mais, dis-moi, reprit-il en se tournant vers Ithier, qu'ont donné tes affaires cette année ?

— Foi de Picard, mon bon seigneur, cette année, le commerce est bon !

— Tu es riche, alors ?

— Dans ce métier, on est riche en mai et pauvre en août. En été les viandes mûrissent et pourrissent en trois jours ; il faut se contenter du pécule accumulé pendant l'hiver ; et s'il est insuffisant, c'est la famine…

— Tiens donc, la famine ! Tu n'as pas l'air d'avoir faim.

— Malepeste ! s'exclama Miles en toisant le charcutier. Il est gras comme une saucisse !

— Tu n'es pas mal non plus, fit remarquer Jacques.

Miles éclata d'un rire énorme, qui fit reculer le marchand.

Presque aussitôt, sortant de l'officine d'un apothicaire, une femme passa devant eux.

— Hélène, murmura Jacques.

Car, bien qu'elle baissât la tête et marchât droit devant elle, il avait reconnu le front altier, le joli nez, la pâleur et les beaux yeux noirs de la sœur d'Arnaut. Et il ajouta un peu plus haut, de manière à être entendu de la jeune femme :

— Elle nous ignore.

Hélène se retourna.

— Pardonne-moi, Jacques, dit-elle en saluant de la main, je suis pressée.

Une charrette l'attendait devant une maisonnette en torchis. C'était l'établissement d'un marchand de foin, et l'enfant Pierrot sortait de cette échoppe afin de charger la voiture de sa maîtresse.

Jacques regarda Miles, lequel lui rendit son regard par un geste d'encouragement.

Au moment où le garçonnet fouettait le cheval de trait, Jacques sauta dans la charrette, au milieu des briquettes de paille. Il se releva couvert de fourrage et de poussière de foin.

— Allez, dit la jeune femme, monte avec nous sur le limon.

Jacques enjamba le moyeu, et vint s'asseoir entre Hélène et Pierrot. D'un coup de fouet, l'enfant mit la voiture en branle, et, tandis que l'attelage quittait Bonneval :

— Comment va Rabier ? demanda Jacques.

— Pauvre Anton, fit Hélène ; il est bien faible depuis qu'il est tombé dans l'étang…

— Je suis sûr que tu le soignes bien.

— L'apothicaire me donne chaque jour un julep, qui adoucit sa toux, mais ne semble pas le fortifier.

— As-tu essayé d'autres spécifiques ?

— J'ai fait venir un physicien de Troyes. « *Non est medicamentum* », m'a-t-il dit. Les manifestations du mal ne sont pas notoires ; pas d'emballement de cœur ni d'agitation de l'esprit… Anton est à bout de forces, voilà tout ; il est au terme de sa vie.

— Tu m'en vois désolé.

Hélène regarda brièvement Jacques, et constata que son visage était grave et soucieux, alors qu'elle l'avait toujours connu rayonnant d'optimisme et plastronnant de gaieté.

— Arnaut m'a raconté tes difficultés, dit-elle avec empathie.

— Ne t'en fais pas pour moi, dit Jacques en se redressant sur le limon ; je crois à la loi des compensations, et m'accroche à l'espoir qu'après tout ce mal le bonheur viendra.

Il lui lança un regard, qui était plein de solennité.

— Et par-dessus tout j'ai la conviction que je te retrouverai.

Hélène sentit son cœur fondre, et, pour la première fois depuis qu'elle l'avait revu, elle sut pourquoi, jadis, elle avait adoré ce jeune homme. Jacques appartenait à ce genre opiniâtre et résolu qui touche les femmes en plein cœur.

— Pardonne-moi, dit-elle en prenant sa main.

— Ce n'est rien, répondit Jacques en haussant les épaules ; j'ai bien compris que tu devais soigner ton époux.

— Tu ne comprends pas…

— Eh bien, que veux-tu dire ?

Hélène cherchait ses mots.

— Pardon, dit-elle en hésitant.

Et, comme ils passaient sous les grands chênes qu'on trouve en lisière de la forêt d'Orient :

— Pardon de t'avoir laissé croire que je t'épouserais.

Jacques lui lança le même regard intense et grave qui l'avait plus tôt étourdie.

— Crois-tu vraiment que je t'en veuille d'avoir sacrifié ton intérêt à ton devoir ? Au contraire, Hélène : c'est tout ce que j'aime chez toi.

Il sourit.

— Ainsi que ton petit nez pointu.

Hélène laissa échapper un rire, dont elle eut presque honte, car elle avait perdu cette habitude depuis longtemps.

— Moi je ne l'aime pas, ce nez, dit-elle, consciente d'entrer dans un jeu dont on ne sort pas facilement.

Jacques se pencha vers elle, et murmura :

— Ce n'est pas grave, il reste ton menton, qui est le plus beau que j'aie jamais vu.

Hélène sentit que sa réponse pouvait tout faire basculer.

— Je ne l'aime pas non plus, dit-elle avec un aplomb qu'elle ne se connaissait pas.

Jacques s'approcha d'elle, et Hélène sentait son souffle rapide et chaud, qui l'enveloppait et lui donnait le tournis.

— Il n'y a que ta bouche, alors, qui te satisfasse ? murmura Jacques.

Hélène ferma les yeux, car elle savait qu'elle était en train de se laisser fléchir. Mais l'envie était forte, d'enfin vivre sa vie. Alors elle serra la main de Jacques, et dit au garçonnet qui conduisait la charrette :

— Arrête-nous ici, Pierrot, nous allons marcher.

— En pleine forêt ? s'inquiéta le jeune garçon.

— Si fait, nous serons au frais.

L'enfant tira les rênes, la voiture s'arrêta, et, aussitôt que les deux jeunes gens furent descendus, l'attelage repartit.

— Viens avec moi, dit Hélène.

Ils marchèrent en silence jusqu'à un tertre en pleine forêt que la sœur d'Arnaut connaissait pour y avoir joué quand elle était enfant.

Ce qui ressemblait, de loin, à un amas rocailleux était l'ancien pavillon de chasse des comtes de Champagne, laissé à l'abandon depuis l'époque du comte Henri. Envahi de broussaille, de lierre et d'arbustes, il retournait peu à peu à l'état naturel.

— Sous cette arcade, dit Hélène en prenant Jacques par la main, et en l'entraînant dans l'ombre moussue d'un portique.

Elle avait recouvré son calme et savait parfaitement ce qu'elle faisait.

— C'est ici et maintenant que nous nous retrouvons.

Elle attira Jacques contre elle et l'embrassa. Puis, avec cette aisance particulière aux amants qui s'aiment physiquement pour la première fois, mais se sont toujours aimés par l'esprit, elle dégrafa sa robe, se coucha dans l'herbe fraîche et s'offrit.

*

* *

— Arrêtez-vous ici, je vous prie, monsieur.

— Et pourquoi m'arrêterais-je ? dit Arnaut, d'une voix mi-amusée, mi-sardonique.

— Croyez-vous que je vais arriver chez ma maîtresse à l'arrière d'un cheval et encollée contre vous ?

— Absolument.

— Pour qui me prenez-vous ?

— Pour vous-même ; c'est-à-dire la plus belle des femmes de France.

— Vous ne savez rien de la France.

— Et qu'en savez-vous, Florentine de Buire-en-Bois ?

— J'en sais beaucoup d'endroits, où le destin m'a conduite ; j'ai été châtelaine en Bourgogne ; fileuse en Picardie ; chambrière à Moulins ; et ici même, à Lirey, je suis dame d'atour.

Arnaut sentit les mains de la jeune femme, qui l'étreignaient depuis la forêt de Savoisy, relâcher soudain leur emprise.

— Et maintenant arrêtez votre cheval, monsieur, que je descende.

Ils arrivaient devant le muret qui longeait la collégiale, et un moine, équipé d'une faux, croisait leur chemin et levait vers eux des yeux réprobateurs.

Mais Arnaut, loin de freiner sa monture, piqua ses flancs ; et l'animal partit au galop.

— Monsieur, je vous préviens, dit Florentine : je saute.

Arnaut, voyant les petits graviers sous les sabots de son cheval, et imaginant le drame qui s'ensuivrait si Florentine mettait sa menace à exécution, tira sur les brides.

— Voilà, madame, voilà !

Tout en maintenant sa monture, Arnaut mit un pied à terre, et offrit sa main à Florentine, afin qu'elle pût dignement descendre. Mais la jeune femme, dont les joues étaient empourprées non parce qu'elle manquait de souffle, mais parce que Arnaut l'avait rendue furieuse, n'en fit rien. En s'aidant du troussequin, elle bondit sur le sol, et les talons de ses souliers claquèrent sur les gravillons.

— Je me passerai de votre aide, monsieur.

Et, assurant sa robe de soie dentelée, elle descendit le sentier d'un pas vif.

— Forte femme, murmura Arnaut.

Et, tout en tirant son cheval, il la suivit sur le chemin.

— Allez-vous me laisser en paix ? avertit Florentine, alors qu'Arnaut haletait, car il fallait emboîter ce pas contrarié de femme et traîner un cheval dressé pour la joute et la course plutôt que d'être mené par la bride comme au manège.

— La paix, répondit Arnaut ; mais l'amour, ce n'est pas la paix, madame, c'est la guerre !

— L'amour, répliqua Florentine avec le même genre de repartie ; d'après les frasques qu'on vous prête, vous n'y croyez nullement !

— J'étais sceptique à ce sujet comme à d'autres ; mais je vous ai rencontrée, madame ; et moi qui racontais partout que le *fin'amor* était une invention de troubadours, je sais maintenant qu'il existe, aussi bien que Lucifer et Dieu.

Florentine, qui semblait se prendre au jeu, ne put s'empêcher de sourire devant la candeur du propos.

— Ainsi donc, dit-elle avec un semblant de provocation, c'est par *fin'amor* que vous m'espionniez ce matin ?

— Je ne vous espionnais nullement, je revenais de ma ferme.

— Cette ferme se trouve à deux lieues du chemin qui va d'Éclance à Jaucourt.

— Je m'étais égaré, mentit Arnaut.

— Vous fréquentez pourtant ces bois depuis votre âge tendre !

— Croyez-vous qu'à Brocéliande le chevalier Arthur ne se soit jamais perdu ?

— Brocéliande est une forêt magique ; Savoisy n'est qu'un bois de dix arpents ! J'ai beau m'y promener chaque jour, je n'y ai jamais croisé d'enchanteur, de fées, ou de fontaines claires aux vertus merveilleuses. Seulement des bardeurs, des pierriers, des scieurs de bois…

Elle se tut un instant, avant d'ajouter d'une voix sourde :

— Et d'obscènes coquins.

— Dont je vous ai sauvée, madame, dit Arnaut en s'inclinant, à la manière d'un ménestrel après une composition.

— J'aurais pu me sauver toute seule.

— Je n'en doute pas, chère amie.

Ils venaient de s'engager sur le pont de pierre qui délimitait d'une part la seigneurie de Lirey, d'autre part les terrains de la collégiale.

Alors que Florentine, craignant de fouler sa cheville dans les pavés disjoints, avait enfin accepté la main tendue d'Arnaut, les cloches du prieuré sonnèrent.

— Ce n'est pas tierce, dit Florentine ; il est trop tard.

— Ni sexte, dit Arnaut ; il est trop tôt.

Les cloches continuaient de tinter.

— Alors il est arrivé quelque chose d'important…

— Ou de grave, dit Florentine, avec ce fatalisme qui, depuis la mort de ses sœurs et ses parents, altérait souvent sa jolie voix.

Et, silencieusement, ils s'accordèrent du regard, remontèrent à cheval, et galopèrent jusqu'au château.

13.

Pendant qu'Hélène et Jacques s'aimaient en forêt d'Orient et qu'Arnaut ramenait Florentine à Lirey, Anselme recevait la confession de Jeanne de Charny.

Jeanne se confiait au prêtre comme on se livre à un ami.

La dame et le jeune abbé n'avaient pas besoin de s'isoler : le verger de la collégiale, les merisiers et les genêts en fleur, les chemins pavés de lys et, parfois, le cabanon abandonné du jardin remplaçaient le confessionnal du prieuré.

— Suis-je une bonne mère ? demanda soudain Jeanne, alors qu'ils s'engageaient dans une allée bordée de vieux chênes.

— Bonne mère ? On le serait à moins, madame. Vous avez sacrifié votre vie pour vos enfants.

— Et pourtant… Marie est bonne avec moi… Mais Jacques ne me parle plus, depuis cette affreuse dispute…

— Le temps fera son œuvre…

— J'espère, prieur ; car il n'y a rien de plus terrible pour une mère que d'être éloignée de son enfant… Et puis…

Jeanne hésitait.

— Dites, madame.

— J'ai l'impression que mon époux avait raison…

— À quel sujet ?

— Cette ostension… Geoffroy n'en a jamais voulu… Il disait qu'on ne défie pas l'Église sans s'exposer à la colère de Dieu…

Anselme prit Jeanne par l'épaule, et, repensant au débat qui l'avait opposé à Pierre d'Arcis :

— Pas vous, madame !

— Mais voyez tous les malheurs qui s'abattent sur ma maison… Tant de forces nous assaillent… N'est-ce pas Dieu qui nous inflige ces tourments ? Et croyez-vous qu'Il permettra d'achever cette église ?

Au loin, dans un nuage de poussière, au milieu des remblais et d'un grand échafaudage, on élevait le portail de la nouvelle église. L'accident était déjà loin. Anselme tendit son bras vers le chantier.

— Mais regardez ce parvis, qu'on vient de terrasser, madame ; regardez les arcs-boutants, qui maintiennent la nef, les gargouilles, qui vidangent l'eau de pluie, ces cloches qui résonnent à dix lieues…

Au même moment, les cloches sonnaient d'un carillon puissant et cristallin.

— Nous y sommes, madame ! À moins d'un nouveau drame, d'une pluie de cent jours ou d'une guerre civile, nous consacrerons cette église !

À peine Anselme eut-il prononcé ces mots qu'un frère lai, soufflant et bouleversé, accourut sur le chemin.

— Maître abbé !

— Que t'arrive-t-il, Guillain ? dit Anselme avec la voix paternelle et rassurante qu'il prenait toujours avec les moines novices.

— C'est une terrible nouvelle, mon père !

Aussitôt Anselme songea qu'il avait manqué de prudence en évoquant devant Jeanne l'éventualité d'une consécration ; en effet, depuis son passage en Écosse, au contact des druides, il était devenu superstitieux.

— Un nouvel accident, n'est-ce pas ?

— Non, maître abbé, répondit Guillain d'une voix brève.

— Parle donc.

Le jeune moine baissait les yeux, et les mots semblaient figés au seuil de sa bouche.

— Parle, te dis-je !

— Raoul, l'écuyer de cuisine…

— Le fils du gros Jean ? Eh bien ? A-t-on retrouvé ce coquin ?

— Oui, mon père…

Voyant l'émotion du novice, Anselme reprit d'une voix douce :

— Qu'y a-t-il, Guillain ? Tu peux t'exprimer sereinement.

— Raoul est mort, mon père…

— Par Jésus, souffla le prieur.

— On l'a tué… Son corps était dissimulé dans la crypte…

— Par la vierge ! s'écria Jeanne de Charny.

Le novice baissait obstinément les yeux.

— Ce n'est pas tout, reprit-il d'une voix à peine audible.

— Quoi donc ?

Guillain se signa.

— C'est l'œuvre du diable, maître abbé…

Et, avec les plus grandes difficultés du monde, il ajouta :

— On a volé le saint linceul.

Anselme pâlit ; Jeanne mit la main sur sa bouche, mais ne put réprimer un cri.

14

Assis sur son lit, revêtu d'une longue chemise, ses longues jambes simplement couvertes par un drap de velours, Pierre d'Arcis accueillit son huissier en soupirant :

— Dieu que je souffre, Bérard ! La goutte m'a repris cette nuit.

En effet, son pied droit, qui reposait sur un coussin de soie, était aussi gonflé qu'une outre d'eau.

— Que j'ai mal… Donne-moi mon bouillon d'ortie, veux-tu ?

L'huissier, qui était entré avec un plateau d'argent, le posa sur un dressoir et servit l'infusion à son maître. Sans prendre la peine d'y tremper une cuillère, l'évêque porta l'assiette à la bouche et avala son contenu avec un grand bruit de succion.

— C'est mieux, dit-il en contemplant son pied enflé, et qui semblait encore plus gros.

L'huissier hésita un instant, puis :

— Un homme attend dans l'antichambre depuis l'aube…

— Qui est-ce ?

— Il ne s'est pas présenté, monseigneur ; mais c'est un manant d'aspect médiocre…

— Ils le sont tous, persifla l'évêque ; fais-le entrer.

Sans même que l'huissier appelât, la porte de l'antichambre s'ouvrit.

— Bonjour, éminence, dit Coutterets.

Le régisseur se courba devant l'évêque d'une façon grotesque et marcha jusqu'au lit. Puis, au grand dégoût de Pierre d'Arcis, il saisit sa main et l'embrassa.

L'évêque la retira aussitôt.

— Alors ? demanda-t-il.

— Je l'ai, monseigneur.

L'impétrant montra la panetière qu'il avait déposée sur une crédence en entrant dans la pièce.

À la vue du panier d'osier, clos par un maroquin de cuir, le visage de Pierre d'Arcis s'anima ; et l'évêque qui paraissait jusque-là irascible, mais tempéré, changea de physionomie. Ses traits s'étirèrent sous l'effet de l'envie ; et ses yeux s'embrasèrent comme ceux d'Alcibiade devant Calcédoine.

— Par ma foi, s'exclama-t-il, montre-moi cette forgerie !

— Pardon, répondit le régisseur en souriant, mais avant toute chose, monseigneur : mon dû.

Pierre d'Arcis montra une aumônière sur son chevet.

— Nous sommes d'accord, dit Coutterets après s'être assuré qu'elle contenait la somme attendue.

Puis retournant dans l'entrée, le régisseur prit la panière et se plaça devant l'évêque, qui s'était levé ; Coutterets connaissait l'effet produit par cette grande carcasse, quand elle se dépliait devant ses visiteurs, néanmoins il en fut saisi ; en effet, Pierre d'Arcis semblait si grand, si filandreux que, lorsqu'il prit la corbeille, on aurait dit qu'il dépliait ses bras immenses comme une araignée géante, afin de saisir un insecte.

Sans balancer, l'évêque souleva la peau de cuir.

Il n'y avait, au fond de la hotte, qu'un linge gris, sans aspérité particulière.

— Et ils osent parler d'un linceul ! Ce drap est vulgaire et de malfaçon !

Mais aussitôt, comme le prélat ricanait sur l'étoffe, un éclair traversa le ciel, et le toit d'ardoise étant troué de part en part depuis les intempéries de l'hiver, on aurait dit que la pièce s'illuminait tout d'un coup, avant de retomber dans l'obscurité. Cet instant avait suffi pour qu'on distingue, sur l'étole, un visage martyrisé.

Et, en même temps que l'infâme Coutterets, qui lui avait vendu la sainte relique pour quelques sous, Pierre d'Arcis tressaillit. Ce visage, bien qu'accaparé de douleur, était serein devant l'éternité. Devant ces deux hommes de peu de foi qui l'observaient, il semblait dire, du fond des âges : « Pardonne-leur, père ; ils ne savent pas ce qu'ils font. »

15.

Assis sous la custode, Jacques regardait sa mère. Depuis toujours il l'avait crue droite comme un fil à plomb, et maintenant qu'il la voyait recourbée dans ce lit, maigre, ridée, les genoux ramenés contre sa poitrine, implorant ses caresses, elle semblait aussi frêle et vulnérable qu'un chandelier dans le vent.

— Je t'ai bien rudoyé, dit Jeanne d'une voix si ténue qu'elle semblait presque celle d'une enfant.

Son visage était encore brouillé par ces terribles sanglots, qui sont comme des cris et jaillissent du fond de l'âme.

— Non pas, dit Jacques en caressant ses cheveux ; j'ai bien mérité votre courroux. Quel fils abandonne sa mère, quand la ruine est à la porte du château ?

— J'ai compris tes raisons depuis longtemps… Le sang bout dans tes veines ; ce n'est pas un péché, c'est une vertu, que ton père possédait à profusion.

Jacques baissa la tête et, tristement :

— Mon père… Oserai-je vous dire que je me prends à détester cet homme, alors que je ne l'ai jamais connu ? J'ai l'impression qu'à chaque instant de ma vie on me juge à son aune… Qu'on me met dans ses pas… Pourrai-je jamais exister sans lui ? J'ai parfois l'affreux sentiment que ma vie ne m'appartient pas.

Jeanne serra la main de son fils.

— Accepte-toi, Jacques, ainsi que Dieu t'a créé. Tu attends trop de toi. Sois le plus doux des hommes, comme tu l'as toujours été, et tu seras récompensé.

Puis, alors qu'elle accusait le poids d'une fatigue immense, accumulée pendant des années :

— Que vas-tu faire, maintenant ? demanda-t-elle.

— Je pars sur-le-champ trouver Pierre d'Arcis. L'évêque de Troyes est sans nul doute l'auteur de cet odieux forfait. Si je n'obtiens rien de lui – comme je le crains –, j'irai jusqu'à Paris pour faire valoir nos droits. Le roi m'a promis sa bienveillance ; nous verrons s'il tient parole.

Et, vigoureusement :

— Je reviendrai avec la très sainte relique, ma mère – ou je ne reviendrai pas.

— C'est bien, murmura Jeanne de Charny ; je suis fière de toi.

Jacques se baissa pour l'embrasser, mais sa mère dormait déjà.

Alors, comme elle semblait enfin apaisée, il se leva, recula doucement jusqu'à l'entrée, referma la porte derrière lui, descendit les marches du donjon, fonça jusqu'à l'écurie, bondit sur un bon cheval de Gascogne, et s'en alla plaider sa cause à Troyes et à Paris.

16.

— Vas-tu sortir, infâme ? tonna le gros Jean derrière la porte ; et les parois tremblèrent à nouveau.

Les torches, les piétinements, les éclats de voix, et, maintenant, ces martèlements cadencés sur les cloisons… Ce n'était pas un attroupement au-dehors, c'était une meute, venue pour les lyncher.

— Mon Dieu, qu'as-tu fait ? demanda Marthe en regardant son époux.

Coutterets était accroupi devant l'âtre ; sa respiration semblait tranquille et régulière ; il examinait fixement une bourse à cordon, et Marthe n'aurait su dire s'il la soupesait ou s'apprêtait à la jeter au feu.

Six enfants se terraient dans un coin, entre la grande armoire et le lit de leurs parents.

Les jambes ramassées, la tête engoncée dans les genoux, ils attendaient silencieusement et se tenaient par la main.

— Ils sont bien courageux, songea Marthe.

Éloi, le dernier de la fratrie, se leva soudain, et se jeta dans les bras de sa mère.

— Je ne veux pas mourir, dit-il d'une voix étranglée.

— Bien sûr que non, mon petit, dit Marthe en lui caressant les cheveux, tu ne vas pas mourir.

Les enfants reconnaissent d'instinct la voix apaisée de leur mère, et celle, contrefaite, qui feint la tranquillité.

— Tout va bien se passer, ajouta Marthe.

Et aussitôt, les battements s'amplifièrent sur les murs et les linteaux, et la voix du gros Jean résonna :

— Je t'avertis, Coutterets…

Et, dans un souffle rauque et vengeur :

— Sors de là ; ou je vous brûle vifs !

Au même instant, les encadrements des portes, les croisées des fenêtres et les jointures des cloisons tremblèrent du coup porté par cinquante poings fermés.

Coutterets, imperturbable, avait dénoué le cordon de l'aumônière, et, pièce après pièce, observait chaque livre, chaque écu, chaque denier. Puis il disposait les petits disques blancs sur un guéridon.

Soudain il se leva, alla jusqu'au fond de la pièce, s'agenouilla devant ses enfants et, l'un après l'autre, les embrassa.

Quand il se tourna vers sa femme, de grosses larmes coulaient sur ses joues ; pourtant Marthe n'avait jamais vu pleurer son mari.

— Il y a deux cent trente écus d'argent sur cette table, dit Coutterets d'une voix sourde. Vous irez chez ton frère, à Blois ; tu achèteras une maison bourgeoise pour cinquante écus ; et tu placeras le solde à huit pour cent chez Jacob ou Franzoni. Vous ne manquerez plus de rien.

— Il doit bien exister une issue...

— Il n'y a pas d'autre solution, dit Coutterets d'une voix définitive.

Et, désignant les écus d'argent :

— Dissimule ces pièces dans les plis de ton manteau ; et sors avec les enfants.

Marthe sembla sur le point de vaciller, mais la vue de Mathilde, son aînée, caressant les cheveux d'Éloi, et prononçant des mots de réconfort, piqua sa fierté de mère.

D'un pas résolu, elle marcha jusqu'au seuil et prit les petits paletots de laine suspendus sur un portemanteau. En effet, c'était la Saint-Servais, c'est-à-dire le troisième jour des saints de glace ; le temps était froid et pluvieux depuis l'avant-veille, et, les enfants étant sortis en promenade, leurs manteaux étaient encore trempés.

Marthe appela Mathilde ; et pendant que la fillette brossait les vêtements l'un après l'autre devant le foyer, elle sépara les pièces d'argent en six petits tas identiques, avant de rouler les écus dans un papier de parchemin. Puis, tandis que Mathilde habillait les enfants, sa mère, au passage, disposa soigneusement les rouleaux dans la doublure des étoffes.

Comme c'était le tour d'Éloi, celui-ci se déroba, et repoussa le manteau. Il courut jusqu'à son père, enlaça sa grosse cuisse et plaqua sa joue contre le bassin, à cet endroit replet entre le pelvis et la hanche, où les enfants aiment bien pleurer.

Au même instant, les coups de boutoir redoublèrent, et des cris fusèrent derrière les cloisons :

— Assassin !

— Meurtrier !

— Brûlez-les tous !

Éloi sanglota de plus belle.

Coutterets s'agenouilla devant le garçonnet, prit son visage minuscule au creux de ses mains, et lui embrassa le front.

— Va, mon fils, dit-il ; et il le repoussa doucement.

L'enfant cessa de hurler, baissa la tête, et repartit.

Marthe l'enveloppa dans son mantelet de laine, et le confia à sa fille aînée.

Coutterets s'était rassis près du foyer et replongé dans sa méditation. Marthe s'approcha une dernière fois, prit la main de son époux, l'embrassa, et, sans un mot, suivie par ses six enfants, se dirigea vers l'entrée.

Puis, tandis que la porte s'ouvrait, et qu'apparaissaient devant eux, aussi déformés par la lumière des flambeaux que sinistres et menaçants, les visages du gros Jean, de Robin le hongreur, de Maurin le boulanger, et de trente – ou peut-être davantage – lyncheurs assoiffés de sang, elle entendit derrière elle, semblant jaillir d'un tombeau, cette voix sépulcrale :

— Adieu.

Marthe n'eut pas le temps de se retourner ; on les bousculait déjà, et bientôt une foule les entoura et les insulta.

Le gros Jean, ignorant la bousculade, entra le premier ; mais c'était déjà trop tard : Coutterets était monté sur la dernière marche d'un escabeau.

— Non ! s'exclama le maître queux, d'une voix tordue par la frustration.

Après un dernier regard, où ne transparaissait ni remords ni provocation, Coutterets, d'un coup de pied, fit basculer l'escabeau.

Il y eut un craquement sourd, qui ne provenait pas de la poutre ; le nœud était habilement conçu ; et, comme l'Iscariote à la branche de l'olivier, Coutterets mourut sur le coup.

III

DES ROIS ET DES BATELIERS

1.

L'hôtel Saint-Paul, où le feu roi avait fait déplacer sa cour et son administration, s'étendait des bords de Seine à la rue Saint-Antoine, et de la rue Saint-Paul à la rue des Célestins. Il était ceint de tours, de poivrières, et de galbes habilement sculptés, s'inspirant des bêtes légendaires de l'Apocalypse et des saynètes de l'Ancien Testament.

Dans l'ombre des murailles, Charles V avait fait dessiner des préaux dont la voûte de lapis-lazuli imitait le ciel étoilé, des parterres de roses, de lys et de flambes, un vivier à poissons, une grande cage en fil d'or pour les perroquets d'Afrique, et un vaste colombier, où chaque semaine Guillaume Tirel, dit Taillevent, le maître de la grande soupière, prélevait quatre cents tourterelles.

La résidence royale comprenait d'innombrables bâtiments pour loger les princes du sang, et accueillait les services de l'hôtel du roi, une garnison de gens d'armes, et la chambre du Grand Conseil.

C'est là que le jeune roi avait convoqué ses principaux ministres, deux semaines après avoir rejoint Paris.

— Ainsi la Flandre est tombée ? demanda Charles à brûle-pourpoint, alors que Montaigu n'était pas encore installé derrière son pupitre, que Bureau de La Rivière n'était pas encore assis, que Jean de Berry, l'oncle du roi, jouait avec un petit caniche qui le suivait partout, et que Jean de Vilaines entrait dans la pièce à grand fracas d'éperons.

— Les nouvelles vont vite, siffla le duc de Berry.

Cet homme au visage ingrat et ramassé, au nez court, aux doigts goutteux, aux sourcils rares, aux petits yeux engoncés, était vêtu d'une longue robe fleurdelisée, coiffé d'une toque de fourrure d'agneau, et portait une bague à chaque doigt. Il disait avec plaisir qu'il était fils, oncle et frère de souverain, mais le troisième pair de France ressemblait si peu à Jean le Bon, à Charles VI et au feu roi que la rumeur le disait fils illégitime de la reine Bonne et d'un moine gibbeux.

Quand il voyageait dans ses apanages, le plus jeune oncle du roi ne manquait jamais d'emmener avec lui ses objets favoris, traités de chasse et de fauconnerie, statuettes antiques, bréviaires, et d'innombrables coffres de bijoux, dagues serties ou armoriées, pierres précieuses et semi-précieuses, car Jean de Berry, brillant mécène dont l'Histoire a retenu la passion des enluminures, des fillettes et des très jeunes garçons, était, en outre, l'homme le plus avaricieux de son temps.

— On m'a prévenu ce matin, dit Charles ; j'étais parti prendre l'air en forêt de Poissy. Mais même là-bas il semble que la chaleur ne veuille pas s'évaporer.

En effet, depuis le début du mois de juin, une canicule épouvantable frappait Paris et sa région.

— Alors, mon oncle, reprit le jeune roi, les Flamands ont chassé leur comte ?

— Assurément, sire mon neveu, répondit Jean de Berry.

L'oncle du roi prit une fève farcie de viande d'agneau dans une écuelle d'or et la jeta au caniche blanc, qui frétillait de la queue. Puis :

— Louis de Male s'est fait déposer par un drapier du nom d'Artevelde, et une ligue d'affreux manants. La guilde des tisserands a profité d'une procession pour infiltrer Bruges, où le comte avait pris ses quartiers depuis l'insurrection de Gand.

— Pardieu ! s'exclama Charles. Où Louis de Male s'est-il réfugié ?

— À Lille, beau neveu, sous la protection du comte d'Artois.

— Et mon oncle Bourgogne ?

— Philippe est en route, à la tête d'une armée de trois mille hommes. Il doit rejoindre Louis de Male dans trois jours ; puis, si Dieu le veut, ils marcheront sur la Flandre.

— Quelles sont leurs forces ? demanda Charles, alors qu'un influx nerveux perçait sous l'assurance qu'il voulait donner à sa voix.

— Trois mille hommes pour Philippe, dit Berry ; autant pour le comte de Flandre ; cela fait six mille soldats.

— N'est-ce point suffisant, pour écraser ces vilains ? intervint Bureau de La Rivière.

Berry se tut, ne sachant que répondre ; alors Charles demanda l'avis de son chancelier, toujours précis lorsqu'il s'agissait de nombres ou de calculs.

— Ces vilains sont nombreux, sire, dit Montaigu ; ils étaient cinq mille à Bruges, pour défier Louis de Male ; ils sont quinze mille au siège d'Audenarde ; et la guilde réunira vingt-cinq ou trente mille hommes peut-être, pour se dresser contre le Hardi.

— Trente mille hommes ! s'écria Charles. C'est une armée à ma mesure, si je veux m'affranchir comme seigneur et chevalier !

Les mots du jeune monarque semblaient précipités ; et lui-même s'agitait, comme emporté par une forme d'exaltation.

— Ces pauvres gueux doivent être équipés de lames et de gourdins, observa Bureau de La Rivière.

— Détrompez-vous, Bureau, dit le duc de Berry en caressant son petit caniche, qu'il avait pris sur ses genoux ; les Flamands sont riches, et l'Angleterre leur vend des épées longues, des cuirasses, et tout le matériel requis par la guilde des tisserands. J'ai là un rapport du maître des requêtes : les Castillans, nos alliés, qui harcèlent la flotte anglaise en Manche, ont saisi un navire de commerce devant Calais. Il s'y trouvait à l'entresol des quintaux de laine. Et devinez, je vous prie, ce qu'on avait dissimulé sous les balles et les pelotes ?

— Des bombardes ! s'écria Charles.

— Trop lourd, pour cette barcasse.

— Un trébuchet, en plusieurs pièces !

— Trop volumineux, beau neveu.

— Des palefrois !

— Trop peu discret…

— Eh bien, mon oncle, expliquez-vous, dit Charles, que ce jeu de devinettes n'amusait plus.

Berry déroula un parchemin.

— Voici l'inventaire que j'ai reçu ce matin : mille livres de charbon de bois…

Il regarda l'assistance, avant de revenir à ses feuillets :

— Huit cents de soufre…

Il patienta un instant de plus :

— Et dix-huit tonneaux de salpêtre !

— Par saint Adjutor, s'exclama le roi, c'est assez de poudre à canon pour nourrir cinquante bouches à feu !

— En effet, sire mon neveu ; ainsi nous savons qu'ils ont le surnombre, à raison de trois contre un, et l'artillerie, fournie par l'Anglais.

Berry appuya ses deux mains sur le marbre blanc de la table.

— Philippe, mon frère, s'est vaillamment porté au secours de Jean de Male, continua-t-il ; mais face à la guilde, ses forces sont en minorité.

Puis, croisant ses bras devant lui :

— Sans votre appui, beau neveu, le Hardi sera défait.

— Vilaines, s'enquit Charles, combien pouvons-nous déployer d'hommes sous une quinzaine ?

Jean de Vilaines se tenait en retrait, sur un banc réservé aux conseillers de second rang.

— J'ai huit mille hommes à Vincennes, sire.

— Cela suffira-t-il ?

— À un contre trois, le surnombre l'emporte, répondit le conseiller de guerre ; mais à un contre deux, il n'est pas forcément décisif. Les Anglais l'ont bien prouvé à Crécy, et dix ans plus tard à Poitiers.

Il y eut un instant de silence, car personne n'avait oublié Crécy, où vingt mille chevaliers d'Angleterre avaient défait cinquante mille bannerets de France et de Navarre, et Poitiers, où l'archerie du Prince noir avait massacré la chevalerie de Jean le Bon.

— Une glorieuse victoire en Flandre effacerait ces terribles déroutes, observa Berry, que votre peuple n'a pas oubliées.

— Et comment ! s'exalta Charles. Cette chevauchée imprimerait sur mon règne un sceau de gloire éternelle !

Aussitôt Bureau de La Rivière intervint :

— Puis-je me faire entendre, sire ?

Le vieux chambellan avait parlé d'une voix presque inaudible, mais dès qu'il entrouvrit ses lèvres, le roi sembla se calmer et intima le silence à ses conseillers, afin que chacun l'écoute.

— Le pays s'est redressé, messire, au prix d'un effort immense. Votre père avait entrepris la reconquête, et repris la Guyenne, l'Armagnac, le Poitou, et bien d'autres provinces perdues ; à défaut d'être riche, le royaume est en paix ; le peuple menace, certes, mais finira par se raisonner ; au reste il vous aime, comme bien peu de rois avant vous… En un mot, sire, pourquoi vous lancer dans une telle aventure ?

Charles examina silencieusement son vieux conseiller, puis :

— Ne soyez pas inquiet, Bureau, répondit le jeune roi d'une voix démontrant qu'au contraire le chambellan avait raison de l'être ; je prendrai le temps de la réflexion.

— Sa Majesté est fort sage, salua Bureau de La Rivière ; qui trop se hâte reste en chemin…

Jean de Berry, voyant que son neveu avait choisi une voie médiane, intervint :

— Ainsi, mon neveu, vous laisseriez une armée de gueux vaincre notre parenté ?

— Je n'ai point dit cela, repartit sévèrement le roi.

L'oncle du roi, portant une coupe à ses lèvres, fit alors valoir d'une voix neutre :

— Une victoire de cette ligue marchande pourrait inspirer d'autres corporations… Paris, qui s'est calmé depuis que le Conseil a décollé les meneurs et suspendu l'impôt ; Rouennais ; Beauvaisis ; Languedoc ; vos provinces ont les yeux tournés vers la Flandre ; et si l'une s'enflamme, les autres s'embraseront.

Charles acquiesça silencieusement.

— Je le répète, messieurs, je prendrai le temps de la réflexion. Vilaines, en attendant ma décision, mettez de l'ordre dans mes bataillons ; je ne veux pas d'émeutiers ou d'éventuels déserteurs dans mon armée.

L'albinos opina de la tête.

— Je ferai pendre les agitateurs, dit-il.

Et, après un nouvel instant de silence, et un regard du jeune roi vers son chancelier :

— L'ordre du jour est clos, messieurs du Conseil, prononça Montaigu derrière son lutrin.

Chacun se leva et quitta la pièce.

— Attendez un instant, Bureau, je vous prie, dit le roi.

Il prit le vieil homme par le coude, et l'entraîna dans une galerie, dont les alcôves étaient peuplées de statues ; c'étaient les monarques de France, que le feu roi avait fait sculpter dans des berceaux lambrissés, comme jadis Enguerrand de Marigny avait ordonné qu'on taillât le visage des Mérovingiens, des Carolingiens, des Capétiens dans les piliers de la grand-salle du palais de la Cité.

Alors qu'il marchait au milieu de ces rois, Charles VI ressentait leur regard sévère et impérieux.

Clovis, le premier des Francs, lui enjoignait de chasser les barbares, qui menaçaient le royaume.

Saint Louis semblait lui demander s'il saurait protéger la foi.

Philippe le Bel l'engageait à brider les barons, à restreindre leur joug, et à réformer le pays.

Et le feu roi son père le regardait de ses yeux mélancoliques, et semblait lui dire : « Seras-tu bon pour ton peuple ? »

— Que dois-je faire, Bureau ? dit soudain Charles, après s'être tu, saisi par cette vision.

— Sire, je désapprouve cette campagne en Flandre, mais si telle est votre décision, vous ne devez pas craindre ces drapiers gantois ; devant votre ost, ils s'inclineront jusqu'à terre et demanderont grâce.

— Je ne crains pas les Flamands, Bureau… Je parle d'autres menaces…

Charles hésita un instant puis ajouta dans un murmure :

— … contre ma personne.

— Le peuple vous aime, sire.

— Le peuple m'aime tant qu'il a du pain… Il sort les fourches à la première famine. Voyez ces maillotins, momentanément calmés, mais qui attendent une victoire décisive des Flamands pour assaillir mon palais !

— Ainsi est Paris, messire ; prompt à aimer ; prompt à trahir.

Le jeune roi prit son conseiller par l'épaule.

— Alors vous ne savez point d'écho ou de rumeur, de nature à m'effrayer ?

— Non pas, sire…

— L'Anglais ?

— Richard a tant à faire avec ses paysans révoltés, qu'il ne constitue pas une menace.

— Le pape Clément ?

— Il multiplie les indulgences, pour financer la marche d'Avignon.

— Mon oncle d'Anjou ?

— Il est en Provence, et doit s'embarquer pour l'Aquila… Il semble déterminé à conquérir le trône de Naples ; et j'ai bien peur qu'il ne revienne jamais de cette campagne d'Italie.

— Jean de Berry ?

— Il est égal à lui-même : avare pour lui-même, dispendieux pour le royaume, et tyrannique dans ses États…

— Mon oncle Bourgogne ?

— Le Hardi… Vous savez ce que j'en pense… Devant vous il se montre cordial et courtois, mais vous fera déposer à la première occasion.

— Alors, vraiment, dit Charles, tandis qu'ils arrivaient à la porte du palais, a-t-on jamais vu un roi si seul en son royaume ?

Le jeune roi s'assombrit et pinça tristement les lèvres, mais se reprit aussitôt pour saluer son chambellan.

Bureau, sans répondre, s'inclina devant le jeune homme, et franchit la grande porte, gardée par une demi-douzaine d'archers ; puis, d'un pas hésitant, il descendit les marches, traversa le quai des Célestins, héla un batelier et, en s'assurant de sa canne, monta dans une barque entoilée.

2.

— Où va-t-on, noble sire ?

Le passeur, un homme d'une quarantaine d'années vêtu d'un chapeau de paille, de braies courtes et d'une chemise à cordon qui avait dû être blanche mais était jaune à l'encolure, brune par endroits et beige à d'autres, appuya son pied nu contre la berge, et poussa la barque au milieu du fleuve.

— Pont Notre-Dame, dit Bureau.

— Cela fera vingt deniers.

— Vingt deniers ? s'étouffa le vieillard.

— Oui, vingt deniers, mon bon monsieur, et payables d'avance.

— Oh là ! coquin, pour qui me prends-tu ? Je te compte six deniers, et pas un de plus.

Bureau sortit de sa bourse six pièces de cuivre ; le passeur les prit, et les fit tourner entre ses doigts, avec l'agilité des gens de commerce quand il s'agit de compter l'argent.

— C'est peu, dit le batelier.

— Me crois-tu né de la dernière pluie ? s'agaça Bureau. C'est six deniers pour traverser Paris.

— Eh bien, justement, vous ne croyez pas si bien dire, c'est une question de pluie ! Il a tant plu cet hiver, que j'ai dû faire poser cette toile.

Le batelier désigna une sorte de capote délavée qui surmontait la barcasse.

Bureau soupira.

— Voici deux deniers de plus, dit-il, pour le supplément de confort.

Le passeur prit l'argent, et ajouta d'une voix suppliante :

— Le pain est cher, depuis que les maudits conseillers du roi ont rétabli les aides.

— Cet impôt fut suspendu, aussitôt qu'il fut rétabli ! Et, de toute manière, il faudrait que tu m'expliques comment un impôt de trois pour cent peut faire tripler ton prix !

— Je ne connais pas bien les chiffres, gentil monsieur…

— Pourtant tu comptes avec l'agilité d'un notaire.

Le batelier se tut un instant, puis reprit ses supplications :

— S'il n'y avait que l'impôt, gentil monsieur ! J'ai huit bouches à nourrir, et Dieu ne m'a pas donné de fils. Imaginez cela, monseigneur, huit filles, dont six à marier !

— Bon, voici un sol, et ne mesquine pas !

Un sol valant douze deniers, le batelier s'en sortait à bon compte.

— Merci messire, dit-il en présentant son chapeau de paille.

— Ma foi, tu es bon commerçant !

Car, en effet, le sol s'ajoutant aux huit pièces de cuivre, Bureau venait de payer vingt deniers une course qui en valait six. Il ne put s'empêcher de sourire.

Le batelier, manquant de prise, avait relevé son piquet de drainage et se laissait porter par le courant, car, à cet endroit de la rivière, le lit était profond.

— Tu parlais des maudits conseillers du roi, fit Bureau après un instant de silence ; auxquels pensais-tu ?

— Tous ! Pas un ne mériterait d'être sauvé !

— Ah oui ?

— Jean de Montaigu, par exemple : ce bourgeois taiseux gagne chaque jour plus de cent livres ; c'est beaucoup pour un écrivaillon de rue, parvenu à coups d'intrigues au Conseil du roi… Et savez-vous ce qu'on dit de Louis d'Anjou, l'aîné des oncles du roi ? Qu'il a fait fondre la vaisselle du roi pour payer sa bande de routiers, et aller se faire couronner en Italie.

Le batelier s'interrompit soudain, car ils passaient devant le port de Grève. C'était le plus grand marché de Paris : il commençait rue des Barres, et finissait au quai de l'Hôtel-de-Ville ; des milliers de voituriers d'eau venaient chaque jour y déverser assez de paille, de fourrage, de lait, de farine pour nourrir trois cent mille Parisiens et presque autant de chevaux.

Après qu'il eut frayé entre les chalands et les rafiots de toute sorte, du plus simple esquif à deux rames au navire de cent tonneaux, le passeur pérora de nouveau :

— Et savez-vous quel bruit court sur Jean de Berry ?

— Dis-moi donc…

— Ses mignons semblent ne plus suffire… À soixante ans il veut se marier avec une fillette, qui n'a pas encore douze ans.

— Ah !

Le batelier salua une barque à six places, qui passait à vide dans l'autre sens, et se dirigeait vers l'île aux Vaches.

— Philippe de Bourgogne a sans doute meilleure réputation, opina Bureau.

— L'oncle cadet du roi veut se faire passer pour le plus large des princes, et le plus généreux des chrétiens… Mais l'homme est prodigue autant que son neveu l'est avec lui ! Savez-vous ce qu'il cache, sous son lâche habit ? Cinquante mille francs, dans une aumônière grande comme une besace ! Mais c'est peu de chose, en vérité, pour celui qu'on surnomme le Hardi : sa cassette contient six millions de francs.

— Par le seigneur ! Six millions !

Et le vieil homme ajouta d'une voix qu'il s'efforça de rendre impassible :

— Et Bureau de La Rivière ? Qu'en dit-on dans les faubourgs ?

— Oh ! celui-là, messire ? Mais c'est le pire d'entre eux !

Bureau faillit s'étrangler.

— À quel titre ? dit-il.

Mais le vieil homme déglutit plutôt qu'il ne parla.

— Il feint la maladie et la faiblesse pour mieux se vautrer chaque soir dans l'or, l'alcool, et le stupre.

— Le stupre ? s'écria Bureau, comme s'il n'avait relevé, parmi les trois propositions, que celle-ci.

— Il a, dit-on, plus de quarante maîtresses, qu'il entretient sur les deniers du roi.

— C'est un nombre, quarante !

— C'est l'entière vérité ! Je connais personnellement son valet, un Gascon sympathique et bavard, qui fait entrer chaque soir des tripotées de femmes afin de partager sa couche.

— Tu en sais, des choses !

— J'en sais, et j'en vois – des drôles et des moins drôles… Tenez, pas plus tard qu'hier…

— Oh là ! batelier, nous y sommes !

Car en effet le passeur jasait tant qu'il avait oublié la destination.

La barque avait franchi le bras d'eau qui séparait l'île Notre-Dame, qu'on a depuis rebaptisée Saint-Louis, et l'île de la Cité, qui n'a jamais changé de nom.

— Nous y sommes, te dis-je !

Le batelier planta son piquet dans la vase, fit pivoter le bateau, et s'immobilisa devant la pile d'un pont ; un escalier en colimaçon était taillé dans sa structure.

Aidé par le passeur, Bureau y mit le pied tant bien que mal ; puis il monta une marche, et s'arrêta soudain, semblant fouiller dans son manteau.

— Et voici deux sols de plus, pour que tu apprennes à te taire ! dit-il en se retournant, et en jetant deux grosses pièces d'or dans l'embarcation.

Il monta une marche de plus, et :

— Que disais-tu au sujet de Bureau de La Rivière ?

— Qu'il est équitable et bon pour le peuple, dit le batelier avec un clin d'œil et un début de révérence.

— C'est tout ?

— Et aussi chaste que saint Pudibond.

— Crois-tu ce que tu dis ?

— Qu'on m'arrache la langue si je vous mens !

Et, sur ces entrefaites, le batelier poussa sa barque, et le vieux chambellan s'éloigna, montant à pas lents les marches du pont Notre-Dame.

3.

Bureau aurait pu demander au batelier de pousser sa barque jusqu'au Pont-au-Change mais, comme il avait conservé le bon sens paysan de sa jeunesse et ne voulait pas qu'une mauvaise âme raconte qu'il fréquentait les commerces dispendieux qu'on trouvait sur ce pont, il s'arrêta pont Notre-Dame.

Après avoir rejoint le quai de bois, qui ne portait pas de nom et s'appelle aujourd'hui quai de la Corse ; après s'être appuyé quelques instants sur l'enceinte de la paroisse Saint-Barthélemy, il se fraya un passage au milieu des badauds, des charrettes et des carroies qui se bousculaient à l'entrée du pont.

Le Pont-au-Change, ou Grand Pont, reliait le Châtelet à la Conciergerie ; les orfèvres et les monnayeurs y tenaient commerce ; et les maisons qu'on avait bâties sur le Grand Pont, à la manière des ponts florentins, étaient si étroitement collées les unes aux autres que, si l'on voulait voir la Seine, il fallait monter sur les toits.

C'était fort beau, mais dangereux, car à tout moment, en raison du poids des bâtiments, le pont pouvait s'effondrer – ce qui, deux cents ans plus tard, ne manqua pas d'arriver.

Parmi les cent douze boutiques du pont, il y avait, entre deux maisons de courtage, un joaillier connu dans tout Paris, qui s'appelait Belloin.

Bureau s'y arrêta quelques instants ; puis, marchant à faible allure, il regagna son hôtel.

Par commodité, il venait d'acquérir un bien sis rue de la Calandre, c'est-à-dire à mi-chemin entre le palais de la Cité, où siégeaient toujours la plupart des officiers royaux, et le Petit Pont, où une foule de bateliers attendaient les courtisans et les gentilshommes, afin de les transporter dans Paris.

L'hôtel de la Calandre était une maison à deux étages, qui avait naguère servi de dortoir aux religieux de Saint-Éloi. Rivière avait racheté l'hôtel pour l'excellent prix de cinquante écus, trois ans auparavant, après que sa dernière fille eut été mariée. Il avait acheté un terrain jouxtant sa maison à la veuve d'un pelletier, où feu son mari tannait les peaux et entreposait les draps de Flandre, fraîchement importés, qu'il revendait jusqu'à dix fois le prix, d'où sa belle fortune.

Bureau avait fait niveler ce terrain, et construire un jardinet.

— Clotilde ! appela-t-il, alors qu'il avait franchi le perron, et était saisi par les odeurs de menthe, de chèvrefeuille et de jasmin.

En effet, bien que les rues de la Cité fussent pavées depuis Philippe Auguste, car ce roi, outre son art de la guerre, avait l'odorat délicat, le fleuve dégageait aux jours les plus chauds du printemps une odeur pestilentielle ; Bureau, en rentrant chez lui après une nuit et une matinée de travail, respirait enfin.

— Ma mie, dit le vieil homme, alors qu'une femme d'une cinquantaine d'années, au bon teint, solidement campée, arrivait dans le jardin.

Elle embrassa tendrement Bureau.

— Tu n'as point dormi, j'en suis sûre ! Tu as une mine à faire peur !

— J'ai un roi à servir… Et, accessoirement, quinze millions de Français…

— Le roi, toujours le roi ! Te rend-il au centième ce que tu lui donnes ? Et les Français ! Ce sont des commères et des fainéants ! Sais-tu ce que ma bonne Germine m'a rapporté hier : qu'on tient sur ton compte des rumeurs de débauche !

— Il paraît, murmura Bureau.

— C'est donc au bordel que tu passes tes nuits ! s'exclama Clotilde avec un sourire piquant, car, derrière l'ironie, il y avait un fond de jalousie.

— Si tu savais !

— Allez, bon époux, viens donc, je t'ai fait préparer une soupe fortifiante et une omelette aux lardons.

Clotilde avait vingt ans de moins que son mari, mais elle l'aimait. Il lui avait fait cinq beaux enfants, qui, par la grâce de Dieu (et parce qu'elle les avait bien nourris), avaient une santé de fer, et s'étaient mariés à d'excellents partis.

— Ce n'est point de refus, dit Bureau. Mais avant toute chose, voici pour toi.

Le vieillard sortit une broche de son pourpoint. C'était une salamandre, dont le corps était fait d'or, la queue était taillée dans un saphir, et les griffes semblaient d'ivoire.

— Que c'est beau ! dit Clotilde. De l'or… des pierres précieuses… de l'ivoire…

— Ce n'est pas de l'ivoire, c'est un bois de licorne ; l'orfèvre me l'a juré sur la foi.

— Alors ces créatures existent ?

— Bien sûr !

— Je croyais que c'était une légende…

Clotilde épingla sa broche sur sa robe de velours. Et, alors qu'elle quittait le jardin d'un pas allègre, Bureau murmura :

— Et dire qu'on me prête quarante amours… Diables de Parisiens !

— Au fait, lança Clotilde alors qu'elle arrivait sur le seuil, un jeune homme t'attend depuis ce matin. À sa mine et ses vêtements, je jurerais qu'il a chevauché cent lieues avant d'arriver à Paris.

— Ah ? fit Bureau, intrigué. Où est-il ?

— Il s'endormait dans le cellier sur un mauvais fauteuil… Je l'ai fait monter chez Baudouin.

C'était le prénom de leur fils aîné ; Baudouin avait quitté la maison quelques années plus tôt, à l'occasion d'un beau mariage avec une comtesse du Vexin.

Bureau suivit son épouse dans la maison. Après l'entrée, il y avait un grand escalier de bois. Il monta au premier étage, s'aidant de la rampe, et s'arrêta devant une porte basse. Puis il frappa. Comme il n'y avait pas de réponse, il frappa de nouveau.

— Oui ? dit une voix, qui semblait encore endormie.

Bureau ouvrit la porte.

Sur un petit lit d'enfant, dans une chambre étroite mais confortable, meublée d'une armoire de bois entrouverte dans laquelle on apercevait des vêtements de garçonnet, d'un coffre à jouets débordant d'armes à lame de bois, de déguisements, de balles de paume et de soule, avec des récits de voyage et des livres de chevalerie disposés sur des étagères, un jeune homme au visage lisse, aux bras forts, et dont les boucles brunes descendaient dans le cou, était alangui.

Ses bottes étaient renversées au pied de la couche.

Voyant Bureau de La Rivière, il repoussa le drap et la courtepointe, et se leva sur son séant.

— Pardonnez-moi, monsieur, d'abuser ainsi de votre accueil.

Le jeune homme semblait soudain nerveux.

— Ce n'est pas mon accueil, c'est celui de ma femme, répondit sèchement Bureau, qui n'aimait pas qu'un intrus souillât les draps de son fils, même si celui-ci avait quitté sa maison depuis longtemps.

Il ajouta sur le même ton :

— Puis-je vous demander, monsieur, si je vous connais ?

— Vous ne vous souvenez pas de moi ?

Et comme, au même moment, Bureau reconnaissait les traits du jeune homme sous la fine épaisseur de boue séchée :

— Pourtant je me nomme Jacques de Charny ; et, il y a quelques jours à peine, vous dormiez chez moi.

4.

Ce qui avait conduit Jacques à Paris, c'était le roi ; ce qui l'avait amené chez Bureau de La Rivière, c'était Geoffroy de Charny.

Car, si Jacques et Bureau s'étaient croisés à Lirey, ils ne s'étaient guère parlé. Cependant Jacques savait que le vieux chambellan avait connu son père, et c'était la meilleure des recommandations, n'en déplaise au jeune Charny.

— Votre père était un saint homme, dit Bureau, alors que Clotilde, empressée autour de la table, servait un civet et une omelette.

— Je ne l'ai pas connu, répondit Jacques.

— Si vous n'avez qu'un dixième de ses qualités, dit Bureau, vous serez preux ; si vous en avez la moitié, vous serez grand ; et si vous l'imitez en tout, vous serez illustre.

Jacques garda le silence.

— En quoi puis-je vous aider ? reprit le vieil homme. Dites-moi ce que vous attendez de moi, et, si je le puis, je vous exaucerai.

— Conduisez-moi devant le roi, monsieur.

— Rien que cela !

— Il me recevra à Paris, comme je l'ai reçu à Lirey.

— Vous êtes bien audacieux, jeune homme ! Paris n'est pas la province ; et vous êtes seigneur, tandis qu'il est roi. Les seigneurs reçoivent les rois, car ils sont vassaux ; mais les rois ne reçoivent pas, ils donnent l'audience.

— Le roi connaît ma cause et l'aime bien.

— Il a d'autres causes à défendre, dit Bureau avec un ton qui signifiait : « Il a d'autres chats à fouetter. »

— Il n'y a pas de plus grande cause, monsieur, que la plus sainte relique de la chrétienté. Le roi ignore qu'on a volé cette relique, et que, afin de commettre ce crime, les auteurs du larcin ont souillé de sang le sol de ma maison.

Bureau soupira.

— Savez-vous que le jeune roi doit partir en guerre ?

— Je suis en guerre aussi, contre l'évêque de Troyes, qui a violé ma souveraineté de seigneur et maître de Lirey !

— Il est obstiné, murmura Bureau, comme son père avant lui…

— Je poursuis de justes causes, répliqua Jacques, comme d'autres avant moi.

— Eh bien, allons à l'hôtel Saint-Paul, mon enfant ! Charles vous accordera peut-être un instant.

Bureau se leva mais, aussitôt, Clotilde, s'appuyant sur son épaule, mit tout son poids pour le retenir.

— Je t'en prie, Bureau, dit-elle, ne sors pas.

Elle se tourna vers Jacques, et, avec cette voix brisée qu'emploient les honnêtes femmes quand elles parlent d'un parent malade :

— Voyez comme il est pâle, monsieur… Il n'a pas dormi depuis qu'il est rentré de Champagne… Votre affaire peut-elle attendre ?

— S'il faut attendre, dit Jacques, nous attendrons…

— Mais non, dit Bureau, j'ai mangé, j'ai bu, je suis frais comme une pâquerette de printemps, et, montjoie, si le roi m'enjoint de partir pour la guerre, je l'y suivrai avec ébattement !

— C'est une folie ! s'écria Clotilde.

Bureau se leva et embrassa sa femme.

— Tu sais bien que je te plaisante, bonne amie ; allons, jeune homme, courons jusqu'au roi.

Et, tout claudicant, le vieux chambellan montra la porte à Jacques et le suivit jusqu'à la rue.

De l'hôtel de la Calandre, ils marchèrent jusqu'au Petit Pont. Bureau de La Rivière héla un batelier, qui musardait près du quai. D'une main ferme, Jacques aida le vieil homme à monter dans l'embarcation.

— Tiens, dit Bureau en s'appuyant sur le linteau, je te reconnais, mauvais bougre !

C'était le même passeur qui avait transporté le vieux chambellan de l'hôtel Saint-Paul au pont Notre-Dame.

— Pour vous servir, monsieur de La Rivière, dit le batelier en s'inclinant sans grâce. Au fait, ajouta-t-il, goguenard, mon nom est Fricot.

— Eh bien, Fricot, dit Bureau, peu surpris d'avoir été reconnu, à l'hôtel Saint-Paul !

— Cela fera trente deniers, dit le passeur.

Fricot tendit sa main gauche, tandis que, de la droite, il tenait sa perche.

— Ladre ! s'exclama Bureau. C'était vingt deniers ce matin, et déjà trois fois le bon prix !

— Le prix, monsieur, c'est vingt deniers, que vous avez payés tout à l'heure. Vous êtes deux, cela fait quarante deniers ; mais comme vous m'êtes sympathique et que je suis bien luné, je vous fais un rabais d'un sou.

Jacques prit Bureau par le bras, et, d'une voix sévère :

— Dans mon pays, je fais bâtonner ce genre de coquin.

Voyant sa situation menacée, le passeur se gratta la tête et déclara :

— Vingt deniers suffiront, messieurs.

— Voici un sou tournois et un petit blanc, dit Bureau, et estime-toi heureux d'avoir évité ma rossée !

Avec un air menaçant, il agita sa canne de vieillard ; puis il posa son bâton et prit deux pièces dans sa bourse, qu'il posa dans la main tendue de Fricot ; celle-ci se referma aussitôt.

Il n'y avait pas de courant ce jour-là, et le batelier poussa aisément son rafiot jusqu'au pont de la Tournelle, où l'on faisait payer un denier de péage.

En maudissant le prévôt des marchands, qui avait décrété ce nouvel impôt, il emprunta le chenal qui séparait l'île Notre-Dame de l'île aux Vaches, et arriva devant le quai des Célestins.

Alors qu'il aurait dû rejoindre la berge afin de déposer ses clients, Fricot piqua vers l'aval.

— Eh là ! que fais-tu ? demanda Bureau. C'est ici que nous allons.

— La porte de Seine est impraticable, lança le batelier ; c'est marché.

En effet, devant l'hôtel Saint-Paul et jusqu'à la rive, une foule bigarrée de gens d'Église, de bourgeois et de laquais était venue remplir les hottes et les panières.

Ce n'était pas le plus grand marché de Paris, celui-là se trouvait à la Grève, mais c'était le plus luxueux. Quand Charles V avait déporté son logis au quartier Saint-Paul pour se rapprocher de Vincennes, le palais le plus sûr du royaume, la cour l'avait suivi ; les ministres et les grands prélats, ensuite, l'avaient rejoint ; et, finalement, tous ceux qui comptaient à Paris, les échevins, les artisans de renom et les négociants fortunés, s'étaient établis autour de l'hôtel du roi.

Ainsi, sur un périmètre de mille toises, on trouvait : l'hôtel Saint-Paul, que nous connaissons déjà, l'hôtel de Clisson, du nom de son occupant, l'hôtel de l'évêque de Sens, principal représentant d'Avignon à Paris, l'hôtel des Tournelles, le couvent du Val-des-Écoliers, l'hôtel du roi de Sicile, le couvent des Béguines, un ordre récent et en pleine effervescence, et le couvent des Célestins, qui était une forteresse aussi grande que le castelet de la Bastille, et qui accueillait, disait-on, jusqu'à quatre mille novices, moniales et religieux.

Tout ce monde se retrouvait trois jours par semaine au marché, sis au quai des Célestins. C'était un marché de rue, et un marché flottant : à quai, dans une cinquantaine de grosses barques agencées comme des petites maisons, on trouvait les épices les plus recherchées, les tissus les plus fins, et les gibiers les plus rares.

Sur une barque aussi richement ornée qu'un palais byzantin, un marchand à la peau noire montrait aux passants fascinés un animal étrange, qu'il tenait en laisse. C'était un babouin au poil gris, au museau allongé, et à l'arrière-train proéminent.

Le commerçant, qui se nommait Dinga, parlait un français parfait et venait d'une contrée lointaine appelée Gao ; ses félins, ses zèbres, ses autruches faisaient la joie des enfants.

Comme Fricot passait près de la berge et du babouin :

— Ne dirait-on pas Jean de Berry ? Il a le même cul, rose et accueillant.

— Que dis-tu, maudit batelier ? s'écria Jacques.

Et, se tournant vers le vieux chambellan :

— Dans mon pays…

— Oui, dit Bureau, dans votre pays, on lui couperait la langue avant de le jeter aux chiens… Mais ici, c'est Paris ; et le peuple insulte à sa guise, vocifère et ne craint personne.

— Un jour, ce peuple prendra les armes contre son roi.

— Nous serons morts depuis longtemps, dit Bureau.

Et, sur ces mots pleins de sagesse, ils accostèrent.

Alors que le batelier s'arrimait devant la majestueuse statue de Charles V, plantée en bordure de Seine pour montrer que le roi protégeait Paris, un bataillon, sortant de la tour Barbeau, passa devant eux.

— Où vas-tu, soldat ? demanda le batelier en s'adressant au capitaine.

— Le roi convoque tous ses gens d'armes à Vincennes.

— Le roi a quitté Paris ?

— Il est parti voilà deux heures au moins.

Et le bataillon disparut, s'éloignant vers le fortin de la Bastille, d'où partait le chemin de Vincennes.

Bureau soupira.

— Vincennes est bien loin…

— J'irai seul, dit Jacques. Vous avez besoin de repos.

— Croyez-vous arriver jusqu'au roi ?

— Sans doute.

— Vous possédez un mandat ou un sauf-conduit, n'est-ce pas ?

— J'ignorais en avoir besoin…

— Eh bien, dit Bureau, je n'ai plus qu'à vous accompagner ; allez ! batelier, à Charenton !

Fricot repartit aussitôt :

— C'est bien loin, Charenton… Mais si vous y tenez vraiment…

Et, faisant mine de compter à voix basse :

— Vingt… Trente… Quarante… Cinquante… Cela fera cent deniers !

— Voilà vingt doubles, dit Jacques, et, alors que d'une main il tendait les pièces, de l'autre il avait saisi son fourreau, laissant entrevoir une lame aussi rutilante que Durandal quand Roland sonna l'olifant.

— Voilà, voilà, dit Fricot.

Et le batelier, qui était la voix de Paris, autant que son âme, poussa le bateau dans le fleuve.

5.

Plutôt que de caboter jusqu'à Charenton, Bureau et Jacques auraient pu louer deux chevaux à la Bastille, et prendre la route de Meaux.

Mais le chambellan exigea de Fricot qu'il remontât la Seine jusqu'à la Marne.

C'était double de temps, mais deux fois moins de fatigue.

Jacques ne connaissait ni Paris, ni ses édifices, ni ses routes, et encore moins ses faubourgs ; il ne savait pas non plus que Bureau était au bord de l'épuisement. *Mais*, songeait le vieil homme, ***il n'est nul besoin de*** *l'alarmer*.

À la sortie de Paris, la perche ne suffisant plus, le batelier fit haler deux ânes. Il lui fallut une bonne heure pour rallier la Marne et, du confluent avec la Seine jusqu'au pont de Charenton, presque autant.

L'après-midi était bien engagé, et il leur restait peu de temps pour voir le roi.

La nuit venue, on fermait les portes de la capitale, et on tirait des chaînes d'une rive à l'autre de la Seine.

Cela rendait l'entrée de nuit difficile et souvent coûteuse, car il fallait négocier le passage.

— Tu nous attendras jusqu'à huit heures, dit Bureau tandis que Jacques l'aidait à prendre appui sur la terre ferme.

— Je sais ce que j'y perds, dit Fricot, mais dites-moi, mes bons messieurs, ce que j'y gagne… J'aurais pu charger de la pierre à Conflans ou Herblay, sur le chemin du retour… Les maîtres carriers payent bien.

Avec un haussement d'épaules, Bureau dénoua le lien coulissant de sa bourse et jeta un sou dans l'embarcation.

— Bah ! dit le batelier. C'est bien peu, mais je m'en contenterai.

Jacques héla une voiture, qui naguère avait dû servir de charrue.

Le voiturier semblait muet mais savait se faire comprendre quand il s'agissait d'argent. Il prit le chemin de Saint-Louis et les conduisit aux remparts.

À la tour du Bois, qui faisait plus de cent pieds de haut, il n'y avait pas de gardes.

Sur le chemin de ronde, dans les courtines et aux archères, non plus.

Bureau et Jacques franchirent le fossé, qui avait été mis en eau, et arrivèrent devant une grande porte de chêne. Elle était entrebâillée : ils entrèrent.

Puis, l'un comme l'autre, ils s'immobilisèrent, frappés de stupeur.

S'il n'y avait point d'archers ou de gardes sur les créneaux, les mâchicoulis, et les merlons, c'est que tous les hommes en armes du château et, sans doute, ceux de l'hôtel Saint-Paul, des palais du Louvre et de la Cité, du châtelet de la Bastille et des résidences de Corbeil, Melun et Poissy avaient été réunis dans la cour empierrée.

Des milliers d'hommes harnachés de fer et de cuir, et aussi figés que les reliefs de la colonne Trajane, attendaient sous un soleil de plomb.

Le portail du donjon, bientôt, s'ouvrit.

Monté sur un cheval bai, le jeune roi jaillit dans son habit d'or et de pourpre.

Les rangs étaient espacés de six pieds.

Le roi passa au galop dans cet intervalle.

Un lancier, qui, par mégarde, n'était pas aligné, se dégagea de l'allée. Mais le cheval arrivait si vite que sa lance heurta l'étalon.

Tandis qu'ainsi projeté, le lancier entraînait dix soldats dans sa chute, le cheval, qui semblait fait d'airain et de pierre, continuait sa route, filant à toute allure, insensible et puissant.

Après quelques voltes et contre-voltes, comme il sentait ses hommes galvanisés, le jeune roi, sans un mot, repiqua vers le donjon, et la herse se referma derrière lui.

— Il commande ses soldats comme Alexandre au temps jadis, murmura Jacques. Je suivrais cet homme jusqu'en enfer !

— Vous vous illusionnez, repartit Bureau en soupirant… Sous l'armure d'airain Charles est un cœur faible.

Et, d'un léger frémissement de l'épaule, il entraîna Jacques vers le donjon.

Avec son pont-levis, ses échauguettes, son fossé rectangulaire, quatre tours d'angle proches les unes des autres, et reliées par de hautes murailles, le donjon était un château dans le château.

C'était un bâtiment compact et puissant, le plus haut d'Europe après Coucy, si bien que les villages de Montreuil et Fontenay, qu'on distinguait dans les hauteurs, semblaient deux minuscules couronnes perchées sur ses tours crénelées.

Deux compagnies d'archers étaient en garnison dans le campanile, et un artilleur veillait à la conservation des arbalètes et des engins à contrepoids, qu'on fabriquait dans la basse-cour ou qu'on importait du clos des Galées.

Une fois le pont d'accès franchi, le roi laissa son cheval à un écuyer, entra dans le donjon, monta au deuxième étage, quitta son étole écarlate et son manteau fleurdelisé, demanda qu'on défît les plaques rivetées de sa cuirasse, et jeta ses derniers oripeaux.

Il enfila une robe de toile blanche, et, ses pieds nus foulant le sol froid, il emprunta le petit escalier à vis.

Il traversa la salle du Conseil, qui n'avait plus accueilli personne depuis le temps de Charles V, ouvrit une porte-fenêtre et, par une passerelle, rejoignit le châtelet d'Est.

Là, taillé dans la tour, aussi étroit qu'une cellule de franciscain, se trouvait le cabinet de travail de son père.

Cette pièce ne possédait, en guise de fenêtre, qu'un étroit vitrail ; le jeune monarque demanda un chandelier et s'enferma.

Puis, alors que les animaux mythiques taillés dans les épais lambris, les paysages lacustres dessinés sur la voûte et les trophées de chasse semblaient s'animer sous sa flamme, il soupira, et regarda autour de lui.

Sur les étagères s'entassaient les bréviaires, les psautiers, les traités de raison, avec leurs fermoirs en pierres précieuses, et les livres savants venus de la collection royale.

Son père les avait accumulés, car il s'intéressait à tout : aux arts, à la musique, à l'alchimie, à la guerre, et à Dieu ; ce qui avait fait dire de lui : c'est un roi « sage ».

Le « Roi sage », pour le père.

Et le « Bien-Aimé », pour le fils.

Quel paradoxe, songea Charles, *d'être affublé d'un tel surnom !*

Le « Bien-Aimé »…

Mais aimé de qui ?

Charles avait beau chercher l'amour autour de lui ; il ne trouvait personne qui l'aimât, et personne à aimer en retour.

Sa mère était partie trop vite ; son père, peut-être la seule personne qui l'eût aimé sans intéressement, l'avait aussitôt suivie ; ses oncles n'avaient démontré d'affection que pour mieux le voler ; ses sœurs Isabelle et Marie étaient mortes précocement ; son jeune frère Louis, qui avait été son compagnon de jeu, était encore un enfant, et n'avait plus rien à faire avec lui.

— Le Bien-Aimé, murmura-t-il doucement ; pourquoi ne m'appellent-ils pas plutôt « le Mal-Aimé » ?

Et, se levant soudain pour tirer un rideau de velours sur la fenêtre, et alors qu'il était enfin soustrait aux regards du monde, l'adolescent se laissa submerger.

Ses sanglots étaient lourds, puissants ; ils venaient du fond de ses entrailles.

Ainsi pleurent les âmes solitaires, car elles n'ont pas l'espoir d'être réconfortées.

On frappa.

— Sire ? dit une voix.

Charles se raccommoda tant qu'il put, et, d'une voix sourde :

— Qui vient ?

— Votre chambellan, messire.

— Bureau de La Rivière ?

— Oui, sire.

— Faites entrer.

La porte s'entrouvrit, et un visage doux et parcheminé, prolongé par une barbe blanche, apparut.

— Messire ?

— Mon vieil ami ! dit le roi.

Et Charles pensa en même temps : *Mon* seul *ami*.

— Puis-je entrer ?

— Faites donc !

Bureau poussa tout à fait la porte.

— Je n'ose pas déranger un roi qui prépare la guerre.

— Je sais que ce projet n'a pas vos faveurs, Bureau. Mais rien n'est encore décidé…

— Si j'en juge par ces hommes en armes dans la cour basse, dit le vieux chambellan avant de s'interrompre car, s'étant habitué à l'obscurité, il vit que le roi s'essuyait les yeux.

— Êtes-vous bien, sire ?

Il avait parlé d'une voix chaude ; celle du grand-père qui parle à l'enfant.

— Je suis fourbu, voilà tout, dit Charles.

Le roi prit une cruche à bec et une timbale, et se servit un verre d'eau.

— Voulez-vous que je parte, afin de vous laisser dormir ?

— Vous savez bien que je ne dors pas.

— Sa Majesté n'est-elle pas guérie de ses insomnies ?

— Cela fait deux ans que je n'ai pas trouvé le sommeil.

— Les potions de maître Desparts n'aident pas ?

— Ce charlatan m'a fait boire du lait de femme et du sang de renard ; j'en fus si excité que j'ai dû courir six lieues à cheval avant de retrouver mon calme.

— Et ce magicien de Guyenne ? Comment s'appelait-il, déjà ?

— Arnaut Guillaume ?

— C'est cela.

— Oh ! celui-là prétendait me guérir en prononçant un seul mot ; il m'a fait répéter mille fois le mot « *sermone* » : j'ai fini par le chasser.

— Ah ! soupira Bureau, et ces deux moines, à Dijon, qui soignent toute sorte de fièvre, les avez-vous essayés ?

— J'ai vu ces deux coquins, répondit Charles ; ils m'ont prescrit une poudre de lune, et le sirop d'entrailles d'un chat nouveau-né. Cette potion sentait si fort que j'en fis administrer à un hérétique, qui devait être brûlé ; mon oncle Philippe lui promit la grâce s'il avalait cet antidote ; le pauvre homme accepta, et mourut le soir même.

— Pardieu ! Et qu'avez-vous fait des deux moines ?

— Ils ont pris la place de l'hérétique au bûcher.

— Mon pauvre roi… Vous souffrez donc ?

— Oui, je souffre bien.

Le roi détourna la tête, de façon à masquer son chagrin.

— Dites-moi plutôt ce qui vous amène à Vincennes, Bureau.

— Ce qui m'amène ici ? demanda le vieil homme avant d'ajouter : Ceci !

Aussitôt, Jacques, qui était resté dans la pénombre, se montra dans la lumière.

— Charny ! s'écria le jeune monarque.

Jacques s'avança devant le roi, s'agenouilla, et lui prit les mains comme faisaient, naguère, les seigneurs bannerets de Saint-Louis.

— Je jure sur l'Hostie et l'Évangile de vous servir en tout, sire.

Avec ses boucles brunes, son regard fier, ses traits énergiques et résolus, Jacques ressemblait à s'y méprendre aux chevaliers des chantefables.

— Allez, allez, dit Charles en le relevant, point de ces manières entre nous.

Et, se tournant vers son vieux chambellan :

— Regardez ce beau seigneur, ajouta Charles avec une pointe d'admiration, on le dirait tout droit sorti d'un roman courtois !

Au moment même, un rayon de soleil pénétrait dans la pièce et se posait sur un miroir d'étain. Charles vit son reflet et sourit étrangement : avec son nez fort et disgracieux, ses cheveux ternes et tombants, son regard fuyant et emprunté, lui, le roi de France, n'avait rien de beau.

— Oui, messire, dit Bureau, ce jeune homme est valeureux ; et j'ai cru bon de vous l'amener.

Le roi se pencha en avant.

— Pourtant je n'ai pas encore réuni mon armée… Mais je vois que vous êtes de cette race d'hommes courtois et courageux qui accourent à Paris dès que la rumeur d'une guerre leur parvient !

Comme Jacques hésitait à répondre, Bureau prit les devants :

— La guerre n'est pas précisément la raison de sa venue, messire.

— Eh bien, dit Charles VI, qu'est-il arrivé depuis vingt jours que j'ai quitté ce beau pays de Champagne ?

Jacques leva les yeux et, sans attendre :

— Notre sainte relique a disparu.

Puis, à la stupéfaction du monarque, Jacques raconta la disparition du linceul et les suspicions qu'il nourrissait à l'égard de Pierre d'Arcis.

— Êtes-vous allé trouver ce prélat ? s'enquit Charles.

— Il n'a pas daigné me recevoir.

— Est-il coupable ?

— En entrant chez lui, j'ai vu mon régisseur quitter son palais ; j'allais vers lui pour le confondre ; ce pleutre s'est aussitôt enfui ! Coutterets m'a trahi, et, pour trois livres, ou peut-être moins, a vendu la sainte relique à Pierre d'Arcis ! Imaginez-vous, sire, ce que signifie cette perte… C'est un grand péril pour ma province ; la misère pour des centaines d'artisans et de manœuvres ; la ruine assurée de ma famille… Et, sans doute, la disparition de mon nom.

Puis, d'une voix sourde, avec un tremblement de la mâchoire :

— Laisserez-vous le nom des Charny, vassaux fidèles au roi de France depuis vingt générations, disparaître dans cet abîme, d'où personne ne revient ?

— Je comprends votre courroux, dit Charles ; c'est une grande injustice qui s'abat sur vous, votre famille, et ceux qui dépendent de vous…

Puis, après un long silence, le roi ajouta d'une voix lasse, car la perspective d'un nouvel embarras avait remplacé la joie des retrouvailles :

— Mais qu'y puis-je ?

— Pierre d'Arcis dispose d'une milice à Troyes, et d'un fortin crénelé à Saint-Lyé. Donnez-moi un régiment : j'en viendrai à bout en deux jours.

— Un régiment ? s'exclama Charles.

— Oui, sire.

— Vous n'y pensez pas !

— Une garnison, alors.

— Savez-vous qu'une guerre se prépare ? Tous mes hommes valides sont conscrits.

— Je croyais cette guerre incertaine, intervint Bureau.

Charles garda le silence, tandis que le vieux chambellan insistait :

— Pour revenir à la question de Lirey, messire, peut-on permettre à un prélat d'intervenir sur une terre qui est le bien souverain d'un chevalier ?

Le jeune roi leva les bras au ciel.

— Je n'ai ni l'envie ni le moyen de m'opposer aux volontés du pape Clément. J'aurai besoin de son assentiment pour ma campagne contre les Gantois.

Bureau se tut un instant, et, d'une voix lente, en appuyant sur chaque mot, de façon à marquer l'esprit de son maître :

— Toutefois, sire… la Champagne, c'est la France… Que l'Église intervienne sur les terres du domaine royal, voilà qui me semble bien contraire à la longue marche du pouvoir entreprise par vos aïeux… C'est à votre Parlement de décider du sort de la relique des seigneurs de Charny.

Charles soupira, tandis qu'il songeait que la guerre, au moins, mettrait un terme provisoire à tous ces tourments d'administration. Et, comme il ne voulait pas faire languir ses visiteurs et atermoyer plus longtemps :

— Bureau… Monsieur de Charny… Je vous dois la vérité : sous huitaine, le ban et l'arrière-ban seront convoqués à Saint-Denis.

Jacques baissa la tête. Il avait compris qu'il était vain d'insister. Car, en effet, sauf paiement d'un impôt compensatoire exorbitant, quiconque refusait le service militaire s'exposait à la félonie.

Lisant la déception dans le regard du seigneur de Lirey, Charles se leva et prit ses mains.

— Vous partez pour la Flandre, monsieur de Charny.

Puis, d'une voix compatissante :

— J'en suis désolé pour vous.

6.

Qu'à la place du parc arboré d'aujourd'hui on imagine une forêt.

Le bois de Vincennes était réservé à la chasse ; les chemins rectilignes, les carrefours en étoile, les miroirs d'eau, les lacs et les étangs n'avaient pas encore été dégagés.

On trouvait, par endroits, des chemins de traverse, et, aux abords du prieuré que Louis VII avait donné aux grandmontains, des garennes et des prés cultivés. Mais, dans l'ensemble, c'était un agrégat de sentiers boueux, de fougères odorantes et d'arbres touffus.

Qu'en partant de l'esplanade de Saint-Louis, où ce bon roi rendait la justice sous un grand chêne, on emprunte un chemin droit qui mène à Nogent ; qu'on tourne à droite, à peu près au milieu de ce chemin.

On se trouve alors sur un sentier que des esprits savants ont jugé bon de nommer « route de la Cascade » ; en effet, ce chemin offre un point de vue sur un lac, et ce lac est alimenté par une chute d'eau de six pieds, où se déverse un ruisseau.

Qu'on imagine, par la force de la suggestion, au lieu de ce lac, et à la place de ses trois îlets, une vaste clairière, joliment entretenue, avec une vigne, des jardins, un système d'irrigation ingénieux, et une allée de tilleuls. Au milieu de cette clairière se dressent une église, avec une flèche, et un prieuré.

C'était le couvent des grandmontains. Et c'est là que reprend notre récit.

Alors qu'ils arrivaient devant le fossé qui départageait le couvent du domaine royal, Bureau siffla entre ses dents.

— Nous sommes perdus ! Je nous croyais au fleuve ; nous sommes au couvent du Grand-Mont.

Il s'enroula sur lui-même et s'appuya contre un arbre.

— Attendez-moi devant ce tilleul, dit Jacques.

Et, désignant le couvent :

— Ces moines nous donneront le gîte et le souper.

Bureau n'avait pas la force de protester.

— Soit, fit-il.

S'affalant sous le fardeau de l'asthénie aussi bien que sous le poids des ans, il se laissa choir sur le talus. Jacques se défit de sa capeline de voyage, et s'apprêtait à bondir par-dessus le fossé quand, à quelques pieds de lui, on siffla.

Par un sentier étroit s'avançait Fricot.

— Batelier ! s'exclama Bureau. C'est un miracle, ajouta-t-il à l'intention du seigneur de Charny.

Jacques, au lieu de se réjouir, jaugea sévèrement le passeur.

— Que fais-tu là ?

— Il est huit heures passées, monseigneur, dit Fricot en s'inclinant avec cérémonie.

— Et alors ?

— Il était entendu qu'à huit heures je devais partir.

— Et pourquoi n'es-tu point parti ?

— Je connais ce bois, monseigneur ; il est dangereux. Si j'étais parti, on ne vous aurait pas retrouvés.

— Tu te trompes ; j'allais demander l'accueil au couvent.

— On vous aurait chassés ; les grandmontains sont cénobites, et ne reçoivent pas.

— Nous serions entrés au château du roi.

— Les portes ferment à la tombée du jour, comme à Paris.

— Eh bien, nous aurions dormi sous ce tilleul !

L'exaspération perçait sous l'impatience, et Jacques avait une furieuse envie de rosser le batelier.

— On vous aurait égorgés, messire, insista Fricot avec un sourire enjôleur et narquois. Au mois de mars, quand la neige fond, on trouve ici chaque année une huitaine de bougres, occis et dépouillés par des bandits de grand chemin.

— Si ce batelier s'est aventuré dans ce bois par bonté d'âme, cela mérite récompense, dit Bureau en se relevant sur sa canne.

— Cela mérite une *faveur*, en effet, dit Fricot.

Il avait insisté sur le mot « faveur », et semblait soudain sérieux.

— Je fais vœu de me croiser pour la deuxième fois, murmura Jacques, s'il n'y a pas là quelque entourloupe.

— Combien veux-tu ? demanda Bureau.

— Une demi-livre, pour le secours ; une demi-livre pour vous conduire au fleuve. Et vingt deniers pour vous ramener chez vous.

— Je n'aime pas ce chantage, dit Jacques.

Et il ajouta sèchement :

— Au fait, je ne t'aime pas du tout, Friquet.

— Ce n'est pas Friquet, monseigneur ; c'est Fricot.

— Peu importe ; conduis-nous au fleuve.

— Pardonnez-moi d'insister, messeigneurs : ma *faveur* d'abord ; la Marne ensuite.

Fricot dit le mot « faveur » encore plus hautement que la première fois.

— Tu n'auras rien ! dit sèchement Jacques.

Aussitôt il y eut un bruissement dans le feuillage.

— Qu'est ceci ? dit Bureau.

— C'est la *défaveur*, dit Fricot, que vous méritez.

Et, sur ces mots, il disparut dans le feuillage, tandis qu'un homme en broigne de cuir, avec un chaperon et un mantelet noirs, bondissait sur le chemin.

Ses cheveux étaient blancs, comme dépourvus de pigment ; sa carnation, incolore et laiteuse ; et ses yeux, étrangement clairs, d'un bleu pâle et délavé.

— Vilaines ! dit Bureau, à l'intention du premier venu.

— Vous, monsieur ! dit Jacques, reconnaissant l'homme qui avait assassiné son bon cheval turc.

— Moi-même, dit Jean de Vilaines.

Deux hommes vêtus de chemises noires lui emboîtaient le pas. Jacques les reconnut ; c'étaient des soldats de la garde, qui avaient escorté le roi à Lirey. Il mit la main au fourreau, tandis que Vilaines ordonnait aux deux soldats :

— Saisissez-le.

Les deux gardes s'approchèrent.

— Qu'est ceci ? demanda Bureau, dont la tête tournait, à force d'émotions.

— C'est une chausse-trape, dit Jacques. Écartez-vous, monsieur : je vais châtier ces coquins.

Jacques avait sorti la belle épée turque qu'il avait rapportée de croisade.

Bureau s'avança au milieu du chemin.

— Savez-vous qui je suis ? demanda le vieil homme, d'une voix soudain impérieuse.

Et, alors que les deux gardes avançaient, il s'interposa, comme un sergent de ville interpelle des ivrognes après une beuverie qui a mal tourné.

— Je vous prie de déposer vos armes devant le chambellan du roi.

Vilaines, qui s'était posté sur un monticule à l'écart du sentier, rit.

— Sors du chemin, vieillard.

— Je n'en ferai rien.

Bureau sortit une dague, qu'il portait à la ceinture, et en menaça les deux soldats.

— Je ne laisserai pas donner ce combat inégal, dit le vieil homme.

L'un des soldats fit un pas en avant et, nonchalamment, laissa tomber son bâton sur la courte lame.

Celle-ci n'avait pas servi depuis vingt ans ; elle se brisa avec un bruit grinçant de ferraille.

Dans l'assaut, Bureau perdit l'équilibre, et mit un genou à terre.

Comme l'autre soldat s'avançait avec un poignard, et s'apprêtait à porter l'estoc au vieil homme désarmé, Jacques se jeta sur lui.

Le corps-à-corps fut aussi puissant que bestial. On n'entendait plus que des grognements ; on ne voyait plus que deux corps accolés et tourneboulant. Soudain l'acier du poignard étincela, puis disparut. Un corps se détacha de l'autre, roula jusqu'au fossé ; et Jacques se releva, redoublant de rage, après cet assaut victorieux.

Le second soldat vit ce jeune homme éructant qui s'avançait vers lui, mesura ses chances et, par une trouée dans les arbres, s'enfuit.

Jacques avança derechef sur le sentier ; et, dans sa main, il faisait tournoyer son glaive turc.

— Croyez-vous que cela m'impressionne ? lança Vilaines. J'en ai déjà tué de plus retors.

L'officier de la garde sortit son épée du fourreau, et engagea.

C'était un long sabre germanique, à poignée torsadée, qui, ordinairement, se tenait à deux poignes. Vilaines le maniait d'une seule main. Sans crier gare, il le leva dans le ciel et l'abattit sur l'épée de Jacques.

Celui-ci ploya jusqu'à toucher terre, mais, alors que son glaive vrillait dans ses mains, il s'appuya sur ses jambes de toutes ses forces et repoussa l'assaillant. L'albinos recula d'un pas, mit le pied dans une racine et trébucha. Il y perdit l'équilibre et son espadon ; et se retrouva à terre, tout dépourvu.

Jacques, avant même que son adversaire se redressât, pointait son épée sur sa gorge.

— Est-ce assez ? demanda-t-il.

— Non pas ! hurla l'albinos.

Et Vilaines saisit l'épée de Jacques à pleine main, si bien qu'immédiatement du sang coula en grosses gouttes violacées sur la lame.

Jacques fut désarçonné par tant d'audace : alors son adversaire roula dans la mousse, ramassa son estoc, et bondit sur ses jarrets. Il s'approcha, et, à nouveau, leva son épée de fer ; mais Jacques, au lieu de s'écarter, fondit sur lui.

Et, comme l'officier, tout de noir vêtu, abattait son sabre à double tranchant, Jacques partit en feinte, comme le lui avait appris son maître d'armes, et porta un coup en taille simple.

Il toucha Vilaines au visage, et son épée s'enfonça dans l'œil droit.

La lame de Constantinople transperça le crâne d'outre en outre, et la pointe ressortit par l'arrière, faisant jaillir le sang, la cervelle, et des éclats d'os par l'entournure.

Vilaines tomba à genoux, porta ses deux mains au visage, et tomba raide mort.

— Justice ! s'exclama Jacques, tout éructant dans les arbres.

Bureau, qui s'était reculé derrière un bosquet et avait assisté, tremblant, à ce défi, accourut.

— Es-tu sauf ? dit-il d'une voix brève.

Bureau prit les mains de Jacques dans les siennes ; et, voyant ce vieil homme attendri, le jeune seigneur songea que les pères devaient parler de la sorte à leurs enfants.

— Je crois bien, dit Jacques.

— Tu saignes pourtant.

Jacques baissa les yeux ; sa chemise était maculée de sang.

— Ce n'est pas mon sang, dit-il.

Et, désignant le soldat qu'il avait vaincu au corps à corps et gisait dans la fosse :

— C'est le sien.

Mais, aussitôt qu'il eut dit cela, il pâlit et porta sa main à l'aisselle.

Un petit ruisseau de sang coula dans sa paume.

Alors Jacques regarda Bureau ; les yeux du vieillard étaient pleins de pitié et semblaient le retenir. Mais une force invisible l'appelait, et il sombra dans la nuit.

IV

LES PETITS CONTRE LES GRANDS

1.

Au *Père tranquille*, Miles de La Roche occupait toujours la même table.

L'emplacement était stratégique : à deux pas de la porte, afin de ménager son effort quand il fallait régler son compte à quelque boit-sans-soif voulant en découdre avec lui ; à trois pas du comptoir, de manière à se faire entendre du tenancier ; et à six pas de l'escalier, afin de rejoindre, en cas d'impérieuse nécessité, l'une des six prostituées de l'établissement.

Ce jour-là, Miles rêvassait à sa table habituelle, le regard perdu dans les carreaux embués de la fenêtre.

— Monseigneur est las, dit Firmin en appuyant ses deux poignes rougeaudes sur la table, et en toisant son meilleur client.

La chevelure de Miles, naguère tirée en arrière et lustrée à la cire d'abeille, était terne et emmêlée ; ses grands yeux, habituellement rieurs, étaient mi-clos ; son menton, ses joues, ses mâchoires semblaient s'affaisser, alors qu'un mois plus tôt ce visage, saillant sans être gras, dodu sans être bouffi, était le témoignage probant d'une pleine santé.

— Monseigneur n'a plus faim, dit l'aubergiste en avisant l'énorme perdreau, encore entier, qui flottait dans sa garniture.

Miles avait grignoté un pilon, et négligé tout le reste, et le beurre fondu s'écoulait de la croupe, formant de petites rigoles entre les fèves et les lardons.

— J'ai perdu l'appétit, fit le colosse.

— Je vois cela, dit Firmin en approchant son nez du plat.

Il huma la volaille, comme font les cochons truffiers, avant de secouer la tête d'un air songeur.

— Pourtant cette viande n'a rien de rance…

Il saisit le perdreau à pleine main et le tourna sur le côté, puis, de l'index, appuya sur le bréchet. La peau, croustillante à souhait, céda sous l'ongle, avant de laisser apparaître une chair grise et rosée.

— Ce n'est pas la cuisson, reprit Firmin ; la viande est tendre et juteuse, et accommodée au beurre, à la crème et au lard, comme vous l'aimez…

— Ta viande est bonne, aubergiste.

— Alors, si ce n'est pas le gibier qui déplaît à monseigneur, c'est peut-être une autre forme de viande… Firmin désigna deux jeunes créatures, accoudées au comptoir, qui les observaient du coin de l'œil.

— C'est cela, chuchota l'aubergiste, avec un regard entendu ; vous vous ennuyez avec Henriette et Arnégonde, à force de les fréquenter ; mais Ursule et Gersande sauront vous satisfaire.

D'un geste rapide de la mâchoire, Firmin montra deux vieilles femmes, à l'autre bout de la pièce ; édentées, grêlées, attifées de jupons courts qui laissaient entrevoir des jambes rougeaudes et flasques, elles entouraient

Fabiolo, le nain-bouffon, celui-là même qui avait vaincu le gros Jean à l'épinette de Brienne.

Gersande mordillait l'oreille du nain, pendant qu'Ursule l'embrassait à pleine bouche.

— Non merci, dit Miles avec un air de dégoût.

Firmin se frotta le menton, et s'éloignait tout déconfit, quand il songea tout haut :

— Mais c'est bien sûr !

Il claqua des doigts, et aussitôt Hubert, le garçonnet de la maison, quitta les genoux d'un gros boucher picard, venu pour la foire de Bonneval et qui avait pris ses quartiers au *Père tranquille*.

Les mains derrière le dos, l'enfant vint se ranger devant son père.

— Hubert a bien des qualités, murmura Firmin en lui caressant les cheveux.

— Pour qui me prends-tu, vicieux ? s'écria Miles.

Il se leva en renversant sa chaise.

— Vous me fatiguez tous, à la pourfin ! ajouta le colosse en marchant droit vers la sortie.

Il s'arrêta devant Fabiolo, et, tonnant à faire trembler les cloisons :

— Et toi, mauvais nain, je ne veux plus jamais te voir dans mon sillon !

— Mais je n'ai rien fait ! protesta Fabiolo.

Miles poussa la porte à double battant et sortit, non sans avoir oublié de cracher en direction du nain-bouffon. Puis il enfourcha son palefroi, qui l'attendait depuis trois semaines devant le *Père tranquille*, et le jeta au galop. Tout le jour, il chevaucha au hasard, sur la plaine de Troyes. Il épuisa son destrier sur les talus du Mont-Savoir, fit varier les cadences sur la route droite qui va de Saint-Pouange à Roncenay, et se cassa les reins dans les ornières du bois de Savoisy… Puis, après six heures de galop, comme il sentait que l'énervement diminuait, il fit une embardée sur le chemin des Marots, retint son cheval un instant, tressaillit soudain, et, après un dernier coup d'éperons furieux, piqua vers Lirey.

2.

Le dimanche de la Pentecôte, à l'église, Miles avait cherché du regard Arnaut et Jacques, et les avait longuement attendus sur le parvis. La semaine suivante, il avait envoyé une missive à Lirey, restée sans réponse. Le message qu'il avait expédié à Jaucourt avait connu le même sort. Il avait pensé qu'un concours de circonstances expliquait cette double rebuffade. Arnaut avait dû prendre le vert, par crainte d'un mari jaloux, et Jacques s'était rendu à Troyes, contraint par ses obligations de bailli.

Mais, après une semaine à chasser, à galoper sur ses terres, à imaginer toutes sortes de jeux de force et d'habileté, à observer distraitement les simagrées de Fabiolo, Miles, un matin où il n'avait pas trouvé d'occupation, s'était rendu au *Père tranquille*, et y avait pris ses quartiers, pour une villégiature qu'il imaginait provisoire.

Cependant, après quelques jours au milieu des bouteilles à demi vides, des écuelles grasses, des pots de confiture renversés, de l'aubergiste qui lui apportait des plats dégoulinants de graisse, du nain qui exécutait toutes sortes de culbutes et de roulades, et en proie à ce genre d'humeur noire et répétitive que rien ne semble pouvoir enrayer, il avait été pris d'un grand sentiment de vide.

Il avait songé aux jours heureux qui s'étaient écoulés depuis le retour de Jacques ; et s'était dit qu'il ne s'était pas passé un seul jour, depuis la semaine de Pâques, sans qu'il reçoive une invitation à dîner, à danser, à godailler entre amis ; puis très vite il avait pensé à Marie ; la belle, l'amusante, l'adorable Marie.

L'adage dit qu'un peu d'absence fait grand bien, et beaucoup d'absence fait grand mal ; jour après jour, l'impression de vide s'était muée en sentiment de manque ; et bientôt l'effroi avait remplacé le manque.

Miles envoya son nain à Lirey, lui demandant de s'enquérir du retour de Jacques, et de la santé de Marie. Mais le nain revint deux heures plus tard, furieux d'avoir été éconduit.

— Drôles de compagnons, déclara Fabiolo, qui éconduisent leurs amis à coups de balai !

— On t'a chassé ? demanda Miles.

— Oui, mon maître, et sans ménagement.

— C'est impossible, tu plaisantes ou bien tu mens !

— J'ai le corps étroit mais le cœur large, monseigneur ; et comme tout bon chrétien je ne mens pas.

— Mais, par le corbeau de saint Benoît et le renard de saint Blaise, c'est à peine croyable ; mes meilleurs amis me négligent !

— Ils ne vous négligent pas, monseigneur ; ils vous insultent.

— Ils me négligent, ils m'insultent... Peu importe le mot... Ils m'écartent de leur vie, et j'en ignore le motif. Ai-je calomnié Arnaut, menacé Jacques, volé la maîtresse de l'un, malmené la sœur de l'autre ?

Le géant s'interrompit, songeur, et ajouta aussitôt :

— Certes, Marie ne m'est pas indifférente...

— Nous y sommes ! D'autres que vous la courtisent, sans doute... Que n'y ai-je pensé en quittant Lirey, quand j'ai croisé votre ami Arnaut ? La porte s'est ouverte pour lui, alors qu'elle est restée fermée pour moi.

— Là où il y a trop grande beauté, ajouta Firmin derrière le comptoir, l'amitié ne vaut plus.

Ursule et Gersande acquiescèrent, graves et silencieuses, de l'autre côté de la table.

Dans ces cas-là, l'homme raisonnable éconduit sans ménagement les mauvais génies qui s'appuient sur son épaule ; l'homme fébrile s'interroge, sans rien laisser paraître ; mais l'homme amoureux peut se laisser gagner par le doute.

Dans les jours qui avaient suivi, l'inquiétude trouble et lancinante de Miles, relativement à la sœur de Jacques, se convertit en émoi effarouché. Il échafauda toutes sortes d'hypothèses, régulièrement soumises à l'approbation du *Père tranquille*.

Parmi ces suppositions : Marie n'avait jamais aimé Miles ; un grand seigneur avait demandé sa main ; ou encore, supposa Fabiolo, Arnaut s'était épris de Marie, et avait convaincu Jacques de lui donner sa sœur, plutôt qu'à Miles... Autant de raisons susceptibles de justifier l'embarras et le silence de Jacques.

Miles voulait en avoir le cœur net. Haletant, excité, soupçonneux, il se présenta à Lirey.

— Qui demandez-vous ? s'enquit une vieille servante en ouvrant la porte du logis.

— Écarte-toi de mon chemin, soubrette !

Le géant pénétra dans la maison, indifférent aux cris de la servante.

Il traversa la grand-salle, emprunta le grand escalier, monta droit dans la chambre de Marie, et trouva la sœur de son meilleur ami derrière une table à jouer.

On venait de terminer le déjeuner, on avait sorti les cartes, et Florentine tirait les tarots.

— Où est-il ? tonitrua Miles en s'interposant entre la fenêtre et la table à jouer.

— Bonjour, d'abord, monsieur, dit Florentine, nullement intimidée par l'énorme silhouette, qui privait de lumière une partie de la pièce.

— Bonjour, mesdames, répondit Miles, honteux un instant d'avoir oublié la plus élémentaire des politesses, mais aussitôt rattrapé par l'espèce de frénésie jalouse qui l'avait conduit chez Marie ; où est-il ? reprit-il d'une voix sourde. Où se cache-t-il ?

Et, en se déplaçant dans la pièce, il examinait les tentures, soulevait les coffres, les bergères, et déplaçait des buffets entiers.

— Vous n'avez pas regardé sous mon lit, fit Marie, avec un regard qu'elle s'efforçait de rendre sévère, mais qui tressautait d'amusement devant ce personnage de carnaval.

Miles plongea sous le baldaquin, à la joie de la jeune fille, qui ne put retenir un rire ; tandis que Florentine, consternée, restait digne et silencieuse.

— Que cherchez-vous, bon ami ? lança finalement Marie, d'une voix étrangement plate et rentrée, car elle essayait, sans grand succès, de réprimer son hilarité.

— Ce n'est pas *que*, madame, mais *qui* !

— *Qui* cherchez-vous, alors ?

— *Qui* je cherche ? Mais, pardieu, celui *qui* m'échauffe les sangs ; celui *qui* me rend colère ; celui *qui* me fait le gosier sec ; celui *qui* me fait jurer par la sainte Vierge, et me fait blasphémer, par les attributs de tous les saints ! *Qui* je cherche, madame ? Mais, pardieu, le simple fait de poser la question vous accuse !

— Et de quoi m'accuse-t-on, monsieur ? répliqua Marie.

— Je vous accuse d'avoir autorisé un esprit perfide à s'introduire auprès de vous.

— Et qui est cet esprit perfide, que j'ai fait entrer sous mon toit ?

— Le diable lui-même, ou son lieutenant !

— Son nom ?

— En enfer il se nomme Belzébuth, mais sur cette terre il porte un autre nom.

— J'insiste : quel est son nom ?

— Je n'ai pas besoin de le dire ; ce serait lui faire trop d'honneur ; et vous le connaissez aussi bien que moi.

— Je vous le répète, monsieur : j'ignore son nom.

— Vous faites semblant !

Et, se tournant vers Florentine :

— Elle fait semblant ! répéta Miles en pointant Marie, comme César lorsqu'il désigna son fils bâtard.

— Vous outrepassez vos droits, monsieur, fit remarquer Florentine.

Miles continuait de brandir sa main tendue vers Marie.

— Des droits ? Mais je n'en ai jamais eu, et n'en aurai jamais sur cette femme !

— Que voulez-vous dire ? demanda soudain Marie, qui avait très légèrement pâli, et parlait d'une voix plus grave.

— Je dis que vous épousez mon rival, et que cela me désole.

— Votre rival ? s'étouffa Marie.

— Votre rival ! s'exclama Florentine, avec un tressaillement joyeux ; et on aurait dit que, par un jeu de miroir, la gaieté de Marie s'était transmise à Florentine, et qu'inversement la gravité de Florentine s'était transmise à Marie.

— Oui, mon rival, madame ; mon ennemi ; mon adversaire.

— Mais, monsieur, gronda Marie, vous n'avez pas plus de rival qu'il n'y a de neige en été.

— Je ne serais pas étonné qu'il neige cet après-midi, en ce cas.

— Vous êtes fou.

— Vous êtes légère.

— Des preuves de cette affirmation, monsieur, s'empourpra Marie ; des preuves, tout de suite !

— Voilà un mois qu'on me renvoie mes lettres… que vous recevez d'autres que moi… que vous chassez mon ambassadeur.

— Celui que vous qualifiez d'ambassadeur… n'est-ce pas le nain Fabiolo ?

— Oui ; ce bouffon est mon valet, et fut mon émissaire auprès de vous.

— Il y a des ambassadeurs plus diplomates, et des serviteurs plus loyaux…

— Que voulez-vous dire ?

— Je dis que votre émissaire m'informait ce matin qu'il avait un message à ma destination ; alors je lui demandai de m'en livrer la contenance… Ce petit monsieur me réclama trois sous d'argent en préliminaires à toute communication. L'honneur et les finances de ma maison m'intimaient de repousser la requête ; ce que je fis.

— Fourbe de nain ! s'écria Miles. Avant ce soir je le ferai goudronner et jeter dans l'Aube !

— Quant à vos lettres, j'ai dû les renvoyer malgré moi. J'obéis aux deux consignes qu'a laissées Jacques : se taire, et attendre son retour.

— Jacques est parti ?

— Voilà vingt jours qu'il a quitté notre maison.

— Et vous ne m'avez rien dit ?

— Jacques nous a fait jurer le silence. La rumeur d'un nouveau voyage, si près de son retour de la croisade, inquiéterait nos gens ; et nous n'avons pas besoin de ce genre de bruit.

— Où est-il ?

— À Paris, chez le roi.

— Depuis tout ce temps ?

— Il attend l'audience, sans doute, mais cette longue absence nous vaut bien des tracas…

— Cela est fort inquiétant, en effet, dit Miles, songeur ; et si Jacques n'est pas revenu sous trois jours, j'irai naturellement le chercher.

— Cœur vaillant ! dit Marie énamourée en se levant vers le géant ; je vous reconnais bien là !

Miles prit la main de la jeune fille et l'embrassa fougueusement. Mais, comme il sentait sous ses lèvres la peau charnue, tendre, lactée, presque crémeuse, il songea soudain au perdreau du *Père tranquille*, et aux insinuations de Firmin, et fut brutalement rappelé à ses pensées du matin :

— Cependant, dit-il d'une voix hésitante, pardon de me répéter, madame ; pardon de mettre en question votre honneur… Cependant… Qu'en est-il de mon rival ?

— Cette folie !

— Vous recevez Arnaut de Thouars chaque matin ; ne le niez pas.

— Arnaut de Thouars ! intervint Florentine, de l'autre côté de la table à jouer ; votre courte vue vous égare, monsieur.

Mais aussitôt, Marie, de la pointe de sa bottine, effleura son mollet sous la table et la regarda brièvement d'un air complice ; Florentine rendit son regard à Marie ; et les deux jeunes filles échangèrent un clin d'œil de connivence.

— Courte vue, murmura Miles ; et pourtant Arnaut était encore là ce matin…

— C'est tout à fait vrai, répliqua Florentine. Il est bien normal qu'un prétendant visite sa promise.

— Et qu'une fiancée accueille son futur époux, ajouta Marie, avec un délicieux battement de cils.

Miles regarda les deux jeunes filles et, ne recevant rien d'autre qu'un charmant sourire, mit la main sur son cœur, et réellement il semblait avoir reçu une flèche, car il était à court de souffle.

— Mesdames, comment pouvez-vous sourire, de me voir assassiné ?

Et il ajouta, chuintant :

— Je crois que je vais mourir.

— Mais non, monsieur ! s'écrièrent ensemble les deux jeunes femmes.

Florentine avança un ployant, sur lequel Miles s'appuya.

— Voyez ! dit le géant. Je ne respire plus.

Marie se jeta près de lui, et, soudain inquiète de voir Miles aussi pâle qu'un bénitier de marne blanche :

— Rassurez-vous, monsieur, nous plaisantions à vos dépens… C'est un jeu, aussi niais qu'inoffensif.

— Un jeu dont le propos est de me mettre au supplice, et dont la finalité est de me tuer ! Êtes-vous, ou n'êtes-vous pas fiancée ? Répondez, madame, ou je meurs là, sous vos yeux ; et vous aurez ma mort sur la conscience.

Marie ne pouvait s'opposer à l'irrésistible appel qu'exerçait sur elle l'idée d'agacer son prochain.

— Fiancée… L'idée n'est pas pour me déplaire…

Florentine, désavouant sa jeune amie, et sentant que c'en était trop pour le pauvre géant, se pencha vers lui et planta son bon regard dans ses yeux :

— Arnaut n'a pas d'autre fiancée que moi.

— Vous !

— Oui, monsieur ; voilà huit jours qu'Arnaut m'a fait sa demande ; et, si Jacques est revenu, nous nous marierons le mois prochain.

— Tout s'éclaire, s'écria Miles, recouvrant sa voix généreuse ; et je n'ai plus de rival !

— Vous n'en avez jamais eu, dit Marie, et n'en aurez jamais ; car, croyez-moi, mon ami, quiconque s'essaiera à l'abordage passera par mes canons !

Et elle ajouta, coquette :

— Quiconque, à l'exception de vous.

3.

Trois jours plus tard, en fin de matinée, Miles arriva à Jaucourt.

Tandis qu'il traversait le jardin silencieux, il observa la jolie maison seigneuriale, et, après un court examen, retrouva la porte de bois, au milieu du lierre et des rosiers grimpants.

Il tira sur la clochette et attendit le temps qu'il est courtois d'attendre. Comme il n'obtenait pas de réponse, il poussa la porte, qui d'ailleurs n'était pas fermée.

Le jour était levé depuis longtemps, mais la demeure était aussi sombre qu'aux dernières heures de la nuit. On avait calfeutré les fenêtres avec des nattes, et des chandelles brûlaient, à même le sol, dans des bougeoirs en étain. À part ces frêles torrents de lumière, Jaucourt était plongé dans l'obscurité.

Après avoir traversé l'office et la grand-salle, Miles arriva sur le seuil de la chambre d'apparat, réservée naguère aux illustres visiteurs, avant que le vieux Rabier ne se l'attribuât.

La porte était fermée mais, à travers les fentes des panneaux, on devinait que la pièce était brillamment éclairée. Miles perçut des murmures ; et, ouvrant la porte, il vit Hélène agenouillée sur un prie-Dieu, Arnaut assis dans un faudesteuil, un curé psalmodiant des litanies, et, posé sur les draps comme un animal empaillé, coiffé d'un bonnet rouge, vêtu d'une robe fourrée : Rabier, fraîchement mort, mais déjà tout à fait sec.

— Paix à ton âme, Rabiot ! tonna Miles.

Et, après quelques simagrées, qui ressemblaient à des prières, le géant s'avança vers le curé :

— Sors d'ici, faux calotin ; j'ai à faire avec messeigneurs tes clients.

— Ce ne sont pas des clients, protesta le curé, ce sont de bons fidèles, qui m'ont demandé d'honorer l'âme du vicomte. J'ajoute que mon service n'est pas terminé, et qu'interrompre la messe des morts fait encourir le purgatoire au trépassé, quand, selon toute probabilité, Anton de Saint-Witz est en mesure de prétendre au paradis.

— Ton service ! Tu es curé comme je suis nonne !

— Je ne vous laisserai pas dire…

— … que je t'ai croisé dix fois, vingt fois peut-être dans les plus mauvaises maisons de Bonneval ! que tu clames à qui veut bien l'entendre que tu es l'ancien chantre du couvent de sainte Apollonie… et qu'avant d'être défroqué, tu n'as pas manqué de rapiner quelques reliques, dont le commerce est fructueux !

Hélène s'était levée de son agenouilloir, et, gravement :

— Est-ce vrai ?

— Il y a méprise, madame, s'étrangla le calotin. Je ne connais pas de couvent de sainte Apollonie, je ne possède pas de reliques, et je n'ai jamais fréquenté de mauvais établissements.

Mais, au même moment, tout en parlant, il avait saisi un sac de toile, et reculait vers la porte.

— Que caches-tu dans ta musette ? dit Miles.

En un seul pas, le géant se trouva entre la porte et le curé.

— Rien qui vous intéresse, monsieur ; des livres de prière, mon chapelet, un crucifix de pèlerin, et mon tronc pour l'aumône, car je suis un pauvre pasteur errant…

— Montre-nous.

Et, sans crier gare, d'un geste vif et puissant, Miles arracha la besace des mains du curé, la retourna, et dispersa son contenu sur le sol.

— Un livre d'heures enchâssé d'or et de pierreries… Un reliquaire pesant d'or, avec, en son centre, un fragment de bois enchâssé dans un globe de verre, qui m'évoque la Sainte Épine… Une grande croix incrustée d'émail, et un bel édicule, renfermant un parchemin, qui me rappelle furieusement le testament de saint Fulbert, qui fut volé l'an dernier… Et cela, qu'est-ce au juste ?

Une minuscule pierre blanche semblait perdue au milieu des autres objets. Miles la ramassa ; elle était lisse et tranchante d'un côté, saillante de l'autre. Il la passa devant la flamme d'une bougie, et des éclats minéraux et translucides se formèrent à sa surface.

— Que je sois pendu si ce n'est pas la dent miraculeuse de sainte Apollonie !

Hélène et Arnaut se regardèrent, ébahis, et, avant même qu'ils n'aient réagi, Miles avait attrapé l'aigrefin par le col, et le secouait comme un prunier, dont on veut récupérer les fruits mûrs. Mille petits trésors s'échappèrent aussitôt de l'habit du moine : bagues d'évêques ouvragées ; encolpions incrustés d'émeraudes et de rubis ; un calice d'or ; une flasque, renfermant de l'eau baptismale ; et même un fragment d'os, qui devait appartenir à un martyr de la région.

— Nous statuerons sur ton compte plus tard, dit Miles en confiant le défroqué à deux valets qui avaient accouru à la porte, prévenus par le vacarme. Maintenant, Arnaut, partons ; un cheval de mon écurie t'attend devant la porte.

— Est-ce bien le moment d'aller boire ou festoyer ? le tança Hélène.

— Festoyer, nullement, ma chère amie ; boire, sans doute, car chevaucher pendant deux jours entiers donne grand-soif.

— Deux jours entiers ?

— C'est la durée d'un voyage à Paris.

— Vous n'êtes pas sérieux, monsieur, répondit Hélène.

Elle se tourna vers Arnaut.

— Et vous, mon frère, je vous saurais gré de respecter mon veuvage, et de faire sortir votre ami, qui nous importune en plein deuil.

— Cet importun court à Paris au secours de Jacques de Charny, répondit Miles ; car voilà trois semaines que notre ami a disparu.

Hélène pâlit, davantage qu'elle n'avait pâli depuis la mort du vieux barbon.

— Je l’ignorais, dit-elle.

Alors elle embrassa son frère et prit congé des deux amis. Et tandis qu’elle retournait à son veuvage de raison en rêvant d’un mariage d’amour, Miles et Arnaut s’engageaient, à grand trot, sur la route de Paris.

4.

Deux jours plus tard, de bon matin, le comte de Brienne et le seigneur de Thouars arrivaient à la porte Saint-Antoine. L'un et l'autre connaissaient peu la capitale, mais l'avaient déjà fréquentée. Fendant la foule des vendeurs de vinaigre, des chandeliers en suif, des houliers, des cervoisiers, des filles folieuses et autres gens d'étrange besogne qui se pressaient dès le matin à la muraille de la ville avant de se déverser dans Paris, ils dépassèrent bientôt le fortin de la Bastille, et arrivèrent devant l'hôtel du roi.

— Eh bien, maintenant, dit Miles, monté sur un cheval énorme, de cette race croisée qu'on trouve dans le Perche et dans le comté de Shire en Angleterre ; eh bien, maintenant, l'ami, que fait-on ?

— Maintenant, répondit Arnaut, nous allons chez Bureau de La Rivière, le premier chambellan du roi. C'est à ce ministre que Jacques était recommandé ; et son adresse est sa dernière destination connue.

— Et comment va-t-on chez Bureau de La Rivière ?

— Je n'en ai pas la moindre idée, répondit Arnaut avec un sourire ironique et nonchalant.

— Tu n'as pas l'air inquiet ! s'exclama Miles. Et pourtant, pendant ce temps, on torture Jacques ; on l'assassine ; on abuse de son corps inconscient, peut-être !

— Il y a des formes d'abus du corps qui ne sont pas déplaisantes.

— Parle pour toi, galant !

Et, comme, au même moment, un jeune marchand d'eau, âgé de treize ou quatorze ans, passait, indifférent, devant l'énorme palefroi de Miles, et manquait d'être renversé :

— Hé là ! mauvais garçon, cria Miles en tirant la bride et provoquant l'embardée, es-tu aveugle ou bien stupide ?

— Je ne suis ni aveugle ni stupide, rétorqua l'enfant, et il me semble que, ayant manqué de m'écraser, c'est vous qui l'êtes, et peut-être les deux à la fois.

— Sacrement ! lança Miles en montrant sa cravache. Retire cette insulte, ou je te bats !

— Faites, messire, répliqua le marchand d'eau ; mais voyez ce peuple autour de vous... Il vous fera rendre gorge avant le second coup de fouet !

Et, en effet, autour des deux palefrois, un attroupement s'était formé, qui menaçait vaguement les deux seigneurs.

— Attends, dit Arnaut en se tournant vers Miles avec un signe de la main qui semblait dire : « Nous ne sommes pas en situation. » Cet enfant pourrait nous guider dans Paris.

Et, se tournant vers le jeune marchand :

— Approche, garçon, veux-tu ?

L'enfant, posant sur les pavés ses deux outres d'eau, et évitant le destrier de Miles, s'avança devant la monture d'Arnaut, et, de cette voix gouailleuse, impertinente, qu'affectent si bien les gamins de Paris :

— J'échange une pinte d'eau contre dix deniers ; et une velte contre deux sous d'argent.

— C'est dix fois plus que dans mon pays, siffla Arnaut.

— L'eau de Paris n'est pas l'eau de province, messire ; l'eau de la Seine est pure, et si propre qu'on peut s'y baigner.

— Par saint Blaise de Médaste, s'écria Miles, je préférerais chevaucher le cadavre de ma mère que plonger dans cette fange !

Et, après un instant de silence :

— Nous n'avons pas besoin d'eau, dit Arnaut, mais d'un simple renseignement.

— Dites toujours, fit le garçon.

— Connais-tu Bureau de La Rivière, le premier chambellan du roi ?

— Pour sûr je le connais, c'est l'un de ces conseillers du roi qui nous font la vie dure, à force d'impôts et de corvées !

— Sais-tu où ce seigneur habite ?

Le gamin toisa les deux gentilshommes.

— Eh là ! mes bons seigneurs, dit-il après un instant de silence, vous croyez-vous en Picardie ?

— Nous sommes champenois, repartit Miles.

— Alors cela explique l'adage : « Quatre-vingt-dix-neuf moutons et un Champenois font cent bêtes ! »

Et le gamin éclata d'un rire qui semblait inextinguible, et impatienta nos deux compagnons montés.

— Je vais te donner la leçon ! hurla Miles, qui avait viré du rouge de l'emportement au cramoisi de la colère.

— Il ne mérite pas que tu t'échauffes, murmura Arnaut.

Et, se tournant vers l'insolent :

— Bureau de La Rivière : donne-moi son adresse, ou il t'en cuira !

— Je voudrais bien, messieurs de la province, mais Paris n'est pas Laon, Amiens ou Beauvais…

— Nous ne sommes pas picards, mais champenois, répondit Miles, qui articulait difficilement, tant il refrénait son irritation.

— Peu m'importe, répliqua le garçonnet, que vous soyez picards, espagnols, ou bien chinois ! Paris n'est pas une de ces pauvres bourgades dont vous venez sans doute, et qui comptent deux cents manants, bétail inclus !

L'enfant découvrit ses dents ou ce qu'il en restait.

— Paris a trois cent mille habitants, et autant de maisons. Je n'en connais pas le millième. Et j'ignore si le premier chambellan loge chez sa femme, à l'hôtel, ou chez une putain.

Le gamin se tut, et, après un instant de silence :

— Cependant je connais quelqu'un qui pourra vous livrer cette information.

— Et qui est cette personne ? demanda Arnaut.

— Mon père, qui est batelier, et amène les gens de cour de la Cité à l'hôtel Saint-Paul, de la Grève aux Célestins, et du Louvre à Saint-Germain.

— Conduis-nous chez lui ! commanda Miles.

Le garçon lança un mauvais regard au géant.

— Monsieur le Champenois, dit-il d'une voix dégagée, peut-être chez vous, dans vos lointaines campagnes, vos serfs vous servent-ils sans discuter, et s'honorent-ils que vous leur adressiez la parole ; mais, monsieur, ici, c'est Paris, et le peuple de Paris n'est pas esclave ! Alors si vous voulez que je vous guide chez mon père, il faudra me donner six sous !

Miles sentit ses tempes bouillonner, et ses poings se serrer comme ceux d'Aristée, le jaloux, quand Eurydice épousa Orphée ; mais Arnaut, déjà, lui intimait le silence d'un regard impérieux.

— Voilà, garçon, voilà, dit le seigneur de Jaucourt en jetant trois piécettes d'argent.

Et, comme Arnaut, souriant devant tant d'insolence, et Miles, le regard bas et contrarié, suivaient le porteur d'eau dans la rue des Tournelles :

— Quel est le nom de ce batelier, qui est ton père ? demanda Arnaut.

— Son nom de paroisse est Frigolin, répondit le garçonnet ; mais les gens de sa corporation l'appellent Fricotin, ou bien Fricot.

5.

Au même moment, à l'autre bout de la ville, une femme d'une cinquantaine d'années tirait les rideaux de velours d'une chambre d'enfant, et entrouvrait la fenêtre, de manière à donner un souffle d'air à un jeune seigneur endormi.

Jacques était nu ; un drap recouvrait son intimité ; son corps était pâle : et le côté droit de sa poitrine était bandé par un pansement d'étoupe, encore tacheté de sang.

Tandis qu'il sortait vainqueur de la chausse-trape de Vincennes, et s'apercevant qu'il était violemment blessé, Jacques s'était évanoui, de douleur autant que d'effroi.

Après l'avoir réveillé avec une fiole d'éther, Bureau de La Rivière était allé chercher secours au couvent du Grand-Mont ; l'officier supérieur avait répondu que la règle interdisait aux moines d'accueillir des étrangers, fussent-ils en péril de mort ; mais qu'il lui octroyait trois frères lais, une litière et des flambeaux afin de les accompagner à Paris.

Ainsi, vers la fin de la nuit, le vieux chambellan et son protégé, précédés par les trois moines, avaient finalement quitté le sous-bois. Malgré les efforts déployés par les porteurs, Jacques, alangui sur son lit de fortune, gémissait à chaque ondoiement de terrain. À l'aube, ils avaient rejoint la Seine, et, en une heure de temps, gagné le port de la Cité. Au prix d'un ultime effort, on avait monté la litière jusqu'au quai. Bureau avait fait appeler ses domestiques. Ceux-ci avaient conduit le jeune homme jusqu'à l'hôtel de la Calandre. Là, enfin, Jacques s'était rendormi.

La blessure était sérieuse, et de nature fatale ; le vieux chambellan, encouragé par sa femme, fit appeler les meilleurs praticiens.

Un bénédictin de l'université de Paris examina le patient et dit d'une voix sombre :

— Le poumon est transpercé ; il n'y a pas de remède, à part espérer la charité de Dieu.

Et pour dix écus il récita des psaumes et des patenôtres, tandis qu'avec sa discipline à fines cordelettes il fouettait régulièrement et sans lassitude les jambes immobiles du comateux.

Après dix heures de châtiment, Jacques était aussi saignant de la cuisse que transpercé de l'épaule.

— La discipline n'a pas d'effet, dit le prélat, alors que Jacques était pris de convulsions ; je serais d'avis d'accroître la pénitence. Je peux obtenir un cilice de belle origine, garanti par l'évêché de Paris, pour cent deniers d'argent.

Clotilde poussa de grands cris, et Bureau convoqua un autre savant.

Celui-là était recommandé par Jean de Montaigu.

À force d'observer des cadavres, le physicien avait pris leur teint blafard, aux reflets terreux.

Il contempla longuement son patient.

Le visage de Jacques, épuisé par la blessure et deux jours de mortification, s'étirait comme la pâte jaunâtre d'un potier. La plaie commençait à sentir, et la canicule étourdissante qui frappait Paris depuis quelques jours n'arrangeait rien.

— C'est une infection de bile, dit le barbier ; il faut le saigner.

Mais, au même instant, un autre chirurgien arrivait dans la pièce, envoyé par le recteur de l'université.

— Absurde ! s'écria l'impétrant, sans même ausculter le jeune homme. Regardez la rougeur de l'œil et la dilatation de la pupille ! C'est une fièvre de cerveau ! Il faut soulager la pression des méninges, et trépaner le patient.

Il sortait déjà sa roulette et son rasoir, et s'apprêtait à forer l'os du crâne, quand Bureau, rentrant de l'hôtel Saint-Paul, arriva.

— Mais que faites-vous, malheureux ?

— Je saigne, dit l'un, sortant les sangsues du bocal.

— Je trépane, dit l'autre, aiguisant le ciseau, à deux pouces de l'encéphale.

Et, répondant au premier :

— Aliéné ! s'exclama Bureau. Que vas-tu saigner ce jeune homme, qui a perdu la moitié de son sang ?

Puis, à l'autre :

— Et toi, percer son crâne, alors qu'il a reçu un coup d'estoc à l'épaule ?

— Ah ! fit le chirurgien, rangeant son ciseau. Je n'avais pas vu.

— Dehors, malfaisants !

Et, à coups de pied et de jurons, Bureau renvoya les deux charlatans.

Jacques, alors, commença à se remettre.

Clotilde fit appliquer sur la plaie un mélange de vinaigre et d'eau salée, et, sur les jambes meurtries, un onguent à base de blanc d'œuf. Elle banda du mieux qu'elle put l'aisselle où était entré le poignard, et l'omoplate, par où il était ressorti.

Alors on laissa l'infirme tranquille, et, trois fois par jour, on changeait ses pansements et on lui prodiguait des soins.

Ces vieilles méthodes, que Clotilde avait apprises de sa mère, firent leur effet.

Au bout d'une semaine, la plaie prit bonne tournure.

Jacques était toujours inconscient, mais sa bouche s'ouvrait quand on lui donnait le bouillon.

Quinze jours plus tard, il n'avait plus de fièvre, et son sommeil était apaisé.

Enfin, trois semaines après les événements de Vincennes, il ouvrit les yeux.

6.

Tandis que Jacques émergeait d'un long sommeil, le batelier Fricot sortait lui-même d'un long rêve, peuplé de beuveries, de bagatelle et de festins.

Car, au bois de Vincennes, il avait choisi de s'enfuir plutôt que secourir son employeur et client ; et, ayant monnayé le prix de son silence, il avait tranquillement rejoint son rafiot, qui mouillait au pont de Charenton.

Naviguant jusqu'aux abords du couvent des Célestins, il s'était amarré à l'une de ces pénichettes entre lesquelles s'étirent, du soir au matin, ces cordes d'acier qui prolongent la muraille de Charles V et protègent Paris.

À cinq heures sonnantes, les guetteurs du prévôt avaient retiré les filins, et Fricot, s'aidant d'une rame, avait piqué vers l'île aux Vaches.

Il tira le rafiot sur la terre ferme, et le dissimula dans un buisson. Puis, après avoir traversé le petit pont de bois qui menait à l'île Notre-Dame, il emprunta le premier bac de la journée, et rejoignit sa dernière station au quai des Ormes.

Il aurait pu rentrer chez lui, au troisième et dernier étage du numéro 52 de la rue Quincampoix. Mais, à l'idée que sa femme pût remarquer l'épaisseur de son bas de laine, il fut pris d'un grand frisson ; et, empruntant la rue Frogier-l'Asnier, la rue Baudrier, la rue du Temple et la rue de Paradis, il arriva devant une échoppe, surmontée d'une enseigne en fer forgé sur laquelle on pouvait lire : *Au Pas de la mule.*

Pendant trois semaines, il n'avait pas quitté cette auberge.

Et ce matin-là, à neuf heures, fidèle à son habitude, le batelier offrait sa première tournée.

Première tournée du jour, mais cent soixante-deuxième du mois, estimait Gaspard, le gargotier.

— Allez Gaspard ! dit Fricot. Offre ton meilleur cru à ce noble seigneur qui vient d'entrer ; et des noix fraîches ; et des poires de Caillaux ; et des calvilles d'Auvergne ; et des oublies de Saint-Germain ; et des poireaux, avec leur sauce au miel !

— Si tu veux offrir un vin de la Goutte d'Or, paye d'abord, dit Gaspard ; et après je t'obligerai.

Fricot fouilla dans sa chemise, et, après quelques instants :

— Je n'ai plus rien, murmura le batelier.

— Naturellement, tu n'as plus un sou !

— Impossible ! En arrivant chez toi j'avais trois écus d'or ; et j'en aurais deux fois plus si mon bon maître ne s'était pas fait estourbir par l'ignoble seigneur de Charny !

— Trois écus ? fit l'aubergiste. À raison de deux sous la passe, six deniers l'assiette de fromage de Brie, et un sol le demiard de vin de Montmartre, il ne reste rien de ces trois écus ; tu les auras consommés, mangés et bus !

— Impossible ! répéta Fricot. On m'a volé !

— Tu te seras volé tout seul, répliqua l'aubergiste ; et maintenant, ajouta Gaspard en montrant la sortie du troquet, tu n'as plus rien à faire ici.

— Impossible ! cria Fricot de plus belle, en empoignant le gargotier. Tu m'as volé !

Miles de La Roche, qui s'était accoudé au comptoir, et regardait les deux larrons du coin de l'œil, choisit ce moment-là pour s'avancer.

— Fricot ? demanda-t-il.

— Lui-même ! répondit le passeur d'une voix éraillée par la colère et la boisson, et sans relâcher l'aubergiste.

Et, comme le colosse agrippait à son tour Fricot par le collet, le soulevant de trois pieds, et entraînait par la même occasion le gargotier :

— Je ne sais rien ! hurla Fricot.

— Je ne sais rien non plus, ajouta Gaspard.

— C'est bien normal, gronda Miles, je n'ai rien demandé !

Miles secoua Fricot comme une quinte de blé, si bien que le batelier relâcha l'aubergiste ; celui-ci roula jusqu'aux cuisines, et, judicieusement, prit position derrière un muid de farine.

— Jacques de Charny ! tonna Miles. Tu viens de prononcer ce nom, vilain ! Qu'as-tu fait de mon ami ? L'as-tu volé, assassiné, jeté dans ton maudit fleuve ?

— Mal à vous de me soupçonner, monseigneur ! Je ne connais pas ce gentilhomme, ni par Ève ni par Adam !

— Réponds, te dis-je ! fit Miles en le soulevant de plus belle.

— Je parlerai, messire, protesta le batelier, d'une voix soudain mielleuse ; mais, je vous en conjure, monseigneur, reposez-moi, car j'étouffe !

En effet, Miles maintenait Fricot à deux coudées au-dessus du sol, et le batelier suffoquait d'étranglement.

— Voilà, voilà, dit Miles en relâchant Fricot. Et maintenant, esparjure, foi-menteur !

Mais, aussitôt qu'il fut reposé, le batelier repoussa un tonnelet qui bloquait son passage et décampa.

Il renversa un crieur de vin, lequel venait présenter ses marchandises et, comme il arrivait sur le seuil, poussa vivement la porte, et jura, à destination du comte de Brienne :

— Essaye de me rattraper, gros lard !

Mais au même instant il trébuchait sur un mollet qui venait d'être tendu ; volait sur six toises ; et, la tête la première, retombait dans une flaque de boue.

Comme il essayait de se relever, Arnaut appuya l'éperon de sa botte sur la gorge du passeur et dit d'une voix tranquille :

— Tu n'iras pas plus loin, Fricot.

7.

Une heure plus tard, devant l'hôtel de la Calandre, un jeune homme d'une pâleur extrême, hâve, les lèvres pincées parce qu'il ne voulait pas montrer sa douleur, le bras pris en écharpe dans un drap gris, et monté sur un solide roussin, attendait à la porte de l'écurie.

— Je vous en prie, madame, dit Jacques, écartez-vous.

— Mais, monsieur, vous ne pouvez pas partir dans cet état ! répondit Clotilde de La Rivière.

L'épouse du vieux chambellan avait veillé vingt jours au chevet du jeune homme et, fidèle à cette propension des femmes qui ont connu la maternité, cherchait à s'arroger un nouvel enfant dès qu'un candidat se présentait.

— Je vous en conjure, monsieur, abandonnez vos projets !

Et, disant cela, Clotilde saisit la bride du palefroi.

— Voyons, chère épouse, dit Bureau de La Rivière, ce seigneur n'est pas ton fils, et ne relève pas de nous ; tu ne peux pas lui commander…

— Je ne prétends pas lui commander, dit Clotilde, mais lui faire entendre raison !

Et, s'adressant à Jacques :

— Monsieur, regardez-vous ! Partir ainsi sur la route de la Flandre… Si vous ne mourez pas d'épuisement, vous tomberez de fatigue… Attendez seulement un jour, et vous en gagnerez deux !

— Je ne peux pas donner tort à mon épouse, ajouta Bureau ; une journée de repos vous avancera davantage qu'un départ précipité.

— Et partir seul, de surcroît ! déplora Clotilde. Avec ces bandes de scélérats qui rapinent et qui tuent, et attendent le passage d'un cavalier seul, depuis que le roi et son ost ont aiguisé leur appétit…

Ignorant les observations de ses protecteurs, Jacques s'avançait vers la sortie, qui n'était pas celle de la rue de la Calandre, mais un portail à chevrons donnant sur le quai. Le roussin menaçait Clotilde, qui gesticulait de désespoir afin de dissuader l'animal et lui faire rebrousser chemin.

— Je comprends votre mansuétude, madame, dit Jacques, et me soucie de vous comme vous vous souciez de moi ; mais une raison m'attend qui est plus haute que ma seule personne.

— Vous y perdrez la vie ! Acceptez au moins de partir avec Bouville, mon fidèle laquais.

— Il y a mieux que Bouville, pour escorter Jacques à la guerre, dit une voix tonitruante, venant du quai de l'Herberie ; puisqu'il y a Miles et Arnaut, ses deux meilleurs amis !

— Miles ! s'écria Jacques, apercevant le comte de Brienne, monté son énorme percheron.

Et, voyant un élégant gentilhomme à ses côtés :

— Arnaut !

Puis, en visant derrière eux :

— Celui-là aussi, je le reconnais…

Et, après un instant de silence, comme l'amnésique qui remet tout à coup un visage :

— Mais oui, j'y suis ! Fricol !

Aussitôt, Jacques mit la main sur son épée, car il avait reconnu, encordé au percheron de Miles et se traînant sur les pavés, Fricot, ficelé à la manière des condamnés de droit commun qu'on traîne de bourg en bourg avant de les emmener à l'échafaud.

— Oui, Fricol !

— Ce n'est pas Fricol, fit le batelier d'une voix navrée, c'est Fricot.

Et, comme Arnaut et Miles interrogeaient Jacques quant aux raisons de son ressentiment :

— Ce batelier m'attendait dans le bois de Vincennes et a failli me faire tuer !

— Dieu sait pourquoi, je ne suis pas étonné, dit Arnaut ; qu'allons-nous faire de ce mauvais larron ?

— Ne lui avais-je pas dit qu'il serait sauf avant le soir, fit Miles, s'il nous conduisait à notre ami ?

— Si fait, monseigneur, implora Fricot, sortant du misérable apitoiement dans lequel il se tenait depuis qu'il avait quitté le *Pas de la mule*. Vous l'aviez promis !

— Eh bien, répondit Miles, je m'étais trompé.

Puis, joignant le geste à la menace, le comte de Brienne tira le batelier jusqu'à lui, l'attrapa par les cheveux, et referma ses doigts gantés de fer sur son cou.

— Je vous en prie, messire, supplia Fricot dans un filet de voix, épargnez-moi !

— Il n'y a rien pour ta défense ; et tu oses m'implorer ?

— Mon fils unique est souffreteux, et j'avais besoin de cet argent pour le soigner. Vous devez me comprendre…

— Aux dernières nouvelles, pourtant, intervint Bureau de La Rivière, tu avais huit enfants.

— Et ton supposé fils unique, ajouta Miles, est porteur d'eau du côté de la porte Saint-Antoine, et se prospérait de santé, quand il t'a dénoncé pour six sous.

— Chien, murmura Fricot pour lui-même, je lui ferai manger sa langue !

Et, tandis qu'il recomposait son visage de martyr :

— Épargnez-moi, beau seigneur, répéta le batelier, et je vous servirai jusqu'à la fin de mes jours.

— Allez, répliqua Miles, assez parlé, Fricalot ; finissons-en.

Le colosse renforça son emprise, si bien qu'aussitôt Fricot sentit le sang quitter ses tempes pour refluer jusqu'au cœur. Et, comme, sous la force de Miles, ses pieds étaient décollés du sol, le batelier avait l'impression qu'il plongeait à toute vitesse dans le gouffre de l'enfer.

— Tu comptes vraiment attenter à ses jours ? demanda Arnaut.

— Tu as une meilleure idée ? répliqua Miles, alors que Fricot, étourdi par l'étranglement, voyait mille feux follets danser autour de lui.

— Nous suivons Jacques à la guerre, n'est-ce pas ?

— Assurément ; mais parle vite, Arnaut, avant que ce mauvais batelier ne soit tout à fait mort.

En effet, la vie semblait avoir quitté Fricot, et sa langue pendait de travers.

— Nous serions bien dépourvus, reprit Arnaut, sans valet pour graisser nos poulaines... sans rémouleur pour affûter les tranchants de nos lames... sans garde-robe pour rapiécer nos vêtements...

— Il dit vrai ! s'écria Fricot, aussi vif qu'un moment plus tôt il avait semblé moribond.

Et, voyant soudain l'espoir là où, quelques instants plus tôt, il ne voyait plus qu'un horizon désolé de corps décrépits, de lutins cornus, et de marmites bouillonnantes :

— J'affûte encore bien mieux que le rémouleur de la Bastille, et je rapièce aussi bien que le savetier des Halles !

— Sans palefrenier pour nos chevaux..., poursuivait Arnaut.

— Pour sûr je connais les chevaux, hurla Fricot ; mon père était boucher !

— Sans sommelier pour la boisson...

— Et le vin, messieurs ; oui, le vin, qui le connaît mieux que Fricot ?

— Sans queux pour accommoder les repas...

— Les repas, dit Miles en relâchant la pression de ses gants de fer, au soulagement du batelier ; cela, en effet, c'est important.

— Eh bien, conclut Arnaut, puisque ce vilain batelier propose ses services sans qu'il nous en coûte un denier, mettons-le à l'essai. Il sera bien dévoué, puisque nous lui sauvons la vie.

— Oh oui ! messire, je vous serai bien dévoué, puisque vous me sauvez la vie ! répéta Fricot avec un air d'exaltation.

— Alors que faisons-nous ? demanda Miles en se tournant vers Jacques.

Bien que grièvement blessé, Jacques était impatient de rejoindre le roi, et voyait dans la perspective de l'exécution du batelier un élément susceptible de retarder sa course.

— Ce triste sire nous suivra, dit-il en serrant les dents pour combattre l'élancement qui courait de son épaule à son avant-bras. Et s'il est retors, nous l'abandonnerons dans un puits.

Et, sans plus attendre, les trois amis s'élancèrent à perdre haleine sur le chemin de l'Artois.

8.

Quelques mois auparavant, Louis de Male, comte de Flandre, avait vendu aux drapiers de Bruges, grande cité industrielle et concurrente de Gand, le droit de détourner la Lys pour la faire passer chez eux. Apprenant cela, les drapiers gantois, déjà échaudés par la rumeur de nouveaux impôts, s'étaient mis en grève. Les métiers avaient cessé de battre. Les petits maîtres avaient licencié les travailleurs. Et les uns comme les autres mouraient de faim.

Alors même que ses sujets le menaçaient d'une révolte, Louis de Male continuait de s'ébattre avec sa cour. Il dispensait ses faveurs aux belles dames et aux écuyers de sa suite ; chassait allègrement ; voyageait à grands frais dans ses États ; et prenait villégiature, un mois sur deux, à Vincennes ou à Paris.

En temps de disette, le luxe est davantage qu'une forfanterie : c'est une insulte, qu'il n'y a pas lieu d'accepter.

Certain vieux fileur, montant à la tribune, évoqua Jacquemon Artevelde, et rappela que l'échevin de Gand avait su coaliser les tisserands, les bourgeois et les foulons contre Louis de Nevers, l'ancien seigneur du comté. En outre, après l'avoir renversé, Artevelde avait pris la direction du gouvernement et avait rendu la prospérité au pays.

Un deuxième orateur rappela qu'en effet Artevelde s'était montré bon pour le peuple, mais qu'il avait fait pendre les prévôts de Bruges, Ypres, et Courtrai ; interdit les rassemblements ; pillé les trésors des abbayes ; exigé, dans la septième année de son gouvernement, qu'on l'appelât Jacquemon Ier sous peine de mort ; et avait finalement été assassiné par un tisserand gantois du nom de Thomas Denis.

Le vieux fileur, reprenant la parole, opposa à son contradicteur que la liberté valait bien certaines concessions.

On l'applaudit, et, finalement, sous les vivats, une foule compacte de tanneurs, de pelletiers et d'« ongles bleus » marcha jusqu'à la maison modeste où Philippe Artevelde, le fils unique de Jacquemon, vivait chichement avec sa mère.

On mit le fils Artevelde sur la tribune.

Il se trouva qu'il avait des qualités d'éloquence ; il parla et fut désigné comme souverain capitaine par acclamation, bien que cette fonction fût interdite depuis son père, parce que entachée d'un soupçon de tyrannie.

Deux mois plus tard, cinq mille Gantois, déguisés en pèlerins, se mêlaient à la procession du Saint-Sang, entraient dans la ville de Bruges, sortaient les armes cachées sous leurs manteaux, et marchaient sur le palais du comte de Flandre.

Louis de Male s'enfuit par une porte-fenêtre, et trouva refuge dans la mansarde d'une pauvre femme, à qui il demanda : « Me reconnaissez-vous ? », ce à quoi la misérable paysanne répondit : « Oh oui ! monseigneur, j'ai souvent mendié à votre porte. » Le comte de Flandre se cacha deux jours dans son grenier. Puis, vêtu de sabots et d'un vêtement de vilain, il enfourcha la jument d'un paysan et s'enfuit jusqu'à Lille, chez le roi de France son voisin.

Après Bruges, Philippe Artevelde rallia Ypres, Cassel, Dunkerque et neuf autres villes des Pays-Bas de Flandre ; car, avant d'être une classe d'irréductibles marchands, la nation flamande est un peuple qui se grise au mot de « liberté » depuis que les cisterciens ont façonné ce territoire, en même temps qu'ils interdisaient la servitude.

À Lille, Louis de Male demanda secours à Philippe de Bourgogne, son gendre. Lequel se tourna vers Charles VI son neveu. Et, six mois après le début de l'insurrection et cette révolution prémonitoire que l'historien appelle « la guerre des petits contre les grands », nous retrouvons les belligérants de part et d'autre de la Lys, cet affluent de l'Escaut qui séparait naguère l'Artois et la Flandre, et sépare aujourd'hui la France et la Wallonie.

Philippe Artevelde et son armée venaient de quitter la forteresse d'Audenarde, bastion de la seigneurie locale qui résistait depuis des mois aux assauts des Gantois, et symbolisait la résistance de l'ordre ancien, c'est-à-dire féodal, au nouvel ordre industriel et bourgeois.

On avait averti le lieutenant général, et *regart* autoproclamé de Flandre, que Louis de Male, Philippe de

Bourgogne et Charles de France arrivaient d'Arras, à la tête d'une armée de vingt mille hommes.

Du haut d'une terrasse fortifiée surplombant le plus haut bâtiment de Comines, Artevelde observait le nuage de poussière soulevé, à l'horizon, par la bataille du roi de France.

L'avant-garde de Charles VI se pressait déjà devant la Lys et menaçait de traverser l'affluent. Les hommes du génie français s'activaient à la reconstruction du pont de bois que les Gantois avaient démonté pile après pile, claie après claie, planche après planche un jour plus tôt.

À une demi-lieue plus au sud, douze mille chevaliers, deux mille lanciers, autant d'arbalétriers, d'archers, et de valets armés d'épées courtes, conçues comme de véritables poinçons, marchaient vers le plat pays.

En même temps qu'il jaugeait cette armée d'or et d'acier, Artevelde ne pouvait s'empêcher de jeter, parfois, un regard furtif vers l'Occident. Depuis des mois, il attendait les renforts anglais, en provenance de Calais. Richard d'Angleterre, loin de considérer l'insurrection flamande comme une menace pour l'Europe féodale, voyait dans les succès de la guilde une aubaine commerciale pour les laines de Bristol et Winchester, et l'affermissement, au cœur de l'Europe industrieuse, d'un allié contre les Français.

Artevelde regardait au sud, à l'ouest, et vers le ciel, et, comme ces hommes agités intérieurement par des mouvements irrépressibles, remuait les lèvres, sans toutefois qu'aucun son quittât sa bouche.

— Donnez-moi un signe, Seigneur, semblait-il dire en levant ses yeux fiévreux.

« Et envoyez-moi ce secours que vous m'avez promis, Richard, semblait-il ajouter, en tournant son regard vers la route de Calais.

Mais comme il désespérait devant la progression de l'armée française et l'absence des renforts attendus, une espèce de chambellan, qui, d'après ses mains rudes et tachées de bleu, avait dû être foulon ou colorier avant d'entrer au service des tisserands gantois, se présenta devant lui.

— Des soldats anglais, messire, qui arrivent sur la chaussée de Wervicq.

— Alors rien n'est encore perdu, murmura Philippe Artevelde, dont le regard s'éclaira de mille feux à l'espoir de voir ses forces affermies.

Le *regart* pivota sur lui-même et se tourna vers le nord-est, c'est-à-dire à l'opposé des deux directions qu'il observait précédemment ; mais, dans la lumière du couchant, il ne distinguait qu'une quarantaine d'hommes, avançant avec difficulté sur le chemin qui serpentait entre les marais.

— Combien sont-ils ? reprit Artevelde. C'est peut-être un effet de contre-jour, mais je ne vois rien d'autre qu'une misérable section.

— Je ne saurais dire, répondit le sergent ; quelques dizaines, tout au plus.

Un nuage passa sur le front d'Artevelde :

— Par saint Erkembode, c'est donc cela, l'armée de Richard ?

Il descendit aussitôt l'escalier du fortin, emprunta le frison d'un caporal, et galopa au-devant des Anglais.

Un officier d'une trentaine d'années, moins débraillé que les autres, ouvrait le chemin à la troupe.

Malgré la chaleur humide des derniers jours de juin, il était vêtu d'une cotte intégrale, lui couvrant le torse et les bras, et prolongée par un camail, qui montait jusqu'aux cheveux. Au reste il portait, au-dessus de sa cuirasse, un tabard, pareil au corset des Templiers, si ce n'est qu'au lieu d'une croix rouge, la croix qui barrait son vêtement était potencée d'or, et entourée de quatre croisettes.

Ce blason avait longtemps flotté sur Jérusalem ; et l'officier qui portait l'armure et le tabard avait refusé de quitter cet uniforme depuis qu'il avait fait vœu de reconquérir le trône perdu de ses aïeux.

Cet officier inflexible, en effet, s'appelait Henri de Lusignan.

Un petit page le serrait de près, et tenait le blason d'Angleterre.

L'étendard avait déteint pendant le voyage, et ne subsistait plus du fond éclatant du fanion d'origine qu'une vague teinte rosée, et, à la place des léopards d'or, trois taches jaunies.

— C'est tout ce que Richard m'envoie ? demanda le *regart*, sans répondre au salut d'Henri de Lusignan.

Et, d'un œil impatient, il toisa les quatre dizaines d'hommes exténués qui venaient de parcourir à pied les vingt lieues séparant la mer du Nord de la Lys, après une navigation d'une semaine *via* Douvres, Calais, L'Écluse et ce bras de mer qui reliait Bruges à la côte, et s'est depuis ensablé.

Lusignan, se voyant interpellé par cet homme court, velu, nerveux, de cette race de chefs qui semblent vouloir faire oublier leur petite taille par une forme d'agitation, reconnut Philippe Artevelde.

— Sa Majesté vous envoie ses meilleurs soldats, dit-il.

— J'attendais une armée, répliqua le *regart*, et vous m'amenez une brigade.

— Ces hommes sont aguerris, monsieur ; ils sont gradés ou capitaines. Certains, même, étaient seigneurs avant d'être soldats.

Artevelde, avec un sourire méprisant, désigna deux soldats dégingandés au premier rang de la troupe.

— Ces deux-là, par exemple, qui semblent sortir d'un cabaret, appartiennent à la *gentry* ?

— Ce sont des soldats d'élite, rétorqua Lusignan, qui appartiennent à l'ost du roi. Le plus grand est gallois, et était lieutenant de la garde du roi ; l'autre est mon fidèle écuyer. Et ils sont tous deux gentilshommes.

— Et vous êtes sans doute un ancien oiseau de cour, pris d'une envie de guerroyer ?

— Je suis général d'armée, dit Henri de Lusignan, piqué au vif ; j'ai servi Richard d'Angleterre depuis la campagne d'Essex, et avant le roi d'Angleterre, je servais mon père, qui est lui-même roi.

— Tiens donc !

— Oui, monsieur ; je suis fils puîné du roi de Chypre et prince titulaire de Galilée, et, à ce titre, troisième héritier derrière Janus et Philippe des rois francs de Jérusalem.

— Des titres, murmura le *regart*. Des titres, des beaux titres, répéta-t-il plus haut, croyez-vous que ceux-là font gagner des guerres ? Je suis fils de tisserand, et mes généraux sont drapiers ; mes soldats sont corroyeurs, ouvriers, foulons ; et croyez-moi, un homme est un homme, quand il s'agit de tuer ou d'être tué. Vos soldats sont gentilshommes, très bien, cela ne préjuge en rien de leur vaillance au combat.

Étonné par ce renversement de valeurs qui voyait l'ordre traditionnel rompu, et des manants comme cet échevin prévaloir sur les seigneurs, Lusignan préféra se taire. Et après un instant il demanda :

— Quelles sont les nouvelles du front ?

— Elles sont mauvaises ; l'ost de Charles a quitté Arras et arrive aux abords de la Lys, où l'attend déjà son avant-garde. Heureusement, l'affluent de l'Escaut est mauvais, et ne possède pas de gué.

— La Lys, dites-vous… D'où vient ce cours d'eau ?

— De Calais dit le *regart*.

— Il n'y a pas de ponts sur cette rivière, que les Français puissent enlever, ou de bateaux qu'ils pourraient mobiliser ?

Artevelde foudroya Lusignan du regard.

— Me prenez-vous pour un niaiseux ? Évidemment, j'ai fait incendier tous les ponts entre Aire et Courtrai. Ici même à Comines, où la rivière est étroite de quarante pieds, j'ai fait démanteler un petit pont de pierre ; si bien que la Lys est emplie de débris et n'est plus navigable.

Lusignan réfléchit un instant, et, semblant se parler à lui-même :

— Aucun pont praticable…

— Non, monsieur ; à ma connaissance, aucun.

— Point de gué, d'ici à Calais…

— Ni à l'amont, ni à l'aval.

— Ni de bac, ou de traversier ?

— J'avais laissé un radier en service, en amont, à la sortie de Warneton, pour le passage des réfugiés ou des nécessiteux, mais mes soldats ont retiré le filin qui permet le passage et ont coulé le bac hier au soir.

— Alors ce fleuve est notre dernier rempart… Charles tentera le passage ici même, où la profondeur est faible et la rivière étroite.

Artevelde soupira.

— Le génie français est déjà à l'ouvrage… Les artisans de Charles reconstruisent le pont. Cela leur prendra deux jours, tout au plus.

Lusignan serra les dents, mais rien ne tressaillit sur son visage.

— Où se trouvent les quarante bombardes que mon roi a envoyées ?

— Ici même, à Comines, affirma le *regart* ; je les ai fait transporter d'Audenarde.

— Alors groupons nos forces devant ce pont ; et mettons à profit ces canons.

— C'était bien mon intention, si j'avais disposé d'artilleurs…

— Eh bien, voyez-vous ces hommes derrière moi ?

— Je vois qu'ils sont quarante, alors que j'en attendais dix fois ce nombre.

— Voici vos artilleurs ; voyez mes hommes : ils maîtrisent l'arquebuse, le schlass, le surin, aussi bien que les bouches à feu.

Pris d'un tremblement nerveux, Artevelde sourit finalement ; et remontant sur son grand cheval frison :

— Alors suivez-moi, roi de Chypre, écuyers, soldats de la garde, gentilshommes, artilleurs, grenadiers, ou qu'importent vos titres et fonctions !

9.

Quelques lieues plus au sud, trois cavaliers et un valet monté sur une mule quittaient les bords de la Deûle et arrivaient dans un petit village dont la dépendance variait au gré des alliances et des guerres et qui était connu, dans ce pays frontalier à cheval sur la France et les Pays-Bas de Flandre, sous le nom de « hameau du Chien ».

— Ce pays me semble bien misérable, disait Miles, toisant autour de lui une campagne plate et désertée.

— Détrompe-toi, dit Arnaut, Anvers est plus riche que Gênes ; Gand commerce autant que Venise ; et Bruges vaut bien Paris, sur le plan du luxe, et Cordoue, sur celui du raffinement. La Flandre est le plus riche pays d'Occident.

— Cependant je ne vois pas de ces beaux vallons qui produisent le vin clair, de ces grands herbages où paissent les bestiaux, et de ces grandes forêts qui fournissent le bois et le gibier !

— La richesse de ce pays n'est pas dans la terre, qui est peu fertile, mais dans l'industrie et la ruse de ses habitants ; les drapiers de la West-Flandre achètent la laine à la Hanse de Londres, pour le prix de trois sous la livre, et la cardent, la tissent, la foulent ; et la revendent dix fois ce prix.

— Dix fois le prix ? Mais parbleu ces Flamands ne sont pas chrétiens ?

— Non pas Miles, les Flamands sont chrétiens, mais obéissent à l'antipape Urbain.

— Par la châsse de sainte Ursule ! J'occirais bien deux ou trois cents de ces adorateurs d'idole, pour leur faire payer leur hérésie !

— Tu en auras l'occasion si nous arrivons jusqu'à l'ost de Charles, intervint Jacques qui, bien qu'en retrait, n'avait rien perdu de la discussion.

Miles acquiesça, puis, se retournant vers Arnaut :

— Est-ce la mésalliance des Flamands avec le pape usurpateur qui justifie le courroux de notre roi ?

— Les Flamands sont schismatiques, mais ils ont bien d'autres torts ; et notamment celui de s'être rebellés contre leur seigneur Louis de Male, qui est beau-père de Philippe de Bourgogne ; lequel est l'oncle du roi.

— La querelle est familiale autant que dogmatique, ajouta Jacques ; et Charles prend prétexte d'une croisade contre l'hérésie pour asseoir son influence de monarque et suzerain.

Sentant que la conversation lui échappait, Miles bâilla. Puis, vaquant à leurs réflexions particulières, les trois amis reprirent leur chevauchée silencieuse, entrecoupée parfois par une invective de Miles, à destination de Fricot :

— Du nerf, pisse-froid ! Avance, musardeau !

Cependant, alors qu'ils croisaient une dizaine de soldats français sortant d'une fermette les bras chargés de lard, de foin, de vaisselle, et d'autres objets curieusement assortis :

— Hé là ! dit Jacques, hélant un jeune officier.

— Plaît-il, monseigneur ? répondit obligeamment le jeune homme.

— Que trafiquez-vous là ?

— Nous ne trafiquons pas, messire.

— Pardon, dit Jacques ; vous pillez.

— C'est notre droit le plus strict, conféré par notre profession de soldats.

— Votre droit ?

— Et notre devoir aussi, car il s'agit d'infliger la leçon à ces pendards, qui s'étaient détournés de leur seigneur et de notre bon roi, et que nous avons remis dans le droit chemin ; car, ainsi que dit le dicton, messire, quand on tient la poule, il faut la plumer !

— La poule ne me semble pas bien grosse, fit Arnaut, derrière Jacques, en regardant les pauvres maisons qui bordaient le chemin.

— Quand on gratte la volaille, repartit l'officier, on trouve toujours un peu de gras.

Mais, au même moment, une jeune fermière pâle et bouleversée surgit, à court de souffle, sur le pas de la porte. Avant qu'elle n'eût descendu les trois marches de bois, un soudard apparut derrière elle, saisit l'une de ses nattes blondes, l'attira contre lui en vociférant, et la força à le suivre dans la maison.

— Et piller ne vous suffit pas, gronda Miles à côté d'Arnaut, vous violez aussi !

— Cela nous est autorisé par décret, dit placidement l'officier, et l'absolution du pape Clément. Car nous délivrons la Flandre de l'hérésie, et nos crimes nous sont pardonnés dès l'instant où ils sont commis.

— Drôle de délivrance, fit Jacques, que d'être châtié par ceux-là mêmes qui vous ont délivré…

Et, après un instant de silence :

— Mais dis-moi plutôt, soldat, où nous pourrons trouver l'ost du roi.

— Poursuivez sur cette voie pavée, monsieur ; c'est le chemin de l'Apothicaire ; il vous mènera jusqu'à lui.

— Entends-tu, Frissot ? lança Miles.

Car, à peine Jacques, Arnaut, Miles avaient arrêté leur palefroi, que leur valet de circonstance avait quitté son mulet, et s'était jeté dans l'herbe sèche.

— Pas Frissot, dit le batelier d'une voix atone, Fricot.

— Je préfère Frissot.

— Frissot vous répond qu'il ne fera pas un pas de plus à dos de mulet. Nous chevauchons depuis trois jours entiers, mon cul gerce comme un oignon, et mes cuisses sont aussi rêches et pelées que la bure de saint François.

— Tu marcheras, alors !

— Cela m'est impossible ; mes cuisses sont des rondins de bois, et mes reins des aiguillons d'acier. Et regardez ma langue, messire !

Fricot ouvrit la bouche, et montra sa langue.

— Voyez-vous, bon sire ?

— Eh bien ?

— Elle est noire.

— C'est à force de te lécher le cul !

— Non pas messire, c'est la perlèche, autrement dit : la première manifestation de la peste.

Instinctivement, à l'évocation de ce mal, Arnaut et Miles reculèrent.

Jacques, sans se démonter, approcha son cheval du mulet de Fricot, qui broutait aux abords du chemin, et saisit une outre, ficelée sur le pommeau de la selle. Il la retourna, mais rien n'en sortit, hormis trois gouttelettes de vin sombre, qui suintèrent sur la bague de cuir. Alors il descendit de sa monture, et inspecta l'équipement de l'animal. Deux grosses baudruches étaient suspendues à la selle : l'une au troussequin, et l'autre au sanglon. Jacques les secoua ; l'une comme l'autre était vide.

— Ta langue n'est pas noire, dit-il en s'approchant du matelas d'herbe sur lequel était étalé Fricot ; elle est violacée, comme ce gros vin que je t'ai payé à Compiègne.

Et il s'avança vers Fricot, menaçant.

— Battez-moi, s'écria le batelier, fouettez-moi, bâtonnez-moi jusqu'à la mort si cela vous est plaisant, je n'avancerai pas d'un pas de plus !

— Ah bon ? dit Arnaut derrière les deux hommes.

Jetant un coup d'œil derrière lui, Fricot vit qu'Arnaut agitait une jolie bourse de velours, qui semblait drôlement bien remplie. Et, moyennant une douzaine d'écus, le batelier remonta sur sa mule, tandis que Jacques galopait déjà sur le chemin de l'Apothicaire, qui va de Wambrechies à Comines, en passant par le hameau du Chien.

10.

— Chevaucher soixante lieues ; braver mille dangers pour venir me trouver sur le front ; en un mot risquer de vous faire tuer pour m'entrevoir… Donnez-moi cinquante chevaliers de votre trempe, et je gagne cette guerre en un jour, de par mon aïeul Saint Louis !

À l'entrée de son pavillon bleu d'azur, le jeune roi brillait comme un soleil. Il était revêtu d'une belle cotte, d'une tunicelle à fleurs de lys, et d'un casque somptueux, orné de diamants et d'un panache. Il parlait d'une voix claire, le fond de son regard était lucide et clairvoyant, et en effet, depuis le début de cette campagne, il était vif de corps, et régénéré d'esprit, comme il ne s'était pas trouvé depuis longtemps.

— Ma cause m'est précieuse, sire, dit Jacques, après que Charles l'eut relevé, et sans qu'il ait pu retenir une grimace de douleur, quand le roi lui avait pris la main.

— Pardieu ! dit Charles.

— Ce n'est rien, mentit Jacques, sinon une foulure de l'épaule, que je me suis donnée en tombant de cheval. Je suis remis, mais cette affreuse chaleur m'accable et fatigue mes nerfs. Voilà qui explique ma pâleur, sans doute.

— Je souffre également du climat… Et l'air humide de cette région n'arrange rien. Entrez sous mon pavillon ; j'ai quelque glace, importée de Scandinavie, que vous appliquerez sur votre nuque et votre épaule meurtrie.

Au même moment, Charles aperçut, derrière le cordon de soldats qui surveillaient son pavillon, un géant de belle allure, et un gentilhomme élégant, vêtu d'une cuirasse incarnat. Les soldats de la garde avaient laissé passer Jacques, qui possédait un sauf-conduit de Bureau de La Rivière, mais deux officiers retenaient Miles et Arnaut.

— Mais qu'avons-nous là, Charny ? dit le roi, s'avançant jusqu'à la haie de soldats. N'est-ce pas vos bons amis de Champagne ?

Miles se découvrit, pendant qu'Arnaut rendait la courtoisie du roi par un salut.

— Entrez à ma suite, dit Charles.

Les deux capitaines de la garde, jambes écartées, hallebarde plantée dans le sol, ne semblaient pas vouloir s'écarter devant les deux jeunes seigneurs.

— Faites place, soldats ! commanda le roi. Ces gentilshommes sont mes amis.

Alors les hallebardes s'ouvrirent silencieusement, comme un mécanisme bien huilé.

— Voyez-vous, monsieur de Charny, continua Charles en soulevant le voilage de son pavillon, depuis la mort de Vilaines, mes gens sont nerveux.

Et, appelant son échanson :

— Gauvain, apportez-moi deux livres de glace ; et, pour ces messieurs, faites préparer par M. Taillevent un brouet de cailles et un lièvre à sa façon, et apportez le plus joli vin de mon trousseau.

Miles soupira d'aise devant la charité du roi.

— Et pardonnez mon insistance, monsieur de Charny, mais vous avez besoin d'un chirurgien.

— Je vous en prie, sire, dit Jacques, en se rappelant soudain les traitements qu'avaient voulu lui infliger les barbiers de Bureau de La Rivière ; épargnez-moi la visite d'un médecin.

— Soit… Il faudra pourtant vous résoudre à prendre du repos… On ne guérit pas d'une telle blessure en chevauchant cent lieues.

Car, en effet, la chemise de Jacques était tachée et gondolée comme un buvard. Une large tache brune, inégale, descendait de l'épaule, où elle formait une masse sombre, et s'éclaircissait jusqu'à l'avant-bras.

— Comment prendre du repos, messire, quand sa terre est menacée d'infamie ?

Charles soupira, pour la double raison qu'il aimait ce jeune homme, et qu'il n'est jamais évident d'éconduire un ami.

— Concernant votre affaire, soyons clair, monsieur ; je suis en guerre, et rien ne m'autorise à prélever une milice dans mon armée. Quand la guerre sera finie, tout deviendra possible ; mais pour l'instant je n'ai pas les moyens matériels d'accéder à votre requête.

— À défaut d'armée, sire, insista Jacques, sans que sa voix laisse transparaître de signes de découragement, votre blanc-seing suffira, pour faire valoir mon droit devant Pierre d'Arcis.

— C'est impossible, monsieur de Charny… Comment m'opposer au pape Clément, alors qu'il a bien voulu déclarer que cette campagne en Flandre était une croisade contre l'hérésie ? Dieu me jugerait bien mal, si j'allais semer la discorde là où le bien commun demande la plus franche unité.

Jacques baissa les yeux ; ainsi il avait fait tout ce chemin pour se voir opposer un refus péremptoire. Une ride d'abattement traversa son front.

Au même moment des écuyers tranchants apportaient des grands plateaux d'argent, que Gauvain, l'échanson, fit déposer sur une crédence. Arnaut et Miles, en retrait, attendaient un signe du roi ; Charles les invita à prendre place à côté de lui, de part et d'autre d'une table en bois clair. Gauvain présenta un seau rempli de glace, tirée d'un bloc qui voyageait sous une bâche, et qu'on avait acheté à un marchand suédois. La glace avait largement fondu ; elle se présentait sous l'aspect d'un sorbet grumeleux et translucide.

— Cela se mange ? fit Miles.

— *Cela* coûte vingt sous la livre, dit le roi, et *cela* peut se boire ou se manger !

Miles prit le seau, le porta prudemment au-dessus de sa bouche, et fit tomber un minuscule échantillon.

— Pouah ! fit-il en recrachant la neige fondue ; c'est de l'eau !

— Mais oui, monsieur ; qu'alliez-vous imaginer ?

— Qu'à ce prix-là cette mixture avait quelque chose de miraculeux ; ou, tout au moins, le goût de l'hypocras ou du vin…

— Cette eau est glacée, ce qui, par cette canicule, confine au prodige… Mais elle ne provient ni du

Jourdain ni d'aucune source sacrée ; elle fut puisée dans ces blocs immenses qui dérivent dans la mer de Scandinavie, et dont on prélève des pans de glace pour en faire commerce dans les ports de Flandre. C'est un remède utile pour les blessures et les contusions ; tenez, monsieur de Charny, ôtez votre chemise, et allongez-vous sur ce carreau.

Sur les instructions du roi, l'échanson prit un morceau de glace, le roula dans un tissu blanc, et tendit la compresse au jeune seigneur. Aussitôt Jacques sentit l'effet revigorant du froid ; après quelques minutes il respirait mieux ; son teint rosit ; et quand la glace fut tout à fait fondue sur son épaule, il quitta la banquette et retourna à la table du roi.

Depuis quelques instants la conversation roulait sur la guerre ; Charles faisait valoir les motifs qui l'avaient entraîné à convoquer l'ost ; Arnaut et Miles l'écoutaient, tout en dévorant le dîner de M. Taillevent, que le roi avait fait venir au front avec ses équipiers de cuisine.

Après le brouet de cailles, M. Taillevent servit sa spécialité, un lièvre rôti, agrémenté d'une sauce épaisse et relevée.

— C'est un saupiquet, précisa le maître queux.

Taillevent était vêtu d'un pourpoint et d'une houppelande à monstres, comme les élégants de la cour.

— Je reconnais le lard, l'oignon, la cannelle, fit Miles ; mais un ingrédient m'échappe.

— C'est le rhizome de gingembre, une épice piquante et aphrodisiaque, que j'achète chez Nicolas Flamel à Paris.

— Nicolas Flamel ! Cet intrigant doit six mille francs d'arriérés d'impôt à la Couronne, dit une voix métallique, dans l'antichambre du pavillon.

— Montaigu !

Et Charles ajouta, après que l'austère chancelier eut salué les convives :

— Eh bien, Montaigu ?

— Nos espions m'annoncent l'arrivée des renforts anglais ; leur troupe est conduite par un mercenaire de Chypre.

— Son nom ?

— Henri de Lusignan.

Jacques tressaillit ; il avait reconnu le nom de son cousin et compagnon d'armes en Orient.

— Je connais ce soldat, dit Charles ; c'est le fils cadet du roi de Chypre, qui s'est engagé dans la soldatesque d'Albion, après son désastre personnel à Saint-Jean-d'Acre. On dit qu'il est devenu général d'armée de Richard d'Angleterre, après s'être illustré dans la répression des paysans révoltés... Ne l'avez-vous pas connu pendant votre voyage en Orient, monsieur de Charny ?

— Oui, sire, dit Jacques en prenant le dernier morceau de glace qui n'était pas encore fondu, et en le passant sur ses tempes.

Le roi semblait également soucieux.

— Alors Richard d'Angleterre a joint ses troupes à celles d'Artevelde...

Et, après un instant de silence :

— C'est tout ? reprit Charles à l'intention de Montaigu.

— Non pas, sire, répondit le chancelier ; la garde interroge un déserteur, qui traversait la Lys à la nage, et aurait nagé jusqu'à la rive flamande sans l'intervention du génie.

— Que dit ce soldat ?

— Ce n'est pas un soldat, sire, c'est un valet ; il se prétend l'écuyer d'un seigneur champenois.

— Fricot ! s'exclamèrent en chœur Jacques, Miles et Arnaut.

— Amenez-moi ce Fricot, Montaigu, dit le jeune roi ; je souhaite l'interroger.

11.

Une heure plus tard, alors qu'une lune rousse s'était levée au-dessus de la plaine, une cinquantaine d'hommes cuirassés quittaient discrètement le vaste campement du roi de France, et remontaient la Lys en suivant un homme d'aspect grossier et vêtu d'un habit de serviteur.

— Nous y sommes, messire, dit Fricot en s'arrêtant à l'amont du village de Warneton, un bourg frontalier que la guerre avait divisé, de part et d'autre de la Lys.

Charles VI, retirant l'espèce de cagoule de mailles qui lui recouvrait le visage, prit pied sur les premières planches d'un ponton de bois, dont la plus large partie était éventrée. Le cours d'eau, à cet endroit, était large de quarante pieds ; sur la rive opposée, on voyait qu'un autre ponton constituait le point d'arrivée d'un bac.

— N'est-ce pas le fameux traversier que vous évoquiez devant moi, monsieur Fricot ?

Le jeune roi désignait une barque, largement submergée, de l'autre côté de l'affluent. Plusieurs cordes ondoyaient dans l'eau, comme des serpents de vase, de la berge au centre du cours d'eau.

— Oui, sire, répondit Fricot : les Flamands ont coulé le bac et tiré les câbles d'acier. C'était le dernier moyen de traverser la Lys.

— Comment l'avez-vous trouvé ?

— C'est bien simple, répondit effrontément le batelier ; je cherchais un moyen pour votre armée de traverser la Lys, quand j'ai aperçu ces filins. Nous avons les mêmes à Paris, à hauteur du Petit Pont. Je m'apprêtais à avertir vos lieutenants quand vos éclaireurs m'ont trouvé.

— Cette loyauté vous honore, monsieur Fricot, répondit le roi avec une sorte d'espièglerie dans la voix.

Puis, avec une invitation de la main :

— Et maintenant, avancez donc sur le ponton, et déployez les talents que vous avez bien voulu mentionner.

Fricot chercha un secours autour de lui, mais, ne voyant que des regards hostiles :

— Oh ! messire, tout à l'heure, je parlais sans réfléchir, car j'étais impressionné de me trouver devant vous… Mais, à la réflexion, il me semble que vos artisans du génie sont mieux qualifiés que moi.

Le jeune roi s'avança auprès du batelier jusqu'à le frôler, et répondit par un étrange sourire, qui semblait mêler la menace à l'encouragement :

— Je suis sûr que vous ferez l'affaire, mieux que n'importe quel sapeur ou taquier, monsieur Fricot.

— L'eau est vive et dangereuse, mon bon roi !

Mais, aussitôt, un géant en robe de mailles intervint :

— Obéis aux ordres de ton roi !

Et d'un coup de main puissant, Miles expédia Fricot sur la plate-forme de bois.

— Je ne sais pas nager, insista le batelier, voyant le flot clapoteux s'approcher dangereusement.

— Je n'en crois pas un traître mot, dit Jacques, s'avançant à son tour sur le ponton.

Le seigneur de Charny sortit son épée, et poussa le batelier vers l'extrémité du plan de bois. Prenant alors son courage à deux mains, considérant Jacques, qui tendait sa lame vers lui, Miles, dans sa cuirasse d'acier, le jeune roi attentiste mais inamical, et l'eau remuante qui s'étendait devant lui, il choisit le moindre des maux, et plongea dans le cours d'eau.

Il nagea sans difficulté jusqu'à l'autre rive.

En un tournemain, il avait opéré le renflouement et asséché l'embarcation, que les soldats flamands n'avaient que partiellement coulée.

Puis, avec l'habileté d'un charpentier de marine, Fricot boucha le trou par lequel s'engouffrait l'eau à l'aide d'une planche qu'il arracha au quai de bois, d'un maillet qu'il portait à la ceinture, et de six clous qu'il avait glissés dans sa besace.

Enfin il raccommoda les grelins d'acier, bondit sur la barque, empoigna l'unique rame, et, déroulant les trois filins derrière lui, traversa l'étroit affluent.

— Ce M. Fricot est admirable, dit le roi ; avant d'ajouter d'une voix de commandement, en se tournant vers les trois seigneurs champenois et les cinquante hommes d'armes qui s'étaient joints à l'équipée : Et maintenant, sus aux Flamands !

— Sus !

Et bientôt, après avoir été débarquée de l'autre côté de la Lys par le batelier parisien, la colonne meurtrière s'avançait silencieusement vers Comines, où Philippe Artevelde tenait garnison.

12.

Henri de Lusignan n'était pas un homme d'étude ou d'analyse, mais un soldat tourné vers l'action. S'il avait considéré les forces en présence, les chances respectives des deux armées, les conséquences d'une nouvelle déroute personnelle, après son naufrage à Saint-Jean-d'Acre, il aurait peut-être réfléchi à la possibilité d'une retraite organisée. Mais cet aventurier ne s'embarrassait pas d'ergotages et de spéculations, et marchait droit vers son destin.

Depuis toujours, la maison de Lusignan élevait ses enfants dans la croyance que la Providence veillait sur le maintien de la race et dans la ferme conviction qu'après l'abîme ou le déclin venaient la gloire ou la restauration. C'est ainsi, à coups de certitudes et d'illusions, que perdurait, de père en fils, l'ambition de recouvrer la Ville trois fois sainte. Cette ambition absurde et bien vivace, malgré la perte du royaume de Jérusalem deux cents ans plus tôt, avait conduit les Lusignan à coucher sur leur blason la croix potencée d'or des rois francs, et à s'attribuer des titres ronflants. Eudes, son frère aîné, était sénéchal de Jérusalem et seigneur de Tyr ; Pierre, son cousin, était comte de Tripoli ; et lui-même n'avait pas hérité du moindre des qualifiants, puisqu'il était prince titulaire de Galilée.

— Arrêtez ! dit Henri d'un chuchotement sonore, alors que deux cents Gantois, commandés par son bataillon d'artilleurs anglais, faisaient rouler les bombardes sur un chemin de terre et les descendaient jusqu'à la Lys.

Bientôt, à quelques pieds en contrebas, un guetteur imita le sifflement d'un oiseau, et le convoi repartit discrètement, sous la houlette de Lusignan. Celui-ci avait demandé le silence absolu à ses soldats. C'était la condition d'un déploiement serein de l'artillerie, sur les berges du cours d'eau.

De l'autre côté du canal, les sapeurs de l'ost apportaient déjà les troncs d'arbre. Les menuisiers les débitaient en planches, en fûts, en corniches ; les compagnons rivetaient et arrimaient les pièces les unes aux autres ; les ingénieurs plongeaient dans l'eau pour s'assurer de la stabilité des pilastres – quatre ou cinq manœuvres, d'ailleurs, s'étaient déjà noyés, dans l'indifférence générale. En quelques heures, les hommes du génie avaient reconstitué l'ossature du pont ; avant l'aube, ils poseraient la chape de bois et le tablier. Et le lendemain, si l'on ne bouleversait pas leur stratégie, les chevaliers de Charles traverseraient l'affluent, toutes lances dehors, aux cris de « Noël ! » et « Par le roi ! ».

La nuit n'avait pas découragé les artisans français, qui progressaient sous la lumière des arbres bordant la Lys. On avait aspergé de paraffine les aulnes et les grands ifs, puis on les avait enflammés, comme d'immenses flambeaux. Heureusement, songeait Henri de Lusignan, l'eau de la Lys était si trouble qu'au lieu de réfléchir la lumière, le fleuve semblait la noyer. En outre, la lune s'était cachée derrière de gros nuages bas.

— Retirez-vous, ordonna Lusignan aux Flamands, après qu'ils eurent déployé les canons sur la berge, face à l'avant-garde du génie français.

Les deux cents Gantois quittèrent les abords de la Lys et se dispersèrent vers le village. Sur la rive pavée ne restaient plus que les quarante Anglais, à qui on avait attribué une bouche à feu, montée sur un affût de bois.

— Chargez les bombardes, dit Lusignan à un vétéran gallois, avant de s'avancer sur la berge, sur un petit ponton branlant.

Le Gallois passa le mot aux premiers artilleurs, qui s'empressèrent de relayer l'ordre auprès des suivants. Bientôt les quarante canons furent chargés par la gueule. On les emplit de poudre noire, de salpêtre et de bourre, depuis la vis jusqu'à l'amorce. Après qu'on eut introduit les boulets de fer, les quarante briquets à mèche s'allumèrent en même temps.

— À mon commandement ! cria Lusignan.

Dans un instant, pensa-t-il, *ce sera l'épouvante et le chaos.*

— Feu !

Autour de lui, l'air resta immobile et tendu.

— Feu ! répéta Lusignan d'une voix plus forte.

Pas de réponse. Ni fracas sonore, ni dévastation.

Lusignan se tourna vers l'artillerie : les bouches à feu, cylindres muets de métal, le narguaient silencieusement.

— Qu'attendez-vous ?

Lusignan bondit jusqu'au premier canon, chercha le bombardier dans la pénombre, mais ne vit qu'un corps tordu, cramponné à la bombarde. Il fit un pas de côté, et se trouva devant une autre batterie. Le vétéran gallois gisait face contre terre, et un flot de sang s'écoulait sous sa mentonnière. Lusignan poursuivit sa course, s'arrêtant derrière chaque canon, jusqu'à la dernière bombarde. Les quarante braves soldats qui l'accompagnaient étaient tous morts, égorgés comme des moutons.

Lusignan hurla de rage et tomba à genoux. Son destin s'arrêtait là, sur les rives puantes d'un cours d'eau des Flandres, à mille lieues des déserts, des collines rocailleuses, des eaux baptismales du Jourdain, des mers de sel et des vallées fertiles de Samarie.

— C'est bien ce soldat, n'est-ce pas ? dit la voix d'un tout jeune homme, arrivant par-devers lui.

— Oui, messire : Henri de Lusignan, mon cousin, et troisième héritier du roi de Chypre.

— Décidez de son sort, monsieur de Charny, je vous le confie.

Et, après que Charles et sa phalange meurtrière se furent éloignés afin de donner l'assaut aux troupes d'Artevelde :

— Relève-toi, Henri, dit Jacques.

Il offrit sa gantière de mailles.

— Ce n'est pas ta guerre, cousin, poursuivit-il, avant de répéter d'une voix douce : relève-toi, Henri, et rentre chez toi.

Lusignan redressa la tête, et saisit la main tendue. Puis, sans un regard pour Jacques, il disparut dans la nuit.

13.

Avant l'aube, comme Artevelde l'avait prédit, le génie français avait reconstitué les traverses du pont. Le bois venant à manquer, les seigneurs les plus enhardis jetèrent leurs boucliers ou leurs pavois sur les solives. Arrivant du côté flamand, ils trouvèrent les planches qui avaient été retirées. Les ingénieurs replacèrent les claies sur les assises, si bien qu'avant neuf heures du matin l'ost traversa le cours d'eau.

Ainsi, les cinquante éclaireurs qui avaient franchi la Lys furent-ils rejoints par plusieurs milliers de seigneurs, parmi lesquels les oncles du roi. Avec son goitre, qui dépassait du plastron, son nez court, son regard stupide et méchant, Jean de Berry ressemblait à un cochon de foire qu'on aurait enveloppé d'un habit de soldat. En comparaison, Philippe de Bourgogne, coiffé d'un de ces feutres écarlates qu'il collectionnait par milliers, avec son regard qui portait loin, son nez fort, sa bouche saillante, sa taille haute et cambrée, avait l'air d'un *Imperator* guidant ses légions contre les barbares.

Le roi faisait dresser un grand pavillon au centre de Comines, que l'ennemi avait déserté quelques instants plus tôt en voyant le grand ost arriver du côté flamand de la Lys.

— Vous avez pris de grands risques, mon neveu, fit sèchement Philippe de Bourgogne, arrivant devant le pavillon du roi.

— Oui, beau neveu, de grands risques, approuva Berry avec une espèce de sifflement rauque dans la voix, qui s'accordait parfaitement à son visage de marcassin.

— Vous êtes trop jeune pour encourir de tels dangers, reprit le Hardi.

Charles VI fronça les sourcils.

— N'aviez-vous pas le même âge tendre, mon oncle, quand vous combattiez dans les marais poitevins ?

Personne n'avait oublié, en effet, le fameux épisode de la bataille de Poitiers, quand Philippe de Bourgogne, alors âgé de quatorze ans, avait secouru Jean le Bon, pris dans un corps à corps avec l'Anglais. « Père, gardez-vous à droite ! Gardez-vous à gauche ! » avait dit l'enfant, faisant tournoyer son petit glaive, et se frayant un passage dans la nasse ennemie. Près de trente ans après ce fait de gloire, et bien qu'il possédât, outre le courage, une culture savante et un sens aigu de la religion, on continuait de l'appeler le Hardi. L'Histoire retenant la guerre, plutôt que l'art ou la piété, ce surnom subsisterait, pendant des siècles, dans les annales des mémorialistes.

— Et puis qu'attendez-vous de moi, exactement, messieurs mes oncles ? ajouta le jeune roi, encore exalté par son expédition du petit matin. Officier sur un lit de justice, recevoir les ambassades, conférer pendant des heures avec des prévôts, des gens de loi et des notaires, tout cela n'est pas pour moi !

Cherchant un œil complice autour de lui, Charles tomba sur Jacques, qui ne l'avait pas quitté depuis les événements de la nuit. Le regard d'amitié du seigneur de Charny lui donna du courage.

— Il me faut combattre, mes oncles, pour être l'égal de Galaad et Lancelot !

Le Hardi toisa son neveu.

— Vous n'êtes pas héros de conte, messire, mais roi.

Puis, sévèrement :

— Un roi doit aspirer à la victoire par le conseil et la prudence, davantage que par l'épée.

— Absolument, ajouta Jean de Berry pour ne pas rester sans rien dire ; la prudence, plutôt que l'épée !

— C'est là tout mon malheur ! s'écria Charles. Un roi, de nos jours, ne se bat plus, il écoute ses conseillers, fait accroire qu'il rend des décisions, lève des nouveaux impôts, et quand, pour rompre la routine, on l'emmène sur un champ de bataille, c'est pour assister, de loin, sur une colline ou un promontoire, entouré de cinq cents gardes, au jeu de massacre que ses ministres ont décidé pour lui… Croyez-moi, messieurs mes oncles, je ne serai pas cet homme-là !

Le Hardi, qui n'avait que mépris pour ce jeune homme imprudent et fantasque, jeta un regard suffisant à son neveu, et pivota sur ses talons, aussitôt suivi par son frère cadet.

— Ils me détestent, murmura Charles alors que ses deux oncles quittaient les abords du pavillon.

Et, soudain inquiet d'en avoir trop dit :

— Ne m'écoutez pas, monsieur de Charny ; ces mots ne sont pas dignes d'un roi.

Jacques s'approcha, et, soudain conscient du destin contrarié de cet adolescent, qui rêvait de combattre, de jouir de la vie, d'aimer, de voir du pays, de parler librement, mais se voyait entravé dans son carcan de souverain :

— Moi, je ne vous déteste pas, sire.

Et il lui sourit affectueusement.

*

* *

Le lendemain, à huit heures, l'armée menée par Philippe le Hardi et Charles de France s'engageait dans le marais qui séparait Comines, d'où les Gantois s'étaient enfuis, de la colline de Roosebeke, où ils s'étaient retranchés.

Comme l'ost avançait dans cette tourbière asséchée, le vent se leva, le ciel tonna comme mille bombardes, et une pluie terrible, de ce genre torrentiel et visqueux qui ne survient qu'aux premiers jours de l'été, s'abattit sur eux.

L'eau monta jusqu'à mi-jambes, ruissela sur les visières, dégoulina sur les nuques, s'infiltra jusqu'aux aiguillettes des pourpoints ; cependant les chevaliers du ban avançaient en ordre de bataille, au pas et à l'ordonnance, bannières et pennons devant eux, et l'armée de France traçait un large sillon derrière elle, comme le fer d'une charrue.

On arriva avant midi, alors que l'orage se dispersait, laissant place à une brume aussi dense qu'une fumée d'incendie.

Côté flamand, sur la colline escarpée du Mont-d'Or, on s'étonnait que l'ost ait franchi la Lys malgré l'artillerie et les sentinelles et qu'elle continue d'avancer dans cette boue.

Certains s'enfuirent, effrayés par cette armée insubmersible.

Craignant de nouvelles défections, Artevelde décida d'expédier tout ce qu'il restait d'hommes valides au-devant des gentilshommes français. Bientôt quarante ou cinquante mille gens d'armes, équipés de massues et de gourdins à pointe de fer, descendirent sur la chaussée de Roosebeke.

— Quelle est cette masse informe que je distingue à l'horizon ? demanda Jacques, qui se tenait à l'avant-garde, au milieu des chevaliers démontés.

— C'est un bois, répondit Miles.

— Non, dit Arnaut ; c'est une forêt.

En effet, les lances des Flamands étaient si serrées et en telle foison qu'à travers l'épais brouillard on aurait dit qu'un millier d'arbres dévalaient vers l'ost du roi.

Sur un ordre d'Artevelde, qui se trouvait au milieu de ses légions, la forêt mouvante s'immobilisa sur la chaussée. À ce moment précis, un cavalier fendit l'avant-garde de l'armée française, précédé par une dizaine de lansqueniers. C'était le maréchal Pierre de Villiers, un vieux seigneur qui s'était couvert de gloire en Guyenne, et portait l'oriflamme de Saint-Denis.

Lorsque la bannière passa devant lui, Jacques fut saisi d'émotion. Il contempla les lettres historiées, les franges d'or, les reflets rouges, et fut pris d'un grand vertige. Il lui sembla soudain qu'un visage apparaissait sur la bannière, comme, naguère, le visage du Christ sur la toile du linceul. Mais ce n'était pas Jésus qui le regardait ; c'était son père, Geoffroy de Charny, qui avait vaillamment porté l'oriflamme à la bataille de Poitiers, quelques décennies plus tôt. Jacques s'était pris à détester ce père, mort alors qu'il n'était pas né. Et maintenant, ce père, dont il ne connaissait que la légende, s'incarnait dans cet objet merveilleux.

Jacques secoua la tête, et le mirage disparut.

Cependant, comme Pierre de Villiers s'extrayait des premiers rangs, un autre miracle s'accomplit. Alors que la bannière déployée flottait dans le vent, au vu et au su de toute l'armée, la brume se dissipa. Chacun put alors distinguer les Flamands agglutinés, à quelques pas seulement de l'ost du roi.

Pendant de longs instants, les deux armées se toisèrent, dans un silence extraordinaire.

Alors, à la tête de la troupe, Artevelde fit donner la charge. Les Gantois, formant un triangle large et compact, se jetèrent comme un seul homme. Ils se tenaient drus, entrelacés, si bien liés les uns aux autres qu'il semblait qu'on ne pouvait rompre leurs rangs.

Le choc s'avéra terrible. Pendant de longs instants, ce fut l'enchevêtrement le plus total, le fracas le plus singulier entre des chevaliers habitués à combattre et des foulons ignorants de la guerre, mais courageux, retors, obstinés. En outre, les Flamands disposaient de couleuvrines et de ribaudequins. Cependant le soleil avait ébloui leurs artilleurs, et ceux-ci visaient à l'aventure.

Après plusieurs minutes de combat, aucune des deux armées n'avait pris l'avantage. Philippe le Hardi, qui se tenait sur une hauteur aux côtés de son frère et son neveu, donna deux ordres concomitants : que la chevalerie démontée se retire, et qu'en même temps la cavalerie forme deux ailes afin d'encercler les Gantois.

— Déjà ? fit Arnaut, alors que le cor de retraite sonnait.

— Il n'est pas question que je quitte ce champ, lança Miles, voyant l'avant-garde française se dépeupler.

Le colosse avait déjà massacré une quinzaine de Flamands et ne comptait pas s'arrêter là.

— C'est le tour de la cavalerie, dit Jacques ; allons chercher trois chevaux, et repartons au combat.

— Allons-y ! approuva Miles, alors qu'Arnaut levait son arbalète pour arrêter un couleuvrinier qui les menaçait avec son canon.

À quelques centaines de pas derrière eux, sur son promontoire, le jeune roi bouillait de prendre part au combat.

— La retraite, déjà ? s'écria-t-il. Je ne vais pas laisser vaincre mon ost alors que je n'ai pas sorti l'épée !

— Vos exploits de cette nuit feront date, beau neveu, siffla obséquieusement Jean de Berry ; nul besoin de vous mettre davantage en danger.

— Et rassurez-vous, messire, ajouta Philippe de Bourgogne, votre armée n'est pas vaincue.

Au même moment, un cor de brume avertissait la cavalerie de donner la charge, de part et d'autre des Flamands.

— Voyez, messire, dit le Hardi.

Alors que, à l'exception de Jacques, Miles, Arnaut et quelques autres inconscients, toute l'avant-garde française s'était retirée, laissant croire aux Gantois qu'ils avaient vaincu, la puissante cavalerie française prenait l'armée flamande en étau.

Les Flamands s'écrasaient les uns contre les autres, vociféraient, mouraient d'étouffement, et ceux qui pouvaient encore brandir leur épieu, leur arc ou leur hache étaient aussitôt abattus.

Les épieux flamands, faits de branches d'aulne, étaient plus courts que les lances françaises, que les cavaliers braquaient sur eux du haut de leurs montures. Les haches à manche raccourci étaient bien dérisoires face aux longs glaives de Bordeaux. Les cottes des Gantois ne résistaient pas davantage que la soie grège, qu'ils auraient bien fait de continuer à vendre, plutôt que de guerroyer. Les épées angevines et picardes passèrent outre ces pauvres armures, pendant que les cuirasses françaises déviaient les flèches flamandes.

Au cœur de la bataille, nos trois amis, désormais à dos de palefroi, avaient déjà terrassé une centaine de Flamands ; Arnaut tenait le décompte précis de ses morts ; et chaque fois qu'un de ses carreaux transperçait un crâne ou une cotte, il s'exclamait :

— Quatorze !

Et, un peu plus tard :

— Trente-deux !

Miles ne s'en laissait pas dire ; sous l'émulation de son ami, il écrasait sous sa masse d'armes dix ou quinze ennemis de plus.

Tandis que l'armée française repoussait l'ennemi jusqu'à la colline du Mont-d'Or, Fricot, qui avait rejoint ses maîtres sous prétexte de porter l'écu de Miles et le carquois d'Arnaut, s'empressait de dépouiller les cadavres laissés par les deux hommes.

Non loin du batelier, Jacques combattait l'épée à la main, et enfonçait son fer au hasard parmi les ventres et les poitrines qui se présentaient devant lui. À un moment, Philippe Artevelde fut à sa portée. L'homme était masqué d'un heaume et posté sur un grand brabançon, quand les officiers flamands montaient des chevaux ardennais et n'avaient que de simples haubergeons.

Sans présumer de son importance, Jacques le provoqua d'un coup d'épée. La hache plombée du *regart* fendit l'air. Notre jeune héros l'évita de justesse. Et, avant qu'Artevelde ait pu redresser son assommoir et donner de grands horions, Jacques l'avait empalé. Des écuyers accoururent, et emportèrent Artevelde sur un brancard. Cependant la rumeur faisait déjà son chemin. Bientôt l'armée flamande, largement éparse et engourdie par la mort du capitaine, s'enfuit en ordre dispersé.

— Soixante-treize ! s'exclama Arnaut en plantant un carreau dans le dos d'un fuyard.

— Pas tout à fait, fit remarquer Miles, voyant que le soldat rampait encore vers la chaussée.

Fricot s'empressa de le rejoindre, et l'acheva d'un coup de botte ; puis, avec méthode, il inspecta le cadavre, et en un tournemain il avait fait recel d'une croix d'ivoire, d'un porte-monnaie garni, et de beaux souliers de cuir.

Quelques instants plus tard, Jacques, ayant quitté sa monture, escaladait la colline du Mont-d'Or.

Vers le milieu du versant, il s'assit sur un rocher. Et, tandis qu'il contemplait le vaste champ où s'entassaient des milliers de corps étouffés :

— J'apprends vos exploits, monsieur, dit une voix joyeuse, montant du chemin.

Le seigneur de Charny regarda vers la chaussée ; le roi, entre Jean de Berry et Philippe de Bourgogne, chevauchait vers lui.

— C'est un triomphe, continua Charles, qui mérite récompense.

— C'est bon avis, mon neveu, dit mielleusement Berry.

— J'approuve, dit Bourgogne en secouant son feutre de castor, qui avait été empoussiéré.

Puis :

— Voyez-vous cette bannière ? dit le jeune roi.

Il montra un écuyer qui marchait sur la chaussée, au milieu d'une dizaine de gardes ; le jeune homme était porteur d'une bannière, attachée à une hampe.

— C'est l'oriflamme, souffla Jacques en considérant le fanion à deux queues, frangé de vert et parcouru de flammes d'or.

— En effet ; c'est l'illustre gonfalon, qui fut envoyé du ciel par grand mystère, et est conservé en la basilique de Saint-Denis.

— Qu'est-il arrivé à Pierre de Villiers ?

— Le porteur de l'oriflamme est mort, dit gravement le jeune roi. C'est une rude perte pour la France, qui sait ce qu'elle doit à ce vaillant soldat.

Puis il ajouta, avec la même solennité :

— L'oriflamme vous revient ; vous le porterez dans ma bataille, comme votre père avant vous.

Jacques s'approcha du destrier et baisa le pied du souverain.

— C'est la plus belle des récompenses, messire, murmura Jacques, alors que des larmes troublaient sa vue.

Mais, avant qu'il ne soit tout à fait submergé par l'émotion, il serra de plus près le palefroi du souverain, et murmura quelques mots.

— Par monseigneur saint Denis, s'écria Charles VI, ce gentilhomme n'est pas du genre à renoncer ! Sachez, monsieur de Charny, que je vous aime bien ! J'apprécie votre assurance et votre aplomb ! Et puisque vous portez si hardiment cette requête, oui, monsieur de Charny : je l'agrée !

V

LE SIÈGE DE SAINT-LYÉ

1.

Certains hommes remuent des montagnes et ne recherchent ni gloire ni fortune, ni d'autres formes de pouvoir ou de possession ; ils sont rares ; Anselme était de ceux-là.

Il convainquit les deux cents ouvriers de la nouvelle église de continuer le travail, bien qu'ils ne soient plus salariés ; il mit en gage l'orfèvrerie de la collégiale pour couvrir les besoins du chantier ; il puisa dans la cassette de Jeanne de Charny, car les souffleurs de verre menaçaient de démonter la grande rosace, faute de paiement ; il mendia quelques doublons auprès d'Hélène de Thouars, la veuve du riche Rabier, afin d'acquitter le dernier versement des fondeurs de Villedieu.

Mais quand une délégation de manœuvres, hâves, nerveux, les yeux cernés à force de manger l'infâme bouillie qu'on leur servait deux fois par jour, menaça de cesser le travail, le prieur soupira de tristesse.

— Regardez ce qu'on nous fait manger, dit Clotaire, le doyen, un homme de haute taille, aux mains calleuses, au regard perçant, avec un de ces visages anguleux qu'on trouve dans les campagnes du nord de la France.

L'ouvrier montra la soupière.

Au-dessus d'une eau jaune et visqueuse, quelques morceaux de viande émergeaient. Des fragments sombres s'en détachaient, retenus par des filaments nerveux. L'ensemble était strié de pourriture blanche. Le prieur fut pris d'un haut-le-cœur, mais réprima son dégoût.

— On dirait une soupe de pisse et sa garniture d'étrons.

À court d'arguments, Anselme se tut.

— C'est un bouillon de racines, murmura-t-il finalement ; nous n'avons plus de navets ; et pour la viande, c'est la seule qu'on ait bien voulu me vendre…

— On vous a volé, mon père.

— À trois deniers la livre, je n'enrichis personne.

— À ce prix-là, c'est de la vermine assemblée.

Clotaire prit la louche et l'appuya sur une portion solide, qui se décomposa en une dizaine de morceaux.

— Et je gagerais que ce n'est pas de la chair, mais du boyau.

— Que veux-tu ? dit Anselme ; nous n'avons plus un sou.

Le prieur invita l'ouvrier à le suivre à la collégiale, le fit entrer au cellier, et montra son cahier de finances. C'était peine perdue : personne, parmi ces gens de rien, ne savait lire ou compter.

— Je n'y comprends rien, fit Clotaire.

— C'est pourtant simple ; voici les recettes, sur la gauche, et les dépenses, sur la droite.

La colonne de gauche était vide ; celle de droite était emplie de chiffres, de symboles, d'annotations.

— Nous n'avons plus un sou, répéta le prieur.

— Ça n'est guère étonnant, fit remarquer Clotaire ; vous n'avez pas donné d'ostension depuis Pâques. La relique attire les pèlerins, lesquels apportent l'argent.

Le bon sens paysan, ordinairement, fait sourire, mais Anselme répondit d'un air accablé :

— L'ostension est impossible, pourtant…

— Expliquez-moi cela, mon père.

— Je ne puis parler ; j'ai juré de garder le silence, en attendant le retour du seigneur de Charny.

— Voilà deux mois qu'il a disparu ; si nous devons attendre son retour pour manger et toucher nos salaires, nous sommes bons pour mourir de faim.

Anselme s'éloigna sans un mot, avec un signe de la main. Le visage fermé, il traversa le chantier, et marcha vers la maisonnette attenante au cloître, à l'endroit même où le pauvre Raoul avait été assassiné. À peine fut-il arrivé dans sa cellule qu'il se jeta sur la modeste paillasse. Il médita pendant de longues minutes. Sa concentration était intense. Il s'interrogeait lui-même plutôt qu'il n'interrogeait Dieu. Ses yeux grands ouverts semblaient sonder la voûte de plâtre écaillé.

Soudain il se redressa.

Après avoir bondi sur ses pieds, il baisa le crucifix cloué sur sa porte et sortit.

— Clotaire ! hurla-t-il à travers le pré.

Le doyen se présenta devant lui.

— Rassemble tous les corps de métiers : les ouvriers de la pierre et de la taille ; les compagnons de la coupe et de la forge ; les fondeurs, les vitriers, les charpentiers et les maçons.

Quand les deux cents ouvriers furent réunis, Anselme monta sur un muid et attendit le silence ; puis il dit d'une voix puissante :

— Vous avez faim, n'est-ce pas ?

Certains, parmi les hommes, acquiescèrent ; d'autres jetèrent des regards hostiles au maître abbé ; mais tous levèrent les yeux vers lui.

Alors Anselme ajouta :

— Moi aussi !

Il tendit les mains vers l'assemblée.

— Regardez-moi ; je n'ai rien mangé depuis un mois… Je vous ai donné mon pain… Mes frères de la collégiale se sont privés pour vous…

Il montra les cinq officiers de la collégiale qui se tenaient derrière lui ; deux au moins étaient obèses, mais à leur cou flasque, leur front soucieux, leur teint bistre, on voyait bien qu'ils n'étaient plus rassasiés depuis longtemps.

— Et croyez-moi, affamer ces moines ne fut pas une mince affaire !

Quelques rires fusèrent.

— Alors vous manquez de pain, reprit le prieur d'une voix calme mais nullement apaisée ; vous manquez de bois pour vous chauffer, de robes et de chemises pour vêtir vos femmes et vos enfants, et surtout de bon vin pour oublier votre misérable condition… Mais moi je vous le dis…

Le prieur laissa planer un instant :

— C'est une grâce de Dieu !

Puis, comme certains ouvriers, parmi les premiers rangs, l'interrogeaient du regard :

— N'aviez-vous pas peur, quand Pierre d'Arcis vous accusa d'hérésie ? N'étiez-vous point terrifiés, quand il vous nommait relaps ? N'aviez-vous pas froid, quand la neige tombait ? Et pourtant vous éleviez ces tours, ces flèches, et ce clocher à la gloire de Dieu ! Vous sculptiez ces tympans à vingt toises de haut ! Vous grattiez le gel et le verglas sur le plâtre, alors que vos doigts brûlaient d'engelures ! Vous aviez peur, vous aviez froid, et maintenant vous avez faim ; mais regardez cette église, regardez ce monument de gloire, que vous avez bâti de vos mains !

Le prieur s'interrompit un court instant ; un grand silence s'était levé dans la plaine ; on n'entendait plus que le souffle des vieillards, le crépitement des forges, un hennissement de cheval et, au loin, le murmure sourd et percutant de la carrière de Savoisy.

— Mille ans s'écouleront avant que la voûte s'affaisse, avant que les vitraux pâlissent, avant que les arcs ploient sous les croisées d'ogives !

Des hommes, parmi les plus âgés, marquèrent leur approbation, et la foule, sensible à cet orateur en guenilles, dont l'aube était largement souillée, dont la chasuble de pluie était rapiécée, dont les semelles étaient fines comme du papier, semblait se tendre vers cet homme d'apparence débile mais capable de faire jaillir des mots de feu.

— Souvenez-vous de Jésus devant les marchands qui faisaient commerce de Dieu ; souvenez-vous de Sa colère ; comme Notre-Seigneur, armez-vous de rage, et soulevez-vous contre Pierre d'Arcis, dont l'ange maudit s'introduisit dans cette église, et déroba le saint suaire ! Lui seul est à l'origine de notre ruine !

Dans les rangs, on échangea des regards de stupéfaction ; on chuchota ; certains criaient déjà vengeance. Anselme convoqua l'Esprit, le Démon, le Péché, l'Indignation. Bientôt la foule saisit les bâtons, les fourches, les marteaux, tous les objets tranchants que l'on trouva sur le chantier. Et cette armée d'indigents, animée par la faim et emportée par la colère, prit la route de Troyes.

2.

Les émeutiers s'arrêtèrent à Bonneval ; il y avait parmi ces affamés des candidats au pillage ; ce fut l'occasion d'une nouvelle harangue, où Anselme promit le salut à tous, à l'exception des voleurs et des trousse-culotte.

Les notables de la ville firent ouvrir les greniers.

— Voici notre manière de participer à cette sainte expédition, dit le juge Bertrand.

— Dieu vous bénisse, répondit Anselme tandis qu'il faisait répartir les sacs de blé, les tonneaux de vin et les cagettes de fruits.

Les « soldats de la relique », comme les ouvriers s'étaient surnommés, repartirent avec ces nouveaux fardeaux. Sur la route de Troyes, des centaines d'hommes, de femmes et d'enfants les rejoignirent, et de deux cents le matin, ils étaient trois mille le soir, quand ils décidèrent de faire halte dans une plaine tranquille, traversée par la Hurande.

Le gros Jean, qui avait rejoint le cortège dès sa formation, avisa un pigeonnier, afin d'installer le prieur. Pendant ce temps, les petites mains s'affairaient selon leurs compétences : les boulangers cuisaient le pain, les manœuvres taillaient des tréteaux pour le dîner, les lingères faisaient tremper les vêtements souillés dans des bassines de soude, et, passant dans les rangs, Anselme songeait que son armée valait largement celles de Lysandre et Odénat, pour l'esprit de corps et la détermination.

Après le repas, qui fut gras et joyeux, le prieur donna l'hostie. Maintenant qu'on avait nourri les ventres, il fallait sustenter les âmes. Saint-Lyé, où résidait Pierre d'Arcis, ne se trouvant qu'à deux lieues, Anselme avait prévu de réveiller ses troupes à l'aube, et de donner l'assaut au petit matin.

Par conséquent, vers minuit, il se retira dans son abri de fortune. Le pigeonnier que Jean avait réquisitionné se trouvait au milieu de la plaine, à quelques pas de la Hurande. Surélevé de trois pieds pour repousser les rongeurs, il accueillait des milliers d'oiseaux pendant les migrations du printemps. Anselme gravit les barreaux de l'échelle, et vit qu'on avait chassé les palombes, nettoyé le parquet à grande eau, et disposé sur le sol une paillasse et un bassinet pour la toilette.

— Ils m'aiment, murmura-t-il, et me suivraient jusqu'à l'outre-monde si je l'ordonnais.

Puis il se jeta sur sa couche et contempla la voûte étoilée à travers les trous de la charpente.

— Dieu, pardonne-leur, continua-t-il à demi-voix ; ils sont fous.

Et aussitôt il s'endormit.

⋆

⋆ ⋆

Tous les feux du campement s'étaient éteints, à l'exception d'un grand brasier, qui flambait devant le pigeonnier et semblait signaler aux « soldats de la relique » que s'y trouvait le poste de commandement.

Anselme n'entendit pas le premier coup frappé à la porte, et pour cause : il dormait, fourbu d'épuisement. Le second coup fut plus sec et résonna dans la haute pièce de bois ; le troisième, enfin, fit trembler les cloisons. Anselme dressa légèrement la tête mais, succombant à cet état de somnolence agréable où l'on fait difficilement la part du rêve et de la réalité, il laissa retomber.

À ce moment-là précisément, la porte s'ouvrit sans avertissement, et une voix amicale et bourrue tonna sous la charpente :

— Eh là ! debout, prieur !

Anselme sursauta.

— Qu'est-ce ? dit-il, attrapant sa crosse, qu'il n'avait jamais rechigné à brandir pour châtier un novice coupable de licence, ou menacer un ouvrier soupçonné de vol, et qu'il n'aurait pas peur de dresser pour défendre sa vie.

— Tout doux, l'animal ! dit l'intrus, qui était si grand qu'il courbait l'échine sous les poutres de la voûte, haute d'au moins six pieds.

Le colosse éleva la torche qu'il tenait dans son poing, et au bout de laquelle il ne restait plus qu'une toute petite flamme sur le point de s'éteindre.

— C'est vous ! s'écria le prieur.

— C'est nous ! répondit Miles de La Roche.

S'écartant alors de la porte qu'il obstruait en raison de sa stature :

— Entrez, mes amis !

Aussitôt Arnaut entra. Le batelier Fricot suivait, revêtu d'un harnois cousu de joncs d'or, de poulaines à bout pointu et d'un chapeau multicolore qu'il avait dérobés sur des cadavres, après la bataille de Roosebeke.

— Que faites-vous chez moi ? s'indigna le prieur en se tournant vers Miles. Et cet accoutrement ridicule ? ajouta-t-il à destination du batelier.

— C'est mon bel habit de guerre ! protesta Fricot.

— Où vous croyez-vous ? À la Chandeleur ? À l'aoustée ? Ce n'est pas encore mardi gras, que je sache.

— D'abord, répondit Arnaut d'une voix calme, nous revenons de Flandre, où nous avons donné bataille, et M. Fricot est vêtu en conséquence ; ensuite, monsieur l'abbé, vous n'êtes pas chez vous, mais chez moi, car cette terre m'appartient, ainsi que ce pigeonnier, et quelques dizaines de mes serfs qui ont rejoint votre expédition.

— Autrement dit, fit Miles, ces gueux méritent la corde ou le gibet.

— Pardonnez à vos serfs, qui défendent leur pain, dit Anselme d'une voix où se mêlaient la colère et le défi ; pardonnez à vos vilains, qui combattent l'infamie ; pardonnez à vos gueux, qui sont pleins de courage ; ils n'ont rien à faire ici, et j'ordonne à l'instant qu'ils lèvent le camp !

Le prieur se leva et se dirigea vers la porte, mais Miles s'interposa.

— Vas-tu écouter, vieux bougre ?

— Je ne leur demande pas de partir, reprit Arnaut ; ni mes gens, ni ceux de Miles, ni ceux de la maison de Charny, ni les cinq cents villageois qui les accompagnent.

— Ils ne sont pas cinq cents, dit Anselme d'une voix sourde, mais plus de trois mille, recensés à la veillée.

— Trois mille vachers, charpentiers ou forgerons ne suffiront pas pour assiéger la forteresse de Saint-Lyé… Il y a trente ans, Henri de Poitiers fit reconstruire la résidence des évêques de Troyes. Cette forteresse survécut aux chevauchées anglaises et aux brigandages des Grandes Compagnies. Ses murailles sont bâties en amande pour contrecarrer les grappins d'acier. Et, quelle que soit la détermination de l'assaillant, ses larges douves interdisent la sape ou l'invasion.

— Alors nous n'avons plus qu'à rentrer chez nous pour mourir de faim et d'indignité !

Miles leva les bras au ciel.

— Par saint Isidore le laboureur, vas-tu t'adoucir, l'abbé ? Nous sommes partisans de ta cause !

Anselme modéra sa voix, et, légèrement moqueur :

— Que proposez-vous, alors, messieurs mes partisans ?

— Nous connaissons la guerre, mon père, commença Arnaut de sa plus belle voix, mais aussitôt Anselme toisa le seigneur corseté dans sa tunicelle indigo et des chausses si moulantes qu'elles laissaient deviner son intimité.

— La guerre, monsieur de Thouars, n'est pas affaire de mirliflore ou de coquet.

Arnaut sourit en pinçant les lèvres, affligé d'être éternellement précédé par sa réputation, mais conscient qu'on n'arrête pas un feu qu'on a attisé des années durant.

— Quant à ce bouffon de carnaval, reprit le prieur en désignant sévèrement Fricot, sa place est à la fête de l'Âne bien plus sûrement qu'au combat.

— Ah ! la fête de l'Âne, soupira le batelier de Seine, j'ai du baume au cœur rien qu'à y penser… Chaque année, les femmes se déguisent en hommes, les moines se griment en démons, les fous sont portés en triomphe, les taverniers ouvrent leurs meilleurs muids… Et parfois, même, les gourgandines se donnent à prix d'ami… Songez qu'il y a trois ans la mère Barbe m'invita dans sa couche ; ah ! elle était bien vilaine, Barbe, mais Dieu qu'elle connaissait l'amour… Parfois elle me manque bien…

— Épargne-nous tes états d'âme, Fricot, ordonna Miles.

Puis, se tournant vers Anselme :

— Et toi, l'abbé, tes médisances tombent à faux ! Malgré sa coquetterie, Arnaut est vaillant dans la bataille ! Regarde plutôt cette étoile timbrée d'un soleil d'or agrafée à son pourpoint.

— Cette breloque ? fit le prieur en jetant un coup d'œil soupçonneux.

— Cette breloque n'est rien d'autre que l'ordre de l'Étoile, que le roi nous remit à Roosebeke, pour services rendus à la Couronne.

Anselme examina attentivement le fermail, et ne put s'empêcher de sourciller d'admiration.

On n'attribuait la broche étoilée qu'aux plus intrépides des soldats, ceux qui se montraient dignes des premiers chevaliers de l'ordre institué par Jean le Bon. Avant la bataille de Mauron, ceux-ci, faisant face à un ennemi supérieur et mieux armé, avaient juré de ne pas reculer de plus de quatre pas. Et quand l'armée anglo-bretonne avait chargé, quatre-vingt-dix d'entre ces seigneurs, fidèles à leur engagement et aux statuts de l'ordre, étaient restés figés dans la boue, malgré la pluie de flèches qui s'abattait sur eux, jusqu'à ce que mort s'ensuive.

— Eh bien, donc, messieurs, quelle est la marche à suivre, si je veux prendre ce bastion ? dit le prieur, adouci par le vénérable insigne.

— C'est bien simple, mon père, répondit Arnaut d'une voix ferme. Confiez-nous vos hommes, et nous vous offrirons ce fortin.

3.

Après la canicule de juin, des pluies terribles s'étaient abattues sur la Champagne pendant les premiers jours de juillet ; et, après avoir dansé de joie, les paysans s'inquiétaient de la pourriture blanche et des taches de septoriose, qui menaçaient la vigne et le blé.

Au milieu de la plaine, entre les arbres chargés de pluie qui ne protégeaient plus de l'orage, les tentes détrempées et les réserves de nourriture qui s'amenuisaient jour après jour, le siège de Saint-Lyé semblait n'en plus finir.

Le 6 juillet au matin, Pierre d'Arcis avait reçu le doyen Clotaire, qui s'était porté candidat pour une ambassade ; deux heures plus tard, les miliciens de l'évêque avaient balancé Clotaire par-dessus le garde-corps de la tour de guet ; et, chaque fois qu'un compagnon avait plongé dans la douve pour repêcher le cadavre, une volée de flèches s'était abattue sur lui. Ainsi, depuis dix jours, le cadavre flottait dans la fosse, battu par l'interminable pluie et gonflé comme une outre d'eau.

Ayant obtenu le soutien du pape, l'évêque d'Arcis s'était fait accorder un crédit de mille florins par Avignon. Il avait profité de la somme pour embaucher une quarantaine de mercenaires scandinaves échoués sur les routes de France depuis que leur employeur flamand s'était fait mater à la bataille de Roosebeke.

À la recherche d'armes de défense, leur chef trouva des orgues à carreaux, entreposées dans les caves de la forteresse depuis les chevauchées anglaises. Ces armes à torsion, achetées à prix fort à l'atelier des Misaglia, n'avaient jamais servi ; il fallut quelques heures seulement pour les remettre en état ; et, le 10 juillet, au cœur de l'après-midi, une nuée s'éleva dans le ciel de la plaine avec un sifflement sinistre. Deux cents flèches, d'abord indistinctes, puis clairement identifiables, retombèrent sur le sol meuble, fauchant au hasard les ouvriers, leurs femmes et leurs enfants.

Le reste du contingent s'enfuit, épouvanté, à l'abri des balistes meurtrières.

On installa les toiles à l'orée d'un petit bois qui existe encore aujourd'hui, entre Saint-Lyé et Saint-Benoît.

Le lendemain, Miles et Arnaut passèrent en revue les troupes et constatèrent le nombre de défections.

— Nous avons moitié moins d'hommes, jaugea le colosse, alors que les deux amis marchaient au milieu des « soldats de la relique », qui s'animaient à leur passage avant de retomber dans une espèce d'attente léthargique.

Les deux hommes s'assirent sur un talus, à l'abri d'un chêne qui les protégeait de l'averse.

— Il est temps de donner l'assaut, fit Miles.

— Je veux bien, dit Arnaut, mais sans canons, nous sommes bien dépourvus…

— Nous n'avons qu'à incendier les murailles…

— C'est peine perdue : comment le feu prendrait-il, sous cette pluie ?

— Nous ne manquons pas de menuisiers talentueux… Faisons faire un grand bélier !

— Les portes du château sont coulées de plomb ; et d'abord, il faut passer les douves…

— Nos hommes traverseront la fosse à la nage, et jetteront des échelles sur les parois.

— Les créneaux des tours et des courtines sont inclinés, si bien que les extrémités des grappins ne s'y accrochent pas. Et dans l'hypothèse où nos compagnons parviendraient à escalader ces murailles, vois-tu ces bretèches et ces meurtrières ? Arrivés à mi-pente, nos soldats recevraient de la chaux vive ou de l'huile bouillante ; et nous perdrions des centaines d'hommes, tandis que l'évêque prononcerait ses anathèmes en nous toisant depuis le donjon.

Miles sembla se résigner ; mais, alors que les deux amis rejoignaient la clairière où quelques ouvriers s'entraînaient à l'archerie :

— Et un tunnel ? s'écria soudain le géant. Après tout, ces ouvriers édifient des églises, ils sont capables de creuser !

— La terre est calcaire par ici, répondit Arnaut, et en passant sous la douve la galerie prendra l'eau.

— Alors que proposes-tu ?

— D'attendre, mon ami ; ce château ne possède ni grenier ni bêtes ; et avant la Saint-Jacques, Pierre d'Arcis et ses mercenaires mourront de faim.

Mais dix jours avaient passé, Anselme avait prononcé la messe du Saint-Sacrement, la pluie avait continué de tomber, et les assiégeants commençaient à manquer de nourriture.

— J'ai une idée, déclara Miles, entrant sous la tente d'Arnaut, au matin du 23 juillet.

— Je t'écoute.

— Dis-moi, Arnaut… Quel obstacle nous retient, et nous enlise dans cette boue ?

— Les douves, bien sûr…

— Eh bien, dit Miles avec un ton de gourmandise : traversons-les !

— Tu es fou ! Ces douves ont quarante pieds de large ; au rythme d'un millier de seaux par homme et par nuit, et dans l'hypothèse où la pluie couvrirait notre vacarme, un an n'y suffirait pas…

— Qui parle de vider les douves ?

Miles souleva la toile de tente et montra un vieux bâtiment de pierre se dressant devant le fossé, du côté des assiégeants. C'était une chapelle, désaffectée depuis longtemps.

— Quarante pieds, dis-tu ? J'ai fait mesurer cette église ; c'est précisément la hauteur de son fronton.

Miles déroula son plan ; et, quelques instants plus tard, les deux amis criaient les ordres à ceux parmi les ouvriers qui n'avaient pas encore déserté.

4.

Dernier-né d'une famille de Châlons et naturellement destiné à l'ordination, Pierre d'Arcis était entré à Cîteaux, car l'antique abbaye étendait toujours son influence en Champagne, malgré la concurrence des ordres mendiants.

Élève infatigable et tenace, doté d'une surprenante capacité de mémorisation, il s'était fait repérer par le canoniste de l'abbaye quand, à l'occasion d'un débat sur l'existence du Purgatoire, Pierre d'Arcis avait fait mieux que la démontrer, il avait aussi déterminé son emplacement :

— En effet, avait indiqué le jeune Pierre d'Arcis en s'appuyant sur les plus grands experts de la question, c'est dans l'île de Sicile que s'ouvrent les marmites qui crachent le feu. La fin du monde s'approchant, celles-ci s'élargissent chaque jour davantage, pour purger les âmes des impénitents.

Quelques années plus tard, faisant carrière à Avignon, le canoniste s'était souvenu du brillant novice qui avait impressionné le chapitre général de l'ordre en positionnant l'entrée du feu purificateur dans le cratère de l'Etna.

Registeur, curialiste, pronotaire, prélat, les nominations s'étaient alors enchaînées pour Pierre d'Arcis, sans calcul, manœuvre ou stratégie.

Le pape lui avait délégué le droit d'édicter des arrêts, d'absoudre, de condamner à l'enfer, de séparer le vrai du faux. Pied à pied, Pierre d'Arcis avait défendu la Trinité, la Pénitence, la Transsubstantiation.

Ces dogmes constituaient sa charpente et le faisaient tenir debout.

Mais tandis qu'en cette aube du dernier jour de juillet il montait au sommet de sa forteresse, il songea, dans un état de conscience absolue : *Que me restera-t-il des postures, des doctrines, des idéaux ?*

L'anathème envers la famille de Charny et ses misérables ouvriers, le complot pour s'emparer du linceul, le sort de ce jeune écuyer de cuisine, et maintenant le siège devant la résidence de Saint-Lyé… Il n'avait jamais voulu s'attirer l'inimitié de quiconque ou faire violence à quelqu'un. Il n'avait fait qu'appliquer des textes, sans réfléchir aux implications. S'était-il jamais interrogé quant aux croyances qu'il avait faites siennes, depuis ses premières années ? Lui, l'exécuteur, s'était laissé griser par des enjeux qui lui semblaient maintenant bien dérisoires. Des hommes et des femmes étaient morts, au nom de l'infaillibilité du pape et la continuité de la véritable Église, instituée par Jésus-Christ.

Ai-je vraiment cru tout cela ? pensa-t-il en arrivant sur la plate-forme fortifiée.

Le soleil se leva sur la plaine.

Les trois mille paysans, ouvriers, gens de rien et de maison avaient levé le camp. Il n'y avait plus rien qu'un champ de friche, de la maison forte à la boucle de la Seine. La stratégie du prieur Anselme consistant à affamer les assiégés avait valu de manière égale pour les assiégeants ; et aussitôt que les « soldats de la relique » avaient manqué de biens et de nourriture, ils étaient partis.

L'évêque de Troyes considéra ce triomphe, qui ne lui donnait pas de joie.

— Ils n'auront pas mis longtemps à se lasser, murmura-t-il, alors que sa grande carcasse se déployait afin de jouir des premiers rayons.

Mais, au même moment, un coup de tonnerre monta de la fosse. Suivit un cri de guerre, qui semblait provenir d'un millier de gorges.

Alors Pierre d'Arcis s'appuya sur un mâchicoulis, se pencha au-dessus d'un créneau, et constata qu'à la place de la douve un flot humain, accolé contre les murailles, menaçait son château d'axiomes et de postulats. Il était seul maintenant, dépouillé des armes de la dialectique et de la théologie. Bientôt il ne resterait rien des principes qui avaient déterminé chaque étape de sa vie.

Je suis nu, pensa-t-il.

Et il frissonna.

5.

Anselme aurait pu se montrer réticent à l'idée d'abattre un édifice consacré, mais, conscient des risques de famine et de pillage, il consentit au souhait de Miles.

— Vous n'avez plus qu'à pousser ce pan de mur, dit le prieur alors que les ouvriers de la collégiale emportaient les dernières pierres de contrefort. Il semble fier et solide, mais menace de basculer à chaque instant.

Miles ne s'était pas fait prier, et avait chargé de l'épaule.

Rien n'avait bougé, d'abord. Puis, avec un grondement sourd, une craquelure avait fendu le fronton, et, soudain, dans un craquement terrible, la façade s'était effondrée sur la fosse d'eau.

Du côté des mercenaires de Pierre d'Arcis, on n'avait rien vu venir : la veille encore, le frontispice se dressait, intact, face à la muraille du château.

— Aux armes ! hurla leur chef, un Danois massif et trapu, tandis qu'il emboîtait, au-dessus d'un surcot à mailles annulaires, son heaume prussien, avec une longue fente à la place des yeux, et deux cornes de métal qui le faisaient ressembler au taureau du labyrinthe.

Ce chevalier défroqué de l'ordre teutonique, recruté à prix d'or par Pierre d'Arcis, avait compris qu'une horde allait surgir. C'était déjà trop tard pour espérer conserver l'intégrité du fortin. Il fallait semer la panique et l'effroi parmi les premiers agresseurs, et souhaiter que les suivants se découragent.

Le Danois se jeta sur la brèche, alors que les assaillants se faufilaient dans la trouée ; ces pauvres gens n'avaient jamais vu un chevalier teuton ; ils le crurent sorti de l'enfer ; et, sûrs de leur mort, et simplement armés de tournevis et de marteaux, ils se défendirent sans conviction, et se laissèrent tuer sans révolte.

Bientôt, à la place de l'ouverture pratiquée dans la muraille, c'était un amoncellement de cadavres qui s'accumulaient les uns sur les autres, et ne tardèrent pas à reboucher le trou.

Le premier flot d'ouvriers en avait aspiré d'autres, et le piétinement provoqua trois dizaines de morts. Au même instant, des grappes entières d'hommes effrayés par la débâcle plongèrent dans l'eau de la douve et se noyèrent.

— C'est un désastre, dit Miles.

Arnaut lui tendit le cor de retraite, et, avec un long soupir de tristesse :

— Ton souffle porte plus loin que moi.

À regret, Miles approcha le cor de ses lèvres.

Cependant, au moment même où il s'apprêtait à souffler dans l'olifant, un murmure s'éleva, derrière eux, au milieu des ouvriers pris de panique.

Un cavalier fendait la foule à rebours. Il arborait une grande bannière historiée, à fond rouge, et prolongée par deux pointes frangées.

C'était Jacques, qui s'était vu confier l'oriflamme du roi. Par décret du souverain, le seigneur de Charny l'avait porté de la Flandre à Saint-Denis afin de le faire consacrer pour une nouvelle expédition. Enfin, Jacques avait rejoint Saint-Lyé. Pendant ces quinze jours de voyage, Arnaut et Miles s'étaient efforcés de faire oublier l'absence de leur ami, mais ces deux semaines leur avaient paru bien longues.

— Place ! s'écria le seigneur de Charny.

Et, ouvrant la voie sur son cheval, écartant les valides, piétinant les morts, enjambant les blessés, Jacques traversa le pont de pierre et, en un tournemain, se trouva devant la brèche.

Profitant de l'aspiration, Miles et Arnaut se joignirent à lui et donnèrent des ordres brefs, afin qu'on débarrassât les corps et les gravats qui empêchaient le passage. Puis, quand l'ouverture fut libérée, les trois amis, suivis par une centaine de compagnons, se déversèrent dans l'enceinte.

— Enfin te voilà ! dit Arnaut en se frayant un passage jusqu'à Jacques, félicité de toutes parts pour cet assaut victorieux. Tu nous sors d'une mauvaise passe…

— Je n'y suis pour rien, répondit Jacques, avec un très léger sourire, et un exemplaire maintien de soi, indiquant son souci de ne pas laisser transparaître sa fierté.

Et, désignant la brèche dans la muraille :

— Qui est l'instigateur de cette ruse digne d'Ulysse et Sinon ?

Miles émergea du rang.

— C'est moi ! vociféra-t-il, rouge d'orgueil, et sans parvenir à se donner l'humilité de Jacques.

— Viens là, brave entre les braves, que je t'embrasse !

Jacques donna l'accolade à son ami.

— Eh bien, dit Arnaut après cette courte célébration, on dirait que l'évêque n'est pas du genre à s'avouer vaincu.

En effet, la grande cour était investie depuis longtemps ; mais nulle part il n'y avait trace de Pierre d'Arcis.

— Là-bas, au donjon, commanda Jacques en abaissant l'oriflamme comme s'il pointait un adversaire, à l'autre bout d'un champ clos.

En fait de donjon, c'était une tour en pierre de six étages, isolée au milieu de la cour de terre battue. Les trois amis y accoururent comme un seul homme, et tentèrent d'ouvrir sa porte rivetée ; mais les mercenaires l'avaient bloquée de l'intérieur, en y apposant toutes sortes d'objets, dont un banc, une armoire et un chiffonnier de plomb.

— Écartez-vous ! s'écria Miles.

Et, tandis qu'Arnaut et Jacques plongeaient derrière un tonneau cerclé, Miles se jetait sur le montant de bois.

Il fracassa tout sur son passage, emportant avec lui les meubles, qui giclèrent, éparpillés.

— Ah ! te voilà, démon ! s'écria Miles, apercevant, dans la lumière d'une meurtrière, le casque à cornes du chevalier teuton.

Une dizaine de mercenaires, vêtus de robes de mailles, formaient un rang compact devant lui, et barraient l'accès à l'escalier du donjon. Quelques-uns parmi ces hommes tenaient des armes à torsion. C'étaient ces fameuses orgues d'Italie, capables d'envoyer, d'une seule et même volée, une quinzaine de carreaux.

Les miliciens brandirent leur instrument vers Miles.

— Sus ! hurla le chevalier teuton.

Miles reçut trois carreaux dans la cuisse, et continua d'avancer.

Une seconde volée de flèches transperça sa barde de flanc.

La troisième toucha son bras.

Sa cotte, recouverte d'un habit, fut bientôt perforée par une quarantaine de traits.

D'abord insensible à ces morsures de guêpe, Miles leva son épée contre les soldats ; il en tua peut-être dix avant de plier un genou. Mais alors le chevalier teuton brandit son arbalète, et relâcha quinze carreaux, qui vinrent transpercer son cou, entre le heaume et le harnois.

Miles s'écroula sur le coup.

Au même instant, comme l'air cessait de siffler, Jacques risqua un coup d'œil dans l'embrasure.

— Non ! hurla-t-il.

Et, tandis qu'il se jetait dans la coursive, Miles tourna sa tête vers lui.

Le colosse, à terre, était à bout de souffle ; le chevalier teuton appuyait sa lourde épée sur son cœur ; et, alors que Jacques accourait, impuissant, le Danois, d'un coup de paume, enfonça sa lame dans le sein de Miles.

Mais le corps du géant était si large que l'épée ne put le traverser tout entier et s'arrêta entre la garde et la pointe, retenue par quelque muscle puissant ; alors, comme Jacques arrivait sur lui, le chevalier teuton s'aida de l'épaule, et planta l'épée jusqu'au pommeau.

Miles tressaillit de tout son corps, sembla rouler sur lui-même et, après une dernière ruade, s'immobilisa.

Le Teuton releva la tête ; il essayait d'enlever sa lourde épée du corps de Miles ; Jacques leva son épée, et l'abattit sur la nuque du moine-soldat.

La tête, enfermée dans son casque de plomb, roula quinze pieds plus loin.

Alors, avec un cri de désespoir, Jacques plongea sur le corps de Miles, et s'enroula autour de lui ; puis, mû par une force invisible, il se redressa et, d'un énorme coup de rein, souleva le géant.

Et bientôt, sur le seuil de la porte, on vit apparaître Jacques.

Il portait à bout de bras le corps de son meilleur ami.

6.

— Dis-moi qu'il vit, supplia Arnaut, alors que Jacques déposait le corps sur un lit de paille, au milieu de la cour de terre battue.

Le seigneur de Thouars s'agenouilla devant Miles.

— Dis-moi que tu vis ! ajouta-t-il en prenant la tête énorme entre ses mains.

Le haut du corps avait été épargné par les carreaux, si bien qu'en voyant ces joues lisses et fraîches, cette carnation encore rose, ce front gouttant de sueur, on ne pouvait croire qu'il eût rendu son dernier souffle. Et, voyant ce beau visage, cette force intacte, cette puissance inentamée, Arnaut ne pouvait pas se résigner à conclure que la mort avait pris cet homme, qui semblait plus grand que la vie.

— Réponds-moi, Miles !

Pas un son ne remua les lèvres charnues.

— Les titans ne meurent pas !

Et, tournant son visage bouleversé vers Jacques :

— Est-ce possible ? dit Arnaut.

Car, connaissant Miles, le seigneur de Thouars se croyait revenu de tout. Que son ami trinque avec le premier égorgeur venu, qu'il s'endorme sur son cheval en rentrant du *Père tranquille* et se réveille à Mâcon, qu'il blasphème devant un légat ou moleste un officier d'impôt... rien de bien surprenant à cela ! Mais qu'il meure... Arnaut ne l'avait jamais envisagé.

— Est-ce possible ? répéta-t-il.

Percevant la détresse de son ami, Jacques le prit par l'épaule, et, aussi doucement que possible :

— Miles n'est plus.

Alors, contre toute attente, Arnaut leva ses beaux yeux noirs vers lui, et le considéra gravement. Puis, d'une voix claire, il assena :

— Venge-le.

*
* *

Le donjon puait affreusement : la vieille tour était dépourvue de latrines et les mercenaires s'étaient soulagés dans l'escalier.

— D'Arcis ! hurla Jacques.

Et, en même temps qu'il évitait les souillures et montait quatre à quatre les degrés de pierre, il songeait :

Si nous avions attendu la nuit ; si nous les avions pris par surprise ; si nous avions enfumé la tour ; si nous avions patienté le temps qu'ils mourussent de faim... Ah !... Miles, mon ami... tu serais encore là pour te battre avec moi !

Et, entre ces circonvolutions qui torturaient son esprit, il hurlait de plus belle :

— D'Arcis !

Au troisième étage, il trouva quelques miliciens qui n'avaient pas encore été tués, et qui lui demandèrent grâce ; au palier suivant, d'autres soldats refusèrent de s'avouer vaincus ; Jacques n'avait pas le cœur à parlementer ; Arnaut prit la parole et, à travers la porte close, promit la vie sauve à chacun, et le versement des gages ; peu après, les miliciens sortirent l'un après l'autre, et furent conduits dans la cour de la maison forte.

Le palier suivant était une sorte de grenier, où les assiégés avaient entreposé des barriques de vin, des gigots, et toutes sortes de viandes fumées. Jacques réfléchit que l'évêque et sa garde auraient pu tenir un an, enfermés dans cette tour.

Enfin il arriva au dernier niveau, et poussa une porte entrebâillée ; là, au centre d'une pièce circulaire et vide, simplement éclairée par les braises d'un foyer, l'attendait l'évêque de Troyes.

— Enfin vous voilà, dit Pierre d'Arcis.

L'évêque marcha vers Jacques, dans sa robe sombre et dépourvue d'ornements ; ses bras étaient écartés ; son visage semblait triste ; et on voyait qu'il avait pleuré.

— Vous trouverez votre forgerie dans ce coffre, dit-il en montrant un caisson d'ébène, dans un angle de la pièce.

Puis, d'une voix qui semblait affreusement fausse :

— Plaise aux relaps et aux impies que vous l'ostendiez ; je préfère mourir, plutôt que d'approuver cette hérésie.

Car le prélat parlait par instinct ; ses mots étaient automatiques ; ils sortaient de sa bouche comme les condamnations, les pénitences et les châtiments qu'il avait prononcés toute sa vie.

— Dieu a jugé, pourtant, dit Jacques ; acceptez son ordalie.

D'Arcis soupira.

— Croyez-vous, vraiment, que Dieu tiendra votre main, au moment où vous m'occirez ?

L'évêque ouvrit largement les bras, avant d'ajouter d'une voix calme :

— C'est moi qui décide que je dois mourir ; et non pas Dieu !

Et, voyant l'évêque avancer, Jacques brandit sa longue épée de Constantinople ; mais Pierre d'Arcis était si proche de lui que sa cotte d'étamine touchait sa pointe acérée, et que son aube noire l'enveloppait de ténèbres.

— Que faites-vous ? demanda vivement Jacques.

Mais l'évêque fit un pas de plus, et l'épée traversa son gilet de laine.

— N'avancez plus ! hurla le seigneur de Charny.

Et, avant que Jacques ait pu se retirer, Pierre d'Arcis s'embrocha sur son épée turque, et s'affaissa lourdement sur lui.

7.

On n'avait pas trouvé de civière assez grande, alors, à la hâte, on l'avait déposé sur le maître-autel qui demeurait, seul, au milieu des gravats de l'ancienne chapelle.

Étendu sur ce lit de marbre, vêtu d'un grand habit de guerre, Miles semblait plus imposant que jamais.

Anselme fit monter un pavillon de toile par-dessus le cadavre et l'autel en travertin, car la pluie avait cessé depuis la veille, et le soleil était revenu. Après quoi le prieur encensa le sanctuaire improvisé. Puis il alluma quelques bougies, releva un crucifix renversé, et rinça les mains du défunt à l'eau bénite.

Les gens de Bonneval, Brienne et Lirey, qu'ils soient domestiques, paysans ou compagnons, défilèrent les uns après les autres, du matin jusqu'à l'après-midi. Ils avaient aimé cet homme, qui n'était pas de leur condition, mais jurait comme eux et ne respectait rien, à part le courage et l'amitié. Certains se signèrent à l'entrée du pavillon, d'autres lui baisèrent la main.

Fricot et Fabiolo, restés en retrait des combats, ne manquèrent pas de rendre un dernier hommage au géant. En arrivant devant le colosse abattu, le nain pleura silencieusement ; et le batelier, grave, se tut pour la première fois de sa vie.

Après que le flux d'hommes eut tari, Arnaut s'avança dans la chapelle ardente, à l'invitation du prieur. Le seigneur de Thouars était bouleversé. De grosses larmes d'enfant roulaient sur ses joues.

Il embrassa le colosse au milieu du front.

— C'était le meilleur des hommes, dit-il au prieur, alors qu'il se relevait. Il aimait mieux les autres que lui-même…

Anselme acquiesça silencieusement, et appela Jacques.

Quand, à son tour, le seigneur de Charny s'approcha, celui-ci serrait les dents ; mais, voyant l'énorme corps foudroyé, Jacques ne put retenir ses sanglots.

— Ne dirait-on pas qu'il rit ? dit-il d'une voix sourde.

Car, en effet, les lèvres du colosse, en se rigidifiant, s'étaient légèrement retroussées. Et cet homme qui riait de tout semblait sourire pour entrer dans l'éternité.

— Pauvre chevalier, dit Anselme après que chacun eut recouvré ses esprits. Laisse-t-il une femme et des enfants ?

— Non pas, prieur, dit Jacques d'une voix sourde ; Miles n'était pas marié.

— J'en connais certaine, pourtant, qui était prête à l'épouser.

Parties de Lirey à l'aube, Florentine et Marie venaient d'arriver à Saint-Lyé ; Florentine, devinant la mort sur les visages, avait tenté de raisonner Marie ; mais Marie s'était arrachée de son étreinte et, frissonnant malgré le manteau qu'elle avait revêtu, s'approcha du lit de pierre.

— Mon amour, murmura-t-elle en contemplant le géant ; combien de flèches a-t-il fallu pour te faire entendre raison ?

De peur d'abîmer ses chairs et de souiller son habit blanc, personne n'avait retiré les pointes des carreaux, qui criblaient la dépouille de Miles comme les piquants d'un hérisson.

Alors, Marie, s'agenouillant devant lui, empoigna le fragment d'une flèche à bout carré, et l'enleva d'un coup sec ; puis elle prit un autre carreau, et l'ôta de la même façon ; enfin, sous le regard bouleversé des assistants, elle arracha avec une rage indicible les cinquante traits d'arbalète, qui ne laissèrent rien d'autre, sur l'habit clair, que de minuscules taches de sang.

Et vraiment, pensait chacun des témoins en considérant le géant sur sa claie de pierre, n'eût été le coup d'épée du chevalier teuton, cent carreaux d'arbalète n'auraient pas suffi à le tuer.

Épilogue

Quelques mois plus tard, au cœur d'un hiver glacial, un cavalier en robe fourrée, couvert d'une fine épaisseur de neige, arrivait devant le château de Lirey. Sous l'effet du givre, ses cheveux s'étaient agrégés en mèches blanches, et de petits cristaux de glace s'étaient déposés dans les nombreuses ridules et cicatrices anciennes qui grêlaient son visage comme les griffures d'un vieux parchemin.

Alors qu'il se présentait au donjon, un homme d'une quarantaine d'années, vêtu d'une livrée luxueuse et de poulaines à bout pointu, ouvrit la porte ouvragée.

— Toi ! s'écria Bureau de La Rivière en reconnaissant Fricot.

— Bienvenue à Lirey, monsieur, répondit le batelier avec hauteur.

— Que fais-tu dans cette maison ?

Fricot leva le menton pour indiquer son rang.

— On a enfin reconnu mes qualités ; je suis maître valet chez les seigneurs de Charny.

Le batelier invita Bureau à le suivre, pivota sur ses talons, et marcha d'un pas empesé jusqu'à la grand-salle.

Mais, aussitôt qu'il se trouva dans la pièce, la voix de Jacques résonna sous les lambris :

— Que fais-tu encore ici, Fripot ? Je t'ai dit de prendre tes gages, et de quitter cette maison !

— Ce n'est pas Fripot, mais Fricot, rétorqua le batelier avec l'obséquiosité mêlée d'arrogance qu'il se donnait depuis qu'il servait la famille de Charny. Et j'aurai l'honneur de vous assister, monseigneur, aussi longtemps que Dieu me prêtera vie.

Jacques soupira de colère.

— Pour la dixième fois, Fricot, tu es ren-vo-yé ! Je n'ai nullement besoin de toi !

Fricot conserva son air digne.

— J'ai fait vœu de vous servir, et personne ne peut m'empêcher d'accomplir cette mission sacrée. J'ai consulté le juge Bertrand, et il a confirmé la justesse de ma position. Un seigneur ne peut affranchir un serf sans son consentement. Alors, pardonnez-moi, messire, mais je reste chez vous aussi longtemps qu'il me plaira.

À cet instant précis, Bureau parut sur le seuil de la grand-salle.

— Ainsi, malgré la victoire des nobles sur les vilains, les valets continuent à gouverner leurs maîtres !

— Bureau ! s'exclama Jacques.

— Pardon de vous importuner, monsieur, reprit le vieillard avec un bon sourire ; mais vous vous invitâtes un jour chez moi, et maintenant je m'invite chez vous.

Jacques accourut sous l'arcade pour embrasser le chambellan du roi.

— Vous êtes transi de froid, remarqua le seigneur de Charny.

— Un bon verre de vin et quelques instants parmi vous suffiront à m'échauffer.

Car, en effet, de l'autre côté de la grand-salle, le bon vieillard avait reconnu Jeanne, Marie de Charny, Arnaut et Florentine. Tous se levèrent et vinrent le saluer chaleureusement. Bureau eut un petit mot pour chacun d'eux.

— Il manque quelqu'un, qui ne devrait pas manquer, dit-il.

Puis, gaiement :

— Où est ce bon M. de La Roche ? Il nous amusa tant l'été dernier !

Voyant Marie pâlir et Arnaut baisser les yeux, le vieux chambellan n'eut pas besoin d'explications.

— Le siège de Saint-Lyé ? murmura-t-il en s'approchant du grand foyer.

Le seigneur de Charny acquiesça.

— Comment diable est-ce advenu ?

Jacques raconta brièvement l'assaut de la forteresse et les derniers exploits de son ami.

— Par tous les diables, souffla Bureau en s'affaissant dans un fauteuil, faut-il donc qu'en ce monde la tristesse l'emporte éternellement sur la joie ? Je me réjouissais par avance de vous retrouver mais, à peine arrivé chez vous, je suis brisé par l'accablement d'un nouveau deuil…

Cependant, au même moment, une jeune femme passait sous l'arcade, et traversait la pièce à petits pas. Comme elle se présentait devant Bureau :

— Je n'ai pas l'honneur de vous connaître, madame.

— Hélène est la sœur d'Arnaut, dit Jacques en se penchant vers lui.

Puis, non sans fierté :

— Nous sommes mariés depuis six mois.

Bureau salua la jeune femme.

— Il n'aura pas fallu plus longtemps pour concevoir un enfant, dit-il en remarquant son ventre girond.

Hélène sourit au vieillard.

— Cet enfant est un grand bonheur, dit-elle, qui s'accroîtra encore si vous acceptez d'être parrain.

— C'est bien sûr, madame !

Bureau prit la main de la jeune femme, et y déposa un chaste baiser.

— Vous êtes glacé, monsieur, le tança-t-elle gentiment.

Elle prit une pelisse, qu'elle tendit à Bureau.

— Emprunter les chemins de France par ce temps… Vous bravez le destin, monsieur ! Qu'en dit votre bonne épouse ?

— Clotilde a essayé de me retenir, répondit le vieillard, mais l'intérêt du roi dépasse en importance la santé de son vieil époux… Le Conseil m'envoie en Flandre afin de négocier la paix.

Jacques fronça les sourcils.

— Il n'y a point de paix à négocier, pourtant ; nous avons écrasé ces manants.

— Ypres, Bruges et Roosebeke ont crié merci, mais Gand résiste encore… Et le roi a dû rentrer en France pour châtier les Parisiens.

— Je croyais pourtant la capitale calmée depuis la fin du printemps…

— Paris est un feu qui dort mais ne s'éteint jamais ! Charles n'avait pas levé l'oriflamme qu'Henriet de Pons, le fameux orfèvre, battait le pavé des faubourgs et rappelait ses connaissances, valets, artisans, bourgeois, prêts à s'ébattre à la première occasion. Pendant ce temps, Dampierre et Rousseau convoquaient les milices, dissoutes depuis l'épisode des maillets, et agitaient les Parisiens. Chaque jour, dans les tavernes, le nombre de comploteurs était plus grand. Et, alors même que l'armée du roi n'était pas encore à Lille, des milliers de conjurés, réunis en assemblée secrète, faisaient le serment de mourir s'ils n'étaient pas entendus.

— À quels sujets ?

— De nouvelles chartes et franchises pour les Parisiens, moins de droits pour les seigneurs, et la fin de tous les impôts…

— Rien que cela !

— Dampierre, Pons et Rousseau parlaient même de s'affranchir de la monarchie : le Conseil les fit pendre aussitôt que Charles fut rentré de campagne. Le peuple, qui avait cru que les braises de Flandre embraseraient les provinces et mettraient le feu à Paris, en est tout désappointé. Le roi a mis en main l'échevinage et la prévôté des marchands. Un arrêt du Parlement a interdit les assemblées, les milices urbaines et les confréries de métiers. Les prisons sont pleines à craquer. Et les aides et fouages, qui avaient soulevé la capitale il y a moins de un an, ont été pleinement rétablies : la contribution sur le muid de sel a été portée à vingt francs, la queue de vin est taxée à dix sous, et toutes les denrées et marchandises sont désormais soumises à l'impôt.

— C'est pire qu'aux dernières années du feu roi !

Bureau soupira.

— Je prônais la clémence à Charles ; mais Philippe de Bourgogne et Jean de Berry sont les maîtres du Conseil.

Ils ont si bien manœuvré que leur neveu n'avait pas d'autre alternative : en sept semaines, des milliers de Parisiens ont été mis à l'amende ou exécutés. Des dizaines de corps, suspendus par des fourches patibulaires, pourrissent au gibet de Montfaucon, pendant que leurs têtes roides narguent les foules devant les grilles du Palais.

Le vieux chambellan rejeta la tête en arrière.

— Il faudra des années avant que le peuple oublie ce spectacle et pardonne au jeune roi… De par la mainmise de ses oncles, le « Bien-Aimé » a maintenant triste réputation…

Puis, se redressant sur son faudesteuil :

— S'il veut se réconcilier avec son peuple, Charles devra tout changer autour de lui.

Bureau lança à Jacques un bref regard, à la fois inquisiteur et pénétrant. Mais, alors que le seigneur de Charny baissait les yeux, la physionomie du vieux chambellan changea du tout au tout, et il sembla tout à coup très vieux et très doux.

— Maintenant, pardonnez-moi, dit-il avec un bon sourire, mais je suis rattrapé par mon grand âge. Je vais essayer de raccommoder ce vieux corps, avant de reprendre mon voyage. Retrouvez-moi demain à l'aube, monsieur ; nous parlerons librement.

Et, se relevant et saluant à la ronde, le chambellan du roi prit congé.

*

* *

Le lendemain, à six heures, Jacques trouva Bureau ragaillardi. Le vieillard l'attendait sur le perron, et s'apprêtait à partir. Le temps était moins mauvais que la veille, et les forestiers du domaine avaient déneigé le chemin.

— Vous nous quittez déjà ?

— Pardonnez-moi, mon jeune ami ; je suis attendu à Courtrai… Accompagnez-moi sur la route, et nous deviserons en chemin.

Quelques minutes passèrent avant que Bureau ne se confie.

— Nous aurons besoin de vous, dit-il.

— Que voulez-vous dire ? demanda Jacques.

— Charles est résolu à chasser ses oncles et à nommer un bon gouvernement. Cela seul est de nature à calmer son peuple. Il nommera des grands commis d'État, des hommes intègres et valeureux, afin de redresser son royaume. Si vous le souhaitez, monsieur de Charny, vous serez l'un d'entre eux.

Sans répondre, Jacques se contenta de fixer l'horizon.

Bientôt les deux hommes arrivèrent devant la nouvelle collégiale. Bureau insista pour entrer. Comme il admirait les pilastres du chœur, les archivoltes et les arcs-boutants, le vieux chambellan aperçut un panneau de bois, exposé dans la chapelle d'un bas-côté, à dix pieds de haut. Sur cette espèce de retable, on ne voyait guère qu'un tissu tendu, parcouru par un sillon brun, et taillé dans une laine grossière.

— C'est donc ce drap gris qui vous a valu tant de peines, dit le vieil homme ; je l'imaginais autrement… Figurez-vous qu'en un mois de séjour à Lirey, je ne l'avais même pas aperçu.

— Certains y voient autre chose qu'un simple tissu, répondit Jacques.

Bureau acquiesça silencieusement ; et, quelques instants plus tard, les deux hommes sortirent sans avoir davantage échangé.

Sur l'antique voie romaine, le vieil homme posa quelques questions quant à la situation de la seigneurie de Lirey.

— Vous m'avez l'air heureux, dit Bureau tandis qu'ils se séparaient entre Bonneval et Troyes.

— Je crois, répondit Jacques.

— Si vous l'êtes, je le suis pour vous.

Et, alors qu'il éperonnait la vieille jument qui lui servait de monture depuis Paris :

— Mais au fait, lança le chambellan du roi, ce fameux suaire : est-il authentique ou bien forgé ?

Cependant, à l'instant même où Jacques répondait, la vieille jument rua.

Bureau tira sur les rênes pour la remettre d'aplomb ; mais, le temps qu'il exécutât sa manœuvre, Jacques galopait sur un chemin qui coupait à travers champs, et il était déjà loin.

Quelques précisions de l’auteur

Alain Hourseau, le meilleur spécialiste français du suaire, m'a fait l'honneur de me guider sur les traces de la famille de Charny. Il m'a conduit à la collégiale et aux deux voies romaines qui passaient autrefois à Lirey et conduisaient à Troyes, Chaource, Boulogne et Lyon. Il m'a montré le grand pré sur lequel s'élevait la motte castrale du chevalier Geoffroy. Sans jamais se lasser, il a bien voulu répondre à mes questions sur l'histoire, l'habitat et la géologie de sa région. *Autour du saint suaire et de la collégiale de Lirey* (*Aube*) (BOD, 2012) fut ma plus précieuse source d'information.

*

* *

Pour en savoir plus sur l'histoire politique de la seconde moitié du XIVe siècle, *Charles VI : la folie du roi* (Fayard, 1986), de Françoise Autrand, est la meilleure introduction possible. J'ai pu m'y faire une idée assez précise de la personnalité tumultueuse de Charles VI. Le château de Vincennes, l'hôtel Saint-Paul, le Paris des années 1380, la bataille de Roosebeke y sont décrits avec réalisme.

*

* *

Si l'on s'intéresse au Grand Schisme d'Occident, que j'évoque plusieurs fois dans *Le Seigneur de Charny*, je conseille *Les Papes d'Avignon* de Jean Favier, toujours aux éditions Fayard (2006).

*

* *

Michelet décrit superbement l'état de décrépitude de la chevalerie française dans la dernière partie du XIVe siècle. On ne dira jamais assez que son *Histoire de France* est un chef-d'œuvre de notre littérature.

*

* *

Il faut lire Froissart (*Les Chroniques*, non daté), Christine de Pizan (*Livre des faits et bonnes mœurs du sage roi Charles V*, 1404) et la chronique anonyme du religieux de Saint-Denys pour comprendre la mentalité d'un contemporain de Charles VI.

*

* *

Georges Duby (*Saint Bernard, l'art cistercien*, Arts et métiers graphiques, 1976 ; *Les Trois Ordres ou l'Imaginaire du féodalisme,* Gallimard, 1978), Jacques Le Goff (*Les Intellectuels au Moyen Âge*, Le Seuil, 1957 ; *La Naissance du purgatoire*, Gallimard, 1981), Alain de Libera (*Penser au Moyen Âge*, Le Seuil, 1991) : chacun à sa manière, ces médiévistes ont fait avancer la connaissance des sociétés du Moyen Âge. Spiritualité, mystique, sexualité, loisirs, j'ai trouvé chez ces auteurs une foule de détails et de réflexions qui ont éclairé mon travail.

⋆
⋆ ⋆

Pour de plus amples informations sur Geoffroy de Charny : Philippe Contamine, « Geoffroy de Charny, le plus prudhomme et le plus vaillant de tous les autres », in *Histoire et Société*, *Mélanges offerts à Georges Duby*, Presses universitaires de Provence, 1992.

⋆
⋆ ⋆

Charles VI, Jean de Berry, Philippe le Hardi, Clément VII, Philippe Artevelde sont des personnages historiques, dont l'existence est largement documentée. Si l'on peut faire le portrait physique d'un homme en s'appuyant sur un tableau ou la description d'un chroniqueur, il est impossible de transcrire l'essence d'un caractère ; j'ai toutefois essayé de ne pas trop les dénaturer.

*
* *

Bien qu'aujourd'hui largement oublié, Geoffroy de Charny fut l'une des grandes célébrités de son temps. « Qui plus fait mieux vaut » ; sa devise rend bien compte de la multiplicité du personnage : porte-oriflamme de Jean le Bon, auteur de traités, diplomate, inlassable voyageur, conseiller du roi, enlevé et mis à rançon deux fois par l'Anglais, croisé pendant l'éphémère expédition de Smyrne, héros à Calais et à Poitiers, pieux seigneur ayant fondé une collégiale, Geoffroy de Charny est, avec Boucicaut, Saintré, du Guesclin, l'incarnation du chevalier du Moyen Âge.

*
* *

Bureau de La Rivière, Jean de Vilaines, Jean de Montaigu ont servi Charles VI depuis sa prise du pouvoir (un véritable coup d'État du jeune roi en 1388, dont il n'est pas question ici, puisque l'intrigue se déroule en 1382) jusqu'au retour des oncles Berry et Bourgogne à Paris en 1392. J'ai par conséquent largement remanié la réalité chronologique pour insérer ces personnages dans mon récit.

*
* *

La première ostension du suaire est attestée à Lirey dès 1357, c'est-à-dire un an après la mort de Geoffroy de Charny. Mais, avant 1357, impossible d'affirmer quoi que ce soit concernant l'objet sacré. Est-il l'œuvre d'un faussaire, comme l'affirmeront l'évêque de Troyes Henri de Poitiers et son successeur Pierre d'Arcis ? Faut-il croire à l'étude au carbone 14, plus près de nous, qui fait remonter sa fabrication au tournant des XIIIe et XIVe siècles ? Provient-il de Notre-Dame des Blachernes, à Constantinople, où fut entreposé jusqu'au sac de 1204 un grand drap présentant de nombreuses similitudes avec le suaire (le *Mandylion*) ? Si tel est le cas, fut-il transféré en Occident par le chevalier croisé Othon de La Roche, aïeul de Jeanne de Charny, et transmis de génération en génération jusqu'à l'épouse de Geoffroy ? Fut-il secrètement conservé par les Templiers après le sac de Constantinople, comme l'affirme le spécialiste anglais Ian Wilson, avant d'être confié aux aïeux de Jeanne ou Geoffroy, après la dissolution de l'ordre ? Ou bien Geoffroy de Charny le fit-il saisir comme butin de guerre pendant la pseudo-croisade de Smyrne, en 1346 ? Le trafic de reliques étant interdit par l'Église, voilà qui expliquerait le secret entourant l'itinéraire du suaire avant ses premières ostensions champenoises. Mais loin de moi l'ambition de démontrer l'authenticité de la relique : voilà sept cents ans qu'on s'affronte à ce sujet (et deux mille ans qu'on cherche à mettre en évidence le passage sur Terre du fils de Dieu) !

*

* *

Jacques de Charny est un personnage imaginaire, mais en partie inspiré par Geoffroy II, le fils de Geoffroy de Charny. J'ai voulu éviter la confusion entre le père et le fils en rebaptisant le second.

*
* *

Marie, Hélène, Florentine, Miles, Arnaut, Lusignan : tous ces personnages sont fictifs.

*
* *

Pierre d'Arcis a existé ; comme son prédécesseur Henri de Poitiers (évêque de Troyes de 1353 à 1370), Pierre d'Arcis s'éleva contre la famille de Charny et protesta contre les ostensions de Lirey. Cependant il n'a pas connu le sort du personnage que j'ai imaginé pour *Le Seigneur de Charny*.

*
* *

Le lecteur me pardonnera certains anachronismes que j'ai jugés nécessaires. Ainsi les vers que récite Marie page 169 sont empruntés à Marguerite de Navarre et non à Pétrarque. En effet, les poèmes du poète italien – alors à la mode dans toute l'Europe – n'ont jamais été traduits en vers rimés, et les vieilles traductions françaises ne sont pas à la hauteur des textes d'origine.

*
* *

« Où étaient le noble et le prêtre, quand Adam bêchait dans le jardin de Dieu ? » s'emporte le prieur Anselme (p. 175). Ces mots sont empruntés à John Ball, ancien serf devenu prêtre et partisan d'une réforme du clergé. Disciple de John Wyclif, John Ball fut l'un des plus célèbres meneurs de la « révolte des paysans », au cours de laquelle il fut pendu et écartelé. Rappelons qu'à l'époque de notre intrigue le peuple d'Angleterre s'est récemment révolté contre ses institutions. Lassés des exactions des nobles à leur encontre, rejetant le luxe de l'Église, chauffés à blanc par des prédicateurs « lollards », les paysans d'Essex et du Kent ont marché sur Londres, avant d'être arrêtés par Richard II. Ces pauvres gens réclamaient la fin de la servitude et l'abolition des monopoles de marché. Il s'en est fallu de peu qu'un système vieux de trois siècles soit renversé. Sans être aussi radical que John Ball, le prieur Anselme est naturellement influencé par cette pensée théologique, et notamment le courant égalitaire de Wyclif.

*
* *

Vilaines s'exclame face au roi : « Je crains vraiment, messire, qu'avant bientôt, si rien n'est fait pour châtier ces manants, toute gentillesse périsse. » (p. 188.) C'est un emprunt à Froissart : « L'on craignoit alors que toute gentillesse pérît. » La crainte du déclassement est la grande préoccupation des chevaliers du XIVe siècle.

Tout paraît y concourir : les nobles sont ruinés par la guerre interminable contre l'Anglais et consentent des libertés à leurs serfs contre le paiement d'impôts ; le pouvoir royal empiète chaque jour davantage sur leur souveraineté ; les villes et associations communales s'étendent et leur font concurrence ; le peuple plus généralement semble se défier d'eux. D'ailleurs, quand les routiers des Grandes Compagnies sèment la mort sur les routes et dans les campagnes, nombreux sont les paysans qui vont chercher refuge derrière les murailles d'une ville plutôt qu'à l'abri d'un donjon. C'est dire « la grande émotion » (Michelet, *op. cit.*) qui traverse alors la chrétienté : « Il semblait qu'une guerre universelle commençât, des petits contre les grands » (Michelet).

*
* *

« Être l'égal de Galaad et Lancelot » (p. 389) : c'est le rêve que caresse le jeune Charles VI. Au printemps 1382, le jeune roi lisait *La Queste del saint Graal*, qu'il avait empruntée à la collection royale conservée à la tour de la Fauconnerie, et n'avait jamais rendue (Autrand). Bien que critiqués et parfois interdits par l'Église, les romans courtois connurent un grand succès tout le long du Moyen Âge. La légende arthurienne connaît un regain d'intérêt à la fin du XIVe siècle, alors que la chevalerie se cherche un nouveau souffle : « La France se lança, sous le jeune Charles VI, dans une extravagante imitation de la chevalerie ancienne, dont on avait oublié le vrai caractère et même les formes » (Michelet).

★

★ ★

À côté des romans courtois, on peut citer, parmi les *best-sellers* de l'époque : les *Contes de Canterbury* de Chaucer, le *Décaméron* de Boccace, *La Divine Comédie* de Dante, et diverses épopées en vers de Pétrarque. Ces œuvres sont généralement traduites en latin. Par ailleurs, dans toute bonne bibliothèque privée, on trouve César (*La Guerre des Gaules*), Ovide (*L'Art d'aimer*), Plutarque (*Vies parallèles* et *Vies des hommes illustres*), les traités de Théodore Paléologue et Geoffroy de Charny, les chroniques de Joinville (*Vie de Saint Louis*) et Guillaume de Tyr (*Histoire d'Outremer*), des traités de bonne manière (*Livres du roi Modus et de la reine Ratio*), des récits d'aventures et de voyages (le *Livre des Merveilles* de Marco Polo, traduit en langue vernaculaire, est diffusé dans toute l'Europe).

★

★ ★

J'imagine dans la dernière partie du roman que le jeune Pierre d'Arcis, encore élève à Cîteaux, impressionne ses professeurs en situant l'entrée du purgatoire dans l'Etna. Le futur évêque de Troyes reprend ici la théorie du pape Grégoire Ier, qui développa cette thèse huit siècles plus tôt (chapitre IV des *Dialogues*).

En évoquant ces théories fumeuses devant les chanoines du chapitre, le jeune d'Arcis montre son attachement aux sources dogmatiques et la faiblesse de son architecture intellectuelle.

⋆

⋆ ⋆

« L'échange prenait la tournure des débats aigres-doux qui avaient opposé les deux hommes à Cîteaux, quand ils étaient les deux plus fins orateurs de l'abbaye. Aristote ; Platon ; l'Idée comme flux de mots ou réalité transcendant l'esprit ; le dénuement des moines ; l'Immaculée Conception ; tout les opposait, en matière de sciences, de dogmes et d'ambitions » (p. 175). On peut s'étonner aujourd'hui de l'importance qu'a prise, à l'époque de ce récit, la querelle des Universaux (pour résumer : les idées ont-elles une existence propre ou sont-elles de simples productions de l'esprit ? Autrement dit, pour paraphraser Aristote et Platon, les idées flottent-elles dans les nuées ou surgissent-elles lorsqu'elles sont produites par l'esprit ? Ou, pour aller jusqu'à Roscelin et Abélard, les idées, les concepts, les espèces sont-ils réels ou sont-ils des commodités de l'esprit, mises en exergue par des mots ?). Ainsi, l'œuvre d'un nominaliste comme Guillaume d'Ockham fut mise à l'Index pendant des décennies pour avoir supposé que les espèces, genres et concepts n'étaient que des émissions de voix (*flatus vocis*), ce qui allait à l'encontre des dogmes communément admis, à commencer par la Trinité. D'autres controverses théologiques du XIVe siècle peuvent sembler démesurées d'un point de vue contemporain : c'est notamment le cas du débat sur l'Immaculée Conception, qui agita violemment la Sorbonne au début des années 1380, au point que les bagarres des maculistes et des immaculistes bloquèrent la célèbre université pendant un an.

★
★ ★

Les lieux de pèlerinage fonctionnaient comme ceux d'aujourd'hui. Le commerce y avait une grande importance. Seule différence, les moines s'impliquaient davantage dans l'artisanat et l'hôtellerie. Ainsi les bénédictins du Mont-Saint-Michel, grande destination sacrée du Moyen Âge, s'étaient-ils prodigieusement enrichis, au point de pouvoir acquérir de très onéreux manuscrits d'Aristote et Platon auprès de marchands arabes. La production d'enseignes ou d'ampoules de plomb à l'effigie des reliques, au même titre que les petits anges en plâtre, les calendriers ou les boules de verre d'aujourd'hui, était source de revenus considérables pour les diocèses et les abbayes.

★
★ ★

La Grande Peste arriva à Troyes en 1351, et, d'après les registres de l'évêché, tua jusqu'aux deux tiers de la population. Au moment de l'intrigue du *Seigneur de Charny*, soit trente ans après l'épidémie, la peste continue d'avoir des répercussions en France et en Occident. L'État central qui a résisté en sort renforcé, tandis que de nombreuses petites seigneuries disparaissent. Les riches propriétaires survivants amassent la fortune des parents emportés. Le prix de l'immobilier baisse (à Paris il est divisé par quatre), permettant à la bourgeoisie de se fortifier. Les pauvres demeurent aussi pauvres et les inégalités s'accroissent. La pratique de la religion s'en trouve largement modifiée : les pèlerinages et le culte des reliques connaissent un immense regain d'intérêt ; on voit l'apparition des danses macabres et des flagellants, ces pénitents qui cherchent à attirer la clémence du ciel par de violentes macérations physiques. C'est vraiment une époque bénie pour les superstitions.

Composition et mise en pages
Nord Compo à Villeneuve-d'Ascq

Achevé d'imprimer en avril 2023 par
La Nouvelle Imprimerie Laballery
58500 Clamecy (Nièvre)
N° d'impression : 304229

S28783/03

Pocket, 92 avenue de France, 75013 PARIS

Imprimé en France